Franziska Steinhauer

NARREN-SPIEL

Franziska Steinhauer

NARREN-SPIEL

Peter Nachtigalls dritter Fall

KRIMI IM GMEINER-VERLAG

Bibliografische Information
der Deutschen Bibliothek
Die Deutsche Bibliothek verzeichnet diese
Publikation in der Deutschen Nationalbibliografie;
detaillierte bibliografische Daten sind im Internet
über http://dnb.ddb.de abrufbar.

Besuchen Sie uns im Internet:
www.gmeiner-verlag.de

Im Ehnried 5, 88605 Meßkirch
Telefon 07575/2095-0
info@gmeiner-verlag.de

1. Auflage 2007

Lektorat: Claudia Senghaas, Kirchardt
Umschlaggestaltung: U.O.R.G. Lutz Eberle, Stuttgart
Unter Verwendung eines Fotos www.photocase.com
Gesetzt aus der 10/14 Punkt GV Garamond
Druck: Fuldaer Verlagsanstalt, Fulda
Printed in Germany
ISBN 978-3-89977-717-8

1

Freitag

Als Paul Mehring, wie jeden Morgen unter ziemlichem Zeitdruck, aus der Wohnungstür stürmte, stolperte er über ein unerwartetes Hindernis auf seinem Fußabtreter, kam ins Straucheln und konnte einen schweren Sturz nur dadurch verhindern, dass er das gegenüberliegende Holzgeländer umklammerte und so, knapp vor der ersten Stufe, den gesamten Schwung abfangen konnte.

Entrüstet wandte er sich um und erstarrte.

Mit schleppenden Schritten kehrte er zur Wohnungstür zurück und beugte sich aufschluchzend über das Bündel.

Tränen liefen über seine Wangen, tropften vom Kinn, die Lippen bebten, stammelten Worte wie ein Gebet. Seine Hände tasteten flehend nach Lebenszeichen.

Tot, dachte er nur immer wieder, tot.

2

Nico Lobedan musterte seinen Interviewpartner neugierig.

Hoffentlich hatte sein Redakteur sich das wirklich gut überlegt, diese Leute waren schließlich unberechenbar. Fanatiker eben.

Der junge Mann, der ihm gegenübersaß, war blass und wirkte mit seiner seltsamen Kleidung, einer Art Kaftan und extrem weiten Hosen, die konturlos seinen Körper umflatterten, ein wenig verloren. Aber vielleicht entstand dieser Eindruck von Entrücktheit mehr durch den Blick, mit dem er durch Nico Lobedan hindurchzusehen schien. In wenigen Minuten würden sie live auf Sendung gehen und der Moderator von LTV, dem lokalen Fernsehsender der Stadt, glaubte immer deutlicher eine unterschwellige Aggressivität, ähnlich einer negativen Schwingung, spüren zu können. Ihm war der Mann unheimlich. Angestrengt versuchte er seinen Blick von der Tüte loszureißen, die sein Gast so fest umklammert hielt, dass die Knöchel an seinen langen schmalen Fingern leuchtend weiß hervortraten. Bestimmt eine diskret tickende Bombe, scherzte eine kleine Stimme in Nico Lobedans Kopf, die er eilig verstummen ließ.

Alles Hirngespinste, schalt er sich dann, er würde sich nicht von dieser Atmosphäre des Misstrauens anstecken lassen; diese seismographischen Störungen, die er zu empfangen glaubte, waren Spiegel seiner Einbildung. Das Ungewöhnliche, machte er sich bewusst, das Fremde macht uns Angst!

Er würde sich nicht ins Boxhorn jagen lassen, sondern seine Chance nutzen und mit diesen albernen Gerüchten aufräumen, denn durch das Interview würden die Menschen in Cottbus und Umgebung sehen, dass es überhaupt keinen Grund zur Besorgnis gab!

Das vereinbarte Signal – es konnte losgehen.

»Ich begrüße in unserer heutigen Sendung über Cottbus und seine Menschen: Herrn Paul Mehring, Gründungsmitglied der Mind Watchers«, die Kamera schwenkte über beide Gesichter und die Gesprächspartner nickten sich kurz zu. »Herr Mehring, über einen Mangel an Aufmerksamkeit können sich Ihre Mind Watchers zurzeit sicher nicht beklagen. Können Sie für uns die wichtigsten Ziele Ihrer neuen Sekte knapp umreißen?«

»Ich würde die Mind Watchers nicht als Sekte bezeichnen wollen – das hat so einen religiös-fanatischen Unterton. Wir sind eine Bewegung, die es sich zum Ziel gesetzt hat, das Bewusstsein der Menschen wieder für die Dinge zu schärfen, die ihnen schaden oder nutzen. Daher auch unser Slogan: ›Keep your mind in mind‹ – was so viel heißt wie: Pass auf dein Bewusstsein, deinen Geist auf.«

»Um den schädlichen Konsum von Zigaretten geht es demnach nicht.«

»Nein«, Paul rang sich ob dieses lahmen Scherzes ein gequältes Lächeln ab. »Wir beklagen schon seit geraumer Zeit eine zunehmende Kälte und Verrohung in der Gesellschaft, einen allgemeinen Werteverfall. Doch niemand arbeitet dem entschlossen genug entgegen.«

»Aha! Und die Mind Watchers tun genau das?«

»Ja. Wir Mind Watchers sind uns schon lange darüber im Klaren, dass dieser Verfall und die herrschende Gleichgültigkeit, Ergebnis unserer ›Beschäftigungshygiene‹ sind. Was wollen Sie denn von einer Gesellschaft erwarten, deren Mitglieder sich in ihre Behausungen zurückziehen und dort geistlose Sendungen im Fernsehen ansehen. Telenovelas zum Beispiel. Schnell werden die Zuschauer geradezu abhängig vom Leben der Protagonisten und bringen für die realen Vorgänge vor ihrer Haustür so gut wie überhaupt kein Interesse mehr auf.«

»Ihre Bewegung sieht allerdings nicht nur in der Fernsehunterhaltung eine Bedrohung, oder?« Nico Lobedan hoffte, seine Stimme hörte sich nicht so kläglich an, wie er sich fühlte: Fernsehschelte in seiner Sendung! Vielleicht konnte er das Blatt ja noch wenden.

»Nein, selbstverständlich nicht. Jede Beschäftigung, die den Geist einlullt und womöglich noch Aggressionen im Schlepptau hat, ist gefährlich.«

»Dazu gehört nach Meinung Ihrer Bewegung auch Fußball. Damit machen Sie sich hier in Cottbus mit Sicherheit nicht viele Freunde. Der Verein ist in der letzten Saison wieder in die erste Liga aufgestiegen – fast jeder in der Stadt ist auch ein Fan von ›Energie Cottbus‹.«

»Meine Vorstellungen mögen nicht jedermann gefallen«, Paul Mehring beugte sich vor, sah Lobedan mit seinen hellblauen Augen direkt an und schüttelte seine üppigen blonden Locken, die bis über die Schultern fielen, »Fußball ist ein Spiel, das in besonderer Weise Emotionen freisetzt. Auf dem Spielfeld wird gefoult, getreten, geboxt, gezerrt – auf den Rängen lassen die Zuschauer ihren Gefühlen freien Lauf, bewerfen Spieler, zünden Feuerwerkskörper an, prügeln. Die Cottbuser Fans, oder was sich so nennt, sind nicht zimperlich.«

»Es ist eben ein archaisches Spiel. Der wahre Fan passt immer auf, damit die Sache nicht ausufert«, startete Nico Lobedan einen Rettungsversuch und wischte sich seine schweißfeuchten Hände, wie er hoffte unauffällig, an den Oberschenkeln ab.

»Vor und nach dem Spiel ist ein großes Polizeiaufgebot vonnöten, um eine direkte Auseinandersetzung zwischen den Fangruppen zu vermeiden. Abgesehen von den immensen Kosten, die wir Steuerzahler dafür aufbringen müssen und die sinnvoller in die Bildung geflossen wären – haben Sie sich je gefragt, was für Vorbilder Brüder und Väter dabei abgeben?«

Lobedan zog die Schultern ein wenig hoch und dachte unglücklich, dass solche Statements den meisten Zuschauern von LTV wohl nicht gefallen würden. Dieses Gespräch konnte mit Sicherheit nicht zur Deeskalation beitragen.

»Also geht es Ihrer Sekte um Gewaltverzicht?«, versuchte er einen neuen Anlauf.

»Ja, auch. Ein gesunder Geist weiß, dass Gewalt kein Mittel der Auseinandersetzung sein darf.«

Innerlich seufzte der Moderator auf. Das war sicheres Terrain. Viele Menschen sahen das genauso. Er erlaubte sich einen kurzen Moment der Entspannung.

»Gewaltverherrlichende PC- oder Internetspiele, Ballerspiele, sind schon vor Jahren in Verruf gekommen. Jeder weiß, wie jugendgefährdend sie sind, und doch wird so gut wie nichts dagegen unternommen. Schon kleine Kinder töten am PC lustvoll virtuelle Gegner – das kann eine Gesellschaft nicht ernsthaft gutheißen!«

Pauls Stimme zitterte merklich. Und ehe Nico Lobedan es verhindern konnte, hatte der junge Mann den steifen Körper einer toten Katze aus der Plastiktüte gezogen und hielt sie anklagend in die Kamera.

»Nur Menschen, deren Verstand verdummt und verroht ist, kommen auf die perverse Idee, meinen Kater Claudius zu ermorden und ihn mir auf den Fußabtreter zu legen!«

Tränen des Schmerzes und des Zorns schimmerten in seinen Augen.

»Wir Mind Watchers sind gegen jede Form von Gewalt gegen Mensch und Tier! Es wird Zeit, dass diese Gesellschaft ihre Fehler erkennt und umkehrt!«

Ein lautes Surren bezeugte ein weitergehendes Interesse der Kamera, die offensichtlich näher heranzoomte.

»Woher wollen Sie denn wissen, dass Ihr Kater ermordet wurde? Vielleicht hat auch nur einer der Nachbarn ihn tot aufgefunden und Ihnen vor die Tür gelegt.« Nico Lobedans Stimme schwankte bedenklich.

»Nein. Es lag ein Zettel dabei«, antwortete Paul Mehring schlicht. »Er steckte unter dem Draht, mit dem er erdrosselt wurde.«

Mit zitternden Fingern hielt er ein kleines, rot-weiß gestreiftes Blatt Papier hoch, auf dem stand:

Wenn du nicht aufhörst,
bist du als Nächster dran.

Das sind doch die Farben von ›Energie Cottbus‹, registrierte Nico Lobedan, tröstete sich aber sofort mit dem Gedanken, dass das ja nicht unbedingt etwas bedeuten musste.

3

Sonntag

Ein großes Polizeiaufgebot bemühte sich die feindlichen Lager auf Abstand zu halten. Durch ihre Spezialkleidung wirkten die Beamten aufgeplustert und bewegten sich wie große, tapsige Bären mit Helm und Schild. Sie waren auf einen Routineeinsatz eingestellt, wie an jedem Spieltag, doch am Stadion angekommen erkannten sie schnell, dass es diesmal nicht nur darum ging, die Fans in Schach zu halten. Die neue Sekte war auch mit von der Partie.

Die blaugrüne Einheitstracht der Mind Watchers ließ die Gruppe größer erscheinen, als sie tatsächlich war, und dieser Eindruck verstärkte sich noch, als sie begannen ihre Transparente zu entrollen und in Sprechchören die Fans zum Verzicht auf den Besuch des Spiels aufforderten.

»Gebt euren Kindern ein besseres Vorbild!«

»Fußball verdummt!«

»Keine aggressiven Spiele!«

»Hände weg vom Alkohol!«

»Lesen bildet!«

Der Einsatzleiter Norbert Hannemann warf einen entnervten Blick auf die Bilder, die die Stadionkameras auf seine Monitore übertrugen. Nervös kniff er sich in sein langes, etwas vorstehendes Kinn und strich sich dann eine schweißnasse, dunkelbraune Haarsträhne aus dem schmalen Gesicht. Tiefe Falten zogen sich von den Nasenflügeln zu den, jetzt bei Stress zuckenden, Mundwinkeln. Na, das konnte ja heiter werden. Ausgerechnet bei einem Pokalspiel. Ostderby: Da brodelte es im Stadion ohnehin und die Polizei konnte erfahrungsgemäß erst aufatmen, wenn der letzte Rostockfan die Stadt verlassen hatte. Randale war vorprogrammiert und gehörte bei einem Kick gegen Rostock zum Après-Spiel. Da konnte er weitere Verrückte nicht brauchen, die die Stimmung zusätzlich aufheizten. Nach dem Anpfiff würden die sich hoffentlich wieder verziehen.

Eine halbe Stunde später kochte das Stadion der Freundschaft. ›Energie‹ lag mit einem Tor in Führung und der Schiedsrichter weigerte sich, den zweiten Führungstreffer zu geben. Wüste Beschimpfungen prasselten auf ihn herab. Schrille Pfiffe erfüllten das Stadion, Sprechchöre forderten einen Austausch des Unparteiischen. Dann: Ein Foul, ein Elfmeter für Cottbus, ein kraftvoller Schuss – das zweite Tor.

Der Jubel bei den Cottbuser Fans war grenzenlos – die Empörung bei den Rostockern umso größer. Toilettenpapierrollen wurden aufs Spielfeld geworfen, ein ohrenbetäubender Lärm erfüllte den gesamten Platz. Das Pfeifen nahm zu, die Trommel setzte zu einem ekstatischen Wirbel an, gelbe und rote Rauchschwaden stiegen auf, die Massen wirkten mit einem Mal bedrohlich, eine Eskalation bahnte sich an. Die Kameras behielten die Fans im Fokus.

Ein Rostocker Fan hatte es geschafft die Absperrungen zu überwinden und rannte nun, mit einer Faust drohend, über das Spielfeld auf den Schiedsrichter zu. Wachpersonal und Stadionordner stürmten hinter ihm her, versuchten ihn aufzuhalten und zu überwältigen.

Doch dem Fan gelang es, einen der Verfolger mit einem gewaltigen Fausthieb niederzustrecken, sich aufzurappeln und weiterzulaufen. Voller Entsetzen entdeckte der Einsatzleiter nun auf der Cottbuser Seite einige Fans, die ebenfalls dabei waren den Absperrzaun zu überwinden. Oh Mann, dachte er, das darf doch nicht wahr sein!

Er gab über Funk Anweisungen und einige Einsatzgruppen der Polizei setzten sich in Bewegung. Dann geschahen gleich mehrere Dinge auf einmal: Der Rostocker erreichte den Schiedsrichter, der sich in einem Streitgespräch mit Spielern von Hansa Rostock befand, und warf sich entschlossen auf ihn. Von einem der Ränge flog ein brennendes Päckchen auf den Rasen und ließ zischend und pfeifend ein Feuerwerk aufsteigen. Im Cottbuser Fanblock loderten Flammen. Dicke Rauchschwaden ließen nur noch erahnen, was sich dort abspielte.

»Scheiße!«, brüllte Hannemann. »Mit den Kameras draufhalten! Ich will wissen, welcher Blödmann dafür verantwortlich ist! Ein Trupp rein! Feuer löschen, Personalien feststellen, am besten nehmt ihr gleich einige fest und führt sie in Handschellen ab! Und jetzt haltet doch den Spinner da unten auf! Festnehmen! So schwer kann das doch nicht sein! Verdammt noch mal!«, seine Stimme überschlug sich vor Wut und im Geiste sah er schon die reißerischen Schlagzeilen der morgigen Presse vor sich.

»Ist dem Schieri was passiert?«, fragte er dann besorgt bei seinen Leuten auf dem Spielfeld nach.

»Nein – ist halb so wild. Er blutet ein bisschen aus der Nase und wird behandelt werden müssen. Und das Spiel ist natürlich unterbrochen.«

Was für ein Chaos.

Norbert Hannemann überprüfte die Kamerabilder. Das Feuer war wohl gelöscht, im Fanblock glaubte er im Rauch seine Beamten zu erkennen, die sich darum bemühten, die Situation zu entschärfen. Das Feuerwerk auf dem Platz war abgebrannt und der Schiedsrichter nirgends zu sehen.

»Habt ihr den Schläger?«

»Ja. Gut verschnürt.«

»Wie heißt der Kerl?«

»Er hat keine Papiere dabei und er ist nicht bereit seinen Namen zu nennen. Wir nehmen ihn mit.«

»Und dann das ganze Programm! Fingerabdrücke, Fotos, Protokoll, Zelle! Ich will nachher noch mit ihm sprechen!«, wies der Einsatzleiter wütend an.

»Wir veranlassen das. Wird das Spiel fortgesetzt?«

»Keine Ahnung. Der Schieri ist jedenfalls nicht zu sehen – und ohne ihn geht's ja wohl nicht. Mal sehen, wie er entscheidet. Der Typ hat ihm einen Schlag auf die Nase versetzt, er blutet. Jedenfalls haben wir genug brauchbare Bilder, um den Typen dingfest zu machen!«

Nach einer Unterbrechung von 15 Minuten wurde das Spiel erneut angepfiffen. Der Schiedsrichter begründete seine Entscheidung damit, dass man derart aufgeheizte Fans nicht einfach so aus dem Stadion schicken könne. Die Randale würde sich nur in die Straßen der Stadt verlagern. Seine Nase war dick angeschwollen und verfärbte sich im Lauf des Spiels immer dunkler, während er selbst immer blasser zu werden schien. Doch er weigerte sich rigoros einen Ersatz anzufordern, weil ›er sich von keinem unterkriegen lassen wolle, das sei eine Frage der Ehre‹.

Die Partie endete unentschieden.

Als die Rostockfans von der Polizei zum Bahnhof geleitet wurden, achteten die Beamten sorgfältig darauf, keinen zu verlieren. Es musste nicht auch noch nach dem Spiel zu Auseinandersetzungen kommen.

Allerdings wurde ihre Arbeit durch die Mind Watchers beträchtlich behindert, die entlang der Strecke standen und den Fans zuriefen:

»Wollt ihr wirklich, dass eure Kinder solche Bilder sehen?«

»Brutale Spiele verderben den Charakter!«

Auf einem Transparent stand geschrieben: *Fußball ist Unterhaltung für Narren.*

Norbert Hannemann beobachtete mit einer gewissen Erleichterung, wie sich die Ränge allmählich leerten. Bestimmt war der Schläger schon betrunken ins Stadion gekommen und die Einlasskontrolle hatte das nicht bemerkt. Mit ein bisschen Pech könnte die Sache ziemlich teuer für den Verein werden. Auch die Feuerwerkskörper waren keinem aufgefallen – so etwas durfte einfach nicht übersehen werden!

In seinem Kopfhörer knisterte es.

»Herr Hannemann? Ich glaube, das sollten Sie sich ansehen. Ich bin in der Fankurve von ›Energie‹ und hier sitzt ein Mann in sich zusammengesunken auf seinem Platz. Meiner Meinung nach sieht er verdammt tot aus!«

4

Kriminalhauptkommissar Peter Nachtigall eilte beschwingt und gut gelaunt zum Treffen mit der Nordic Walking Gruppe. Nie hätte er es für möglich gehalten, dass er wirklich durchhalten würde, und nun trieb er schon seit ein paar Monaten konsequent Sport – soweit es sein Beruf eben zuließ. Von einem Waschbrettbauch trennten ihn noch Welten, aber einen solchen strebte er im Grunde auch gar nicht an. Nach der Trennung von Birgit hatte er sich wirklich ziemlich hängen lassen, räumte er in Gedanken ein. Er hatte zu viel und zu gut gegessen, sich dem Selbstmitleid hingegeben. Peter Nachtigall war immerhin fast zwei Meter groß – und wenn man dann zu mager war, sah das doch auch nicht gut aus. Die paar Kilos zu viel standen ihm ganz gut, fand er und sah kritisch an sich herunter. Die Ausdauer hatte sich verbessert und am Gewicht würde er noch arbeiten müssen – sein Trainer meinte immer, es ginge darum, Fett durch Muskelmasse zu ersetzen.

Fröhlich summte er vor sich hin. Er kochte eben leidenschaftlich gern und zu einem guten Essen genoss er gerne ein Glas Wein, oder auch zwei.. Immerhin hatte er sich bei Cornelia abgeschaut, wie leicht es war, Fett einzusparen, ohne den Geschmack zu verderben, und nun stand selbst Salat regelmäßig auf seinem Speiseplan.

Dr. Cornelia Stamm hatte sein Leben gründlich geändert, stellte er liebevoll fest. Seit sie ihm diese seltsame schwarze Stelle auf der Haut entfernt hatte, die sich zum Glück als harmloses Muttermal erwies. Kein malignes Melanom! Kein Krebs! Seither fühlte er sich wie neu geboren. Er war jahrelang zu nachlässig mit sich umgegangen – doch nun hatte sein Leben einen neuen Mittelpunkt bekommen. Cornelia riss ihn mit in einen Strudel positiver Energie und …

Sein Handy vibrierte.

»Nachtigall!«

»Es tut mir leid – hier spricht Norbert Hannemann. Ich fürchte es gibt einen neuen Fall für Sie. Eine Leiche im Stadion.«

»Ich nehme an, Sie haben schon alles in die Wege geleitet: Absperrung, Arzt usw.?«

»Ja.«

»Ich habe vorhin im Radio von den Krawallen im Stadion gehört. Aber da klang es eher so, als hätten Ihre Kräfte die Ruhe wieder herstellen können.«

»Das konnten wir auch.«

»Ja, aber wenn jetzt ein Toter… Also gut, ich bin gleich da«, Nachtigall räusperte sich, unterdrückte seinen Ärger und wendete den Wagen. Wenn er schon angerufen wurde, wollte er auch Informationen! Doch die musste man diesem Hannemann wohl wie Würmer aus der Nase ziehen. »Wissen Sie, woran er gestorben ist? Alkohol und Prügel?«

»Aus seinem Rücken ragt der Griff einer Waffe.«

Peter Nachtigall betrachtete den Toten nachdenklich. Irgendwie schien ihm, war der Mann für ein Fußballspiel nicht passend gekleidet. Sein blau-weiß gestreiftes Hemd zierte eine Fliege in den unterschiedlichsten Braun- und Orangetönen. Es steckte in einer schlammfarbenen Hose, die über der prominenten Körpermitte von einem Naturledergürtel gehalten wurde. Sein Jackett glich einem hellbraunen, bayerischen Janker. Die dichten, schwarzglänzenden Haare standen senkrecht vom Kopf ab, was bei einer Länge von ungefähr fünf Zentimetern sicher nicht einfach zu erreichen war. Über der Stirn wellte sich, wohl als Reminiszenz an Elvis Presley, eine Locke, fixiert mit Gel oder Spray.

Auf dem Rücken prangte ein großer Blutfleck. »Wie lange mag man brauchen, um die Haare so zu stylen?«, murmelte Michael Wiener vor sich hin und fing sich einen bitterbösen Blick von Nachtigall ein. Der junge, schlanke Mann zuckte zusammen und bedauerte seine Bemerkung sofort. Schließlich wusste jeder im Team, dass Nachtigall respektlose Äußerungen am Fundort einer Leiche nicht ausstehen konnte.

»Was ist das für eine Tatwaffe?«, fragte der Hauptkommissar und deutete auf den transparenten, blauen Kunststoffgriff.

»Ich weiß es nicht. Vielleicht ein Schraubendreher. Das sollte lieber der Rechtsmediziner rausziehen. Was immer es ist, es muss mit großer Kraft in den Körper gerammt worden sein. Es liegt mit dem Griff direkt auf dem Jackett auf«, informierte ihn der Arzt.

»Da muss der Täter aber gut gezielt haben. Es ist doch gar nicht einfach, von hinten so direkt ins Herz zu treffen.«

»Ja. Ich würde denken, er war sofort tot – sonst hätte ja auch jemand was gemerkt. Auf dem Boden hinter seinem Sitz hat sich eine Blutlache gebildet.«

»Was anscheinend auch niemand bemerkt hat. Muss wirklich ein tolles Spiel gewesen sein!«

»Naja – es herrschte zeitweilig ziemliche Aufregung.

War echt was los heute«, meldete sich Wiener wieder zu Wort.

»Ach, warst du hier?«

»Ja, hatte aber nur einen Stehplatz.«

»Ich hab im Radio davon gehört«, Albrecht Skorubski sah sich um und zeigte auf die gegenüberliegende Seite. »Den meisten Ärger hat ein Rostocker gemacht. Der ist übers Spielfeld gerannt und hat den Schieri niedergeschlagen. Mann, Mann!«

»Die Kameras haben doch die Fans im Auge behalten, oder?«, wandte Nachtigall sich an Norbert Hannemann.

»Ja, klar. Wir wollten die Randalierer sehen. Ich hoffe, wir können die Typen identifizieren. Solche Spinner! Legen ein Feuer! Was da passieren kann!«

»Und nun haben wir einen Toten. Vielleicht ist unser Mörder auf den Bändern.«

»Schon möglich. Aber es war so ein Tumult, dass solch eine Einzelhandlung möglicherweise gar nicht auffällt.«

»Wissen wir, um wen es sich bei dem Opfer handelt?«

»Ja – das wüsste ich auch gern«, mischte sich aus dem Hintergrund eine neue Stimme ein. Dr. März, der zuständige Staatsanwalt, der gemeinsam mit Nachtigall schon eine Reihe komplizierter Mordfälle bearbeitet hatte, tauchte plötzlich neben dem Einsatzleiter auf.

»Ich wurde auf dem Weg zu meinem Wagen verständigt. Als ob das Spiel nicht schon aufregend genug gewesen wäre, nun auch noch ein Toter! Kennen wir den Namen des Opfers?«

»Ja also, definitiv kein Raubmord. Papiere, Brieftasche, Autoschlüssel – alles da«, erklärte Norbert Hannemann nervös.

»Und, wer ist es?« So schwer konnte es doch nicht sein, eine einfache Frage zu beantworten! Nachtigalls Stimmungsbarometer sank.

»Hans-Jürgen Mehring. Er hat eine kleine Spedition und ein Transportunternehmen für Kleintransporte. Macht auch Umzüge. Weiß ich von meinem Sohn. Der ist mit Mehring nach Leipzig umgezogen.«

»Na gut. Herr Nachtigall, dann gibt es für mich hier nichts mehr zu tun. Wir sehen uns«, damit nickte Dr. März den Anwesenden kurz zu und drehte sich um.

»Albrecht, du bleibst hier, bis das Opfer in die Gerichtsmedizin abgeholt wird, und dann sammelst du alles an Informationen, was wir in unserer Datenbank über ihn haben – und du Michael, lässt dir von den Kollegen die Bänder zur Auswertung geben. Wir sehen uns später im Büro.«

Peter Nachtigall machte sich schweren Herzens auf den Weg, um die Angehörigen zu informieren.

5

Frau Mehring hatte die Übertragung des Spiels im Radio verfolgt, während sie die Kartoffeln fürs Abendessen schälte. Die Beschreibung der Situation im Stadion ließ sie schmunzeln. Da kam ihr Mann heute voll auf seine Kosten – Tumulte in den Blöcken, Spinner auf dem Spielfeld, ein blutender Schiedsrichter, mehr konnte man wohl kaum erwarten. Wahrscheinlich würde er völlig heiser nach Hause kommen, überlegte sie und beschloss ihm einen Salbeitee mit Honig zu kochen, damit er für die Kundengespräche am Montag wieder gut bei Stimme war. Schließlich hatten nicht alle Menschen hier in der Umgebung Verständnis für einen herumbrüllenden Fan in fortgeschrittenem Alter.

Ein bitterer Zug schlich sich um ihre Lippen. Es war aber auch wirklich zu schade, dass Paul so gar kein Verständnis für die Begeisterungsfähigkeit seines Vaters hatte. Ständig gab es Streit deswegen. Hoffentlich kam er heute nicht noch vorbei, dachte sie und schämte sich sofort dafür. Eine liebevolle Mutter sollte sich immer freuen, wenn ihr Kind sie besuchte – auch wenn der Ärger nach diesem Spiel schon in der Luft hing. Und eine Diskussion gäbe es auch, wenn Paul nicht da wäre. Schließlich bewies doch dieses Spiel, wie recht der Junge mit seinen Ansichten hatte – und da sie die Mutter war, würde ihr Mann sich eben an ihr austoben. Wie so oft.

Seufzend suchte sie nach einem anderen Sender. Hits aus den Achtzigern, freute sie sich und summte mit. Sie durfte nur nicht vergessen nachher wieder zurückzuschalten – es musste nicht noch einen Grund für einen Streit geben.

Nach einem besorgten Blick auf die Uhr setzte sie die Kartoffeln auf. Sie war mit den Vorbereitungen fürs Abendessen im Verzug – trotz der Verlängerung. Vielleicht geriet Hans-Jürgen in einen Stau, dann würde es ihm wahrscheinlich nicht einmal auffallen.

Es dämmerte schon, als Peter Nachtigall auf den Hof des Anwesens in Kahren einbog.

Es lag etwas zurückgebaut von der Durchgangsstraße, ruhig und idyllisch. Von hinten sah man sicher nur den Wald, überlegte er und hier an der Vorderseite verhinderte eine Hecke allzu neugierige Einblicke. Der Hof war mit grobem Kies bestreut, an der linken Grundstücksgrenze standen zwei kleinere LKW.

Das Gebäude war zweigeschossig, blassgelb verputzt mit einem roten Dach. Die verwinkelte Bauweise, die offensichtlich durch immer neue An- und Umbauten entstanden war, ließ es fast verwunschen aussehen. Nachtigall klingelte und stellte dabei fest, dass das Haus in mehrere Wohneinheiten aufgeteilt war.

Hinter der Haustür näherten sich leise Schritte – dann wurde sie einen Spalt breit geöffnet und das verschreckte Gesicht einer kleinen, zarten Frau mit feinen Zügen erschien. Irritiert sah sie ihn an.

»Wenn Sie zu meinem Mann wollen, werden Sie sich gedulden müssen. Er ist noch nicht vom Spiel zurück«, erklärte sie mit müder Stimme, die signalisierte, sie sei es leid, immer überraschende Besucher empfangen zu müssen, nur weil ihr Mann sich verspätete. Mit einer nervösen Geste schob sie die Haare hinters Ohr und nestelte an den Ärmeln ihrer Strickjacke, um sie weiter über die Hände zu ziehen.

»Frau Mehring?« Sie nickte und Nachtigall fuhr fort: »Kriminalpolizei Cottbus, Hauptkommissar Nachtigall. Ich hätte Sie gerne für einen Moment gesprochen. Können wir bitte hineingehen?«

Für einen kurzen Augenblick loderte so etwas wie Panik in ihren Augen auf, dann öffnete sie die Tür und ließ ihn eintreten. Bevor sie die Haustür wieder schloss, warf sie einen hektischen Blick zur Einfahrt, als wolle sie sich vergewissern, dass niemand ihren Besucher gesehen hatte.

»Bitte, dort entlang. Ich komme sofort nach – ich habe Kartoffeln auf dem Herd, die muss ich runterdrehen.«

Damit huschte sie den Flur entlang und verschwand um eine Ecke.

Der Raum, in den sie Nachtigall gebeten hatte, wirkte, als werde er nur sehr selten benutzt. Eine dunkle, klobige Sitzgarnitur, bezogen mit braunem Stoff mit riesigen altrosa-farbenen Pfingstrosen, dominierte. Eine ebenfalls dunkelbraune Schrankwand mit vielen verschlossenen Türen sorgte für eine beklemmende Atmosphäre. Kleine, runde Tischchen aus dunklem Holz standen im Raum verteilt, darauf lagen beigefarbene Häkeldeckchen. Selbst die Landschaftsbilder auf der streng gemusterten Tapete zeigten ausnahmslos düstere Ansichten. Wälder, über denen sich ein Unwetter zusammenbraute, Häuser, die vom heranrückenden Wald überwuchert zu werden drohten, sturmgepeitschte Bäume im Regen – und nirgendwo eine Menschenseele zu entdecken.

Frau Mehring kehrte rasch zurück. Sie hatte die Kittelschürze abgelegt und Nachtigall stellte fest, dass sie noch magerer war, als er es vermutet hatte. Unauffällig tastete er nach seinem Handy. Vielleicht würde er einen Arzt brauchen – oder einen Psychologen.

»Frau Mehring, ich muss Ihnen leider mitteilen, dass Ihr Mann ermordet wurde.«

Die Frau schien ins Stocken zu geraten. Sie verharrte in der Bewegung, ihr distanziertes Lächeln blieb wie erstarrt, nur ihre Augen sahen ihn verständnislos an.

»Nehmen Sie doch bitte Platz. Mein Mann wird sicher gleich kommen. Vielleicht wurde er an der Schranke in Kiekebusch aufgehalten – oder er steht in einem Stau stadtauswärts«, erklärte sie entschieden.

»Nein, Frau Mehring. Ihr Mann steht weder an der Schranke noch im Stau. Er wurde ermordet.« Diesmal legte der Hauptkommissar mehr Nachdruck in seine Stimme.

Er wusste, wie es war, wenn jemand einem eine Nachricht überbrachte, die man nicht glauben wollte, fühlte mit ihr in ihrem Kampf um ihre Lüge, kannte den Abgrund, in den sie nun zu stürzen drohte. Zweimal in seinem Leben war es ihm auch schon so ergangen: Damals, als die Polizei ihm und seiner kleinen Schwester mitteilte, ihre Eltern seien bei einem Unfall ums Leben gekommen, und als Birgit, seine Frau, ihn mit der Tatsache konfrontierte, sie habe schon länger eine außereheliche Beziehung, wolle sich scheiden lassen und mit dem anderen leben.

Langsam sickerte die Nachricht in das Bewusstsein der Frau. Nachtigall sah, wie sie blass wurde, ihre Augen sich zu röten begannen und das Lächeln einem fassungslosen Gesichtsausdruck wich. Sie begann am ganzen Körper zu zittern und für einen Augenblick befürchtete Peter Nachtigall, sie würde womöglich das Bewusstsein verlieren. Vorsorglich legte er seinen mächtigen Arm um ihre Schultern und schob sie behutsam zu einem der Sessel. Er ließ sie hineingleiten , spürte jedoch einen leichten Widerstand, so, als sei sie nicht befugt hier zu sitzen. Vielleicht war das der Stammplatz ihres Mannes.

»Sind Sie allein zu Hause? Soll ich vielleicht jemanden benachrichtigen, damit man sich um sie kümmern kann?«, fragte er flüsternd.

»Aber – was soll denn nun werden? Was soll nun werden?« Sie sah Peter Nachtigall ratlos an.

Unvermittelt begann sie gellend zu schreien.

Der junge Mann, der daraufhin ins Wohnzimmer gestürmt kam, sah dem Toten so ähnlich, dass sich für Nachtigall die Frage erübrigte, um wen es sich handelte.

Bestürzt warf er einen Blick auf seine schreiende, sich im Sessel hin und her werfende Mutter, dann trat er entschlossen heran und umfasste ihren schmächtigen Körper mit seinen muskulösen Armen. Fest drückte er sie an sich und summte leise in ihr Haar, begann die heftige Bewegung in ein sanftes Wiegen zu verändern. Es schien eine Ewigkeit zu dauern, bis das Schreien und Schluchzen in ein klagendes Wimmern übergegangen war.

»Wer zum Teufel sind Sie? Und womit haben Sie meine Mutter derart erschreckt?«, fauchte er dann den unbekannten Besucher an.

»Kriminalpolizei Cottbus, Nachtigall. Es tut mir leid,

aber wir haben Ihren Vater nach dem Spiel tot im Stadion aufgefunden.«

»Was heißt, Sie haben ihn tot im Stadion aufgefunden? So ein Quatsch! Als er zum Spiel gefahren ist, ging es ihm prima!«

»Ihr Vater wurde aller Wahrscheinlichkeit nach noch während des Spiels getötet – ermordet. Herr Mehring?«

»Markus Mehring. Von wem? Einem Rostockfan?«

»Das wissen wir noch nicht.«

»Wie?«

»Er wurde mit einer spitzen Waffe erstochen.«

Ratlos sah der junge Mann seine aufgelöste Mutter an, dann fischte er ein Handy aus der Gesäßtasche seiner Jeans und gab eine Nummer ein.

»Wen rufen Sie da an?«, fragte Nachtigall fordernd.

»Unseren Hausarzt. Sie sehen doch selbst, was Sie angerichtet haben.«

Der Arzt gab Frau Mehring eine Beruhigungsspritze und eine Stunde später hatte ihr Sohn sie zu Bett gebracht. Offensichtlich war sie nun eingeschlafen. Der Junior kehrte nachdenklich ins Wohnzimmer zurück, wo der Hauptkommissar geduldig auf ihn wartete.

Er warf sich schwer in einen der Sessel und sah Nachtigall feindselig an, als trage er die Schuld an der Situation.

»Gut, Sie sind hartnäckig. Das haben Sie unter Beweis gestellt. Ich schätze, Sie verschwinden erst von hier, wenn Sie mir all Ihre belanglosen Fragen über meinen Vater gestellt haben!«

»Meine Fragen sind nicht belanglos. Die Antworten, die ich darauf erhalte, werden mir helfen den Mörder Ihres Vaters zu fassen. Und das ist doch sicher auch in Ihrem Interesse!«

Der junge Mann seufzte genervt, entspannte sich aber etwas.

»Meinem Vater gehört diese kleine Spedition hier. Neben den zwei LKW, die auf dem Hof stehen, hat er noch zwei Kleintransporter und zwei Kühltransporter. Die Geschäfte laufen zurzeit eher schlecht, aber es gibt keine ernste finanzielle Krise.«

»Feinde?«

»Feinde? Jemand wie mein Vater hat keine Feinde! Als das Geschäft so richtig gut lief, gab es vielleicht Neider, aber niemand würde das Risiko eingehen und sich meinen Vater zum Feind machen! Er hatte Einfluss.«

»Nur weil andere Angst vor jemandem haben, schrecken sie nicht vor Mord zurück. Das sollten sie vielleicht auch bedenken. Aber gut – dann erzählen Sie mir etwas über Ihre Familie.«

»Familie. Die ist klein. Außer mir gibt es noch meinen Bruder Paul. Und Großvater.«

»Wohnt Ihr Bruder auch hier ?«

»Oh, nein. Der gnädige Herr zog vor einiger Zeit aus und wohnt jetzt in der Stadt. Bis vor ein paar Monaten wohnte Opa noch mit im Haus. Aber er hat sich ständig mit meinem Vater gestritten und eines Tages ist er ohne ein Wort gegangen. Er wohnt jetzt in einer Seniorenwohnanlage und ich durfte oben in seine Räume einziehen.«

»Und warum ist Ihr Bruder ausgezogen?«

»Streit und Knatsch. Das Übliche!«

Es klingelte und Markus Mehring erhob sich achselzuckend.

»Noch mehr von Ihrem Trupp?«

»Nein. Eher nicht.«

Der Sohn des Hauses ging öffnen und kurze Zeit später stand ein weiterer aufgelöster junger Mann im Zimmer, die Jacke schief geknöpft, die lockigen Haare wirr mit flackerndem Blick.

»Ist das wahr? Vater wurde ermordet?«

Aha, dachte Nachtigall der zweite Sohn des Hauses.

»Mein Bruder Paul. Das ist die Kripo«, damit wies er auf Nachtigall.

»Wo ist Mutter?«, fragte Paul Mehring aggressiv und sein Blick irrte durch den Raum.

»Sie schläft oben. Dr. Bender hat ihr was Beruhigendes gespritzt. Los, setz dich her. Wir suchen Vaters Mörder.«

»Woher wissen Sie von dem Mord?«

»Jemand aus dem Fanprojekt hat mich angerufen.« Paul warf seine Jacke achtlos über einen der Sessel.

»Aha. Mein Beileid.« Nachtigall schüttelte dem ältesten Sohn die Hand, doch der schien es nicht einmal zu bemerken. »Ging Ihr Vater regelmäßig zu den Spielen?«

»Nur zu den Heimspielen – aber da hat er keins verpasst.«

»Das bedeutet, der Täter konnte mit einer gewissen Sicherheit davon ausgehen, Ihren Vater beim Spiel anzutreffen. Hatte er einen Stammplatz?«

»Ja. Schon seit Jahren. Er hatte eine Dauerkarte.«

»Fußball war also sein großes Hobby?«

»Nur eins von mehreren. Er war auch aktiv im Karnevalsverein – sehr zum Missfallen meines Bruders«, antwortete Markus und grinste Paul giftig an.

»Aha – und warum hat Sie das gestört?«

»Weil es ein stupides Verhalten ist. Bestellte Fröhlichkeit, platte Witze auf Kosten anderer, Alkohol in Strömen, um im Nachhinein sein mieses Benehmen entschuldigen zu können. Nein, für so etwas habe ich nichts übrig.«. Selbst in dieser Situation wurde deutlich, wie viel Fanatismus in dem jungen Mann steckte.

Nachtigall betrachtete die beiden Brüder nachdenklich, die unterschiedlicher nicht hätten sein können. Markus Mehring hatte die untersetzte Statur seines Vaters und würde bestimmt später immer gegen sein latentes Übergewicht zu kämpfen haben. Die fast schwarzen Haare trug er kurz, allerdings nicht so steil hochgeföhnt wie sein Vater. Aus dunklen Augen unter geraden Brauen warf er spöttische Blicke auf seine Mitmenschen. Paul Mehring dagegen war schmalbrüstig und hochgewachsen. Seine lockigen, blonden Haare, die an den Afrolook der 80er-Jahre erinnerten, standen ab und fielen ihm weich bis über die Schultern. Sein Blick hatte etwas Wahnhaftes, sein Auftreten war provokant und zornig. Peter Nachtigall kannte das: Energie für eine Sache ob gut oder schlecht, ein brennendes Feuer.

Jetzt fiel ihm auch die sonderbare Kleidung des ältesten Sohnes auf, eine blaugrüne Tunika über einer weiten, blaugrünen Hose.

»Ach, Sie gehören den Mind Watchers an, nicht wahr?«

»Schlimmer noch, Herr Hauptkommissar, viel schlimmer. Mein Bruder ist eines der Gründungsmitglieder dieser intoleranten Bewegung. No fun for anyone!«

»Ach du, du hast doch überhauptkeine Ahnung! Du solltest dein Leben kritisch beleuchten. Was machst du schon, außer den lieben langen Tag am Computer rumzuspielen? Glaubst du wirklich, das sei das Leben?«, er beugte sich leicht vor und trat so nah an seinen Bruder heran, dass ihre Nasen sich beinahe berührten. Nachtigall bemerkte die geballten Fäuste des Älteren, der sich offenbar zu beherrschen versuchte.

»Das geht dich einen Dreck an, Brüderchen! Ich lebe so, wie ich es will!«

»Das ist eben die große Illusion! Leben ist: Wenn man den Wind, den Regen, die Sonne, den Schnee spürt, andere Leute trifft und nicht, wenn das Wetter nur computeranimiert über den Bildschirm huscht und man virtuelle Helden in lebensgefährliche Abenteuer stürzt!«

Nachtigall sah verblüfft von einem zum anderen. Den Mord an ihrem Vater schienen sie völlig vergessen zu haben.

»Ihr Vater hatte doch sicher Freunde. Ich brauche Namen und Adressen, auch von den Leuten aus dem Karnevalsverein«, forderte der Hauptkommissar entschlossen, übertönte so mühelos den Streit und brachte sich wieder in Erinnerung.

Als hätte man einen Schalter umgelegt, zeigten sie sich nun wieder umgänglich, vielleicht sogar ein wenig zerknirscht darüber, dass sie den Hauptkommissar an ihrem Zwist hatten teilhaben lassen.

Markus sprang eilfertig auf und entnahm einer Schublade Kugelschreiber und Papier.

Sehr organisierter Haushalt, stellte Peter Nachtigall insgeheim fest. Er hätte sicher eine Weile suchen müssen, um in seinem Wohnzimmer diese Utensilien zu finden.

»Ich brauche auch die Adresse Ihres Großvaters. Wir werden ihn über den Tod seines Sohnes informieren und bestimmt haben wir auch die eine oder andere Frage an ihn.«

»Opa weiß sicher noch nichts davon! Mein Gott, das wird ihn ganz schön umhauen!«, meinte der Mind Watcher empathisch. »Vielleicht sollte einer von uns sie begleiten?«

»Red nicht so einen verdammten Quatsch!«, wies sein kleiner Bruder ihn zurecht, »Opa ist der, der von der ganzen Mischpoke am wenigstens ein Kindermädchen braucht.«

Wenn er sich da nur nicht täuscht, überlegte Nachtigall. Er wusste, wie sehr Väter mit dem Schicksal haderten, wenn es ihnen die Kinder nahm.

6

Die Wohnanlage für Senioren war idyllisch gelegen. Direkt am Amtsteich, im Grüngürtel der Stadt, der den Innenstadtbereich mit dem ehemaligen Bundesgartenschaugelände durch einen Weg entlang der Spree verband. Das Besondere an diesem Ort war, dass hier sommers wie winters Leben hautnah zu sehen und zu erleben war. Im Winter liefen die Menschen auf dem Amtsteich Schlittschuh, im Sommer genossen sie den idyllischen Flecken und spielten mit ihren Kindern. Enten füttern und spazieren gehen war hier genauso möglich wie toben und plantschen.

Nachtigall hatte diesen neuen Wohnpark noch nie bewusst wahrgenommen und immer nur vom Auto aus flüchtig den Baufortschritt registriert. Nun war er beeindruckt von dem Ensemble, das hier innerhalb kurzer Zeit entstanden war. Arztpraxen, Einkaufsmöglichkeiten, Restaurants – alles war zu Fuß gut erreichbar und auch in die Innenstadt war es ein Katzensprung.

Das Haus, in dem Wilhelm Mehring seine Wohnung hatte, lag im ruhigen Parkbereich. Die Stimme, die auf Nachtigalls Klingeln aus der Gegensprechanlage zu hören war und energisch nach dem Begehr des späten Störers fragte, klang befehlsgewohnt wie die eines pensionierten Offiziers.

»Kriminalpolizei also? Hauptkommissar Peter Nachtigall? Hmhmhmhm«, murmelte der hagere Mann. Das

Alter hatte seine Gestalt leicht gebeugt und er brauchte eine Brille, um den Ausweis zu prüfen. Geduldig wartete Nachtigall, bis er damit fertig war und ihm den Dienstausweis zurückgab.

Herr Mehring führte ihn in ein überraschend modern eingerichtetes Arbeitszimmer, das so gar nichts mit der spießigen Atmosphäre im Hause seines Sohnes gemein hatte. Eine cognacfarbene Sitzecke vor einer grünen Wand, ein schlichtes Regal in hellem Holz mit unzähligen Büchern bestückt reckte sich bis unter die Decke. Abstrakte Figuren füllte die wenigen freien Fächer vollends aus. Auf einem Schreibtisch mit geeister Glasplatte stand ein aufgeklapptes Laptop, an dem Herr Mehring wohl gerade gearbeitet hatte. Der ältere Herr bot Nachtigall an Platz zu nehmen und setzte sich dann ebenfalls. Aus wachen, blassgrauen Augen sah er seinen Besucher interessiert an.

»Nun, Herr Nachtigall? Ich bekomme nicht oft Besuch von der Kriminalpolizei.«

»Es tut mir wirklich leid, Herr Mehring, aber ich platze mit einer schrecklichen Nachricht in Ihren ruhigen Abend: Ihr Sohn wurde heute während des Fußballspiels im Stadion ermordet.«

Das Gesicht zeigte keinerlei Regung. Wie fotografiert.

Nur die Hände auf den Oberschenkeln bewegten sich. Die Finger wurden gespreizt, zusammengeführt, erneut auf dem schwarzen Stoff der Hose gespreizt. Herr Mehring sah ihnen dabei zu, als handele es sich um exotische Forschungsobjekte und hätten mit ihm nichts zu tun.

Abrupt stand er auf und trat ans Fenster, starrte sein eigenes Gesicht in der schwarzen Scheibe an und fuhr sich mit beiden Händen durch sein volles, weißes Haar.

»Tot also«, sagte er nach einer Ewigkeit. Dann legte er die Hände hinter seinem Rücken ineinander, wo die Finger anfingen sich umeinander herumzuwinden. Er wippte auf die Zehenspitzen und zurück.

»Ja. Es tut mir sehr leid.«

»So? Aber Sie kannten ihn doch gar nicht, oder?«

»Nein. Das ist wahr.« Was für ein sonderbarer Dialog. Nachtigall begann sich noch unwohler zu fühlen, als er es ohnehin schon tat, wenn er Angehörigen die schreckliche Nachricht vom Tod eines Familienmitglieds überbringen musste. Er beobachtete den alten Mann nachdenklich. Erschüttert schien er jedenfalls nicht zu sein – eher irritiert.

»Mein Sohn hatte viele Fehler, Schwächen, wie auch immer Sie das nennen wollen. Nicht alle waren verzeihlich. So wundert es mich eigentlich nicht, dass ihn jemand umgebracht hat. Wie ist es denn passiert?«

»Er wurde von hinten erstochen. Direkt ins Herz. Der Arzt meint, er müsse sofort tot gewesen sein.«

»Von hinten!«, empörte sich Wilhelm Mehring. »Feige! Tja, die Zeiten sind wohl endgültig vorbei, als man noch wusste, was sich gehört. Dem Feind ins Angesicht sehen! Aber von hinten! Nein, also wirklich!«

»Wer konnte ihm denn seine Schwächen nicht verzeihen?«, hakte Nachtigall sanft nach.

»Ich! Ich zum Beispiel. Mein Sohn war ein lausiger Chef – er hätte die Firma beinahe ruiniert! Von mir hat er eine prosperierende kleine Spedition übernommen, aber ihm fehlte jedes Verständnis für Zahlen.«

»Wie lange existiert die Spedition denn schon?«

»Seit 120 Jahren! Am Anfang hatten wir sogar noch

zwei Kaltblütergespanne, die Transportkutschen zogen. Zu DDR-Zeiten lief die Firma zwar auf Sparflamme – aber sie hat immer zuverlässig die Familie ernährt. Ersatzteile für die Wagen waren damals ein Problem, aber es gab immer irgendeine Lösung. Und nach der Wende ging's aufwärts mit dem Betrieb. Alle hatten plötzlich was zu transportieren! Wir konnten bald neue Fahrzeuge anschaffen, unser Angebot ausweiten. Seit sieben Jahren leitete nun mein Sohn das Unternehmen – und nur von einer Krise in die nächste!« Er hatte sich in Rage geredet, plötzlich zuckte er zusammen und senkte die Stimme etwas. »Er war einfach ungeschickt. In vielen Dingen«, stellte er abschließend nüchtern fest.

»Hatte jemand Grund Ihren Sohn so zu hassen?«

»Tja, schwer zu sagen. Er war ein Mensch, der es nicht nur seiner Familie schwer gemacht hat, ihn zu lieben. Und seit ich ausgezogen bin, weiß ich ohnehin nur noch, was mir meine Enkel bei ihren seltenen Besuchen so erzählen. Meiner Schwiegertochter würde es nicht einfallen, mich zu besuchen. Sie geht jedem Streit aus dem Weg.«

»Soll das heißen, Ihr Sohn hat der Familie den Umgang mit Ihnen verboten?«, Nachtigall war perplex. Solch ein patriarchalisches Verhalten war ihm schon lange nicht mehr begegnet.

»Ja.«

»War Ihr Zerwürfnis nicht zu kitten?«

»Ich fürchte, ich habe ihm einmal zu viel vorgeworfen ein Totalversager zu sein. Meinen Sie nicht, das reicht für einen Riesenkrach mit anschließendem Rauswurf?«

Peter Nachtigall hustete verlegen. Nun ja, dachte er, im Alter von Hans-Jürgen Mehring war man nicht mehr bereit sich vom eigenen Vater in dieser Weise beschimpfen zu lassen.

»Sie sind finanziell unabhängig?«

»Oh ja. Dafür habe ich stets Sorge getragen. Rauswerfen konnte er mich – ruinieren nicht.«

»Was haben wir?«, Nachtigall sah Michael Wiener und Albrecht Skorubski auffordernd an.

»Bisher noch keine wirklich neuen Informationen. Er war Eigentümer einer kleinen Spedition, war seit 32 Jahren verheiratet, zwei Söhne, der ältere, Paul, studiert an der BTU ›Environmental and Ressource Management‹ im Masterstudiengang, der jüngere hat die Schule abgeschlossen und Hannemann glaubt, dass er nun das Unternehmen weiterführen wird. Mehring war aktiv im Fußballverein, hat auch kleinere Spenden beigesteuert und war Vorstandsmitglied im Karnevalsverein. Da muss der Ärger mit dem Sohn ja vorprogrammiert gewesen sein«, fasste Skorubski zusammen. »Kein Wunder, dass der ausgezogen ist.«

»Haben wir seine Adresse?«

»Ja. Er wohnt nah bei der BTU in der Petersilienstraße.«

»Und die Videobänder?«

»Jede Menge Material. Auf den meischte siehsch du nur irgendwelche Fans, die randaliere. Bilder, die die Kollege ebe besonders interessiert habe. Aber es isch no viel Material übrig.«

»Gibt es denn überhaupt Bilder von dieser Seite der Tribüne?«

»Ja, scho. Der Kollege Hannemann meint, es müsstet welche komme – ich soll halt die Geduld net verliere …«, seufzte der junge Mann wieder einmal im schönsten Dialekt.

»Bleib dran. Vielleicht sehen wir tatsächlich den Mord!«

»Ich hab meiner Freundin versproche, dass wir heut noch ins Kino gehen.«

»Wie viele Bänder sind es denn noch?«

Frustriert zeigte Michael Wiener auf einen Turm neben seinem Schreibtisch.

»Ich krieg die Bänder, mit dene die Kollege scho fertig sin. Ich hab kei Ahnung, wie viele da no komme.«

»Gut. Es ist fast 21 Uhr. Wir sehen uns morgen hier. Kontakt per Handy. Der jüngere Sohn muss befragt werden, der ältere auch, wir müssen sehen, ob Frau Mehring für ein Gespräch zur Verfügung steht, vorhin musste der Arzt alarmiert werden und der hat ihr eine Beruhigungsspritze gegeben. Die Vereine …«

»Alles klar.«

Damit verschwand Wiener hastig aus dem Büro, bevor Nachtigall es sich noch einmal anders überlegen konnte.

»Ich habe hier noch eine kleine Information zu Paul Mehring im Computer gefunden«, erklärte Skorubski, während er nach dem Autoschlüssel suchte. »Er ist schon als Jugendlicher bei uns aktenkundig geworden, weil er jähzornig rumprügelte. Es gibt sogar einen Vermerk, der eine Therapie nahe legte. Der Vater, der seinen Sprössling bei uns abholte, lehnte das entschieden ab.«

»Du meinst, es gab vielleicht einen Streit und der Sohn hat den Vater erstochen?«

»Na, du hast doch gesagt, sie haben sich permanent in den Haaren gelegen.«

Nachtigall lachte. »Nur weil sie sich streiten, müssen sie sich doch nicht gleich gegenseitig umbringen! Stell dir nur vor, was hier sonst los wäre!«

»Aber möglich wär's vielleicht schon, oder?«

Peter Nachtigall fuhr nach Hause. Seit ein paar Wochen lebte er mit Casanova, einem rotgetigerten Kater allein in seinem Reihenhaus in Sielow. Jule, seine Tochter, wohnte mit ihrem Freund Emile Couvier, der als Fachmann für operative Fallanalysen beim LKA arbeitete, in einer eigenen Wohnung in der Innenstadt direkt am Altmarkt. Der junge Psychologe hatte der Liebe wegen vom LKA Berlin nach Brandenburg gewechselt. Nachtigall seufzte.

Dem Hauptkommissar fiel es noch schwer, diesen neuen Zustand zu akzeptieren, er kehrte nicht gern mit seinen Mordfällen, Tätern und Opfern in ein leeres, dunkles Haus zurück und Casanova war kein wirklicher Ersatz für einen menschlichen Gesprächspartner. Doch er würde sich mir der Zeit schon daran gewöhnen – und ab morgen war auch Conny wieder von ihrem Kongress zurück. Ein wenig deprimiert bog er in seine Auffahrt ab und stellte voller Erstaunen fest, dass das gesamte Erdgeschoss hell erleuchtet war. Beschwingt sprang er aus dem Wagen und schloss die Tür auf. Pizzaduft erfüllte das Haus.

»Jule?«

»Hi, Papa. Wir dachten, du hättest vielleicht auch Lust auf Pizza«, rief sie ihm aus der Küche zu.

Emile hatte eine Flasche Wein mitgebracht und Jule erzählte während des Essens von ihren Plänen zur Gestaltung der neuen Wohnung. Nachtigall hörte entspannt zu und genoss voll väterlichem Stolz die Lebendigkeit, die seine schöne Tochter um sich herum verbreitete. Ihre dunklen Locken flogen um ihr schmales Gesicht, die grünen Augen sprühten vor Begeisterung und die zartgliedrigen Finger untermalten intensiv ihre Worte. Genau so war Birgit damals gewesen, als er sie zum ersten Mal getroffen hatte. Durch ihren Umzug nach Norwegen hatte sie sich selbst um das Vergnügen gebracht zu sehen, wie ähnlich ihr ihre Tochter geworden war, dachte Nachtigall, aber schließlich hatte sie den Kontakt so minimal wie möglich gehalten.

Als er später mit Casanova im Schlafzimmer zusammentraf und sie sich auf die unterschiedlichen Schlafplätze geeinigt hatten, war Peter Nachtigall bereit einzuräumen, dass er nach all den Höhen und Tiefen der letzten Jahre, nun im Großen und Ganzen mit seinem Privatleben zufrieden sein konnte.

7

Montag

»Na, Michael. Guten Morgen. Kommst du voran?«

Wiener riss den Blick vom Bildschirm los und sah Peter Nachtigall mit leisem Vorwurf an. Der junge Mann trug wie Nachtigall selbst auch immer schwarze Kleidung und rückte nun umständlich seine Brille zurecht.

»Guten Morgen! Okay, es gibt ein Computerprogramm, mit dem könnt ich einem Verdächtige durch die Kassette folge – wenn ich halt einen hätt! So könne die Kollege ihre ›spezielle Freunde‹ auf den Bändern gezielt rausfiltern. Aber ich hab noch keinen!«, lachte er dann trotzig und machte sich mit einem Stapel Bänder auf den Weg zu den Kollegen, um sie gegen andere auszutauschen.

»Wir fahren zu Mehrings! Überprüfen die Alibis«, rief Nachtigall ihm hinterher und Michael Wiener winkte ihm im Gehen zu ohne sich umzudrehen.

Albrecht Skorubski starrte misslaunig vor sich hin, während er auf der Kreuzung auf der Madlower Hauptstraße darauf wartete, dass der Verkehr abriss und er endlich nach links in Richtung Kahren abbiegen konnte.

»Was ist los?«

»Warum ersticht man jemanden im Stadion? Das ist doch hoch riskant! Es hätte doch ausgereicht, wenn nur einer der Umsitzenden gemerkt hätte, dass mit dem Mann was nicht stimmt – und schon wäre es für den Täter verdammt eng geworden. Also wenn ich schon jemanden ermorden wollte, würde ich mich mit ihm an einem möglichst entlegenen Ort treffen.«

»Aber an einem verlassenen Ort gesehen zu werden, an dem ein Mord begangen wurde, ist viel verdächtiger, als zufällig mit Tausenden anderer in einem Stadion gewesen zu sein, in dem jemand getötet wurde.«

»Ja, ja, stimmt schon! Aber vor laufender Kamera! Heute weiß doch jeder, dass die Polizei im Stadion filmt!«

»Gut. Ich wage jetzt eine Prognose, Albrecht«, leitete Nachtigall seine Worte mit einer gewissen Dramatik ein. »Ich sage dir: Der Täter wird auf dem Videoband zu sehen sein, vielleicht sogar der Mord selbst – aber wir werden nicht in der Lage sein, ihn zu identifizieren.«

»Aber wenn wir den Mord sehen, wissen wir auch, wer ihn begangen hat!«, protestierte Skorubski.

»Wir werden den Mord sehen – aber es wird uns nichts nützen«, beharrte Nachtigall.

Markus Mehring öffnete die Tür und Nachtigall sah ihm an, dass er sie ihnen am liebsten einfach wieder vor der Nase zugeknallt hätte.

»Wir haben noch ein paar Fragen«, stellte der riesenhafte Hauptkommissar schulterzuckend fest.

»Aha.«

Der junge Mann, der zu Nachtigall aufschauen musste, ließ sie eintreten.

Skorubski zückte seinen Dienstausweis, doch der Sohn winkte gleichgültig ab.

»Meine Mutter ist nicht vernehmungsfähig«, trumpfte er dann auf und präsentierte ein ärztliches Attest.

»Ja. Das dachte ich mir schon. Wir wollten mit Ihnen sprechen«, erklärte Nachtigall freundlich.

»Wir hatten doch erst gestern ein ausführliches Gespräch. Ich kann mir beim besten Willen nicht vorstellen, worüber wir uns noch unterhalten müssten.«

Er führte die frühen Besucher in seine Wohnung. Die typische Junggesellenunordnung, die Nachtigall nur zu gut kannte, empfing sie.

»Kaffee?«

»Gerne.«

Kurze Zeit später kehrte er mit einem Tablett zurück und nahm in einem Sessel Platz. Die beiden Kripobeamten hatte er auf die Couch dirigiert.

Wenn er so entspannt in einem Sessel saß, wirkte Markus Mehring sehr erwachsen. Nachtigall schätzte ihn auf Anfang bis Mitte 20.

»Werden Sie die Firma übernehmen – oder doch Ihr Bruder?«

»Übernehmen kann ich sie im Moment nicht – Sie haben das Büro versiegelt. Schon vergessen?«, schnappte Markus Mehring zurück.

»Das ist nur für kurze Zeit. Also werden Sie die Nachfolge Ihres Vater antreten?«

»Mein lieber Bruder hat schon vor langer Zeit eingesehen, dass seine Eignungen nicht auf dieser Ebene liegen. Er ist mit seinen Zahlenkolonnen wesentlich besser bedient. Der Umgang mit Menschen fällt ihm schwer. Eigentlich war geplant, dass ich die Firma weiterführe – aber ich weiß nicht, wie mein Vater seine Angelegenheiten im Testament geregelt hat.«

»Wir haben gehört, ihr Bruder sei jähzornig.«

»Ja. Das stimmt leider. Jähzorn in seiner schlimmsten Ausprägung. Hat ihm immer schon zu schaffen gemacht. Einmal hat er sogar versucht seine Klassenlehrerin zu verprügeln, weil sie ihn nicht drangenommen hat. Es ist, als ob bei ihm irgendetwas aushakt. Er kann dann nicht mehr denken.«

»Wir überprüfen bei einem Mordfall routinemäßig die Angehörigen des Opfers. Wo waren Sie gestern während des Spiels?«

»Hier. Ich habe an meinem Computer gespielt.«

»Zeugen?«

»Ja, wie denn? Wie Sie sehen, wohne ich allein!«

»Vielleicht kam Ihre Mutter kurz hoch – oder Sie wurden angerufen?«, half Skorubski ihm auf die Sprünge.

»Meine Mutter kommt nie hoch. Sie hat nicht einmal einen Schlüssel. Das wäre ja noch schöner – womöglich stöbert sie dann in meinen Sachen rum! Aber angerufen? Ja, doch.« Seine hochgezogenen Augenbrauen bildeten ein spitzes Dreieck auf seiner Stirn. »Ein Freund rief mich an und wollte wissen, wie er aus dem vierten Level ins fünfte kommt. Er konnte den letzten Stein nicht finden und saß fest.«

»Konnten Sie ihm helfen?«

»Nein. Ich hatte das betreffende Spiel gerade ausgeliehen und konnte mich nicht einloggen. Er wollte jemand anderen anrufen – ich gab ihm die Nummer.«

»Ich brauche die Telefonnummer und den Namen Ihres Freundes.«

Markus Mehring stöhnte genervt, notierte aber die Angaben auf einem Zettel, den Nachtigall ihm reichte.

»Ihr Bruder hat gestern behauptet, Sie verbrächten den ganzen Tag mit Computerspielen. Ist das wahr?«

»Ach der. Der redet immer so über mich. Ich studiere

im ersten Semester BWL an der FH – aber das Semester beginnt erst im Oktober und so habe ich jetzt jede Menge Freizeit.«

»Und was haben Sie zwischen Schulabschluss und Studienbeginn gemacht?«

»Zivildienst.«

Also hatte der große Bruder eben doch recht gehabt, dachte Nachtigall, der Kleine machte eine ausgiebige Regenerationspause.

»Haben Sie ein Auto?«

»Ja. Einen Polo. Und ich besitze ein Fahrrad, irgendwo steht noch mein altes Dreirad – was soll das? Ich war hier, ich hatte keinen Grund, meinen Vater zu ermorden – und selbst wenn, ich hätte dazu wohl kaum ins Stadion gehen müssen, meinen Sie nicht?«, brauste Markus auf.

»Ihr Spiel zeigt doch sicher an, wann Sie es benutzt haben und wann es beendet wurde?«

Der junge Mann stellte seine Kaffeetasse so hart ab, dass es bedenklich klirrte.

»Kommen Sie her«, fauchte er dann, öffnete eine Datei und Nachtigall konnte die gespeicherte Zeit erkennen, zu der das Spiel beendet worden war.

»Das war der Moment, als meine Mutter unten angefangen hatte zu schreien – wie Sie sich ja wohl erinnern können!«

Peter Nachtigall nickte und wechselte das Thema.

»Ihr Großvater ist nicht ausgezogen, sondern Ihr Vater hat ihn rausgeworfen. Der eigene Sohn hat ihn kurzerhand vor die Tür gesetzt.«

»Ja. Das stimmt. Sie haben ständig gestritten – und irgendwann ist das Ganze eskaliert. Es ging eigentlich immer um die Firma – und es ist nicht lustig vom eigenen Vater als Totalversager bezeichnet zu werden, besonders dann, wenn man schon weit über 50 ist. An einem Abend war es besonders schlimm. Sie geiferten sich regelrecht an. Am nächsten Tag kam ein Umzugsunternehmen und Opa war weg. Ich denke, mein Großvater lebt jetzt erheblich ruhiger.«

»Stimmt es, dass Ihr Vater die Firma beinahe in den Ruin getrieben hat?«

»Hat Opa das behauptet? Sieht ihm ähnlich. Er will einfach nicht wahrhaben, wie sehr sich die Gesamtwirtschaft in unserem Bereich niederschlägt. Ich meine, es boomt nicht gerade. Das bekommt gerade der Mittelstand besonders zu spüren. Ohne Warenverkehr gibt es auch keine Aufträge für die Spedition. Da sahnen immer nur die Großen ab.«

»Sie meinen also, der Betrieb leide unter der allgemeinen wirtschaftlichen Situation – Ihr Großvater war aber der Auffassung, Ihr Vater trage die Hauptschuld an der finanziellen Krise.«

»Ja – für Opa war es ganz einfach: Wenn nicht genug Geld reinkam, lag das daran, dass nicht genug gearbeitet wurde – und zwar aus Böswilligkeit. Außerdem sieht er immer gleich das ganze Unternehmen in Gefahr – und da ist es leichter, wenn man jemandem die Schuld dafür in die Schuhe schieben kann.«

Das konnte Nachtigall nachvollziehen.

»Aber mit Ihrem Bruder wurde es auch zunehmend schwieriger?«

»Sie meinen wegen der Mind Watchers. Nein, nein, der Streit fing schon viel früher an. Paul hat schon immer gegen stupiden Zeitvertreib gewettert. Als er dann seine Freundin Katharina kennenlernte, wurde es fast unerträglich mit ihm. Wann immer wir ausnahmsweise zusammen am Tisch saßen, gab's Ärger. Besonders wegen Fußball – und das nahm mein Vater sehr übel. Für ihn war das nie nur ein Spiel – es war fester Bestandteil seines Lebens. Auch wenn er sich immer eher als begeisterten Zuschauer sah und nicht als echten Fan.«

Der junge Mann verstummte und starrte auf seine Hände, die untätig in seinem Schoß lagen.

»Als Paul dann diese Mind Watchers gründete, war es ganz aus. Mein Vater behandelte ihn, als sei er nie ein Mitglied dieser Familie gewesen. Er giftete auch gegen Katharina, Pauls Freundin, und ihren Sohn Lukas. Er meinte, man solle schon Manns genug sein, um seine Nachkommen wenigstens selbst zu zeugen und diese Arbeit nicht anderen, potenteren Männern überlassen müssen. Es war eine laute Zeit.«

Er starrte auf den Boden zwischen seinen Füßen und schwieg lange, bevor er den Faden wieder aufnahm.

»Sehen Sie: Die beiden haben sich gehasst und ihr Verhältnis war nicht als normal zu bezeichnen. Mein Vater hielt viel auf die Familie – aber wenn es um Paul ging ...«, er ließ den Satz in der Schwebe.

»Es kommt ein Team und wird alle Unterlagen sowie den PC Ihres Vaters mitnehmen. Sie bekommen natürlich alles so schnell wie möglich wieder zurück«, beendete Hauptkommissar Nachtigall das Gespräch.

Der Sohn zuckte gleichgültig mit den Schultern und setzte eine trotzige Miene auf.

»Sie tun doch ohnehin, was Sie wollen, oder? Der einfache Bürger ist dieser Willkür völlig hilflos ausgeliefert.«

Er begleitete die beiden Ermittler bis zur versiegelten Bürotür und ließ sie dort mit dem Hinweis zurück, er müsse nach seiner Mutter sehen. Nachtigall erbrach das Siegel und öffnete die Tür.

»Es kommt mir nicht so vor, als sei das Opfer bei seiner Familie sehr beliebt gewesen. Du liebe Zeit!«, stöhnte Skorubski. »Im Grunde sind die alle verdächtig.«

»Ja – ist dir auch aufgefallen, wie die Hände des Jungen zitterten, als er die Tastatur bediente? Nach außen gibt er sich relativ gefasst, aber irgendetwas tobt in seinem Innern. Ich könnte schwören, es ist nicht der Tod seines Vaters, der ihn so mitnimmt. Vielleicht erfahren wir nachher von seinem Bruder etwas darüber.«

In dem fremden Büro kamen sich die beiden vor wie Eindringlinge. Nachtigall begann zögerlich einen der Ordner auf dem Schreibtisch durchzublättern. Skorubski las die Rückenetiketten der Ordner im Regal.

Peter Nachtigall hatte die Postmappe der Spedition vor sich. Alle Schreiben waren ausschließlich mit Belangen der Firma befasst. Kostenvoranschläge für Umzüge wurden angefordert, eine Beschwerde wegen eines beim Transport beschädigten Schreibtischs lag darunter und ein Einkaufszentrum wollte einen Termin für einen Waschmaschinentransport zu einem Kunden im südlichen Stadtgebiet. Normale Geschäftspost, Nachtigall seufzte, unspektakulär.

Er sah sich gründlich in dem fast quadratischen, hellen Raum um. An der Wand links vom Schreibtisch hing ein großer Kalender.

»Wenn die Markierungen hier Termine der Spedition sind, kann ich gut verstehen, dass sich der Senior Sorgen um seine Firma macht und das ›Aus‹ befürchtet«, meinte Skorubski und wies auf die wenigen bunten Eintragungen.

Nachtigall runzelte die Stirn.

»Wir werden mit der Hausbank Kontakt aufnehmen müssen. Die werden wohl die sichersten Angaben zu diesem Punkt machen können. Der Senior hat sicher gewusst, wie es um den Familienbetrieb steht, den er durch schwere Zeiten gerettet hat. «

Albrecht Skorubski warf seinem Freund einen entsetzten Blick zu.

»Du glaubst doch nicht ernsthaft, der Senior könnte seinen Sohn erstochen haben, um die Firma zu retten?«

»Das wird sich zeigen. Du hast doch gestern ohne Zögern glauben können, der Sohn habe den Vater getötet – das funktioniert genauso gut umgekehrt.«

8

Eine überschaubare, blaugrün wogende Menge hatte sich am Schinkelturm eingangs der Fußgängerzone versammelt.

Viele Passanten blieben stehen, drückten sich mit dem Rücken an die Schaufenster der Geschäfte und warteten gespannt ab, was nun geschehen sollte. Mehrere Streifenwagen bogen unauffällig in die Burgstraße ein und die Besatzungen hielten sich bereit eventuelle Auseinandersetzungen beenden zu können.

Wie auf ein geheimes Kommando wurden plötzlich die Transparente entrollt.

Kinder weg vom Computer!

Keine Ballerspiele!

Gameboy und Co – ab ins Klo!

Schau hin, was dein Kind spielt!

Eine Gruppe Jugendlicher bog durch das Tor gegenüber der Schlosskirche in die Spremberger Straße ein. Provoziert durch die Plakate nahmen sie sofort eine drohende Haltung ein und bewegten sich steifbeinig auf die Mind Watchers zu. Der Größte, mit kurzen, blondierten Haaren und einer wenig dekorativen Narbe quer über die linke Wange, rief der blauen Versammlung zu:

»Ey – Ihr habt se wohl nicht mehr alle, wa? Ihr müsst ja total bescheuert sein! So was wie euch müsste man einfach von der Straße hauen!«

Der Jubel seiner Anhänger bestärkte ihn.

Mit gespreizten Beinen, die Hände in den Hosentaschen zu Fäusten geballt, baute er sich vor den Laguneblauen auf und signalisierte seine Bereitschaft zum Kampf. Seine Freunde schoben sich dicht hinter ihm zusammen und setzten ebenfalls entschlossene Mienen auf.

»Deine Sprache entspricht schon der eines Ballerspiels. Die Straße ist für alle da. Jeder darf hier seine Meinung öffentlich vertreten«, entgegnete einer aus der Gruppe der Demonstranten.

»Wen interessiert schon eure Meinung? Die ist uns scheißegal!«, höhnte der Blonde, hinter dem die Gruppe Jugendlicher mit einem Mal stark angewachsen war.

Einige der Zuschauer beschlossen umzukehren oder eines der umliegenden Geschäfte aufzusuchen, um so einer Eskalation auszuweichen. Sie versuchten sich am Rand entweder an den streitlustigen Jugendlichen oder den unheimlichen Mitgliedern dieser neuen Sekte vorbeizudrücken, was manchen gelang, anderen nicht.

»Wohin willste denn Opa? Hast wohl Schiss zwischen die Fronten zu geraten – oder willste nur schnell nach Hause zu deinem Internetballerspiel?«, hielt ein rothaariger, schlaksiger Junge einen älteren Herrn auf. Grölendes Gelächter belohnte ihn für diese verbale Attacke.

Der gut gekleidete Herr versuchte die Provokation zu ignorieren und sich in eine Drogerie zu flüchten, doch er wurde vom Rothaarigen grob am Arm gepackt.

»Hiergeblieben Opa! Erst mich blöd anmachen und dann verschwinden wollen!«

Der betagte Herr im Anzug reagierte unerwartet.

Er riss seinen Arm barsch zurück, zog ein Handy aus der Tasche und hielt seinen Daumen über eine Kurzwahltaste.

»Noch ein Wort und ich alarmiere die Polizei. Gleichzeitig werde ich ein Bild von jedem von euch machen und es den Beamten zur Verfügung stellen«, zischte er und lächelte dabei den jungen Rowdy strahlend an.

In diesem Moment brach der Tumult los: Von irgendwoher kam eine Coladose angeflogen und traf einen der Blauen an der Stirn. Blut floss, der Getroffene wurde bleich und taumelte, wurde gehalten und gestützt. Andere Geschosse folgten und die Mind Watchers wichen zurück. Einige der Dosen platzten und die braune Flüssigkeit spritzte wild zischend auf die Umstehenden. Die Polizei, die den Zeitpunkt zum Eingreifen gekommen sah, drängte von der Burgstraße aus nach und unversehens sahen sich die Wahrer des reinen Geistes in die Mitte genommen. Bestürzt versuchte Einsatzleiter Hannemann seine Kräfte umzudirigieren, als er bemerkte, wie die Mind Watchers eingekesselt und auf die gewaltbereiten Jugendlichen zugedrängt wurden.

»Lasst den Blauen eine Rückzugsmöglichkeit offen!«, wies er seine Beamten an – doch gerade an dieser Stelle war das nur schwer möglich. Die Mitte der demonstrierenden Mind Watchers wurde direkt in die Arme der Jugendlichen geschoben, während am Rand einige in ein Schuhgeschäft zu entkommen versuchten. Lautes Johlen hatte den Aufmarsch der Polizisten begleitet. Menschen, die erkannten, was an der Ecke am Turm los war, versuchten zum Schlosskirchplatz zu kommen, denn von dort aus standen Fluchtwege in mehrere Richtungen offen.

Unerbittlich zwängten sich die Einsatzkräfte vor. Mit ihren weißen Helmen und der dunkelgrünen Schutzkleidung fielen sie in der einheitlich blauen Gruppe besonders auf.

»Kommt her, kommt! Prügeln ist ja eh das Einzige, was ihr könnt, ihr Bullenschweine!«, war eine Stimme aus der Gruppe der Angreifer zu hören. Dann stoben die Jugendlichen plötzlich auseinander und flohen in die unterschiedlichsten Richtungen, über die Sprem zum Altmarkt, zum Heronplatz, über den Schlosskirchplatz in Richtung Gertraudenstraße. Beamte der Polizei stürmten hinterher und warfen zu Boden, wen sie packen konnten. Genauso unvermittelt wie das Chaos begonnen hatte, war es auch wieder vorbei.

Ungefähr 20 Randalierer fanden sich gut vertäut in den Einsatzwagen der Polizei wieder.

Eine hochbetagte Dame mit weißem Haar, einem kecken Hütchen und einem knorrigen Stock als Stütze sah den gut gekleideten, älteren Herrn voller Begeisterung an.

»Das war aber mutig von Ihnen, Herr Mehring, alle Achtung! Toll – jetzt habe ich heute Nachmittag jede Menge zu erzählen bei unserem Kränzchen! So viel Aufregung auf der Straße – fast wie beim Karneval, finden Sie nicht?«

Wilhelm Mehring warf ihr einen bösen Blick zu und sie sah beschämt zu Boden.

»Na, in unserem Leben ist doch nicht mehr so viel los. Da freut man sich über jede Abwechslung!«, protestierte sie schwach.

Wilhelm Mehring ließ die vergnügungssüchtige Dame einfach stehen und wandte sich abrupt um. Er hatte genug gesehen.

»Diese Eskalation war nicht vorauszusehen! Das können Sie doch nicht uns in die Schuhe schieben wollen!

Die Dosen haben die anderen geworfen! Und Ihre Beamten haben uns direkt in deren Arme getrieben – Ihre Leute standen falsch!«, regte Paul Mehring sich auf. Er hatte von einem der Sanitäter ein Coolpack bekommen, das er auf sein linkes Auge presste.

»Die Zusammenkunft war genehmigt, richtig. Aber Ihre Mind Watchers haben unsäglich provoziert! Das können Sie doch wohl nicht bestreiten! ›Gameboy und Co – ab ins Klo‹?«

NorbertHannemann war hochrot im Gesicht und wischte sich immer wieder den Schweiß von Oberlippe und Stirn.

»Sie wussten doch schon vorher, welchen Standpunkt wir vertreten! Das war nichts Neues. Und natürlich polarisieren manche Wahrheiten! Das liegt in der Natur der Sache.«

Das hat doch alles keinen Sinn, dachte Paul resigniert und versuchte den pulsierenden Kopfschmerz hinter seiner Stirn zu ignorieren. Wahrscheinlich regte dieser Hannemann sich nur so auf, weil er das Anliegen der Mind Watchers auch nicht begreifen wollte. Und vielleicht sollte er wirklich mehr Verständnis für diesen wutschnaubenden Einsatzleiter aufbringen; schließlich waren fünf seiner Beamten verletzt worden – und 15 Mind Watchers hatte man verpflastert, verbunden und bei Dreien – darunter auch bei ihm – in der Notaufnahme des Klinikums eine Platzwunde an der Stirn nähen müssen.

»Hören Sie«, begann er ruhiger, »es tut mir leid. Wir hatten nicht damit gerechnet, dass man uns angreifen würde. Wir dachten eher an Beschimpfungen und Diskussionen. Wir sind absolut gewaltfrei – es bedrückt mich sehr, wie um uns herum so viel Brutalität entstehen kann, glauben Sie mir. Sollte es ein nächstes Mal geben sind wir alle besser vorbereitet.«

EinsatzleiterHannemann nickte unversöhnt.

9

Gut gelaunt betrat Michael Wiener das Büro mit einem neuen Stapel Bildmaterial unter dem Arm.

Nachtigall und Skorubski brüteten über den Akten aus Mehrings Büro und suchten nach einem Mordmotiv.

»Habt ihr g'hört, was da heute auf der Sprem los war?«

Synchrones Kopfschütteln antwortete ihm.

»Die Mind Watchers habe am Schinkelturm 'ne Demo abg'halte. Dabei sin sie mit Dose beworfe wore. Der Hannemann tobt und behauptet jetzt, der Paul Mehring sei schuld an der Sach – immerhin hat's ein paar Verletzte gebe. Fünf vo seine Beamte hat's erwischt und ein paar vo denen andere. Und einige vo den Randalierern habe sie in Gewahrsam g'nomme«, Wieners Augen leuchteten.

»So eine richtige Action also. Viele Eltern fühlen sich von den Parolen angegriffen, gerade dann, wenn sie ihren Kindern fernsehen und Computerspiele erlauben. Jetzt bekommen sie ein schlechtes Gewissen, weil sie glauben, sie haben schon wieder alles falsch gemacht«, meinte Peter Nachtigall besorgt. »Das wird noch schlimmer werden.«

»Glaub ich auch. Sie bringen so viele gegen sich auf«, unkte Albrecht Skorubski ebenfalls.

»Weil sie recht habe und des au jeder weiß! S'fällt halt schwer des einz'g'stehe – aber diese Spiele sin Schrott und Eltern sollte wirklich mehr hingucke, was die Kinder so mache nach der Schul.«

»Dabei war es so angenehm: Das Kind sitzt vor dem PC, es kehrt Ruhe in den Haushalt ein, das Kind ist beschäftigt. Und jetzt kommen die Mind Watchers und behaupten das sei Bequemlichkeit und unverantwortlich. Die Eltern müssen alles überdenken.«

Das Telefon auf seinem Schreibtisch klingelte schrill.

Nachtigall nahm das Gespräch an, lauschte in den Hörer und meinte: »Wir sind schon fast da.«

»Dr. Pankratz«, informierte er sein Team schlicht und nickte Wiener aufmunternd zu.

»Wir gehen und du guckst fern!«

»Schänder!«, fluchte Michael Wiener leise und verzog das Gesicht zu einem schiefen Grinsen.

10

Der hagere, forensische Pathologe erwartete sie schon ungeduldig.

»Guten Tag die Herren! Na, das war wieder ein richtiger Knaller: Mord im Stadion!«

Er bemühte sich nicht seine Begeisterung zu verbergen. Es störte seine Patienten nicht, wenn er so über die Umstände ihres Todes sprach.

»Ja, aber gefunden wurde er erst nach dem Abpfiff. Die meisten Zuschauer werden es aus der Presse erfahren.«

»Ziemlich pietätlos, finden Sie nicht?«

»Ich finde Mord grundsätzlich pietätlos«, gab Hautkommissar Nachtigall etwas patzig zurück.

»Ja, gut. Aber wo ihr hier doch alle Energiefans seid – da kommt als Täter eigentlich nur einer in Frage, der nicht aus der Gegend stammt.«

Peter Nachtigall lachte verhalten. Er war in Anwesenheit von Mordopfern, die auf ihre Obduktion warteten oder sie bereits überstanden hatten, nicht zum Scherzen aufgelegt. Wenigstens sah das Opfer diesmal fast friedlich aus – da hatte er schon ganz andere Ermordete sehen müssen.

»Das engt den Täterkreis ungemein ein. Ein Zugereister also.«

»Derjenige, der ihn ermordet hat, muss unmittelbar hinter ihm gesessen oder besser gestanden haben. Tatwaffe war dieses Ding hier.« Dr. Pankratz hielt Nachtigall eine Art angespitzten Schraubendreher hin. »Ein Vorstecher. Dieses Werkzeug wurde dem Opfer mit großer Kraft nahezu waagrecht durch den Oberkörper gestoßen. Er war nicht sofort tot, aber konnte wohl nicht mehr auf seine Situation aufmerksam machen. Am Tatort fand sich sehr viel Blut. Das spricht eher für verbluten«, erklärte Dr. Pankratz.

Dabei trat er an den Edelstahltisch heran und nötigte die beiden Ermittler es ihm gleichzutun. »Der Vorstecher hat das Herz vollständig durchbohrt. Um das zu erreichen, musste der Täter die Waffe bis zum Anschlag in den Körper des Opfers rammen. Am Rücken findet sich, trotz der Polsterung durch Jackett und Hemd, eine livide Abdruckmarke. Möchten Sie die vielleicht sehen?«, er schickte sich an den Körper anzuheben, doch Nachtigall wehrte hastig mit beiden Händen ab.

Der Gerichtsmediziner lächelte nachsichtig.

»Ich vergesse immer, dass Sie auf Mord und Totschlag gerne etwas hypersensibel reagieren. Ist aber schließlich kein Fehler!«

»Das sehe ich auch so«, reagierte Peter Nachtigall leicht gekränkt.

Aus Erfahrung wusste er, wie seine emotionale Reaktion von vielen Kollegen ausgelegt wurde: als Schwäche. Er selbst dagegen war der Auffassung, sein Denken würde dadurch um eine ganze Dimension erweitert.

Misstrauisch warf er Dr. Pankratz einen raschen Seitenblick zu, doch der war längst wieder völlig von dem leblosen Körper in Anspruch genommen.

»Sie wissen schon, um wen es sich handelt, nicht?«

»Ja, Hans-Jürgen Mehring. Er war der Besitzer einer kleinen Spedition in Kahren«, steuerte Skorubski bei und fügte, als er den ratlosen Blick des Rechtsmediziners registrierte, hinzu, »wenn Sie Richtung Autobahn fahren, im Süden, geht es links ab nach Kahren. 15 Minuten mit dem Auto – wenn die Schranke unten ist, länger.«

»Nur der Vater des Opfers hielt seinen Sohn für schwierig und konnte sich vorstellen, dass es anderen auch so ging und einer ihn dann schlussendlich ermordet hat. Allerdings hatten Vater und Sohn ein stark belastetes Verhältnis. Die Söhne sehen kein zwingendes Motiv für die Tat und sie können sich auch niemanden vorstellen, der ihrem Vater so etwas antun könnte.« Nachtigall zuckte mit den Schultern. »Aber vielleicht verraten sie es nur auch noch nicht. Übrigens haben Sie schon von den Mind Watchers gehört?«

Dr. Pankratz grunzte zustimmend. »Gab ja schon Tumulte ihretwegen.«

»Der älteste Sohn ist eines der Gründungsmitglieder dieser neuen Bewegung.«

»Na, das ist ja spannend. Glauben Sie, es war eine ideologisch motivierte Tat?«, fragte er dann interessiert.

Peter Nachtigall schüttelte vage den Kopf.

»Ehrlich gesagt, haben wir noch keinen konkreten Ermittlungsansatz.«

»Ist es nicht unwahrscheinlich, dass ein gewaltverabscheuender Vegetarier einen Mord an einem Mitgeschöpf begeht?«

Der Kriminalhauptkommissar starrte den Gerichtsmediziner einen Moment lang sprachlos an.

»Ein Scherz, Herr Nachtigall! Wir wissen doch am besten, wozu Menschen in der Lage sind: Fleischfresser, Instinktos, Vegetarier, Veganer und was auch immer.«

»Können Sie mir etwas über den Täter verraten?«, rettete Nachtigall sich auf sichereres Terrain.

»Wahrscheinlich war er ungefähr so groß wie das Opfer selbst – oder ein wenig größer. Sonst hätte er auf den Sitz klettern müssen, um den Stich so zu setzen, und das wäre wohl aufgefallen. Seine Arme sind kräftig – denn er hat sein Opfer mit einer Hand an der Schulter gehalten, als er zustach. Ansonsten wäre der Körper vornüber gestürzt und auch das wäre jemandem aufgefallen. Außerdem muss es jemand gewesen sein, der verzweifelt genug war dieses hohe Risiko einzugehen. Es hätte so viel schief gehen können. Stellen Sie sich vor, das Opfer wäre nicht sofort ruhig zusammengesunken, sondern hätte sich schreiend losgerissen – oder der Vorstecher wäre entdeckt worden. Dazu sind die Einlasskontrollen ja eigentlich da, nicht wahr? Der ganze Plan wäre dann gescheitert.«

»Verzweifelt – hmmm. Das bedeutet doch, der Täter schwebte selbst in irgendeiner Gefahr oder steckte in einer Zwangslage? Er fürchtete Entdeckung, Enterbung, die Aufdeckung eines Geheimnisses?«

»Hass«, warf Albrecht Skorubski unerwartet ein.

»Ja, wenn der Hass groß genug ist, steigt die Risikobereitschaft«, stimmte Dr. Pankratz mit schiefem Lächeln zu. »Ein ausgesprochen klassisches Motiv. Darüberhinaus kann ich über das Opfer folgende Informationen beisteuern: Er war leicht überernährt, sonst in altersentsprechendem Zustand. Blut in der Thoraxhöhle und im Herzbeutel, eine Perforation der linken Herzkammer. Einige andere Auffälligkeiten, die ich erst abkläre, bevor ich abschließend etwas dazu sagen kann«, schloss er geheimnisvoll.

»Tja – und natürlich die Narben.«

Er gab dem Sektionsassistenten ein Zeichen und gemeinsam drehten sie das Opfer auf den Bauch.

Peter Nachtigall sog scharf die Luft ein und starrte gebannt auf den geschundenen Körper. Albrecht Skorubski hielt den Atem an.

»Vielleicht war er ein Abenteurer – wir haben auch verheilte Knochenbrüche gefunden, zweimal linker Unterarm, zweimal Rippen und einmal das rechte Schienbein. Bemerkenswert ist, dass diese Narben nur am Rücken zu finden sind«, selbst Dr. Pankratz Stimme klang betroffen.

Unzählige lange und kurze Narben zogen sich quer und längs über Schultern, Rücken und Gesäß des Mannes. Manche waren durch Keloid verdickt und hatten das umgebende Gewebe faltig eingezogen. Andere waren flach, dünn und kaum zu sehen, einige breit gedehnt, als habe es lange gedauert, bis die Wunde geschlossen war.

»Eine Peitsche oder ein dünner Stock, würde ich sagen«, ergänzte der Rechtsmediziner mit gesenkter Stimme. »Geblutet haben sie sicher alle. Und so, wie einige von ihnen verlaufen, konnten sie nur schlecht heilen. Permanenter Zug durch Bewegung zum Beispiel – oder hier auf dem Gesäß ... Einige sind sehr tief, andere eher oberflächlich. Als hätte der Schläger mal mit mehr und mal mit weniger Wut gezüchtigt.«

»Die Narben sind allesamt alt, nicht?«, Nachtigall flüsterte nur noch.

»Ja, ich denke, die Verletzungen wurden ihm beigebracht, als er noch ein Kind oder Jugendlicher war.«

»Vom Vater womöglich.« Nachtigall dachte an Wilhelm Mehring und fragte sich, ob dieser Mann wirklich als Verursacher in Frage kam.

»Nun, früher war Prügel eine durchaus übliche Form

der Bestrafung. Aber vielleicht war es auch ganz anders. Wenn der Vater noch lebt, können Sie ihn ja fragen.«

Das werde ich, dachte Peter Nachtigall zornig entschlossen, das werde ich!

11

»Was haben wir?«, eröffnete Peter Nachtigall wie üblich die abendliche Runde.

»Jetzt hab ich schon so viele Bänder gesehen und doch no keinen Täter g'funde. Aber viel könne nun nicht mehr übrig sei, also werde ich den Kerl bald entdecke.«

Nachtigall freute sich über den Eifer des jungen Kollegen, der mit seiner Freundin aus Baden-Württemberg nach Cottbus gezogen war. Sie studierte Biologie in Berlin und er selbst war Nachtigalls Team zugewiesen worden. Wenn Michael Wiener sich festgebissen hatte, blieb er unbeirrt bis zum Schluss an der Sache dran – und sein Dialekt, der ab und zu noch durchbrach, machte den ohnehin freundlichen Ermittler noch sympathischer. Bei Vernehmungen sprach er inzwischen Hochdeutsch, um Verständigungsprobleme zu vermeiden, aber im Büro fiel er immer wieder ins Badische zurück, vor allem wenn er aufgeregt war.

»Todesursache ist eindeutig – Todeszeitpunkt eher gegen Ende des Spiels«, Nachtigall erhob sich und trat an die Pinnwand an der Stirnseite des Raumes.

Hass, stand auf dem Pappstreifen, den er mit einer Nadel anheftete.

»Ein prima Mordmotiv: klassisch, setzt ungeahnte Kräfte frei, lässt Täter ›über sich hinaus wachsen‹. Nur, wer könnte ihn so sehr gehasst haben?«

»Paul Mehring«, antwortete Skorubski, »von ihm

wissen wir, dass sein Jähzorn ihn zu risikoreichem Verhalten verleiten kann. Er hat sich ständig mit dem Vater gestritten. Möglicherweise gab es einen akuten Vorfall, ein Telefonat zum Beispiel, und der Sohn packt die Waffe ein und ab ins Stadion.«

»Was ist mit dem Vater? Er hat das Gefühl gehabt, sein Sohn sei auf dem besten Weg den Familienbetrieb zu ruinieren. Er wollte in einer Art Verzweiflungsakt wenigstens den Rest retten.«

»Möglich. Er wirkt sehr abgeklärt, aber das kann ja täuschen. Ich werde ihn auch wegen der Narben des Opfers noch befragen. Vielleicht ist er so jähzornig wie der Enkel.«

»Ja, gut«, meinte Skorubski, »und er hätte ihn nach seinem Auszug auch nicht einfach zu Hause ermorden können. Aber er hat sicher gewusst, dass er regelmäßig zu den Heimspielen gegangen ist.«

»Hat die Stadionkontrolle inzwischen eine Erklärung dafür geliefert, wie jemand dieses Ding mit ins Stadion nehmen konnte?«

»Ja – sie habe ein Fax g'schickt. Sie kontrolliere immer penibel, aber manche Fans schmuggle ebe an den seltsamste Stelle was rein. Vielleicht im Schuh?«

»Da kann man doch nicht mehr laufen, mit so einem großen Teil im Schuh!«, protestierte Nachtigall und sah auf seine schwarzen Slipper.

»Ja, nicht in solchen Schuhen!«, Albrecht Skorubski grinste, »Die jungen Leute tragen weiche, breite Sneakers. Da ist allemal noch Platz für so etwas – notfalls hinkst du eben ein bisschen.«

Ein vergrößertes Tatortfoto hing an der Wand. Peter Nachtigall betrachtete es schweigend. Hans-Jürgen Mehring war auf seinem Platz zusammengesunken, den Oberkörper leicht vornüber gebeugt. Man konnte ihn durchaus für betrunken oder schlafend gehalten haben.

»Michael, klär doch morgen, ob die Plätze neben dem Opfer auch alle fest vergeben sind und ob die ›Besitzer‹ dort saßen. Jemandem, der ihn kannte, hätte doch auffallen müssen, dass mit ihm etwas nicht stimmt.«

»Weißt du – ich begreife nicht, wie alle nach Hause gehen können und nicht einer mal den eingeschlafenen Herrn antippt, um ihm zu sagen, dass das Spiel aus ist«, meinte Skorubski vorwurfsvoll. »Die haben neben einem Ermordeten gesessen und nichts bemerkt!«

»Einen Betrunkenen anzusprechen ist gar nicht so ohne. Möglicherweise pöbelt er dich an oder verprügelt dich. Da haben eben alle die Finger davon gelassen.«

»Hat ›Energie‹ das Spiel eigentlich gewonnen?«

Zwei Augenpaare starrten Skorubski verständnislos an.

»Unentschieden!«

»Oh – ich hab nicht bis zum Ende hingehört und zum Zeitung lesen war heute noch keine Zeit. Ich frage mich nur, ob es nicht vielleicht doch kein geplanter Mord war. Ein Zugereister auf der falschen Tribüne, der seine Chance nutzt.«

»Zufall«, schrieb Nachtigall auf einen Pappstreifen und hängte ihn auf.

»Du meinst also, es kam ein Fan aus Rostock mit einem Vorstecher im Schuh zum Spiel, um in einem für ihn günstigen Moment seinen Vordermann damit zu ermorden?«

»Ich weiß, es klingt unwahrscheinlich. Aber deshalb ist es doch nicht völlig ausgeschlossen.«

Nach einer Pause meinte Nachtigall trocken:

»Dann können wir nur hoffen, dass Michael endlich den Täter auf den Videos findet!«

12

Paul Mehring parkte seinen klapprigen Kadett schwungvoll auf der großen Stellfläche ein. Müde fuhr er sich mit beiden Händen durchs Haar, seufzte und hievte sich dann aus dem durchgesessenen Fahrersitz. Automatisch drehte er sein Gesicht himmelwärts und prüfte kritisch die Wetterlage wie ein Spürhund, der Witterung aufgenommen hatte.

»Es wird Regen geben«, murmelte er vor sich hin. Sein Vater hatte Regen besonders gemocht, fiel ihm plötzlich ein. Bei Regenwetter bestellten die Leute lieber die Männer von der Spedition, als ihre Transporte selbst zu organisieren – sie wurden nämlich nicht gerne nass. So konnten sie im Warmen und Trockenen sitzen und in aller Gemütsruhe den Packern dabei zusehen, wie sie ihre Habe durch die Gegend schleppten, pflegte er seinen Söhnen zu predigen, wenn sie über Regenwetter maulten.

Und nun war er tot.

Paul lauschte in sich hinein und versuchte dem Gefühl, das er dort in der Tiefe aufzuspüren glaubte, einen Namen zu geben. Freude, Erleichterung? Schuldbewusst senkte er den Kopf und stapfte eilig auf das Restaurant zu, in dessen Hinterzimmer die Mind Watchers ihre Zusammenkünfte abhielten. Kraftvoll stieß er die Tür auf und kämpfte sich durch die Wand aus Bierdunst und Zigarettenqualm zum Versammlungsraum durch.

Stille senkte sich über die rund 25 Mitglieder, die sich dort eingefunden hatten. Er erkannte einige mit Blessuren vom morgendlichen Zusammenstoß mit den Rowdys und spürte auch, wie seine Kopfschmerzen wieder aufflammten. Zwei hatten große Pflaster am Kopf wie er selbst, bei einem anderen war die Hand verbunden. Mindestens die Hälfte würde morgen mit einem blauen Auge zur Arbeit gehen müssen. Vorsichtig tastete er nach dem Pflaster auf der Stirn, hinter dem es unangenehm pochte und zwickte, und fuhr mit den Fingerspitzen prüfend über die Schwellung am Auge. Eine ältere Dame mit schlohweißem Haar erhob sich, drängte sich an den anderen vorbei und nahm ihn fest in die Arme.

»Es tut uns allen so leid, Paul. Es ist schrecklich, der eigene Vater ermordet – und dann auch noch diese Krawalle heute – es muss alles furchtbar für dich sein. Wenn du in irgendeiner Form Hilfe oder Unterstützung brauchst, kannst du dich natürlich jederzeit an uns wenden. Das weißt du hoffentlich«, erklärte sie mit vor Mitgefühl zitternder Stimme.

Paul legte den Kopf leicht schief und versuchte ein Lächeln, das nicht zu strahlend ausfallen durfte. Sein Innerstes ging schließlich niemanden etwas an und er hatte nicht vor den Versammelten tiefere Einblicke zu gewähren.

Artig bedankte er sich und schob dann die matronenhafte Frau energisch wieder an ihren Platz zurück.

»Die Sitzung werden wir wie geplant durchführen. Es gibt keinen Grund, an der Tagesordnung irgendetwas zu ändern. Der Tod ist Teil des Lebenszyklus, selbst dann, wenn er gewaltsam war«, stellte er mit fester Stimme klar.

Allgemeines Gemurmel lobte ihn für seine Tapferkeit.

»Die heutigen Vorkommnisse werten wir erst am Mittwoch aus, wenn sich die Eindrücke bei uns gesetzt haben. Besser wir lassen uns etwas Zeit, all das zu verarbeiten, bevor wir über mögliche Konsequenzen diskutieren.« Wieder signalisierte die Gruppe Zustimmung.

Er nahm an einem der U-förmig aufgestellten Tische Platz und verlas den ersten Punkt der Tagesordnung:

»Punkt 1 befasst sich mit der Frage einer Verschärfung der Aufnahmekriterien. Wir sollten klare Gründe formulieren, jemandem die Aufnahme in unsere Gruppe zu verweigern. Warum sollten wir Antragsteller abweisen und wie müssen die Kriterien aussehen, nach denen wir diese Entscheidung fällen?«

Er sah sich nach Wortmeldungen um, während er per Handzeichen ein Glas Mineralwasser bei der Bedienung bestellte.

Wohlgefällig ruhte sein Blick auf den Anhängern der neuen Bewegung. Toll sahen sie aus in der Farbe des Wassers einer Lagune, vertrauenerweckend, beruhigend, unaufgeregt. Blau signalisierte Klarheit und Reinheit aber auch Geborgenheit – wie man es in einer geschützten Bucht fand. Genau so, wie er es sich vorgestellt hatte.

»Nun, wir bekommen immer mehr Anträge von Leuten, denen es nicht ernst ist mit unserer Bewegung. Sie finden es nur chic oder kultig, zu uns zu gehören, unser Outfit macht sie an, sie finden die Farbe total angesagt – doch an ihrem Leben ändern sie rein gar nichts!«, empörte sich Miki und sofort zogen sich hektische Flecken über Gesicht und Dekolleté. Ihre glatten, braunen Haare hingen wie gebügelt herunter bis auf die Schultern, ihre abstehenden Ohren sahen an beiden Seiten hervor. Nun fuhr sie nervös mit den Fingern durch das Haar, schaffte es aber nicht im Mindesten, eine Form von Unordnung anzurichten.

Paul ließ die Äußerung unkommentiert im Raum stehen. Er wusste aus Erfahrung, dass sich nun ganz ohne sein Zutun ein heftiger Disput entwickeln würde.

»Aha!«, giftete prompt die stämmige, blonde Sabine, »du willst also Spitzel auf die Mitglieder ansetzen, um zu überprüfen, ob sie sich regelkonform verhalten: keine Gameshows mehr, kein Alkohol, keine sinnlosen Spaziergänge mehr im Internet, kein Liebesroman am Bett, kein Braten im Topf! Sag mal, spinnst du?«

»Ich meine doch nur, wir sollten Verhaltensregeln, die wir aufstellen, auch kontrollieren! Sonst brauchen wir sie nicht erst zu formulieren! Roules you don't control are senseless! sagen die Engländer. Und vielleicht lesen wir dann bald eine megatolle Schlagzeile: Familienvater, Mitglied der Mind Watchers, missbrauchte jahrelang seine Kinder (5 und 7 Jahre alt)! Das wäre unser Untergang! Niemand nähme uns mehr ernst!«, wehrte sich Miki und zustimmendes Geraune signalisierte breites Einverständnis der Gruppe.

»Psychisch Kranke findest du in jeder Gruppierung! Niemand käme auf die Idee zu glauben, nur weil wir Gewaltfreiheit propagieren, gäbe es keine schwarzen Schafe in der Gruppe. Das wäre doch auch ausgesprochener Schwachsinn!«, entkräftete Dörte, eine Mitvierzigerin mit praktischem Kurzhaarschnitt und offenem Gesicht Mikis Argument.

»Genau«, steuerte überraschend Gerald bei, der sich sonst eher schüchtern zurückhielt, »nicht jeder der bei Greenpeace mitmacht trennt seinen Müll ordentlich und erzieht seinen Hund ohne Schläge!« Seine langen, schütteren Haare waren wie immer zu einem dünnen Schwänzchen zusammengebunden und seine Augenbrauen huschten unzählige Male vor Aufregung zum Haaransatz und zurück.

»Äh, äh, ich muss was sagen. Ich habe da ein Problem!«, outete sich Niels, ein schmächtiger, junger Mann mit spitzem Kinn und geflochtenem Bärtchen. Seine langen, lockigen Haare, die ihm bis zum halben Rücken hinunterfielen, ließen den Gesamteindruck eines skandinavischen Jesusverschnitts entstehen. Als er nun ins Stocken geriet, wandte sich ihm die gesamte Gruppe gespannt zu.

»Ich kenne die Regeln und ich würde sie auch gerne zu 100% einhalten – aber ich kann nicht. Mein Arzt, also ich hatte heute einen Termin bei ihm und – also er ist leider nicht zufrieden mit meinen Werten.«

Paul beobachtete mit wachsender Ungeduld, wie Niels sich anschickte seinen Satz zu gebären.

»Mein Gesamteiweiß, versteht ihr? Es ist zu niedrig. Mein Arzt meint, ohne Fleisch geht es eben bei mir nicht. Nur Käse, Joghurt und Milch sind nicht genug für mich. Müsst ihr mich jetzt ausschließen?«

Paul fuhr mit der Hand hart durch die Luft und schnitt damit jede Diskussion ab.

Dann tat er so, als müsse er dieses Problem ernsthaft durchdenken, schließlich hatte Niels seinen Satz auch endlos in der Schwebe gehalten. Füßescharren zeigte ihm, wie die Spannung im Raum stieg, alle Augen waren auf ihn gerichtet.

»Tja Niels, unser Motto lautet: ›Keep your mind in mind‹, und natürlich sind wir dagegen, dass nur für einen vermeintlichen Genuss Tiere sterben müssen. Doch auf der anderen Seite können wir die Gesundheit unserer Mitglieder nicht riskieren. So denke ich, ist es in unser aller Sinne, wenn ich dir eine Sondergenehmigung für den Fleischverzehr erteile. Vielleicht solltest du aber sorgfältig darauf achten, woher das Fleisch stammt: Wie hat das Tier gelebt und wurde es möglichst ohne unnötige Qualen getötet? Am besten du kaufst das Fleisch beim Biobauern direkt, siehst dich dort gründlich um und vergewisserst dich, dass das Tier artgerecht gehalten wurde.«

Niels Gesichtszüge hellten sich auf.

»Weißt du Niels, wir wollen niemanden unterjochen. Unsere Mitglieder versuchen sich bewusst zu machen, was sie tun und wie sich ihr Tun auf ihre Psyche auswirkt. Macht es sie traurig, aggressiv, benebelt, stumpft es sie ab. Wenn ein Mitglied Fleisch isst oder ein Glas Wein trinkt sollte es sich im Klaren darüber sein, dass für das Schnitzel ein Mord«, er zuckte kurz zusammen und hoffte, die anderen hätten es nicht bemerkt, »begangen wurde und Alkohol ein Gift ist, das den Geist benebeln und dem Körper schaden wird.«

»Dann ist es also nicht wirklich verboten?«

»Nein, denn wer bin ich, dass ich dir etwas verbiete, du bist ein erwachsener Mann. Unsere Regel lautet: Für mein Essen muss kein Tier sterben, weil ich nicht an diesem Mord schuld sein will. Das bedeutet, wir erwarten von jedem sich daran zu halten. Bei dir machen wir eine Ausnahme.«

Er blickte in die Runde und bemerkte, wie begeistert ihn die Anhänger der neuen Bewegung ansahen.

»Seht ihr nicht – es ist wichtiger sich die allgegenwärtigen Gefahren für unseren Geist vor Augen zu halten, als stur irgendwelche Regeln zu befolgen – vielleicht sogar nur aus Angst vor Sanktionen. Möglicherweise stoßt ihr sonst unvermittelt auf eine Gefährdung und wisst nicht, wie damit umzugehen ist, weil es keine Regel dafür gibt. Nein – eure permanente Wachsamkeit und Aufmerksamkeit sind der beste Schutz für euren Geist.«

»Und wir dürfen auch nicht vergessen, welch eine Vorbildfunktion wir für unsere Kinder haben und welche Verpflichtung die Elternschaft mit sich bringt. Kinder brauchen unseren besonderen Schutz vor den Gefahren, die draußen in der Welt auf sie lauern«, ergänzte Thorben und wies theatralisch auf die Tür.

Schade, dass sein eigener Vater nie in der Lage war, sich mit den Anliegen der Mind Watchers auseinanderzusetzen, oder wenigstens versucht hatte sie zu verstehen. Vielleicht gab es wirklich eine Hölle, dann, so hoffte Paul Mehring inständig, würde die Seele seines Vater dort auf ewig schmoren.

13

Peter Nachtigall war müde. Wie so oft in letzter Zeit – zu oft, dachte er mürrisch. Gut, er war keine 20 mehr - aber so alt war er nun auch wieder nicht. Stress? Lag es an der Trennung von Jule? Er konnte sich nicht ewig Zeit nehmen sich daran zu gewöhnen, allein mit einem Tier zu leben. Ein Arrangement, mit dem der Kater auf jeden Fall gut leben konnte und er selbst würde es mit der Zeit schon lernen. ›Immerhin studiert Jule in Cottbus und nicht in Hongkong‹, hielt er sich vor, sie war nicht wirklich unerreichbar weit weg, wohnte beinahe um die Ecke. Wenn er ehrlich war, musste er zugeben, ein Leben ohne Anhang ließ sich auch wunderbar genießen.

Warum war dann seine Stimmung so schlecht?

Er trat an das Fenster seines Büros uns sah hinaus. Fast wehmütig stellte er fest, wie rasch der Abend durch die Straßen kroch. Der Sommer war wohl endgültig vorbei – nicht lange und das Herbstgrau würde sich wieder überall breit machen.

Fröstelnd zog er die Schultern hoch.

Ob Conny vielleicht schon zu Hause war?

Er könnte sie anrufen und die eigenartige Stimmung bei einem gemütlichen Abend mit ihr gemeinsam vertreiben.

›Selbstmitleid!‹, identifizierte er seinen Zustand, ›Mann – tu was!‹

Entschlossen wählte er ihre Nummer.

Schon in dem Moment, in dem sie sich meldete, fühlte er sich seltsam losgelöst. Ihre Stimme klang fröhlich und sinnlich zugleich, ein Versprechen. Schon eine halbe Stunde später hielt er sie fest im Arm, als sie auf den Wegen des Fürsten Pückler durch dessen Park schlenderten.

Das Schloss wirkte trotz des abendlich grauen Lichts einladend. Hinter den Fenstern brannte noch Licht, vom Marstall her hörten sie Stimmen, die verrieten, dass einige unerschrockene Gäste trotz der Kühle noch draußen im Garten des Restaurants saßen.

»Das muss schon ein toller Mann gewesen sein, dieser Fürst. Es hat die Frauen doch sicher tief beeindruckt, als er mit einem Gespann aus weißen Hirschen vor dem Kranzler in Berlin vorgefahren ist«, schwärmte Conny leise.

»Und die anderen Charmeure wurden regelmäßig blass vor Neid! Wie sollten sie denn so einen Typen ausstechen – es muss ziemlich hoffnungslos gewesen sein.«

»Naja, nicht alle Frauen stehen auf Heißsporne. Manch einer wird schon damals ein verlässlicher Partner lieber gewesen sein. Aber wenn ich es genau bedenke – so ein Gespann mit weißen Hirschen«, sie lachte leise, weil sie spürte, wie Nachtigall seinen Arm fester um sie legte.

»Na, wohin nun, Herr Hauptkommissar?«

Sie lehnte ihren Kopf schwer an seine Schulter und als er sanft ihren Scheitel küsste, atmete er den frischen Duft ihres Haares ein.

»Hm. Du riechst gut«, brummte er.

»Zu dir oder zu mir?«, flüsterte sie und wandte ihm ihr Gesicht zu.

Er küsste sie zärtlich und spürte, wie seine Welt wieder auf Kurs kam.

14

Dienstag

Die Thomas-Müntzer-Schule war ein großer, brauner Gebäudekomplex inmitten einer Parkanlage. Ein bisschen wehmütig dachte Albrecht Skorubski, dass hier nun bald keine Kinder und Jugendliche mehr unterrichtet würden. Wegen des allgemeinen Schülermangels gab es für die Schule keine Zukunft mehr.

Die Turnhalle, die von den unterschiedlichsten Sportgruppen genutzt werden konnte, war ein grauer, wenig einladender Bau. Durch einen abgesetzten Vorbau war eine stufige Struktur entstanden, Fenster in diesem Teil der hinteren Wand ließen viel Licht einfallen. Neben dem Gebäude befand sich ein sandig-staubiger Bolzplatz mit netzlosen Toren, auf dem niemand spielte. ›Fast wie in einer Geisterstadt!‹ Er schüttelte über sich selbst den Kopf.

Der Karnevalsverein ›Die drei goldenen Haare‹ war mit der Kostümprobe für den großen Auftritt in der Stadthalle Cottbus beschäftigt, als Nachtigall und Skorubski am nächsten Morgen dort eintrafen. Hektisch liefen ganz, halb und nicht verkleidete, große und kleine Leute wild durcheinander. Ein Herr in Jeans und bequemem Strickpulli versuchte so lauthals wie vergeblich das Chaos in Ordnung zu verwandeln, indem er den Vorübereilenden Kommandos zurief.

»Was machst du denn hier?! Dein Platz ist doch links! Links!«

»Nun schau aber zu, dass du das Kostüm endlich anhast! Wie lange soll denn das noch dauern?«

»Wer ist das dort drüben, der da schon wieder aus der Reihe tanzt! Nein, du kannst jetzt nicht zur Toilette!Du stellst dich an deinen Platz!«

Nachtigall beobachtete ihn eine Weile und hatte das Gefühl, der Rufer schaffe nur noch mehr Unordnung, als ohnehin schon vorhanden war. Da er aber derjenige zu sein schien, der eine übergeordnete Funktion innehatte, beschloss er sich an ihn zu wenden.

»Hier rüber! Marianne! Nun pass doch auf die Kleine hier auf! Die trampelt ständig auf dem Schwanz des Kostüms rum! Da ist das Teil hin, bevor es überhaupt je zum Karneval getragen wurde!«, herrschte der Strickpulliträger eine große, schwere Frau an, die ein sich sträubendes Mädchen hinter sich herzog, das kaum älter als zwei Jahre sein konnte.

Entschlossen kämpften die beiden Ermittler sich durch die Reihen der Teufel und Teufelchen.

»Kriminalpolizei Cottbus, Hauptkommissar Nachtigall und das ist mein Kollege Skorubski. Wir untersuchen den Mord an Hans-Jürgen Mehring.«

In dem markanten Gesicht des Angesprochenen mit den hohen Wangenknochen zuckte es leicht und die überraschend dunklen Augen fixierten Nachtigall ungehalten.

»Aha. Ich bin Rolf Bartel. Und da kommen Sie zu uns?«

»Wir besuchen jeden, der näher mit dem Opfer bekannt war, Herr Bartel.«

»Weil Sie den Mörder unter uns suchen? Mann, wir sind ein Karnevalsverein und keine Mördergrube!«

»Wir suchen grundsätzlich überall und Sie wären

sicher überrascht zu erfahren, wo wir schon Mördergruben gefunden haben«, antwortete Nachtigall ernsthaft.

Doch der schmächtige, aufgeregte Mann hatte sich schon wieder seinen Teufeln zugewandt. »Meine Güte, nun stellt euch endlich mal anständig auf! So schwer kann das doch nicht sein! Die Solotänzer nach links, der Rest wie besprochen! Ihr werdet wohl noch wissen, wer das letzte Mal neben wem stand! Marten! Marten, komm bitte mal hier rüber und versuche diese Horde Teufel zu ordnen!«

Ein junger Mann, schlaksig mit kurzem, dunklem Haar und Bartflaum am Kinn schob sich aus dem Hintergrund der Gruppe hervor und trat neben den Rufer.

»Ey, bleib relaxed Rolf. Wir kriegen das schon hin. Bisher hat es am Ende noch immer irgendwie geklappt. Das wird auch diesmal nicht anders sein. Du weißt: Alles wird gut.«

»Ich muss mit den beiden Herren ins Büro. Dauert sicher nicht lange.«

Marten musterte die beiden Herren interessiert. Besonders die fast zwei Meter hohe Gestalt von Peter Nachtigall hatte es ihm offenkundig angetan.

»Mann, Sie wären ja meine Idealbesetzung für den Oberteufel. Und die Farbe steht Ihnen gut – fehlt nur noch ein bisschen rot und alles wäre perfekt. Aber so wie Sie aussehen, wollen Sie wohl eher nicht Mitglied bei uns werden, oder?«

»Marten, die Herren sind von der Polizei. Wegen Hans-Jürgen.«

»Na und. Man wird doch fragen dürfen. Er wäre so ein toller Teufel!«, konterte der junge Mann trotzig.

Nachtigall meinte tröstend: »Ich werde darüber nachdenken.«

Rolf Bartel nickte den beiden Ermittlern zu und eilte voraus in das, was er als Büro bezeichnete. Der Raum war nur eine Kammer, durch ein winziges Fensterchen fiel etwas Licht in die schätzungsweise acht Quadratmeter. Ein ausrangierter Campingtisch diente als Schreibtisch, ein Aktenschrank und ein Klappstuhl beanspruchten beinahe vollständig den Rest des Platzes. Kein Raum, in dem drei Männer sich unterhalten konnten, entschied Nachtigall.

»Besser wir gehen vor die Tür.«

Bereitwillig führte Rolf sie zu einer Nebentür und von dort auf einen staubigen Hinterhof. Leere Mineralwasser- und Bierkästen stapelten sich entlang der rückwärtigen Mauer, eine Metallsuppendose diente als Aschenbecher und drei Holzklötze als Sitzgelegenheiten.

»War Herr Mehring schon lange Mitglied in diesem Verein?«, fragte Peter Nachtigall, während sie sich vorsichtig auf den Holzstümpfen niederließen.

»Ja. Schon ewig. Schon als wir noch: ›Die drei Rotkäppchen‹, hießen.«

»Wieso drei Rotkäppchen? Ich dachte immer, es gäbe nur eins«, Skorubski schüttelte den Kopf.

»Ja, da haben Sie schon recht. Im Märchen gibt es ja auch nur eines. Aber unser Verein wurde von drei Brüdern gegründet und die Zahl sollte unbedingt im Namen des Vereins auftauchen. So kam Rotkäppchen überraschend zu zwei Zwillingsschwestern, sozusagen«, er gackerte unmelodisch.

»Und nun sind es ›drei goldene Haare‹.«

»Ja. Die drei goldenen Haare des Teufels, die, die

ihm ausgerissen wurden. Sie kennen das Märchen doch sicher, nicht? Wir sind jetzt eben der Club der Teufel, Teufelinnen und Teufelchen.«

»Welche Funktion hatte Herr Mehring bei all den Teufeleien inne?«

Rolf sah ihn einen Augenblick verunsichert an, dann kicherte er albern. Plötzlich schlug er sich beide Hände vor den Mund und zog ein Gesicht wie ein Kind, das bei einer Lüge ertappt wurde.

»Oh, ich sollte wohl besser nicht lachen, nicht wahr? Wo Hans-Jürgen doch ermordet wurde«, eine kräftige Röte überzog sein Gesicht.

»Welche Aufgabe hatte er innerhalb des Vereins?«, formulierte Nachtigall seine Frage um und bemühte sich um einen freundlichen Tonfall.

»Er hat sich um all die organisatorischen Probleme gekümmert. Termine mit der Presse vereinbart, dafür gesorgt, dass der Verein ins Fernsehen kam, Sponsorengelder eingeworben, so was alles. Du liebe Güte! Wir haben uns ja noch nicht einmal Gedanken darüber gemacht, wer diesen Posten übernehmen soll! Und gerade jetzt, so kurz vor dem Auftritt! Und dem Start in die Saison! Ich muss nachher gleich seine Frau anrufen. Ich brauche alle Vereinbarungen, Termine, Notizen über Absprachen!«

»War Herr Mehring in seinem Verein beliebt? Hatte er engere Freunde unter den Teufeln?«

Wieder kicherte Rolf kindisch.

»Wohl eher unter den Teufelinnen, Herr Nachtigall, eher unter den Teufelinnen! Er sah ja nicht schlecht aus und die Damen genossen seine Aufmerksamkeiten. Er machte zum Beispiel Komplimente und hatte für jede ein nettes Wort. Das ist mehr, als manche von ihrem holden Gatten in den ganzen Ehejahren bekommen haben und er wusste das für sich zu nutzen. Harmlose Flirts, nichts von Bedeutung.«

»Gab es denn Damen, denen er in besonderer Weise seine Aufmerksamkeit schenkte?«, hakte Albrecht Skorubski nach.

»Ja, schon. Die Gabi, die Claudi, die Marie, Mandy, Kati«, Rolf zog die Stirn in Falten und überlegte, »und die Marianne vielleicht. Oder noch ein paar andere. Immer hab ich das nicht mitgekriegt.«

»Aha. Und wo finden wir die Damen jetzt?«

»Bei der Probe. Aber hören Sie«, er fuchtelte wild mit den Armen vor Nachtigalls Gesicht herum, »die dürfen jetzt auf gar keinen Fall gestört werden! Wir brauchen jede Minute zum Proben, die wir kriegen können. Verstehen Sie: Wir haben einen Fernsehauftritt! Ganz Deutschland wird uns sehen, wie bei der Fußballweltmeisterschaft!« Rolf bekam glasige Augen vor Begeisterung. »Die Dreharbeiten beginnen Ende Oktober! Haben Sie eine Vorstellung davon, wie schnell wir Ende Oktober haben? Sie haben doch eben selbst gesehen, die Truppe ist noch ein chaotischer Haufen. Noch nichts zu sehen von eingeschliffener Choreografie. Keine Spur!«

»Wir bekommen von Ihnen alle Namen und Adressen. Was war Herr Mehring für ein Mensch?«

Rolf zögerte und Nachtigall sah deutlich, wie er mit sich rang. Wahrscheinlich überlegte er, wie viel von den unsympathischen Seiten er erwähnen konnte, ohne in den Verdacht der üblen Nachrede zu kommen.

»Mensch, na ja«, druckste er erwartungsgemäß herum, »er war eben schon älter. Da wird mancher strenger – unnachgiebiger, wenn Sie verstehen, was ich meine.« Rolf Bartel begann nervös am Bund seines Pullis zu ziehen.

Nachtigall schüttelte den Kopf. »Nein. Ich fürchte das werden Sie mir schon näher erklären müssen.«

»Er hat sich manchmal schnell aufgeregt, wenn es nicht so gelaufen ist, wie er das wollte. Manche Lebensbereiche betreffend hatte er eher antiquierte Ansichten. Und die jungen Leute heute, na ja, die lassen sich nicht gerne gängeln und Vorschriften akzeptieren sie in der Regel nur schwer. Alles wird in Frage gestellt und diskutiert, selbst die Trainingszeiten! Da gab es manchmal ein paar Probleme.«

»Wie schwerwiegend waren diese Probleme denn?«

Rolf seufzte gequält. »Ich will doch hier niemanden reinreiten. Diskussionen mit den Teufeln sind manchmal heftig, aber am Ende kriegen sich alle wieder ein und es wird friedlich geprobt.«

»Hatte Herr Mehring Feinde im Verein? Jemanden der seinen Posten haben wollte, der seinen Führungsstil ablehnte?«

»Feinde, was für ein großes Wort! Sicher haben ihn nicht alle geliebt, aber das finden sie sowieso nirgends, oder? Irgendeiner ist immer unzufrieden und meckert, regt sich auf, spielt eine Kleinigkeit hoch. Das ist doch normal.«

»Nicht normal ist, dass jemand ermordet wird«, wies Albrecht Skorubski Rolf zurecht und der zuckte heftig zusammen.

»Einer, der so wütend auf ihn gewesen sein könnte, dass er ihn ermorden würde, fällt Ihnen nicht auf Anhieb ein?«

»Nein! Wo denken Sie hin!«

Es entstand eine unangenehme Pause. Peter Nachtigall musterte seinen Gesprächspartner aufmerksam. Deutlich hatte er den Eindruck, Rolf Bartel halte wichtige Informationen zurück. Aber warum? Sollte er glauben, dieser nervöse, kleine Mann habe selbst den Mord begangen? War er der Nachfolger auf Mehrings Position und hoffte, sie würden das Interesse am Verein verlieren, bevor er nachrücken konnte? War die Nachfolge so erstrebenswert, in den Augen Bartels einen Mord zu rechtfertigen?

»An Ihrer Stelle würde ich diese Spinner unter die Lupe nehmen. Diese neue Sekte da. Wer so fanatisch denkt, der mordet auch«, riet Rolf ihnen mit einer solchen Heftigkeit, dass sein ganzer Körper bebte.

»Wie kommen Sie darauf?« Nachtigall zog die linke Augenbraue hoch.

›Wie immer‹, dachte er und machte sich darauf gefasst, die üblichen Argumente zu hören zu bekommen: ›Diese blauen Typen sind anders, das ist uns fremd, also sind sie bestimmt auch Mörder und Diebe‹. Er seufzte. ›Frauen bringt die Kinder ins Haus!‹

Doch zu seinem Erstaunen hatte Rolf Bartel ein stichhaltigeres Argument.

»Na, wir haben stapelweise Post von denen bekommen. Mit Aufrufen zur Besinnung und zur Umkehr. Die spinnen doch! Und ein Schreiben war ein echter Drohbrief.«

Nachtigalls Augen fixierten Rolf, der augenscheinlich sofort erkannte, dass ihm ein Fehler unterlaufen war, und unbehaglich von einem Bein auf das andere trat. Nachtigall schwieg. Kleine Schweißperlen bildeten sich auf Rolfs Stirn und Oberlippe, die fleckige Röte, die sein Gesicht überzog, ließ die Narben einer früheren Akne deutlich hervortreten. Nervös zuckten seine Lippen ein klägliches Lächeln zurecht.

»Das hätte ich wohl früher erwähnen sollen, stimmt's?

Aber wenn man über die was Schlechtes sagt, sieht es immer gleich so aus, als habe man Vorurteile.« Er beugte sich zu Nachtigall hinüber, als wäre die nun folgende Information streng vertraulich. »Sein ältester Sohn ist schließlich auch einer von denen, einer von den Führenden. Da werden die doch wohl nicht seinen Vater umgebracht haben, oder?« Der Blick, den er dem Hauptkommissar zuwarf, war voller Unsicherheit und Hoffnung, als könne Nachtigall ihm versichern, dass so etwas tatsächlich undenkbar sei. Doch das konnte er nicht. Peter Nachtigall wusste nur zu gut, Eltern schreckten nicht davor zurück, ihre Kinder zu töten, und Kinder zögerten nicht ihren Eltern das Leben zu nehmen. Die Kriminalstatistik sammelte und belegte die Fälle sachlich und emotionslos.

»Wissen Sie, der Paul, der war neulich hier und da hat es einen Riesenstreit gegeben. Aber das war fast immer so, wenn die beiden aufeinander getroffen sind. Im Vorbeigehen hab ich was von Mord gehört, aber gedacht, das ist nicht ernst, nur so dahergeredet.«

»Wann war Paul Mehring hier?«

»Das muss am Freitag gewesen sein, kurz vor der letzten Probe. Er ist dann zornig mit dem Rad davongedüst. Und der Hans-Jürgen hat die Probe geleitet, als wäre nichts gewesen. Er hat das Geschrei wohl auch nicht ernst genommen.« Rolf zuckte betroffen mit den Schultern.

›Vielleicht ein nicht wieder gutzumachender Fehler‹, dachte Nachtigall.

Im Büro suchte Rolf Bartel den Ermittlern die Mappe mit den Anschreiben der Mind Watchers heraus.

Fein säuberlich nach Datum sortiert fanden sich hier

ungefähr 30 Briefe mit dem immer gleichen Duktus. Sie trugen das Logo der Organisation, den Leitspruch und danach folgte ein Hinweis, wie überholt es sei, einen ursprünglich heidnischen Brauch im 21. Jahrhundert noch fortzusetzen, wo doch niemand mehr an die Geister des Winters glaube, die damit ausgetrieben werden sollten. Karneval sei zu einem Fest verkommen, in dem jeder tat, als gäbe es einen Freibrief für hemmungslosen Alkoholkonsum und zügellosen Sex. Beides schade bekanntlich dem Geist des Menschen. Die ›drei goldenen Haare‹ sollten die Chance nutzen und umkehren, ihr Bewusstsein vor solchen Angriffen der Dumpfheit schützen und vor allem Kinder vor der Verführung bewahren, statt sie mit in den Sumpf hineinzuziehen und zu zwingen sich dieser sinnlosen Beschäftigung hinzugeben.

Aha, konstatierte Nachtigall, harter Tobak. Er verstand das Anliegen der Mind Watchers gut, einige ihrer Forderungen hätte er auch sofort unterstützt, doch in dieser radikalen Aufmachung würden sich die neuen Retter der Gesellschaft sicher nicht viele Freunde machen.

»Wo ist denn nun der Drohbrief?«

»Hier«, mit spitzen Fingern zog Rolf das unterste Blatt aus der Mappe hervor.

»Wir haben ihn ganz nach unten geschoben, weil er ja sonst zumindest eine Zeit lang beim Aufschlagen immer obenauf gelegen hätte. Ist ja nicht gerade angenehm, oder?«

Nein, das war es sicher nicht, beantwortete Nachtigall diese rhetorische Frage im Stillen. Dieses Schreiben hatte kaum Ähnlichkeit mit den anderen Briefen der Gruppierung. Zwar fanden sich Logo und Leitspruch im Briefkopf, aber die Sprache war völlig anders, der Text unmissverständlich.

»Du uneinsichtiges Schwein, du wirst sterben! Bereite dich vor!«, las Nachtigall halblaut.

»Natürlich keine Unterschrift«, stellte Skorubski mit einem raschen Seitenblick fest.

»Ja, stimmt. Bei den anderen steht immer die Gruppe drunter. Herr Mehring war aber trotzdem überzeugt, dieser Brief sei auch von den Mind Watchers?«

»Ja, klar. Ist ja ihr Logo drauf«, Rolf Bartels Finger zitterten, als er auf den Briefkopf wies.

»Woher wusste denn Herr Mehring, dass die Drohung ihm galt. Sie hätte doch auch für jedes andere Mitglied des Vereins bestimmt sein können?«

»Nein, es stand ja sein Name auf dem Umschlag.«

Der weggeworfen worden war.

Auf dem Weg zu Paul Mehring brummte Nachtigall unzufrieden vor sich hin.

»Warum sollten die Mind Watchers Mehring eine Todesdrohung schicken? Wenn sie einen aus dem Verein töten, setzt sie das nur ins Unrecht und an der Gesamtsituation ändert es nichts. Abgesehen davon, dass es ihrem Anspruch der Gewaltlosigkeit vollkommen zuwider läuft.«

»Vielleicht hat einer der Mind Watchers den Briefkopf für seinen eigenen Feldzug missbraucht«, gab Albrecht Skorubski zu bedenken.

»Du denkst an den Sohn.«

»Ja. Warum nicht. Er hasst den Vater schon lange und sieht plötzlich eine gute Chance, ihn aus dem Weg zu räumen, ohne selbst direkt ins Visier zu geraten. Und selbst wenn, er könnte in der Gruppe untertauchen.«

»Paul Mehring gilt als jähzornig. Das ist spontaner, unkontrollierbarer Zorn, der den Betroffenen Dinge tun lässt, die er sonst niemals tun würde: Wenn der Zorn verraucht ist, kann er sich oft nicht erklären, was ihn soweit gebracht hat, zum Beispiel jemanden hemmungslos anzugreifen, selbst wenn er unterlegen und chancenlos ist. Diese Leute verlieren von einer Sekunde auf die andere die Kontrolle und ihre Steuerungsfähigkeit. Geht so jemand ins Stadion, bringt die Tatwaffe mit, sticht unbemerkt zu und entkommt?«

»Eher nicht«, räumte Skorubski ein, »aber wenn es kurz vor dem Spiel eine Auseinandersetzung gab, von der wir nichts wissen, wäre es doch denkbar, oder?«

»Ja, vielleicht.«

Peter Nachtigall starrte schweigend auf die Straße hinaus.

»Ich muss immer an diese furchtbaren Narben auf dem Rücken des Opfers denken. Den Vater habe ich schon kennengelernt. Er wirkte so distanziert und ruhig. Nicht wie einer, der sich zu solchen Erziehungsmethoden hinreißen lässt. Ich weiß schon, was du jetzt sagen willst und du hast recht damit. Wir können nicht hineinsehen, viele Väter wirken nach außen ganz normal und sind brutale Schläger oder missbrauchen ihre Kinder, vergewaltigen ihre Frauen. Und doch fällt es mir schwer, mir vorzustellen, wie er seinen Sohn derart brutal züchtigt. Mit einer Peitsche möglicherweise!«, meinte er dann.

»Wir werden hinfahren und ihn fragen. Vielleicht verrät er sich, wenn er lügt.«

»Albrecht, du weißt so gut wie ich, dass kein Mensch wirklich erkennen kann, wann er belogen wird. Sie sehen dich mit genau dem richtigen Blick an, nicht zu starr und nicht zu ausweichend und in ihrem Gesicht siehst du unschuldiges Erstaunen.«

Skorubski konnte nicht widersprechen. Peter Nachtigall hatte recht. Vor ein paar Wochen erst war ein Ausbildungslehrgang zu Ende gegangen, bei dem sie mit Videoaufnahmen von Tätern konfrontiert worden waren, die völlig überzeugend und glaubhaft behauptet hatten mit den ihnen zur Last gelegten Gräueltaten nicht das Geringste zu tun zu haben und am Ende dennoch eindeutig überführt wurden.

»Wir wünschen uns der andere möge unter seiner Lüge so leiden, dass wir es sehen können, doch das ist ein Irrtum. Die Gründe dafür sind vielfältig: Die Wahrheit wäre unerträglich oder der Täter lügt notorisch, es gehört zu seiner Masche überzeugend zu lügen. Das gilt ja nicht nur für Mörder. Auch Anlagebetrüger lügen; es ist Teil ihrer Geschäftsidee.«

»Naja, wenn die Lügerei das Leben leichter macht, warum sollte der Lügner dann darunter leiden? Ist schon wahr.«

Nachtigalls Handy klingelte.

»Hi. Ich glaub ich werd auf einem der nächschte Bänder den Mörder finde. Das Opfer hab ich scho auf mehrere entdeckt. Immer vom Spiel gebannt. Den Typ dahinter konnt ich no nicht richtig sehe.«

»Gut Michael. Wir sind jetzt gleich vor dem Haus von Paul Mehring. Mal sehen, was der uns als Alibi anzubieten hat. Danach kommen wir wohl ins Büro und du zeigst uns den Täter, abgemacht?«

»Yupp. Ach, LTV hat sich g'meldet. Sie habe ein Interview g'macht mit Paul Mehring – am Freitag. Da ist wohl so einiges schief g'laufe. Höhepunkt war, dass er sei tote Katze aus einem Beutel g'zoge hat un behauptet hat, sie wär ermordet worde. Sie schicke uns eine DVD.«

»Wer hat das Interview gemacht?«

»Nico Lobedan. Kannst du dich no erinnere? Dem hatte der Täter letztes Jahr das Foto vom nächste Tatort g'schickt.«

Peter Nachtigall zuckte zusammen. Dieser Fall verursachte ihm noch heute manch schlaflose Nacht und schreckliche Albträume. Die Erinnerung daran war mehr als schmerzhaft.

»Richtig – ich weiß, wer das ist. Vielleicht ist die DVD schon da, wenn wir ins Büro kommen, dann können wir sie uns gleich ansehen.«

»No meh fernsehe!«, stöhnte Michael Wiener mit viel Dramatik.

»Du, vielleicht wären die Mind Watchers die richtige Organisation für dich. Die verzichten ganz aufs Fernsehen. Sie behaupten, es verdumme die Leute«, beendete er das Gespräch und steckte das Mobiltelefon lachend wieder in die Jackentasche.

15

Paul Mehring war überhaupt nicht erstaunt Hauptkommissar Nachtigall so bald wiederzusehen.

Er führte sie in eine kleine Küche, wo er am Küchentisch mit dem Laptop an einer Präsentation gearbeitet hatte.

»Setzen Sie sich.« Mit einer freundlichen Geste wies er auf zwei weitere Holzstühle und die beiden Ermittler nahmen Platz.

»Ich kann mir eigentlich nicht vorstellen, wie ich Ihnen behilflich sein kann. Seit Monaten wohne ich nicht mehr zu Hause, der Kontakt zu meinem Vater beschränkte sich auf das äußerste Minimum. Schwarze Schafe der Familie wurden von ihm machtvoll ausgegrenzt«, erklärte er, während er zwei Gläser aus einem der Hängeschränke nahm und eine Flasche Mineralwasser öffnete.

»Wasser? Sie wissen ja – wir trinken keine aufputschenden Getränke.«

Nachtigall und Skorubski nickten. Paul schenkte ein und setzte sich wieder an die Stirnseite des Tischs, wo auch das Notebook stand. »Ich habe Anfang des Semesters einen Vortrag zu halten«, erklärte er, klappte es zu und schob es an die Seite.

»Möglich, dass Sie uns nicht viel helfen können, was das Leben Ihres Vater angeht – aber bestimmt haben Sie eine Erklärung hierfür.«

Peter Nachtigall schob dem jungen Mann die Klarsichthülle mit dem Drohbrief zu. Paul fasste sie nicht an, betrachtete nur nachdenklich die klaren Worte und beschied dann mit fester Stimme: »Der ist mit Sicherheit nicht von uns! Sehen Sie, das sind genau die Dinge und die Denkweise, die wir bekämpfen. Wir klären auf, diskutieren, argumentieren, setzen auf freiwillige Neuorientierung und manchmal provozieren wir auch – aber drohen? Nie! Das nützt doch nichts!«

»Ihr Logo ist im Briefkopf!«

»Ja – und? Heute weiß doch jeder Idiot, wie man so was in eine Datei kopiert. Oder jemand hat ein anderes Schreiben von uns genommen und den Text abgedeckt – mit einem guten Kopiergerät sehen Sie heute keinen Rand mehr. Von uns ist dieser Schrieb jedenfalls nicht!«

»Er ging direkt an Ihren Vater.«

»Was?«, jetzt war Paul Mehring verblüfft und wirkte verunsichert, »an meinen Vater?«

»Ja – würden Sie bitte Ihr Laptop in unsere Obhut geben? Wir gehen pfleglich damit um und Sie bekommen es wahrscheinlich schon morgen wieder.«

Bereitwillig schob er ihm das Notebook zu.

»Sie glauben, ich hätte diese Zeilen da verfasst und an meinen Vater geschickt?«, fragte er wie betäubt.

»Ich muss das alles überprüfen – es ist immerhin eine Option, das können Sie nicht bestreiten.«

»Sie glauben, ich schicke meinem Vater erst so einen Brief und dann gehe ich ins Stadion und ermorde ihn?«, fragte er drohend und Nachtigall erinnerte sich unbehaglich an das Gespräch mit Albrecht Skorubski über jähzornige Menschen.

»Nein – wir überprüfen jeden aus dem Umfeld Ihres Vaters und checken die Alibis. Kein Grund zur Beunruhigung. Es ist reine Routine.« Wen will ich damit eigentlich beruhigen, fragte sich der Hauptkommissar, ihn oder mich?

»Reine Routine – soso. Wäre ich in dieses Stadion gegangen, hätten mich mindestens 10 bis 15 Mind Watchers gesehen. Ich stand nämlich mit ihnen vor dem Eingang und habe demonstriert!«

»Gut. Mit wem standen Sie dort? Dann ist doch dieser Punkt rasch geklärt.«

Mit unterdrückter Wut zog Paul ein Blatt Papier von einem Stapel auf dem Tisch und begann mit zackigen Bewegungen Namen zu notieren.

»Vielleicht erzählen Sie uns in der Zwischenzeit etwas mehr über Ihre neue Bewegung?«, forderte Nachtigall ihn freundlich auf, »bisher weiß ich nur, dass Ihre Organisation keinen Fußball mag und keinen Karneval.«

Paul atmete tief durch und lachte warm. »Ja, so ziemlich alles, was die meisten Menschen mögen, lehnen wir ab. Unser Anliegen ist, den Menschen eine Chance zu geben neu zu entdecken, was ihnen und ihrer Seele wirklich gut tut. Alkohol und andere aufputschende Getränke nur selten und in kleinen Dosen, Lebensmittel, die wieder gesund sind und für die kein Mitgeschöpf qualvoll leben und sterben musste, sinnvolle Freizeitgestaltung, vom Zusehen zum Tun, vom Fernsehfilm zum Buch. Qualität ins Leben bringen – in allen Bereichen. Wir stellen viele Dinge des Alltags selber her, zum Beispiel Möbel, spielen mit unseren Kindern, lesen ihnen vor, treffen Freunde, singen am Lagerfeuer.«

»Arbeiten?«, fragte Albrecht Skorubski dazwischen.

Paul Mehring warf ihm einen geringschätzigen Blick zu.

»Wir sind doch nicht weltfremd! Natürlich gehen wir arbeiten, studieren, besuchen die Schule. Manche sind Hausfrauen, andere Ärzte und Rechtsanwälte, eine Sekretärin, zwei Lehrer – haben Sie gedacht wir sind unterbeschäftigt? Ich mache gerade meinen Master!«

»Kein Gameboy, keine Computerspiele, kein Kino?«, schaltete sich Nachtigall wieder ein.

»Gute Filme, ja. Nur keine billige Unterhaltung zum Ablachen oder tumbe Action.«

»Ist das nicht schwierig? Unser Alltag ist auf Menschen wie Sie nicht zugeschnitten. Wie erleben denn Ihre Kinder den Verzicht auf all die bei den anderen angesagten Dinge?«

»Nun, wir möchten, dass unsere Kinder erkennen, dass das wahre Abenteuer das Miteinander ist, nicht das Bewegen einer virtuellen Figur durch eine virtuelle Welt per Mausklick. Die hat dir nicht wirklich etwas zu sagen, hat keine wahren Emotionen, erweitert nicht deinen Horizont. Manche verstehen schnell – andere sind damit zunächst überfordert. Aber wir sind zuversichtlich. Sie bringen Freunde aus der Schule oder dem Kindergarten zu uns mit und die sind von unserer Form des Zusammenlebens in der Regel begeistert.«

»Alles Vegetarier?«

»Nach Möglichkeit – nicht alle schaffen das. Es ist in der Regel einfach nur eine Frage der Umstellung. Wir haben auch einige Veganer bei uns.«

»Ihr Vater war ja mit Ihrem Engagement für diese Gruppierung nicht einverstanden.«

»Nein. Er konnte es nicht einmal im Ansatz akzeptieren. ›Der Mensch braucht Spaß im Leben‹, war sein

Motto, ›damit er die Härten besser ertragen kann.‹ Er hat nicht sehen wollen, dass wir nicht gegen Spaß und Freude sind – nur gegen die Methoden, mit denen Menschen versuchen Entspannung und Unterhaltung zu erreichen.«

»Viel Spaß hat er als Kind bestimmt nicht gehabt. Vielleicht stammt seine Haltung aus der Zeit.«

»Wie kommen Sie denn darauf? Er hatte eine wundervolle Kindheit, seine Eltern haben ihn geliebt und versucht ihm trotz aller Schwierigkeiten jeden Wunsch zu erfüllen. Als mein Vater Kind war, lag der Hof praktisch im Wald. Er hat sich immerzu rumgetrieben, hat anderen Bauern Streiche gespielt, in der Schule war er schwierig und meine Großmutter musste mehr als nur einmal beim Klassenlehrer zur Audienz. Mein Vater hat wirklich jeden Quatsch gemacht, den Sie sich ausdenken können.«

»Hat er Ihnen das erzählt?«

»Ja. Er hat immer geschwärmt und uns bedauert, weil wir all das schon nicht mehr erleben konnten und unsere Kinder auch nicht.«

Nachtigall zögerte. Konnte es ein, dass Paul Mehring die schrecklichen Narben auf dem Rücken seines Vaters nie gesehen hatte? Vielleicht waren sie ein streng gehütetes Familiengeheimnis, von dem die Kinder nichts erfahren sollten. Er beschloss zunächst Wilhelm Mehring darauf anzusprechen – den Sohn konnte er später immer noch danach fragen.

»Hat Ihr Vater Sie eigentlich rausgeworfen – oder haben Sie freiwillig Ihre Sachen gepackt?«

»Diese Frage ist nicht so einfach zu beantworten, wie Sie vielleicht annehmen. Ein bisschen von beidem, würde ich denken. Er hat das Klima vergiftet und dadurch meinen ›freiwilligen Auszug‹ erreicht. Ich konnte diese ewigen Diskussionen nicht mehr ertragen, die doch immer nur im sinnlosen Streit endeten. Meine Mutter war die Leidtragende. Während ich zornig in meinem Zimmer saß, bemüht mich wieder unter Kontrolle zu bringen, musste sie seine Schikanen ertragen.«

Er schwieg, starrte auf ein paar übrig gebliebene Brotkrümel und begann sie auf dem Tisch hin und her zu schieben.

»Er hatte dann an allem etwas auszusetzen. Das Essen war zu heiß oder zu kalt, zu scharf oder zu flau, zu üppig oder nicht ausreichend bemessen. Ihre Haare, ihre Kleidung, ihre Art sich zu bewegen – nichts konnte sie ihm recht machen. Es war für uns alle die beste Lösung so.«

Der junge Mann machte ein verdrossenes Gesicht und Nachtigall fragte sich, was genau sich an solchen Tagen bei der Familie Mehring abgespielt haben mochte. Der älteste Sohn jedenfalls schien es nicht weiter ausführen zu wollen und so suchte er nach einem anderen Anknüpfungspunkt.

»Und ihr Bruder kam besser mit ihm aus?«

»Nein – natürlich nicht. Er bemühte sich lediglich weniger Angriffsfläche zu bieten und zog immer gleich den Schwanz ein, wenn er Ärger am Horizont auftauchen sah. Im Gegensatz zu mir ist er nicht jähzornig. Er duckt sich, wälzt sich im Schlamm und tut, was Papi will. Es war widerlich. Aus Angst etwas Falsches zu tun, hat er immer vorher gefragt – bei allem. Selbst seine Kleidung ließ er sich vorschreiben. Ein Duckmäuser wie er im Buche steht«, antwortete Paul in abfälligem Ton.

»So hat er weniger Schwierigkeiten bekommen als Sie?«

»Nein – wenn er gegen irgendetwas verstieß, war die Reaktion heftiger als bei mir. Vielleicht lag das daran, dass von mir Widerstand die erwartete Reaktion war und bei ihm nicht.«

»Er bekam also häufiger Probleme mit ihrem Vater als Sie?«

»Nein – aber mir schien manchmal, er stünde unter besonderer Beobachtung. Fragen Sie ihn am besten selbst!«

»Ein Zeuge hat einen heftigen Streit zwischen Ihnen und Ihrem Vater gehört – am Freitag.«

Eine kräftige Zornesfalte bildete sich steil über Pauls Nase.

»Ja, wir haben gestritten. Ist das jetzt das Indiz, das Ihnen noch gefehlt hat? Paul Mehring und sein Vater haben sich auf offener Straße angeschrien – da hat er ihn auch bestimmt erstochen.«

»So einfach machen wir es uns bei unseren Ermittlungen nicht! Wir möchten aber schon gerne wissen, worum es bei der Auseinandersetzung ging«, hielt Nachtigall dagegen.

»Familienangelegenheit.«

»Ich fürchte, das reicht nicht.«

»Das Übliche eben! Ich hatte meine Mutter besucht und er war dazu gekommen. Sofort fing er wieder mit seinem Gerede über meine Beziehung zu Katharina an, beschimpfte mich als Versager. Dann fuhr er davon und ich radelte hinterher. Vor der Turnhalle trafen wir wieder aufeinander und ich habe ihm meine Auffassung ins Gesicht gebrüllt. Danach bin ich nach Hause gefahren – und gut. Ich habe ihn nicht umgebracht.«

»Ihre Freundin kannten Sie schon vor Ihrem Kampf für die Mind Watchers?«

»Das ist nett, wie Sie das sagen. Sehen Sie, wie unsere Sprache uns verrät? Es gibt viele Worte, die Sie hätten wählen können, doch Sie verwendeten das Wort Kampf. Wir wollen Ihnen nicht verbieten sich so auszudrücken – aber wir möchten Ihr Bewusstsein schärfen für die alltägliche Brutalität, auch in unseren Worten. – Und ja, ich kannte meine Freundin schon, bevor ich die Mind Watchers gründete.«

Albrecht Skorubski zeigte auf eine Holzkiste mit bunten Bauklötzen.

»Wie alt ist Ihr Kind denn?«

Die Veränderung in Paul Mehrings Gesicht war bemerkenswert. Es war, als breite sich ein Leuchten darin aus, seine Augen strahlten und ein Lächeln erschien auf seinen Lippen.

»Wenn Sie so wollen, ist es mein Kind. Lucas ist der Sohn von Katharina, meiner Freundin. – Auch so ein Dauerthema für meinen Vater: Wer Kinder haben wolle, der solle sie gefälligst selbst zeugen! So ein Quatsch. Wir sind eine glückliche Familie, Lucas ist ein prima Kerl und für ihn bin ich sein Vater, wie er für mich mein Sohn ist. Der leibliche Vater will weder Mutter noch Kind je wieder sehen, zahlt aber monatlich Unterhalt für den Jungen.«

»Ihr Vater wollte lieber einen leiblichen Enkel«, stellte Skorubski fest und signalisierte ein gewisses Verständnis für diese Haltung.

»Das ist eine lächerliche Einstellung! Borniert, überholt, dumm! Aber genau darüber haben wir uns am Freitag auch wieder gestritten!«, schrie Paul wütend.

Unvermittelt standen Tränen in Pauls Augen und Peter Nachtigall erkannte, wie schnell dessen Stimmungen kippen konnten. Für gefährlich hielt er ihn zwar nicht, aber er war eindeutig emotional nicht gut ausbalanciert.

Während der junge Mann ungeschickt versuchte sich die Tränen abzuwischen, erhob er sich und setzte den Wasserkocher in Gang. Nachtigall musterte den verzogenen Norwegerpulli, der bestimmt drei Nummern zu groß war und schon viele Winter gesehen haben musste. Über der launenblauen Kleidung wirkte er wie ein Fremdkörper. So wie Paul Mehring hatten für ihn immer Ökos ausgesehen, Kernkraftgegner, Flugplatzbekämpfer, Frösche-über-die-Straße-Träger oder Großtrappen-Überwacher – Umweltaktivisten eben. Viele der Ziele ähnelten denen der neuen Bewegung, doch die Mind Watchers hatten weiter gehende Pläne – sie wollten die Gesellschaft verändern. Gewaltlosigkeit war ein Ziel, das Nachtigall sehr sympathisch war, aber dass es je gelingen würde, aus ihm einen Vegetarier zu machen, hielt er für unwahrscheinlich. Extrem unwahrscheinlich.

»Haben Sie Ihren Vater gehasst?«

Er stellte diese Frage leise, als sei es unschicklich, so etwas überhaupt derart offen anzusprechen. Paul Mehring wischte sich mit beiden Händen heftig über die Wangen und versuchte den Kopf klar zu bekommen.

»Was wollen Sie denn nun hören? Ja, ich habe ihn gehasst und deshalb liegt er jetzt in der Pathologie?

Aber so war es nicht! Vielleicht habe ich ihn gehasst, sicher habe ich ihm immer wieder den Tod gewünscht – schon allein dafür, wie er meine Mutter behandelt hat, meinen Bruder, Opa, mich! Aber ich bin nicht sein Mörder!«

Der Wasserkocher gab ein lautes Knacken von sich und Paul stand auf, entnahm dem Schrank drei Porzellanbecher und fragte:

»Tee?«

Nachtigall und Skorubski nickten. Tee, nervenberuhigendes Heilmittel in allen kritischen Lebenslagen.

»Johannisbeere-Kirsche? Was Stärkeres haben wir nicht im Haus.«

»Ja, danke. Ist prima.«

Als Paul Mehring die Becher, Löffel, Zucker und Kekse – Vollkornkekse – auf dem Tisch abstellte, war er offensichtlich zu einem Entschluss gekommen.

»Sie finden es ja ohnehin heraus: Mein Vater hat vor ein, zwei Jahren – unabsichtlich, denke ich – die Bewohner eines Altenheims vergiftet. Die Kühlung an einem seiner Transporter war ausgefallen, die Lebensmittel wurden über mehrere Stunden zu warm gelagert. Er dachte sich nichts dabei, manchmal konnte er sehr oberflächlich sein, und lieferte dennoch aus. Salmonellen. Drei alte Damen starben. Vielleicht gibt es da jemanden, der den Tod seiner Mutter rächen wollte.«

Nachtigall runzelte die Stirn – eine Erbschaftsangelegenheit vielleicht, er würde es im Hinterkopf behalten.

»Aha. Gab es ein Strafverfahren in dieser Sache?«

»Ja, selbstverständlich. Die Spedition musste zahlen – und zahlt noch heute. Wie hoch der Betrag war, weiß ich nicht mehr, aber mein Vater nahm deswegen einen Kredit auf.«

»Dann war es so viel, dass es das Unternehmen auf Schlingerkurs brachte?«

»Ja, ich denke schon. Meinen Großvater hat das damals wahnsinnig geärgert. Es gab ständig Streit zwischen den beiden, weil Opa bei jeder Gelegenheit sagte: ›Wie blöd kann einer allein eigentlich sein?‹ Aber mit der Zeit ebbte das wieder ab.«

»Und die momentane Schieflage? Immer noch eine Folge davon?«

»Ja und nein.« Paul spielte mit seinem Löffel, stieß ihn auf die Tischplatte, knallte ihn dann mit einem harten Ruck neben seine Tasse und sah Nachtigall zornig an.

»Er hat das ganz allein verbockt und die Spedition immer weiter in den Ruin getrieben. Ich gehe davon aus, dass mein Bruder das Unternehmen weiterführt, und bin sicher, es wird schwer für ihn werden, die Firma zu halten. Wenn er klug ist, nimmt er Opa für einige Zeit als Berater mit dazu – wenn nicht, sehe ich den Konkurs auf ihn zukommen.«

Wieder hatte Nachtigall das Gefühl, Paul Mehring hätte ihm im Grunde etwas anderes sagen wollen und sich im letzten Moment dagegen entschieden.

Ein Schlüssel klapperte in der Wohnungstür. Kinderlachen war zu hören.

»Das ist Katharina. Wir möchten nicht vor Lucas über den gewaltsamen Tod meines Vaters sprechen. Bitte haben Sie dafür Verständnis.«

Peter Nachtigall erhob sich ohne zu zögern, auch Albrecht Skorubski stand rasch auf.

»Bleiben Sie in der Stadt. Ihren Laptop bekommen Sie so schnell wie möglich zurück. Telefon haben Sie nicht?«

»Doch. Wir leben doch nicht wie Höhlenmenschen!«

Er notierte unter die Liste seiner Zeugen eine Handynummer und begleitete die beiden Männer zur Tür.

»Ich halte es nicht für ausgeschlossen, dass er seinen Vater ermordet hat. So aufbrausend, wie der war. Da reicht doch sicher eine Kleinigkeit und der rammt dir was Spitzes in den Rücken.« Albrecht Skorubski war erleichtert aus der Wohnung entkommen zu sein.

»Zugegeben, er hat Probleme. Aber letztlich hat er sich unter Kontrolle gehabt. Er hat uns alle Fragen beantwortet, auch wenn es ihm hier und da schwer fiel. Ich bin sicher, er hätte uns mehr erzählen können – aber du gibst doch auch nicht alles einfach preis, nur weil ein Fremder dir indiskrete Fragen stellt.«

»Die ganze Zeit über habe ich mich gefragt, worin die Macht dieses Vaters bestanden hat. Ich meine, die Jungs hätten sich gegen ihn wehren können, die waren doch keine kleinen Kinder mehr.«

»Ja – hier war er sehr zurückhaltend. Möglicherweise hat er sie geschlagen, als sie klein waren. Wer weiß. Und später – die beiden Söhne haben sich ja auch nicht verstanden. Jeder ein Einzelkämpfer.«

»Meinst du, er hat seine Frau geschlagen?«

»Wir haben keinen Grund, so etwas anzunehmen. Nur weil der Sohn nebulöse Andeutungen gemacht hat, muss das nichts bedeuten. Wir werden sie wohl selbst fragen müssen.«

»Seltsame Familie, findest du nicht?«

»Sind nicht alle Familien ein bisschen seltsam?«, fragte Nachtigall zurück. »Vielleicht sind unsere Vorstellungen von Familie falsch – hier wird umsorgt, bemuttert, betrogen, gelogen, geschlagen, gekuschelt, hintergangen, ausgetrickst, ans Messer geliefert, es gibt Neid, Hass, Liebe, Glück – wie überall sonst im wahren Leben auch.«

Dem konnte Albrecht Skorubski nicht widersprechen.

16

»Was haben wir?«

Nachtigall sah Michael Wiener an. »Du wolltest doch den Mörder finden?«

»Ja, hab ich au. Vor fünf Minute ischt er mir ins Netz g'gange.« Er legte ein Video ein und startete die Wiedergabe. »Ich kann euch zeigen, wer den Mord begangen hat, allerdings hilft es uns keinen Schritt weiter«, seufzte er dann.

Skorubski warf seinem Freund Peter Nachtigall einen überraschten Blick zu. So wie er es vorausgesagt hatte: ›Wir werden Mord und Mörder sehen und dadurch keinen Schritt weiterkommen!‹ Peter Nachtigall und sein Bauchgefühl!

Wiener legte einige Abzüge auf den Tisch. »Hier, die habe ich anfertigen lassen. Seht ihr, was ich meine?«

Er wies zum Bildschirm. »Der Typ hinter Mehring springt genau wie alle anderen auf, als der Schieri den Elfmeter gibt. Sekunden nach dem Tor lassen sich alle wieder auf ihre Sitze fallen. In dem Moment geschieht der Mord!« Er stoppte das Band.

Peter Nachtigall hielt eines der Fotos unter die Schreibtischlampe und kniff die Augen zusammen, um besser erkennen zu können, was partout nicht zu sehen war. Im Vordergrund stand das Opfer, die Arme in den Himmel geworfen, die Augen weit aufgerissen, den Mund zum Schrei geöffnet. Jubelschrei oder Todesentsetzen? Auch wenn er noch so intensiv hinsah, konnte er sich nicht festlegen. Die Person hinter Hans-Jürgen Mehring trug unter einer dunklen Jacke ein Sweatshirt mit Kapuze, die sie über den Kopf gezogen hatte. Wie die schwarzen Reiter bei Tolkien, dachte Nachtigall, bei denen konnte man auch nie das Gesicht erkennen. Unter der aufgeblasen wirkenden Daunenjacke war die Statur des Trägers nicht einmal zu erahnen, die Kapuze verbarg Frisur, Haarfarbe und Gesicht in perfekter Weise. Ja, sie konnten nicht einmal mit Sicherheit sagen, ob es sich um einen Mann oder eine Frau handelte.

»Der Vermummte ist der Einzige, der bei dem großen Jubel nicht die Arme hochgerissen hat«, stellte Michael Wiener fest, »deshalb ist er mir glei aufg'falle. Und wenn du richtig hinguckst, glaubst du, du kannst seine Hand auf der Schulter des Opfers erkenne. Da, der hellere Fleck!«

»Gute Arbeit. Leider kann man tatsächlich nichts Verwertbares erkennen«, enttäuscht legte der Hauptkommissar das Bild auf den Tisch zurück.

»Immerhin wissen wir jetzt, wann er ermordet wurde.« Der junge Ermittler ließ sich nicht so schnell entmutigen. »Auf de nächste Bilder sitz er scho so vornübergebeut da wie er gefunde wore isch.. Und wir sehe den Täter auf ein paar anderen Sequenze noch mal – aber der behält konsequent die Kapuze auf. Vielleicht könnt die Technik das für uns aufarbeite, sodass man das Gesicht wenigstens erahne kann.« Er ließ das Video weiterlaufen. »Hier verlässt er gerade die Tribüne ...«

»Hm. Nein, das wird uns nicht helfen. Auf mich wirkt die Person wie ein junger Mann. Er bewegt sich seltsam, findet ihr nicht? Als wüsste er nicht sicher, wie viel Platz er braucht. Bei meinem Maik war das auch so.« Skorubski hatte sich weit vornübergebeugt und ließ den Täter nicht aus den Augen.

»So früh sollten wir uns nicht festlegen, Albrecht. Es gibt auch viele Frauen im Umfeld des Opfers, die wir nicht aus den Augen verlieren dürfen«, Nachtigall zog die Liste hervor, die Rolf Bartel für ihn zusammengestellt hatte. »Michael, das wird dich entschädigen für die Büroarbeit: Lauter Teufelinnen, die sich mit dir unterhalten werden!«

»Na prima, Michael Wiener auf dem Weg zur Hölle. Ist das der Karnevalsverein?«

Sie fassten die Gespräche mit Rolf Bartel und Paul Mehring kurz zusammen.

»Da ist wohl noch einiges unter der Decke. Ich werde also morgen die Damen befragen«, meinte er dann und überlegte laut: »So viel Kraft braucht man eigentlich nicht, um jemandem diesen Vorstecher in den Rücken zu rammen. Viel Mut und Entschlossenheit schon eher.«

»Der Hass muss enorm stark gewesen sein. So aus dem Bauch heraus würde ich ein finanzielles Motiv ausscheiden. Ich glaube, es war eine sehr persönliche Angelegenheit, die da zu Ende gebracht wurde – eine tiefe Verletzung«, murmelte Nachtigall und sah auf die Fotos. »Es ging nicht um diese Spedition – nein. Er hat irgendjemandem etwas angetan und der wusste keinen anderen Ausweg, als ihn zu töten. Weil er sonst seinen Peinigungen nicht entgehen konnte, weil er zu schwach war sich anders zu wehren, weil er deprimiert genug war alles auf eine Karte zu setzen, egal ob er geschnappt wird oder nicht.«

»Ach – die DVD von LTV!«, unterbrach Michael Wiener die Aufzählung. »Dieses Interview mit Paul

Mehring, also ich muss schon sagen, der Nico Lobedan hat mir richtig leidgetan.«

Er legte die DVD ein und spielte die Aufzeichnung ab.

Peter Nachtigall starrte in das bleiche Gesicht des jungen Mannes, der angespannt und gestresst eine Plastiktüte umkrallte und plötzlich eine tote Katze anklagend in die Kamera hielt.

»Ich glaube, er hat gewusst, wer die Katze umgebracht hat. Und Drohbriefe hat er auch bekommen! Mensch, warum hat er uns das nicht vorhin erzählt?«, schimpfte er. »Wann war das Gespräch?«

»Am Freitag. Nico Lobedan erzählte mir, Paul Mehring habe die Katze auf dem Weg ins Studio auf dem Fußabtreter gefunden. Er muss sehr erregt gewesen sein, als er bei LTV ankam und Nico hat schon gleich kein gutes Gefühl gehabt. Aber er konnte das Interview ja nicht einfach abblasen.«

»Wann war der Streit zwischen Vater und Sohn bei den Teufeln?«

»Freitag.«

»Was, wenn der älteste Sohn glaubte, sein Vater schicke ihm Drohbriefe und habe seine Katze ermordet, um ihn in Angst zu versetzen? Was hätte der Vater erreichen wollen? Das Ende der Mind Watchers?«

Es klopfte und alle drei zuckten zusammen.

Dr. Pankratz schob seinen glänzenden Kopf durch die Tür und fragte mit spitzbübischem Lächeln:

»Angenommen ich brächte eine faustdicke Überraschung als Liebesgabe mit – dürfte ich dann die heiligen Räume kriminalistischer Arbeit betreten?«

Nachtigall lachte und lud den Rechtsmediziner mit großer Geste ein sich zu ihnen zu setzen.

Dr. Pankratz sah die Fotos auf dem Schreibtisch und das Standbild, das immer noch die getötete Katze in Nahaufnahme zeigte, lange an, dann fragte er: »Und, den Mörder schon gefunden?«

»Leider nicht. Unser Opfer war ein aktiver Mensch, der sich offensichtlich in einigen Lebensbereichen nicht nur Freunde gemacht hat. Aber gleich einen Mord zu begehen, noch dazu so einen öffentlichen – das kommt zum Glück nicht für alle Verärgerten in Betracht.«

»Gut. Wie versprochen, meine Überraschung für das Team: Todesursache war der Stich ins Herz – dabei bleibt's. Aber er wäre ohnehin innerhalb kurzer Zeit verstorben!«

»Was?«

Nun hatte Dr. Pankratz die volle Aufmerksamkeit des Teams.

»War er krank?«, Peter Nachtigall hatte sich als Erster wieder gefasst, »davon hat bisher niemand ein Wort erwähnt.«

»Nein, er war nicht krank. Mir ist schon bei der Obduktion aufgefallen, wie viel Blut er verloren hatte. Seine Magen- und Ösophagusschleimhaut schien mir leicht rötlich verfärbt. Außerdem fanden sich überall an seinem Körper frischere und ganz frische Hämatome. Arme, Beine und sogar der Rumpf waren betroffen. Typischer Befund bei Opfern häuslicher Gewalt, Demenzkranken oder Alkoholikern, die leicht stürzen. In diesem Fall schien nichts davon sehr wahrscheinlich – was nicht unbedingt etwas heißen mag. Also überprüfte ich Alkoholspiegel, Leberwerte usw. Er war kein Alkoholiker. Es musste eine andere Ursache geben und die habe ich auch gefunden: Difenacoum ist der Name. Es wirkt gerinnungshemmend auf das Blut. In der Dosis, die man ihm vermutlich verabreicht hatte, war sein Tod nur eine Frage der Zeit. Das Opfer stößt sich irgendwo hart, fällt oder verblutet spontan. Der Täter muss nur geduldig abwarten, bis es passiert.«

»Difenacoum? Klingt gar nicht gefährlich. Das Wort habe ich überhaupt noch nie gehört.«

»Dann wird es aber Zeit«, der Rechtsmediziner lachte. »Schließlich fällt es , wenn wir es finden, eindeutig in euren Bereich.«

»Daraus schließe ich: Er hat es wohl nicht freiwillig eingenommen. Gibt es nicht Erkrankungen, bei denen man gerinnungshemmende Medikamente verschrieben bekommt?«, fragte Nachtigall.

»Ja, die gibt es. Nach einer Herzklappen-OP, bei ausgeprägter Thromboseneigung. Aber dieser Wirkstoff kommt dabei nicht zur Anwendung. Es handelt sich dabei um handelsübliches Rattengift.«

»Rattengift!«

Perplex sah Nachtigall den Gerichtsmediziner an.

»Ja, und es wurde ihm wahrscheinlich mehrfach eine mittlere Dosis verabreicht. Einen einmaligen Bolus halte ich für ausgeschlossen. Das Zeug ist pastös, wachsartig und bestimmt schmeckt es Menschen nicht. Zur Sicherheit wird es in der Regel rot eingefärbt und dieser Markierungsstoff färbt manchmal auf die Schleimhäute ab.«

»Ich dachte, die Zeiten, in denen man mit Rattengift mordete, sind vorbei. Bei Agatha Christie wurde so was benutzt, oder?«, staunte Michael Wiener.

»Zu Agatha Christies Zeiten enthielt Rattengift Arsen. Eine beliebte Mordmethode. Man konnte Arsen nämlich früher nicht nachweisen. So starb der Arme an einer heftigen Magenkolik und es kam nie heraus, dass jemand nachgeholfen hatte. Nach der Entdeckung des Arsenspiegels als Niederschlag im Reagenzglas wurde die Sache schwieriger. Die Symptome sind so augenfällig, jeder Rechtsmediziner sucht nach Arsen, wenn er jemanden auf den Tisch bekommt, der vor seinem Tod urplötzlich heftige Magenkoliken, Übelkeit und Erbrechen gezeigt hat. Heute ist kein Arsen mehr im Rattengift, sondern ein Wirkstoff, der die Tiere an inneren Blutungen sterben lässt. Rodentizide nennt man die Gruppe.«

Zufrieden mit der Wirkung seiner Worte, lehnte Dr. Pankratz sich mit verschränkten Armen zurück.

»Ein ungeduldiger Mörder oder einer, der aus Zeitnot den Tod sofort herbeiführen musste? Oder ein Täter, der die Hoffnung aufgegeben hatte, die Wirkung des Giftes könne noch einsetzen?«

»Oder einfacher«, meinte der Rechtsmediziner, »er hatte keine Gelegenheit mehr, ihm weiter von dem Gift zu verabreichen, war sich aber nicht sicher, ob die Dosis schon ausreichte.«

»Vielleicht hatte der Täter auch das Gefühl, das Opfer sei ihm auf die Schliche gekommen und musste schnell handeln«, fügte Albrecht Skorubski eine weitere Möglichkeit an.

»Oder«, Dr. Pankratz verzog das Gesicht zu einem diabolischen Grinsen, »oder Sie suchen zwei Täter, die dem Opfer nach dem Leben trachteten. Vielleicht wusste einer nichts von dem anderen und nur einer war letztendlich erfolgreich.«

17

Während Peter Nachtigall in seiner Küche mit den Vorbereitungen für ein gemütliches Abendessen für zwei bei Kerzenschein und romantischer Musik beschäftigt war, kreisten seine Gedanken um die spektakuläre Entwicklung, die sein aktueller Fall genommen hatte. War es nicht extrem unwahrscheinlich, dass gleich zwei Menschen den Tod des Opfers herbeiführen wollten? Auch noch zeitgleich? Hans-Jürgen Mehring mochte nicht gerade beliebt gewesen sein – aber wie viele Feinde konnte man sich als Speditionsleiter schon machen, die ernsthaft entschlossen waren zu töten? Und die Teufel? Sollten vielleicht zwei potenzielle Nachfolger im Verein beschlossen haben ihn aus dem Weg zu räumen? »Quatsch«, entschied Nachtigall, »wenn alle Vereine ihre Personalfragen so lösen würden, gäbe es bald keine Vorstände mehr.«

Casanova schnurrte um die Beine seines Mitbewohners und erbettelte erfolgreich eine Scheibe Salami aus dem Kühlschrank.

»Rattengift! Das hatten wir schon lange nicht mehr!«, murmelte der Hauptkommissar vor sich hin, während er ein edles, weißes Tischtuch ausbreitete. Teller, Gläser, Bestecke arrangierte er liebevoll und stellte zwei hohe Glasleuchter auf die Tafel.

Drohend sah er den Kater an. »Denk nicht einmal daran! Der Tisch ist tabu!« Beleidigt zog Casanova sich zurück. Er wusste genau, seine Stunde würde später schon noch schlagen.

»Welche Musik nehme ich? Nichts zu Langsames, das schläfert nur ein, zu schnell auch nicht, dann kommt keine Stimmung auf.«

Er zog eine CD aus dem Regal im Wohnzimmer, verwarf die Idee, schob sie zurück und angelte nach John Coltrane. Ob Conny diese Musik mögen würde – oder lieber doch das letzte Album von R.E.M.?

Der Küchenwecker rief ihn zum Backofen. Kritisch überprüfte er den Zustand der Pasteten, alles bestens. Er stellte die Temperatur ein wenig niedriger. Zum Nachtisch würde es Mousse au Chocolat geben mit eingelegten Früchten. Eigentlich fehlte nur noch Conny.

Jemand, der einen anderen vergiften wollte, musste doch vermutlich nah an sein Opfer herankommen. Und er musste dessen Vertrauen haben, spann Nachtigall weiter an seinem Fall. Eine fettige, wächserne Paste, rötlich eingefärbt, wie brachte man das geschickt an den Mann? Dr. Pankratz vermutete, das Gift sei in Brot oder Pizza verabreicht worden. Diese Überlegung rückte Frau Mehring in eine neue Position. Morgen würde er sich nicht abwimmeln lassen – es bestand Tatverdacht. Wer backte denn Brot und Pizza – die Frau des Hauses. Sie hatte sicher Gelegenheit genug, Gift in das Essen ihres Mannes zu mischen.

Bisher hatten sie nur von Paul Mehring die Information bekommen, der Vater habe seine Frau schlecht behandelt. Während Michael morgen mit den Teufelinnen beschäftigt war, würden Albrecht und er im Umfeld der Ehefrau Erkundigungen einziehen.

Aber auch dieser Paul selbst war undurchsichtig. Bis vor kurzem hatte er noch bei den Eltern gelebt. Hatte er deshalb den Vorstecher benutzen müssen, weil er den Vater nicht länger vergiften konnte? Das vertrug sich allerdings nicht mit der Philosophie der Mind Watchers. War der junge Mann ausgerastet, als er die Katze gefunden hatte? Nein, entschied er dann. Der Mord wurde erst am Sonntag begangen. Wenn er im Jähzorn getötet hätte, dann am Freitag, als sie sich gestritten hatten. Durfte der Gründer der Mind Watchers töten – sogar einen Menschen – wenn er Gründe genug für sein Handeln anführen könnte, wäre das ein ›verzeihliches‹ Verhalten? Oder würde der Gründer seine Bewegung verlassen müssen, wenn er ihn als Täter überführen könnte?

Nachtigall seufzte und zündete die Kerzen an. Conny würde jeden Moment klingeln.

Selbst der Vater des Opfers käme in Betracht! Wilhelm Mehring war auch kürzlich ausgezogen und diese entsetzlichen Narben ... Die Türklingel unterbrach seine Überlegungen. Rasch überprüften seine Hände den Sitz von Hose und Hemd, während er durch den Flur eilte.

Das strahlende Lächeln, mit dem er die Tür schwungvoll aufgerissen hatte, erstarb in Sekundenschnelle. Dort stand nicht Conny!

»Birgit!«

Vor der Tür stand die Mutter seiner Tochter Jule, die ihn und das Kind vor einigen Jahren verlassen hatte, um einen norwegischen Geologen zu heiraten.

Während er sie anstarrte, unfähig etwas zu sagen oder sich zu bewegen, registrierte sein Verstand ihren desolaten Zustand, die geröteten Augen, die geschwollene Nase und die beiden großen Koffer neben ihr auf dem Treppenabsatz. Offenbar hatte es zu regnen begonnen, während er mit Kochen beschäftigt war, denn Birgits Kleidung machte einen völlig durchnässten Eindruck und ihre Haare klebten nass an Kopf und Mantel. Sie zitterte leicht und ihre Lippen waren bläulich verfärbt.

»Birgit«, krächzte er noch einmal.

Und dann beging er einen verhängnisvollen Fehler, dessen Folgen er zu diesem Zeitpunkt noch nicht ermessen konnte: Nachtigall trat betäubt einen Schritt zur Seite und verhalten schluchzend drückte Birgit sich an ihm vorbei ins Haus. Er trug die beiden, schweren Koffer ins Haus und stellte sie im Flur ab.

»Was ist denn los?«

»Kann ich dir das später erzählen? Ich würde mich gerne schnell heiß duschen und was Trockenes anziehen. Wenn du nichts dagegen hast.«

Natürlich hatte er etwas dagegen, er fühlte sich unbehaglich. Doch wider besseres Wissen willigte er ein und Birgit verschwand nach oben.

Kaum hatte sich die Badezimmertür hinter ihr geschlossen, als es wieder klingelte. Diesmal stand wirklich Conny vor ihm und er drückte sie fest an sich.

»Nanu, willst du verreisen?«, fragte sie nach dem Willkommenskuss.

»Nein, das sind Birgits Koffer«, erklärte er so emotionslos, wie ihm nur möglich war.

»Wie, deine Ex ist da? Dann ist das ihr Auto da an der Straße? Was will sie denn?«, er spürte, wie Conny in seiner Umarmung steif wurde. Na, prima. Dabei sollte es doch so ein wundervoller Abend werden.

»Ich weiß nicht, was sie will. Sie stand gerade vor fünf Minuten plötzlich vor der Haustür. Nicht einmal angerufen hat sie vorher – dann hätte ich ihr nämlich gesagt, dass sie nicht herkommen soll.«

»Dann störe ich doch bestimmt«, Connys Stimme klang kühl, stellte Nachtigall besorgt fest.

»Nein, so ein Quatsch! Ich freue mich doch schon den ganzen Abend auf dich! Frag Casanova – er muss sich schon seit Stunden meine Schwärmerei für dich anhören. Er hat schon rote Ohren davon.«

Zärtlich zog er sie heran, küsste sie liebevoll und spürte erleichtert, wie sie sich entspannte.

Diesen Moment wählte Birgit, um barfuß, nur in Nachtigalls Bademantel gehüllt die Treppe halb herunterzukommen.

»Peterchen, bringst du mir die Koffer bitte hoch ins Schlafzimmer?«

Wie ein beim Knutschen erwischter Pennäler schob Nachtigall Conny ein Stück zurück und ließ sie los.

In das eisige Schweigen, das sich ausbreitete, klirrten Connys Worte.

»Drei sind da ja wohl einer zu viel! Schönen Abend noch!«, scheppernd schlug die Tür hinter ihr ins Schloss und Casanova stürmte aus der Küche herbei, um zu sehen, was passiert war.

»Ach je, da hat deine Freundin aber was gründlich missverstanden. Sorry. Ach und diese unsägliche Katze hast du auch immer noch?«

Zornbebend drehte Peter Nachtigall sich zu der Frau um, von der er einmal geglaubt hatte, er könne ohne sie nicht leben.

»Zieh dir sofort wieder was an!«, brüllte er, schnappte den verdatterten Kater, rannte in die Küche und schlug die Tür hinter sich zu.

Mit zitternden Händen nahm er die duftenden Pasteten aus dem Ofen und verbrannte sich den Handrücken. Fluchend ließ er kaltes Wasser darüberlaufen, sah mit wachsender Befriedigung wie die Haut sich rot verfärbte und ein eigenartig krankes Aussehen annahm und kam sich vor wie ein kompletter Idiot.

Geschieht dir ganz recht, höhnte eine Stimme in seinem Kopf, du hast doch gewusst, dass Conny kommt, warum hast du Birgit dann reingelassen? Birgit! Dieses miese Stück! Zielsicher ins Schwarze getroffen! Sie hatte die Stimmen gehört und sich perfekt in Szene gesetzt!

Sein flackernder Blick blieb an den Zeigern der Küchenuhr hängen. Conny war vielleicht schon zu Hause, wenn sie dorthin gefahren war und nicht zu einer Freundin, um sich über sein unmögliches Verhalten zu beklagen. Und, so wurde ihm klar, er hatte sich unmöglich benommen. Hätte er sie bloß fest an sich gedrückt und Birgit in ihre Schranken verwiesen – aber nein, er Idiot hatte sie von sich gestoßen und losgelassen! Da musste sie ja glauben, er habe ein schlechtes Gewissen und seine Ex sei ihm immer noch wichtiger! Sabine!, durchfuhr es ihn siedend heiß. Conny würde doch wohl nicht zu ihrer Freundin Sabine, Peter Nachtigalls kleiner Schwester, fahren, um sich an ihrer Schulter auszuweinen!

Umständlich befreite er sein Handy aus dem Stoff der Hosentasche, an dem es sich festzukrallen schien, als wolle es verhindern, dass Nachtigall telefonierte. Casanova bedachte ihn derweil mit einem bitterbösen Blick und rollte sich übellaunig auf einem der Stühle zusammen.

»Ja, du hast völlig recht! Ich habe mich benommen wie ein Idiot! Und ja, es tut mir leid, dass ich dich so unsanft gepackt habe. Ich weiß, du möchtest mit mehr Respekt behandelt werden. Ich mach's wieder gut! Aber vielleicht hast du auch gehört, dass sie dich als ›unsägliche Katze‹ bezeichnet hat!«

Der Kater blinzelte desinteressiert und sah unter halb geschlossenen Augenlidern zu, wie Nachtigall Connys Nummer wählte. Doch das Klingeln schwärmte ungehört durch alle Räume ihres Hauses. Er probierte es mit ihrer Handynummer. Mailbox. Ob er wohl auf gut Glück zu ihr fahren sollte, mit den Pasteten und der Mousse? Oder lieber mir einer Flasche Wein und zwei Gläsern?

Aber zunächst musste Birgit von hier verschwinden! Sofort! Nicht auszudenken, wenn Conny ihr hier ein zweites Mal begegnete! Entschlossen stellte er das Wasser aus und machte sich auf den Weg, Birgit vor die Tür zu setzen.

18

»So, meine Süßen! Ich habe euch heute Abend hier versammelt, um euch darüber zu informieren, dass ich nun die Planung für die Fernsehaufzeichnung der Karnevalssendung übernommen habe, nachdem der arme Hans-Jürgen das nun nicht mehr selbst zu Ende bringen kann. Wie ihr schon wisst, wurde er Opfer eines feigen Mordanschlags im Stadion der Freundschaft.«

Die versammelten Teufel und Teufelinnen tauschten bedeutungsvolle Blicke.

»Und wer, wenn man das erfahren darf, hat diese Regelung getroffen?«, wollte eine kritische Stimme wissen.

Rolf Bartel schwang sich auf die Zehenspitzen und versuchte zu erkennen, wer diese Frage gestellt hatte, sah aber nur in ausdruckslose Gesichter.

»Gut, wenn ihr das nun unbedingt wissen müsst: Solche Entscheidungen trifft der Vorstand. Bisher waren wir zu dritt, im Moment nur noch zu zweit, ein neuer Vorstand muss erst neu gewählt werden. Der Schatzmeister und der Chefchoreograf, also Jörg Pilz und meine Wenigkeit, haben sich auf mich als Nachfolger geeinigt.«

»Chefchoreograf? Ist das die neue Bezeichnung für sexuelle Nötigung?«

Schweigen breitete sich im Probensaal aus. Es war, als sei die Temperatur um mindestens 10 Grad gefallen, und einige Narren zogen fröstelnd die Schultern hoch oder rieben sich die Oberarme. Wieder war der Frager nicht auszumachen.

Rolf Bartel versuchte eine verblüfft-entsetzte Miene aufzusetzen, doch der Versuch endete in einem wölfisch-verschlagenen Ausdruck, der auch viel besser zu seinem Charakter passte.

»Was soll das heißen, hä?«, fragte er hysterisch schrill zurück, »ich habe noch nie jemanden sexuell genötigt!«

Berta, eine kräftig gebaute Teufelin Mitte 40, stand entrüstet auf. Ihr sonst so mütterlich sanftes Gesicht war hart, der Mund zu einem dünnen Strich zusammengepresst.

»Tu nicht so scheinheilig! Alle wissen doch, wie es hier läuft!«

»Ihr spinnt doch!«, schrie er sie an, »seid ihr total durchgeknallt?«

»Red nicht so dumm daher! Hans-Jürgen hat die Tanzpositionen für die Fernsehaufzeichnungen vom ›Wohlverhalten‹ der Tänzerinnen abhängig gemacht!«

Sie war wütend.

»So was hat der Hans-Jürgen nie gemacht!«, kreischte Rolf Bartel aus einer Mischung von Angst und Enttäuschung. Das durfte nie nach draußen dringen, sonst war der Verein erledigt. Diese aggressive Bande verdarb seine ganzen fantasievollen Pläne. Typisch: Bei so einem Schönling wie Hans-Jürgen ging das klar mit dem Sex und bei ihm fingen sie an herumzuzicken. Dabei konnte man doch erwarten, dass sie sich freundschaftlich verhielten, wenn sie schon in der ersten Reihe tanzen durften, oder etwa nicht? Wahrscheinlich sind die alle scharf auf den ach so tollen Hans-Jürgen gewesen – und kaum kam er, hieß es nun plötzlich sexuelle Nötigung!

»Jetzt ist es aber genug!«, fauchte Berta ihn so böse an, dass er um einige Zentimeter schrumpfte und erschrocken zurückwich.

Wenn er jetzt nicht aufpasste, würde er womöglich Prügel beziehen für ein Vergnügen, das er nie hatte. Soweit durfte er es nicht kommen lassen, er wollte nicht für Hans-Jürgens Verhalten bezahlen. Das war nicht einzusehen, völlig indiskutabel.

Entsetzt registrierte er, wie sich alle Teufel erhoben und näher kamen. Er zog sich vorsichtig zurück, spürte die raue Wand in seinem Rücken. Hier kam er nicht weiter. Langsam rutschte er an der Wand entlang, seine Knie wurden weich, trugen ihn nicht mehr und plötzlich fand er sich auf dem Boden hockend wieder, wimmernd, seine Hände schützend über den Kopf haltend – eine lächerliche Figur.

»Wir nehmen das nicht mehr hin. Nach seinem Tod haben wir uns zusammengesetzt und beschlossen, seinem Nachfolger keine Gelegenheit zu geben, in diese Fußstapfen zu treten«, wisperte Marianne, eine blonde, energische Teufelin, »er hat es mehr oder weniger bei jeder probiert – so etwas werden wir nicht mehr zulassen! Sogar bei den Mädchen – dieses Schwein!«

»Solltest du also gedacht haben, du könntest sein Erbe in jedem Bereich antreten, vergiss es!«, zischte Petra in sein Ohr, er bekam eine Gänsehaut und rückte von ihr ab. Doch die große, magere Anne setzte hinzu: »Wir werden dich im Auge behalten – und wenn es auch nur so aussieht, als solltest du es versuchen – die Polizei ist knapp um die Ecke und keine von uns wird zögern!«

Rolf brachte nur noch ein kleines Kopfschütteln zustande.

Erst Minuten, nachdem die Teufel den Raum verlassen hatten, traute er sich die Arme herunterzunehmen und die Augen zu öffnen.

»Scheiße!«, fluchte er und fand das Leben furchtbar ungerecht, »verdammte Scheiße!«

19

Mittwoch

Michael Wiener hatte beschlossen zunächst die als Studentinnen und Hausfrauen aufgeführten Teufelinnen zu besuchen. Da war die Wahrscheinlichkeit am größten, morgens um diese Zeit jemanden anzutreffen, der nicht gerade zur Arbeit hastete.

Er parkte den Wagen vor einem der farbenfroh renovierten Häuser in Sachsendorf und musste eine Weile suchen, bis er die Klingel gefunden hatte.

Claudia Wagner, Studentin an der Fachhochschule, sah den jungen Mann, der so früh am Morgen vor ihrer Tür stand, prüfend an und gab ihm mit einer gleichgültigen Geste den Dienstausweis zurück.

»Kriminalpolizei? Und?«, fragte die große, schlanke Frau spitz und warf schwungvoll ihre kupferroten Haare zurück.

»Sie wissen doch sicher, dass Hans-Jürgen Mehring ermordet wurde. Nun versuchen wir, so viel wie möglich über ihn in Erfahrung zu bringen: welche Freunde er hatte, welche Hobbys. Sie wissen schon«, antwortete Wiener holprig. Der kritische Blick aus den leuchtend grünen Augen verwirrte ihn und er spürte, wie ihm der Schweiß ausbrach.

»Ich glaube kaum, dass ich Ihnen da behilflich sein kann. Wir waren im selben Verein und gut.«

»Sie wären erstaunt, wenn Sie wüssten, wie viel man

doch über den anderen weiß, obwohl man ihn nicht näher zu kennen glaubt«, versicherte Michael Wiener, als sie die Tür weit öffnete, um ihn eintreten zu lassen. Von einem schmalen Flur gingen fünf Türen ab. Hinter einer hörte man, kaum dass der junge Ermittler seinen Fuß über die Schwelle gesetzt hatte, wütendes Gebell.

Massive Kratzgeräusche deuteten die wilde Entschlossenheit des eingeschlossenen Hundes an, sich sofort auf den Eindringling zu stürzen, sollte die Tür zu seinem Gefängnis geöffnet werden.

»Das ist nur Zerberus«, beruhigte Frau Wagner ihren Besucher.

»Aha. Klingt, als hätte der Höllenhund gewaltig schlechte Laune.«

»Er wüsste eben gerne, wer hier in sein Revier eingedrungen ist. Zerberus ist ein bisschen wild – aber im Grunde völlig harmlos.«

Das Gebell wurde schärfer und der Hund unterstrich sein Missfallen durch bedrohliches Knurren. Wiener beeilte sich an der Tür vorbeizukommen. Bei einem seiner letzten Fälle war er von einer panischen Ratte gebissen worden und manchmal schmerzte der Finger heute noch.

»Immer geradeaus und dann links. Das ist die Küche. Wir müssen uns dort unterhalten – ich koche gerade Marmelade.«

»Aus!«, befahl sie lässig, als sie die Tür passierte, hinter der der Hund inzwischen einem Tobsuchtsanfall nahe zu sein schien, und sofort kehrte Ruhe ein.

»Er ist ein Angeber«, erklärte Claudia Wagner achselzuckend, »echt kein Grund zur Sorge. Vielleicht liegt es am Namen. Ich hätte ihn lieber Socke oder so nennen sollen – Zerberus klingt natürlich unsagbar wichtig.«

Wiener folgte der jungen Frau in einen sonnigen Raum mit gelben und orangefarbenen Wänden. Helle Küchenmöbel, ein kleiner Tisch und zwei Stühle mit apfelgrünen Sitzpolstern verliehen dem Raum zusätzlich eine fröhliche Atmosphäre.

»Kaffee?« Sie wartete die Antwort nicht ab, sondern stellte ihm einen Kaffeepott, Milch und schwedische Knäckebrötchen – Skorpa – auf den Tisch, dazu einen kleinen Teller und ein Glas selbstgemachter Marmelade.

»Die habe ich gestern eingekocht: rote Johannisbeere mit Pfefferminze. Probieren Sie ruhig.«

Michael Wiener kostete.

»Hmmm – das ist wirklich lecker! Schön sauer und frisch. Sind Sie denn schon lange Mitglied in diesem Karnevalsverein?«

Er bemerkte mit Bedauern, wie sich ihr fröhliches Gesicht verschloss. Das Thema schien ihr ausgesprochen unangenehm zu sein.

»Ich bin seit Ewigkeiten dabei. Seit – pffff – na, ungefähr 10 Jahren. Kann auch ein bisschen länger sein, ich glaube, ich war damals 10 oder 11 Jahre alt. Meine Mutter hielt es für eine gute Idee, sie meinte, dort könnte ich lernen meine Unsicherheit und Schüchternheit zu überwinden. Mehring war damals auch schon Mitglied, aber er hatte noch nicht viel zu sagen. Die drei Gründungsmitglieder und ihre Nachkommen waren der Vorstand. Das änderte sich, als zwei von ihnen innerhalb eines halben Jahres verstarben – sie waren schon sehr alt. Die Familie war lange das Rückgrat des Vereins – doch mehr und mehr übertrugen sie die alltäglichen Aufgaben an andere. Auf diese Weise kam Mehring in den ›inner circle‹.«

»Und welche Aufgaben hat dieser innere Kreis?«

»Sie verwalten die Beiträge, kümmern sich um Auftritte und Honorare. Der Mehring hat irgendwann angefangen alle Kompetenzen an sich zu reißen – weil er es besser konnte als die anderen, war seine Begründung. Und er konnte wirklich gut mit Geld umgehen, vereinbarte Auftritte in renommierten Hallen und sorgte für angemessene Bezahlung. Schlimm wurde es erst, als wir zum ersten Mal bei der Fernsehgala auftreten durften. Er hatte die Beziehungen zu den richtigen Leuten – und damit fing er an alles selbst in die Hand zu nehmen, was den Verein betraf.«

»Herr Bartel hat ausgesagt, Herr Mehring habe besonders zu den weiblichen Vereinsmitgliedern gute Kontakte unterhalten. Können Sie das bestätigen?«

»Ja, ich denke schon«, antwortete sie leise, drehte sich um und wandte sich ihrer Marmelade zu.

»Zu Ihnen auch?«

»Ja«, jetzt flüsterte sie nur noch.

»Und das bedeutet?«, hakte Wiener mit ebenfalls gesenkter Stimme nach.

»Dass er ein Schwein war!«

Sie fuhr herum und funkelte ihn an.

»Es ist besser, Sie gehen jetzt!«

»Warum war er ein Schwein?«

Sie schob den jungen Mann kurzerhand aus der Küche und durch den Flur, wo Zerberus wieder wütend zu bellen begann.

»Fragen Sie das die anderen!«

Michael Wiener verabschiedete sich schnell und suchte kopfschüttelnd nach dem Namen und der Adresse der nächsten Zeugin auf seiner Liste.

Kati Andreas war alleinerziehende Mutter im Babyjahr. Auch sie war wenig begeistert, als Wiener sie nach Hans-

Jürgen Mehring fragte. Ihre tiefschwarz gefärbten Haare und das blasse Gesicht erinnerten ihn an Mortitia aus dem Film ›Adams Family‹, ihre Lippen hatte sie blutrot nachgezogen und er fand, sie brauche eigentlich kein Kostüm mehr, um teuflisch auszusehen. Sie bat ihn herein und führte ihn in ein lichtdurchflutetes Wohnzimmer. In einer Ecke stand ein Babybett und darin schlief Bonifaz, ihr vier Monate alter Sohn. In einer anderen Ecke warteten ein Bügelbrett und davor drei Körbe zu bügelnder Wäsche. Sie deutete darauf und fragte:

»Was dagegen, wenn ich weitermache? Der Kleine lässt mir manchmal nicht viel Zeit – da muss ich jede Gelegenheit nutzen, sonst haben wir bald nichts mehr anzuziehen.« Das glückliche Lächeln, mit dem sie zu dem Kinderbettchen hinübersah, verzauberte ihr Gesicht und ließ es von innen heraus strahlen.

»Mehring war egoistisch und hat sich immer aufgeführt, als wäre der Verein ohne ihn nichts wert. Dabei sind wir eine echt gute Truppe. Wir tanzen richtig professionell und Hans-Jürgen hatte nicht halb so viel Ahnung von Choreografie und Tanzkunst, wie er uns immer glauben machen wollte. Es zählte mehr, wie jemand aussah, als wie er sich bewegte.«

»Aber die Aufstellung der Tänzer hat er allein festgelegt oder hatte er jemanden, der ihn dabei unterstützte? Vielleicht ein anderer Verein?«

»Nein. Er hat das entschieden und nicht selten gab es deswegen böses Blut in der Truppe.«

»Weil es gar nicht wirklich ums Tanzen ging«, schlussfolgerte Michael Wiener und sie sah ihn lange mit ihren hellbraunen Augen an, als versuche sie abzuschätzen, wie weit sie ihm vertrauen konnte.

»Ja. Er bestand zum Beispiel darauf, dass die Tänzer, besonders die in der ersten Reihe, ›normal‹ waren. Schwule und Lesben hatten keine Chance bei ihm. Wer da nicht freiwillig ging, wurde von ihm rausgemobbt. Es sollten entweder Alleinstehende sein, die allerdings keine zu häufigen Partnerwechsel haben durften, oder verheiratete, treue Familientypen. Religionszugehörigkeit war nicht vorgeschrieben, aber das wäre noch das Tüpfelchen auf dem i gewesen.«

»Aber das konnte er doch unmöglich alles wissen. Da wäre er ja den ganzen Tag nur mit Bespitzeln beschäftigt gewesen!«

»Naja, dafür hatte er Informanten.« Sie lachte leise und warm über Wieners verblüfftes Gesicht.

»Wir sind ein relativ kleiner Verein. Da wird bei jedem Treffen getratscht. Es hat nie lange gedauert, bis ihn die entsprechende Information erreicht hatte.«

»Und wer wird nun die Choreografie übernehmen?«

Sie prustete verhalten und kicherte dann. »Rolf. Rolf Bartel. Aber dem haben wir gestern Abend die Grenzen aufgezeigt. Wir lassen uns nicht mehr derart unterdrücken.«

Sie legte einen Strampelanzug zurecht und fuhr mit dem Bügeleisen darüber.

»Also, Sie meinen, Hans-Jürgen Mehring sei egoistisch gewesen und habe versucht alle Zügel – auch im Privatleben seiner Teufel – fest im Griff zu behalten. Er hat die Kriterien festgelegt, die erfüllt werden mussten, um an vorderster Front tanzen zu dürfen. Was können Sie mir noch über ihn sagen?«

Nachdenklich legte Kati Andreas den Strampler zusammen, platzierte ihn auf einem Stapel gebügelter Babykleidung und fischte ein T-Shirt aus dem Korb.

Während sie es zurechtstrich, sah sie Wiener wieder mit diesem seltsamen Blick an, der ihn unruhig werden ließ.

»Wie viel Wahrheit können Sie ertragen? Gut, Sie sind bei der Polizei, aber das sagt ja nicht wirklich etwas, oder? Mehring war ein Schwein.«

»Das habe ich heute schon einmal gehört.«

»Ach ja, von wem? Ich will es gar nicht wissen, ist nämlich völlig egal. Die Plätze in der ersten Reihe musste man sich durch ›Wohlverhalten‹ erwerben. Wer da tanzen wollte, musste sich seinen Wünschen fügen – seit ich schwanger war, tanze ich hinten.«

»Wünsche in sexueller Hinsicht?«

»Ja. Was dachten Sie denn? Es ging nicht um italienische Küche!«

»Sie mussten mit ihm schlafen? Alle?« Sprachlos starrte er die Frau an. »Es tanzen doch mindestens 10 Teufel in der ersten Reihe, oder?«

»Sieben. Und daneben fünf Solotänzer, einer davon männlich.«

»Das bedeutet doch ...«, Michael Wieners Stimme drohte endgültig zu kippen, »hat denn jede von der anderen gewusst?«

»Zunächst sicher nicht. Vielleicht wollten wir es auch nicht wissen, haben immer nur etwas geahnt, aber nach seinem Tod haben wir uns ausgetauscht. Dabei wurde rasch klar: Er hat sein mieses Spiel mit jeder getrieben.«

»Sie haben das nie gemerkt? Nie vorher in kleinem Kreis darüber gesprochen?«

»Ich glaube, wir wollten es nicht wahrhaben. Für die ganz große Karriere ist beinahe jedes Mittel recht. Es ist schwer sich selbst einzugestehen, wie weit man wirklich bereit ist zu gehen.«

Sie wich seinem Blick nicht aus. Kati machte sich nichts vor.

»Als ich von meinem Freund schwanger war, habe ich erkannt, wie blöd ich mich verhalten habe! Erst dann! Vorher hielt ich es für vertretbar. Dadurch bin ich mit schuld daran, dass er immer weiter machen konnte. Ich bin froh, dass er tot ist!«

»Und seine Frau?«

»Ach die. Die hat er zu Hause eingesperrt und ich glaube nicht einmal, dass sie auch nur das Geringste von seinen Eskapaden weiß oder ahnt. Für sie war er immer der Mann schlechthin.«

»Dann ist sie nicht Mitglied im Verein?«

»Nein, dafür hat er schon gesorgt. Sie hätte ihn doch bei seinem Spielchen nur gestört. Aber wir Teufelinnen wollten auf keinen Fall, dass es mit Bartel einfach so weiterläuft. Wir werden sehen, was passiert.«

Sie begleitete ihn hinaus und riet ihm sich mit Marianne zu treffen. Sie stünde mit beiden Beinen fest auf dem Boden der Realität und könnte sicher jede Menge Informationen beisteuern. Er könne sich auf sie, Kati Andreas, berufen.

Und zum zweiten Mal an diesem Morgen stand Michael Wiener ratlos in einem fremden Treppenhaus.

Marianne Voigt arbeitete bei ›Vattenfall‹, dem Energieriesen aus Schweden. Sie habe jetzt keine Zeit, richtete ihre Sekretärin ihm aus, er möge seine Karte zurücklassen und sie würde sich mit ihm in Verbindung setzen. Michael Wiener notierte auf der Rückseite der Karte die Bitte, sie möge sich noch am Abend bei ihm melden und fuhr ins Büro zurück.

20

»Guten Morgen, was ist denn los? Du siehst einfach schrecklich aus!«, begrüßte Albrecht Skorubski seinen Freund, als er mit ihm im Büro zusammentraf.

»Birgit«, stöhnte Nachtigall, was als Antwort nicht viel taugte.

»Birgit? Hatte sie einen Unfall, ist sie krank?«

»Ach was, es ist viel schlimmer. Sie ist gestern bei mir aufgetaucht. Ich war gerade bei den Vorbereitungen für ein kuscheliges Dinner. Birgit wollte nur schnell duschen und ich Trottel dachte, danach würde sie gehen. Aber nein! Sie kam halb nackt die Treppe runter und Conny hat natürlich gedacht ... Naja. Dann ist Conny weggelaufen und ich habe die ganze Nacht versucht sie zu erreichen. Ohne Erfolg.«

»Sie ist richtig sauer, wie? Verstehen kann ich das ja – wenn Birgit halb nackt in deinem Haus rumläuft. Und nun, was ist mit Birgit?«

»Die wollte ich eigentlich sofort in ein Hotel verfrachten, doch ihr Norweger hat ihr das Konto gesperrt. Sie hat keinen Cent. Hat alles für Benzin verbraucht.«

»Und nun?«

»Ich kann sie nicht einfach hochkant rauswerfen. Wo soll sie dann schlafen? Unter einer Brücke an der Spree?«

»Sie wird doch wohl hier noch Freundinnen haben. Eine davon kann sie sicher aufnehmen.«

»Birgit behauptet bei Sybille und Marie wäre niemand zu erreichen, die seien in Urlaub. So ein Shit!«

»Wie lange will sie denn überhaupt bleiben? Für immer oder will sie sich grundsätzlich wieder mit ihrem Geologen versöhnen und braucht nur ein bisschen Abstand?«

»Mal nicht den Teufel an die Wand! Für immer!«

»Du musst dir doch letzte Nacht etwas überlegt haben.«

»Ich hatte für Conny und mich gekocht – da ich sie nicht erreichen konnte, habe ich mich nicht getraut ihr die Pasteten vor die Tür zu stellen. Ich habe ihr eine Nachricht im Briefkasten hinterlassen und auf ihre Mailbox und auf ihren Anrufbeantworter gesprochen.«

Albrecht Skorubski warf seinem Freund einen besorgten Blick zu. Hoffentlich würde es ihm gelingen, den Kontakt zu seiner Freundin wieder herzustellen – Skorubski spürte die Verzweiflung Nachtigalls und fühlte sich hilflos. Sein eigenes Geschick im Umgang mit dem weiblichen Geschlecht in dramatischen Krisensituationen war äußerst begrenzt.

»Hast du schon daran gedacht, Sabine anzurufen? Sie ist mit Conny befreundet und kann dir sicher helfen die Angelegenheit zu klären.«

»Meinst du nicht auch, ich sollte in meinem Alter langsam in der Lage sein, meine Probleme ohne die Unterstützung meiner kleinen Schwester zu lösen?«

»Du liebe Zeit! Deine Mörder fängst du schließlich immer ohne sie. Du fragst ja nicht ständig um Rat. Und gerade in diesem Fall erscheint es besonders sinnvoll, sie einzuschalten.«

»Nein. Dann glaubt Conny, ich verstecke mich hinter Sabine! Kommt gar nicht in Frage!«

»Wo ist eigentlich Michael?«, lenkte Skorubski ab.

»Er besucht die ›Teufelinnen‹. Er wollte gleich morgens damit beginnen. Immerhin sind es fast 20 Namen. Ich denke, wir beide werden uns den Rest der Arbeit teilen müssen. Du kümmerst dich um ›Energie‹ und erkundigst dich dort nach Mehrings Freunden und Feinden. Ich besuche den Vater und versuche zu erfahren, wie das Opfer zu diesen furchtbaren Narben gekommen ist. Danach fahre ich noch mal raus nach Kahren. Besprechung wie immer hier, mein Handy ist an.«

Wilhelm Mehring war offensichtlich ein Frühaufsteher. Er öffnete dem Hauptkommissar in weißem Hemd und dunkelgrauem Anzug.

»Sie wollten gerade gehen?«

»Nein«, entgegnete der ältere Herr, »ich kleide mich jeden Morgen sorgfältig. Nur weil ich inzwischen ein alter Mann geworden bin, muss ich mich nicht vernachlässigen. Sie haben noch Fragen oder wurde der Mörder bereits gefasst?«

»Nein, den Täter haben wir noch nicht – aber bei der Obduktion haben sich neue Gesichtspunkte ergeben, die weiter beleuchtet werden müssen. Unter anderem entdeckte der Rechtsmediziner auf dem Rücken Ihres Sohnes dramatische Narben. Können Sie mir dazu etwas sagen?«, fragte Nachtigall unterkühlt.

Das Gesicht des Seniors wurde ernst und traurig.

»Würden Sie mich auf einen kleinen Spaziergang begleiten? Rüber zum Amtsteich? Dort gibt es eine gemütliche Bank.«

Nachtigall nickte. Manche Dinge ließen sich beim Gehen leichter besprechen.

»Gut. Ich fahre schnell noch den Computer runter«, verkündete Wilhelm Mehring und verschwand in seinem Arbeitszimmer.

»Woran arbeiten Sie denn?«

Der alte Herr warf Nachtigall einen kritischen Blick zu, erkannte aber echtes Interesse im Gesicht des Hauptkommissars und sein Gesicht nahm einen erfreuten Ausdruck an.

»Mein Sohn fand meine Arbeit am Computer albern und meinte, ich sei eine lächerliche Figur, weil ich nicht akzeptieren könne, dass die Welt sich auch ohne mich dreht. Seit ich ausgezogen bin, schreibe ich an einem Buch über Firmenstrukturen im Mittelstand und betreue ein Netzwerk rüstiger Senioren, die ehrenamtlich Firmen beraten, die in finanzielle Krisen geraten sind. Und natürlich nutze ich auch die Informationsplattformen im Internet – man will ja auf dem Laufenden bleiben.«

Peter Nachtigall fühlte sich einen Moment lang wie ein zurechtgewiesener Schüler. Dann lächelte er anerkennend. »Alle Achtung. Ihr Sohn war an einer ehrenamtlichen Unterstützung wohl nicht interessiert?«

»Nein«, lautete die knappe Antwort.

Sie verließen die Wohnung, überquerten die Franz-Mehring-Straße.

»Nicht verwandt und nicht verschwägert« kommentierte Mehring und wies auf das Straßenschild. Nach wenigen Schritten erreichten sie den Amtsteich.Die Fontäne wirkte im frühen Sonnenlicht fröhlich und schleuderte eindrucksvolle Wasserarme hoch, die laut plätschernd auf der Oberfläche aufschlugen.

›Nicht lange und der Teich gehört wieder den Schlittschuhläufern‹, dachte Nachtigall und fröstelte bei der Erinnerung an winterweiße Wege, Schneegeriesel und Kälte. Früher kam die Feuerwehr im Winter hierher und ließ Wasser über die Eisfläche laufen, damit eine schön glatte Fläche entstand, fiel ihm ein, und ein freundlicher, älterer Herr mit wettergegerbten Zügen bot hier seinen Kufenschleifservice an. Ob der wohl immer noch kam? Er beschloss im kommenden Winter darauf zu achten – vielleicht würde er mit Groovi herkommen, einem Jungen, den er bei einem seiner letzten Fälle kennengelernt hatte und der ihm ans Herz gewachsen war. Durch Groovi hatte er seine alte Freude an Drachengeschichten und anderen Fantasyerzählungen wieder entdeckt, und brachte ihm manchmal Bücher zu dieser Thematik aus der Stadtbiliothek mit.

Nach ein paar Schritten am Ufer entlang steuerte Wilhelm Mehring zielstrebig eine Bank an. Kaum hatten sie dort Platz genommen, als sie auch schon von einer Horde Spatzen umringt waren, die fröhlich pfeifend von überallher herbeieilten.

»Keine Sorge. Ich bin nicht senil – ich habe nicht vergessen, dass Sie sich mit mir über Hans-Jürgens Narben unterhalten wollen.« Dabei zog er eine Tüte mit Brot aus der Tasche und begann kleine Stückchen abzubrechen und den Vögeln zuzuwerfen. Eilig flogen diese herbei und wieder davon, um, von den anderen unbedrängt, fressen zu können.

»Bestimmt glauben Sie den Grund für die Narben schon zu kennen, sonst wären Sie nicht hier.«

Peter Nachtigall ließ ihm Zeit. Er wusste, es war nicht nötig, den Vater zu drängen und falls etwas offen blieb, konnte er später immer noch nachfragen.

»Wahrscheinlich würde ich an Ihrer Stelle genauso denken. Familiäre Gewalt! Heute verpönt, damals ein durchaus legitimes und akzeptiertes Mittel der Erziehung. Bestimmt hat der Vater da Hand angelegt und den

Jungen brutal verprügelt! Was denken Sie: mit einem Stock? Mit einer Peitsche?«, seine Augen waren fest auf den Boden zwischen seinen Füßen gerichtet.

»Natürlich sind Sie jetzt keineswegs erstaunt darüber, dass ich leugne meinen Sohn geschlagen zu haben. Es überrascht Sie nicht. Sie haben das erwartet. Wer würde so etwas heute schon gerne zugeben, nicht wahr? Und es gibt ja praktischer Weise keine Zeugen mehr.«

»Ihr Sohn hatte auch diverse Knochenbrüche.«

»Ja. Immer wieder musste er irgendetwas eingipsen lassen. Ein paar Rippenbrüche waren dabei und üble Prellungen. Aber ich habe ihn nicht geschlagen. Ich habe ihm nichts gebrochen. Nie!«, beteuerte Herr Mehring. Dann schwieg er und starrte verloren auf die leere Tüte in seiner Hand. Bastelte er jetzt an einer möglichst glaubhaften Geschichte? Nachtigall beschloss ihm möglichst keine Zeit für fantasievolle Ausflüchte zu lassen.

»Wie kam er dann zu diesen Verletzungen?«

»Unsere Familie war früher streng katholisch.«

Was sollte das?, überlegte Peter Nachtigall. Wir sind streng katholisch, wir schlagen nicht? Da würde er sich informieren lassen müssen. Sein Bezug zu Religionsgemeinschaften beschränkte sich auf das Feiern der Festtage, Weihnachten und Ostern.

Der ältere Herr neben ihm schien seine Verwirrung zu bemerken. »Das soll nicht heißen, katholisch erzogene Menschen schlagen ihre Kinder nicht. Es bedeutet ein Bewusstsein für Sünden zu haben. Im katholischen Glauben gibt es viele Sünden, leichte und schwere. Wo viele Verhaltensweisen als Sünde definiert werden, gibt es folgerichtig auch Strafen. Die 10 Gebote sind streng zu beachten und Verstöße sind zu beichten, zum Beispiel Ehebruch. Die Strafe legt ihr Beichtvater fest. Zu ihm sollten sie großes Vertrauen haben, er wird alles für sich behalten und eine angemessene Sühne festlegen – zum Beispiel eine bestimmte Anzahl von Gebeten oder Ähnliches.«

»Vom Beten stammen die Narben nicht!«, stellte Nachtigall aggressiv klar.

»Nein, selbstverständlich nicht. Hans-Jürgen war etwa 14 Jahre alt, als wir ihn in ein christliches Ferienlager schickten. Die waren so selten – wir hatten auch nur durch Mundpropaganda davon erfahren. Durch die Religionszugehörigkeit seiner Familie hatte der Junge viele Anfeindungen hinnehmen müssen – wir hielten es für eine gute Idee, fast wie eine Entschädigung. Doch es hat gar nicht lange gedauert, da fiel uns eine gravierende Veränderung in seinem Wesen auf. Er wurde mürrisch, wortkarg und leichtsinnig. ›Wenn Gott nicht will, dass ich mir was tue, wird er schon auf mich aufpassen‹, das war sein Argument.«

»Er suchte einen Existenzbeweis?«

»Ja, vielleicht trifft es das am besten. Wenn es dich gibt, dann wirst du dafür sorgen, dass ich keinen Schaden nehme, und wenn ich mir doch was breche, habe ich wohl vorher gesündigt.«

»Aha. Aber ist das nicht eher pubertär als religiös?«

»Sicher. Täglich sterben unschuldige Menschen und Gott rettet sie nicht. Aber er war unseren Argumenten nicht zugänglich.«

In der Stille, die sich zwischen ihnen ausbreitete, war jedes Umweltgeräusch zu hören.

»Aber das war nicht alles. Er begann sich beim Duschen einzuschließen, wir mussten an seine Zimmertür klopfen, durften den Raum nicht mehr betreten. Wir glaubten, er verhalte sich nur zu Hause so, bis sein

Klassenlehrer einen überraschenden Hausbesuch bei uns machte. Sie wissen ja, früher war das üblich, um sich ein Bild vom sozialen Hintergrund des Schülers zu machen, aber heute kommt keiner mehr gucken und so merkt eben auch keiner, wenn Kinder vernachlässigt oder ermordet werden. Der Lehrer erklärte uns, Hans-Jürgens Verhalten wäre untragbar, er dusche nach dem Sport nicht mehr mit den anderen, schließe sich zum Umziehen in eine Toilette ein. Als seine Mitschüler versuchten über die Kabinenabtrennung zu schauen, kam es zu einer wilden Prügelei. Bis dahin hatte sich mein Sohn noch nie geprügelt. Wir waren schockiert.«

»Es ist also etwas während dieses Zeltlagers passiert, aber was?«

»So genau haben wir das nie rausfinden können. Besorgt fragten wir bei anderen Familien nach und auch dort zeigten einige Kinder seltsame Verhaltensänderungen. Nach vielen Gesprächen wurde nur so viel deutlich: Ein übereifriger Betreuer, der vielleicht sehr eigennützige Motive hatte, wetterte in einer Tour gegen die fleischliche Lust als Sünde und zeigte den Jungs ein paar Tricks, um das ›unzüchtige Verlangen‹ unter Kontrolle zu bringen. Vielleicht wollte er auf diese Weise verhindern, dass es zu Ferienlagerschwangerschaften kam. Wäre doch auch peinlich gewesen. Jedenfalls zeigte er den ganz harten Jungs, wie sie sich Schmerzen zufügen konnten: Sie lernten sich zu geißeln. Ich persönlich glaube, der Betreuer war ein Sadist, der sich dadurch befriedigte, dass er die Jungs, die sich nicht selbst trauten, mit der Peitsche schlug.«

»Sie wollen mir sagen, Ihr Sohn habe sich die Verletzungen selbst zugefügt? Aus religiösem Fanatismus?

Es müssen tiefe Wunden gewesen sein – so etwas fällt Eltern doch auf.«

»Hans-Jürgen zog sich immer weiter von uns zurück. Manchmal bekamen wir ihn tagelang nicht zu Gesicht. Keine gemeinsamen Mahlzeiten mehr, keine gemeinsamen Ausflüge an den Badesee, nichts.«

Wilhelm Mehring starrte noch immer beharrlich auf den Boden, doch die Vögel waren längst weitergezogen.

»Sie haben ihn sicher auf sein Verhalten angesprochen?«

»Wir haben es zumindest versucht. Aber er sprach nicht mit uns. Nur das Notwendigste, wie: Gibt es keine Seife mehr? Oder warum hast du mir keine Margarine mitgebracht? Und er tat unverständliche Dinge. Sprang von einer hohen Mauer und brach sich den Unterarm. Sehen Sie: Der Junge wurde uns unheimlich. Als seine Mutter starb, habe ich ihn vielleicht auch ein wenig aus den Augen verloren. Krebs ist heimtückisch und meine Frau brauchte mich. Jedenfalls erschrak ich fürchterlich, als ich bemerkte, wie finster und abweisend er geworden war.«

»Wie haben Sie denn von den Narben erfahren?«

»Ich überraschte ihn dabei, wie er gerade sein T-Shirt über den Kopf zog, um duschen zu gehen. Er hatte vergessen abzuschließen. Da sah ich die schrecklichen Wunden. Einige schon vernarbt, andere noch frisch verschorft. Da er ein Gespräch verweigerte, besorgte ich ihm Wundsalbe, ließ sie im Bad für ihn liegen und sprach nie mehr davon. Ich forschte auf eigene Faust nach.«

Peter Nachtigall war tief bewegt. Wie sollte man auch mit solch einer Situation umgehen. Heute wäre vielleicht der Weg zum Psychotherapeuten eine Chance – aber mit diesem Hilfsangebot musste der Jugendliche einverstanden sein. Ohne innere Bereitschaft konnte die Therapie keine Wirkung zeigen.

»Sie haben doch bestimmt mit dem damaligen Leiter des Zeltlagers über das Problem gesprochen, oder?«

»Ja, selbstverständlich. Zusammen mit den anderen betroffenen Familien. Aber wir konnten nichts nachweisen. Also war das Schlimmste, das dem Betreuer passierte, eine kleine Rüge vonseiten der Kirche, der zeitweilige Ausschluss von der Organisation und Durchführung solcher Freizeitlager und die Versetzung in einen anderen Sprengel.«

In den Augen des alten Mannes standen Tränen. Rasch wandte er den Blick wieder ab und sah auf den Teich hinaus.

»Ihr Sohn hat dieses Verhalten aber nicht beibehalten.«

»Er trat aus der Kirche aus. Kurz, bevor er heiratete. Seine Söhne sind nicht getauft und besuchten nie die Christenlehre. Ich habe mich da nie eingemischt. Es war seine Familie.«

Zwei Enten ruderten gemütlich über den See. Idyllisch, war es hier. Nachtigalls Gedanken lösten sich von der Tragik der Familie Mehring und begannen sich um sein eigenes Leben zu drehen. Hier würde er gerne mit Conny herkommen – falls sie überhaupt je wieder mit ihm irgendwo hingehen würde. Der Gedanke versetzte ihm einen schmerzhaften Stich. Die Situation war alles andere als geklärt.

»Ihr Sohn hat einen Drohbrief bekommen, in dem ihm mit seiner Ermordung gedroht wurde. Der Briefkopf wies die Mind Watchers als Absender aus.«

»Mein Enkel mag auf Sie einen fehlgeleiteten Eindruck machen, aber er hätte mit Sicherheit nie einen Drohbrief an seinen Vater geschickt. Auch noch mit dem Absender der eigenen Organisation! Außerdem bekommt mein Enkel seit einiger Zeit selbst anonyme Briefe, in denen man ihm mit dem Tode droht, und die Sache mit seiner Katze wissen Sie doch sicher schon.«

»Von mehreren Zeugen wurde erwähnt, Ihr Enkel Paul sei extrem jähzornig und es komme vor, dass er die Kontrolle verliere«, legte Nachtigall vorsichtig nach.

»Herrgott! Was von den Leuten aber auch immer für ein Zeug gefaselt wird! Er wurde älter und ruhiger. Seit er diese Freundin hat, ist er direkt friedlich geworden. Mit dem Kind geht er fantastisch gelassen und liebevoll um. Außerdem predigen die Mind Watchers Gewaltfreiheit und werden dafür gewaltsam angegriffen. Ich habe gesehen, wie meinem Enkel gestern eine Dose an den Kopf geschleudert wurde und die Polizei wirkte eher hilflos.«

»Diese Prämisse könnte auch gut als Fassade herhalten, um solches Verhalten zu kaschieren, in der Hoffnung genau aus dem Grund würde niemand ein zweites Mal hinsehen«, konterte Nachtigall und ignorierte die Polizistenschelte.

»Glauben Sie, was Sie wollen! Paul ist ein liebevoller Vater, ein verlässlicher Partner und ein intelligenter Leiter. Obwohl er diese Dose abbekam und die Wunde heftig blutete, ließ er sich zu nichts hinreißen. Im Gegenteil – ruhig und überlegt hat er versucht den Schaden zu begrenzen.«

»Sie glauben also nicht, dass Paul mit dem Mord an seinem Vater in Verbindung zu bringen ist.«

»Nein. Sicher nicht!«, entgegnete Wilhelm Mehring energisch.

»Bei der Obduktion wurde festgestellt, dass jemand Ihrem Sohn Rattengift verabreicht hat. Er wäre auch ohne den Stich ins Herz sehr bald gestorben.«

Der Vater des Opfers zuckte zusammen wie unter einem heftigen Schlag.

»Rattengift?«, flüsterte er dann. »Er sollte beseitigt werden wie ein Schädling?«

Peter Nachtigall sah ihn überrascht an. Er würde sich diese Frage gut merken.

»Früher gab's das Zeug überall zu kaufen«, sprach der alte Mann weiter, »noch bei meinem letzten Skandinavienurlaub habe ich gesehen, wie es im Drogeriemarkt angeboten wurde neben dem Mittel gegen Ameisen. Aber heutzutage, ich wüsste gar nicht, wo man das herbekommt.«

»Wir werden es herausfinden!«

»Gift, die Waffe der Frau«, murmelte HerrMehring noch immer fassungslos vor sich hin.

Nachtigall drängten sich ungebeten Bilder aus einigen Fällen auf, in denen Frauen die Täter waren – und Gift, dachte er. Gift hatte dabei nur eine untergeordnete Rolle gespielt.

»Ich fürchte, Frauen sind nicht mehr bereit sich an die gängigen Vorurteile zu halten. Sie morden ganz anders – auch überraschend brutal.«

»Wie wurde ihm denn das Gift verabreicht und wen haben Sie unter Verdacht?«

»Das wissen wir noch nicht. Als weiblicher Täter – käme da Ihre Schwiegertochter in Frage?«

Großes Erstaunen breitete sich in Wilhelm Mehrings Zügen aus, dann lachte er heiser:

»Hiltrud?«

»Sie haben doch selbst gesagt, Gift sei die Waffe der Frau.«

»Ja, schon. Aber Hiltrud? Niemals. Sie würde doch nie – nein, nein. Haben Sie Hiltrud schon getroffen? – Na bitte. Dann wissen Sie doch, wie entsetzlich hilflos und unselbstständig sie ist. Er hat sie in permanenter Abhängigkeit gehalten – ohne ihn kann sie sich nicht einmal ein Brot kaufen. Nein, ausgeschlossen. Wie sollte sie ohne ihren Mann in dieser rauen Wirklichkeit überleben?«

Nachtigall beschloss sie genau danach zu fragen.

21

Albrecht Skorubski traf vor dem Stadion der Freundschaft auf eine Gruppe Fans, die dem heutigen Training ihrer Lieblingsmannschaft zusehen wollte. Endlich wieder erste Liga, die Fans hatten sich von dem Taumel noch nicht richtig erholt, dann die Weltmeisterschaft – einhellig war man der Meinung, dieses Jahr sei schlicht ein perfektes Fußballjahr.

Nach vier Fehlversuchen traf er auf Manni Patzelt, der angab Hans-Jürgen Mehring ›ganz gut gekannt zu haben‹.

»Der Hans-Jürgen, der kam zu jedem Heimspiel. Hatte seinen Stammplatz da oben auf der Tribüne – da, wo man ihn auch gefunden hat, also wo man ihn ermordet hat. Tragisch!«

Der stämmige Mann ließ »seine« Jungs auf dem Rasen nicht eine Sekunde aus den himmelblauen Augen, während er mit Skorubski sprach.

»Hatte er viele Freunde hier im Verein?«

Manni lüftete kurz das Fanbasecap und richtete die blonde Lockenpracht neu, bevor er es mit einem geübten Schwung wieder aufsetzte. Skorubski schätzte den Mann auf Mitte 30, er hatte einen ziemlichen Bauch und sein knallrotes T-Shirt zierte auf dem breiten Rücken die Nummer eins.

»Och, das würde ich nicht sagen. Er war bekannt und spendete auch immer mal – aber er hat weder den

Kontakt zu den anderen Fans gesucht noch sich um irgendeinen Posten bemüht.«

»Und wie war er sonst?«

»Er war Speditionseigentümer. Warten Sie mal – ich glaube so richtig aktiv war der in so einem Karnevalsverein. Hei - Martin!«, grölte er dann plötzlich los, »Martin, komm doch mal rüber! Der Typ hier ist von der Kripo und will was über den Mehring wissen. Mit dem hast du dich öfter mal unterhalten, oder?«

Der Angesprochene drehte sich widerstrebend um. Er war etwa einen Meter sechzig groß und sein riesiger Kopf ruhte auf einem viel zu dünnen Hals. Aus braunen Augen musterte er Albrecht Skorubski so kritisch, dass dieser rasch seinen Ausweis zückte und Martin hinhielt.

»Ist schon besser so – man liest ja so viel über falsche Polizisten in der Zeitung.«

»Ach komm Martin. Das ist Jahre her – und das war in Polen auf der Autobahn. Man kann's auch übertreiben mit der Vorsicht!«, rief ein junger Mann aus einer Gruppe, die etwas weiter links am Zaun stand.

»Was weißt du denn schon vom Leben, du Dreikäsehoch!«, gab Martin zurück, was ihm lautes Gelächter eintrug, denn der junge Rufer überragte Martin um mindestens 25 Zentimeter.

»Kommen Sie«, forderte er Skorubski dann auf, »suchen wir uns eine ruhigere Ecke.«

Der kleine Mann dirigierte Skorubski zu einer Bank in der Nähe und lud ihn ein neben ihm Platz zu nehmen. Martin nahm das rote Basecap ab und zeigte eine ebenso glänzende, von einem geschorenen Haarkranz eingerahmte Glatze, wie auch Skorubski eine hatte.

»Lange Haare verkürzen den Körper optisch«, gackerte der Fan und sein Gesicht wurde von unzähligen Lachfalten durchzogen, die es sehr sympathisch wirken ließen.

»Sie wollen über Mehring Informationen einholen?«

»Ja. Je mehr wir über das Opfer wissen, desto schneller können wir den Täter dingfest machen.«

»Aber vom Verein war's bestimmt keiner. Der Mehring war am Verein selber nicht wirklich interessiert. Er hat die Jungs gerne spielen sehen, kam sogar manchmal, um ihnen beim Training zuzusehen. Aber vom ›einfachen Fußballfan‹ hat er sich lieber ferngehalten. Wir waren nicht seine Welt – wohl zu primitiv für seinen Geschmack«, Martin spukte den letzten Satz förmlich auf den Boden.

»Er war sich zu fein dazu. Das hat sie gekränkt?«

»Immer wenn es was zu feiern gab, hat er mit den ›Edlen‹ angestoßen. Mit Sekt natürlich. Aber selbst zu denen hat er keinen engen Kontakt gehalten – vielleicht war denen ein Speditionsunternehmer zu primitiv.« Wieder gackerte er laut über seinen Witz.

»Mehring hat ab und an gespendet?«, fragte Skorubski nach und dachte dabei an die finanzielle Krise der Spedition. Wie hatte sich Mehring das überhaupt leisten können?

»Es ging immer nur ums Geld. Er hat hier und da gespendet und so blieben die ›Freundschaften‹ erhalten, was sich dann wieder für ihn bezahlt gemacht hat.« Martins kurze, kräftige Beine schaukelten in der Luft hin und her. »Aber in der letzten Zeit war er wohl etwas sparsamer. Wahrscheinlich lief sein Laden nicht mehr so gut. Ich hab da vor ein paar Tagen so was läuten hören. Buschfunk – Sie verstehen schon.« Er grinste Skorubski an und zwinkerte mit dem linken Auge.

»Immerhin wurde er hier im Stadion erstochen. Gibt es jemanden, der ihn gehasst hat?«

»Genau weiß ich das selbstverständlich nicht. Der Mehring war ein komischer Vogel. Aber um jemanden zu hassen, muss man doch ernsthaft Kontakt zu ihm haben – und der Mehring hat keinen an sich rangelassen, echt keinen!«

22

Peter Nachtigall parkte den Wagen auf dem Hof. Die beiden LKW standen unverändert dort, nur einer der Kleintransporter fehlte. Auf sein Klingeln erfolgte keine Reaktion und so beschloss er ums Haus herumzugehen. Vielleicht saß Frau Mehring auf der Terrasse und hatte die Türglocke nicht gehört. Hoffentlich gibt es hier keinen scharfen Wachhund, dachte er bei sich, denn er hatte schon häufig schlechte Erfahrungen mit übereifrigen Familienbeschützern gemacht, und sah sich beunruhigt nach einer Hundehütte oder einem Zwinger um. Dann fiel ihm ein, dass der Hund spätestens beim Klingeln angeschlagen hätte, und er atmete erleichtert auf.

Er bog um die Giebelecke und blieb verblüfft stehen. Der Garten, der mit Geschick und Können konzipiert war, bot einen wundervollen Anblick. Kleine Nischen luden zum Sitzen ein, große Bäume spendeten ausreichend Schatten, Beete und Rabatten mit bunten Blumen säumten einen geschwungenen Weg. Eine Hollywoodschaukel stand auf einer künstlichen Lichtung, wenige Schritte von der Tür zum Haus entfernt.

Dort traf er auf Frau Mehring.

Sie saß, blass, aufrecht und unbewegt, in der Hollywoodschaukel. Trotz der für die Jahreszeit untypischen-Wärme trug sie eine dicke, flauschige Strickjacke, einen dunkelgrauen Rock und eine schwarze Bluse.

»Guten Morgen, Frau Mehring!«

Sie zuckte leicht zusammen, erkannte Nachtigall und deutete müde auf die Gartenstühle. Er zog sich einen davon näher heran und setzte sich ihr gegenüber. Ihre rotgeränderten Augen folgten seinen Bewegungen ohne Interesse. Die Haare hingen ungepflegt auf die Schultern herab, ein Brummer landete auf ihrer Hand, sie verscheuchte ihn nicht.

»Wie geht es Ihnen?«, eröffnete der Kommissar das Gespräch etwas ungeschickt und völlig fantasielos, aber es war ihm auf der Fahrt nach Kahren kein intelligenterer Gesprächseinstieg eingefallen.

»Blendend«, antwortete sie tonlos.

»Es tut mir aufrichtig leid, sie schon so bald wieder mit Fragen belästigen zu müssen, aber es haben sich neue Erkenntnisse ergeben.«

Mit ihren glanzlosen Augen sah sie ihn abwartend an. Peter Nachtigall musste die Gesprächsführung allein übernehmen, sie war offensichtlich nicht in der Verfassung, ihm das in irgendeiner Weise zu erleichtern.

»Wussten Sie, dass Ihr Mann Drohbriefe erhalten hat?«

Hiltrud Mehring ließ sich Zeit mit der Antwort, starrte auf einen imaginären Punkt in der Ferne und antwortete schließlich mit schleppender Stimme: »Ich weiß nur von einem. Er trug als Absender die Adresse der Mind Watchers und Hans-Jürgen meinte, er sei genauso wenig ernst zu nehmen wie Paul selbst.«

»Halten Sie einen Zusammenhang zwischen dem Brief und dem Mord an Ihrem Mann für denkbar?«

»Ich denke zurzeit nicht viel nach – aber ich weiß, dass Paul ebenfalls Drohungen erhalten hat. Auf rotweiß gestreiftem Papier, wie sein Vater es auch besaß. Deshalb würde ich trotzdem nicht annehmen, dass

Hans-Jürgen ihm die Briefe geschickt hat. Es gibt so viele Spinner da draußen.«

»Ihr Sohn Markus hat behauptet, er sei am Sonntag sowohl nachmittags als auch abends zu Hause gewesen. Können Sie das bestätigen?«

»Wenn Markus weggeht, meldet er sich bei mir, damit ich weiß, dass ich allein im Haus bin. Wenn dann jemand im Haus herumschleichen würde, wüsste ich, es ist ein Fremder eingedrungen und könnte rechtzeitig die Polizei verständigen. Und am Sonntag war er hier.«

»Würden Sie denn bemerkt haben, wenn er ohne Abmeldung gegangen wäre?«

»Mein Mann wurde ermordet – und Sie wollen die Tat meinem Markus in die Schuhe schieben. Er ist der Einzige, der mir noch geblieben ist. Alle anderen sind geflohen.«

Ihre Stimme vibrierte, aber sie weinte nicht. Die Augen, die ihn fixiert hatten, schauten wieder in die Ferne. Nachtigall beschloss das Thema zu wechseln.

»Wo bewahrte Ihr Mann Werkzeuge und all die Dinge für den Garten auf? Rasenmäher, Pflanzendünger, Unkrautvernichter?«

»Werkzeuge lagerte er im Keller. Dort gibt es einen extra Werkzeugkeller. Abgeschlossen. Nur er durfte ihn betreten. Er war immer auf der Hut vor unehrlichen Fahrern.«

»Und die Gerätschaften für den Garten?«

»Die stehen in dem Schuppen dort hinter der Eiche«, sie wies vage in südliche Richtung. »Aber der ist ebenfalls verschlossen. Diebe gibt es überall und wir haben keinen Hund.«

»Kann ich mich dort umsehen?«

Sie hob gleichgültig die Arme.

Peter Nachtigall schlenderte zum Schuppen an der äußersten Grundstücksgrenze hinüber. Während er eingehend Schloss und Riegel begutachtete und die Schrauben an den Scharnieren überprüfte, forderte er ein Team des Erkennungsdienstes an. Vielleicht würde man hier auf das Rattengift stoßen.

Dann kehrte er zu Frau Mehring zurück.

»Würden Sie Ihre Ehe als glücklich bezeichnen?«

Sie wartete so lange mit der Antwort, dass Nachtigall schon dachte, sie habe ihn vielleicht nicht gehört.

»Er hat gut für uns gesorgt. Für die Kinder und mich«, flüsterte sie dann.

»Streng genommen ist das keine Antwort auf meine Frage.«

»Er war der Ernährer der Familie. Da kann man über kleinere Schwächen schon hinwegsehen.«

Der Hauptkommissar rief sich das Gespräch mit Paul Mehring ins Gedächtnis. Das hatte nicht gerade nach einer glücklichen Beziehung oder liebevollem Umgang zwischen den Eltern geklungen.

»Paul meinte, Ihr Mann habe seinen Ärger über die Söhne manchmal an Ihnen ausgelassen.«

»So, meint er das? Ach, was weiß denn so ein Kind? Mein Mann war aufbrausend, ja, aber seine Haltung war doch verständlich. Ich verbrachte die meiste Zeit mit den Kindern, während er arbeitete. Wenn sie sich daneben benahmen, dann nur, weil ich einen Fehler bei ihrer Erziehung gemacht hatte. Da war es nur recht und billig, mich zur Rechenschaft zu ziehen.«

Nachtigall warf ihr einen prüfenden Blick zu. Doch sie schien die Worte wirklich ernst gemeint zu haben, sie versuchte nicht ihm die Rolle der verständnisvollen, duldsamen Ehefrau vorzuspielen. Er wusste, nicht viele

Frauen aus seinem Umfeld würden sich dieser Auffassung anschließen wollen.

»Ihr Sohn meinte, manchmal wäre es Ihnen unmöglich gewesen, Ihrem Mann überhaupt etwas recht zu machen.«

»Ja. Das ist wahr. Aber das ging vorüber.«

Das Team der Spurensicherung war inzwischen eingetroffen und machte sich an der Tür zum Schuppen zu schaffen.

»Was hoffen Sie dort zu finden? Rasenmäher und Gartenschere können doch nicht derart interessant für Sie sein, dass Sie gleich ein Team kommen lassen, um die Verriegelung aufzubrechen.«

»Hatten Sie je Ärger mit Ratten?«

»Ratten?«, sie überlegte ernsthaft und fuhr derweil mit dem Finger das Muster der Polsterung nach. Sie fühlt sich verloren ohne ihren Mann, da hat der Schwiegervater wohl recht gehabt, stellte Nachtigall fest, Streichler sind einsame Menschen.

»Ratten – ja. Aber das muss schon ungefähr zwei, drei Jahre her sein. Da gab es in der ganzen Stadt und auch hier bei uns auf dem Land eine regelrechte Rattenplage. Ich weiß noch, wie die Presse die Bevölkerung vor den Ködern gewarnt hat. Mein Mann war sehr besorgt – nach der Sache mit dem Pflegeheim war er vorsichtig geworden. Sie wissen doch davon, nicht wahr?«

»Die Salmonellenvergiftungen durch die zu warm gelagerten Lebensmittel? Ja. Das wissen wir schon.«

»Er hatte nur Angst, wenn jemand auf unserem Hof Ratten entdecken würde, käme es wieder zu solch einer Katastrophe – schließlich werden hier auch Lebensmitteltransporter abgestellt.«

»Haben Sie etwas gegen die Tiere unternommen?«

»Ja, selbstverständlich. Wir haben einen professionellen Schädlingsbekämpfer engagiert. Einen echten Rattenfänger. Der hat hier an ihm sinnvoll erscheinenden Plätzen Köder ausgelegt. Ist ja bei uns kein Problem, wir haben keine Haustiere. Hans-Jürgen duldete grundsätzlich keine unnützen Fresser in seinem Haus. Nur die Nachbarn haben wir informiert, wegen der Katzen.«

»Wissen Sie noch, wie die Bekämpfungsfirma hieß?«

»Nein, nicht genau. Rattex vielleicht - jedenfalls in der Art. Aber Sie haben doch alle Geschäftsunterlagen konfisziert. Da müssten sich auch die Rechnung und der Zahlungsbeleg befinden.«

Sie starrte wieder vor sich hin, als habe sie mit diesem langen Wortwechsel alle Energiereserven aufgebraucht.

Erst als ein Mitarbeiter der Spurensicherung Nachtigall darüber informierte, man sei mit der Arbeit fertig, sah sie wieder auf.

Die beiden Männer entfernten sich ein Stück von der Hollywoodschaukel und der Hauptkommissar erhielt einen knappen Bericht. Nachtigall erfuhr, an den Scharnieren sei nicht geschraubt worden, alle zeigten den gleichen unbeschädigten Rostüberzug. Schloss und Riegel waren unbeschädigt und auf den ersten Blick ließ sich nichts aus dem Schuppen eindeutig als Rattengift identifizieren. Proben waren genommen worden, doch die Analyse würde ein paar Tage dauern.

»Ist Ihr Sohn jetzt auch zu Hause?«, fragte er Frau Mehring.

»Nein. Der organisiert die Beerdigung seines Vaters.«

»Kann ich vielleicht eine Freundin von Ihnen anrufen? Wenn ich jetzt gehe, sind Sie ganz allein.«

»Es macht mir nichts aus, allein zu sein – ich bin es gewohnt. Es gibt auch keine Freundin, die man anrufen könnte. Mein Mann hielt nichts von diesen Beziehungen, die stets unnötig Zeit rauben und in denen man ohnehin nur ausgenutzt wird. Er meinte, am besten beschränke man sich auf die Familie.«

Betreten schwieg Nachtigall und setzte sich wieder auf den Gartenstuhl. War Mehring ein Tyrann gewesen?

»Und wenn Sie ins Kino wollten, mit wem sind Sie dann gegangen?«

»Wir gehen nicht ins Kino. Wenn wir unser Geld dafür aus dem Fenster werfen würden, könnten wir den Kredit nie zurückzahlen. Wir haben doch einen Fernseher. Außerdem gibt es ohnehin keine Filme mehr, in die es sich zu gehen lohnt.«

»Was haben Sie denn zum Beispiel an den Wochenenden gemeinsam unternommen?«

»Am Wochenende war entweder Fußball oder Karneval angesagt. Oder beides. Er ging zu seinen Vereinen und wenn er zurück war, haben wir gegessen. Manchmal haben wir uns im Sommer hier auf die Schaukel gesetzt – im Winter ins Wohnzimmer.«

Peter Nachtigall schauderte bei der Erinnerung an den dunklen, unwohnlichen Raum. Er konnte sich kaum vorstellen, dass dort zu sitzen der Höhepunkt des Tages für das Ehepaar gewesen sein sollte. Wo blieb denn da die Freude?

Sein Handy vibrierte. Er entschuldigte sich und nahm das Gespräch an.

»Michael hier. Also ich war jetzt bei ein paar von den Teufelsfrauen – und die haben mir letztlich übereinstimmend erzählt, der Mehring sei ein Schwein gewesen. Es sieht so aus, als habe man sich den Platz in der ersten Reihe beim Tanz durch Sex erkaufen müssen. Das wäre ein richtig schönes Tatmotiv für die Ehefrau, oder? Und natürlich auch für die betrogenen Ehepartner. Unsere Liste der Tatverdächtigen wird immer länger.«

»Danke, Michael. Wir treffen uns nachher im Büro. Finde doch schon einmal heraus, wie viele Männer davon betroffen wären. Nicht nur Ehemänner, frag auch nach Freunden, verletzten Vätern oder Brüdern. Und denk an den Termin bei der Hausbank.«

Ein bisschen verlegen schob er das Mobiltelefon in die Tasche zurück.

»Was machen Sie denn schon wieder bei uns!«, rief Markus Mehring, der durch die Terrassentür in den Garten getreten war und nun mit raumgreifenden Schritten auf Nachtigall zukam.

»Guten Tag!« Nachtigall richtete sich zu voller Größe auf, was den anderen etwas zurückhaltender werden ließ. Der Hauptkommissar war immer wieder erstaunt über diesen Effekt – er war schließlich nur groß – sein Gesicht war freundlich und offen, die Haare lang und zum Zopf gebunden. Eigentlich hatte er nie den Eindruck, jemand könnte ihn für latent brutal halten.

»Sei nicht so unfreundlich, Markus«, wies Frau Mehring ihren Sohn schwach zurecht, »Herr Nachtigall war hier, um sich nach der Rattenplage von vor zwei Jahren zu erkundigen.«

»Wie kommen Sie nun ausgerechnet auf die Ratten? Ein militanter Tierschützer als Mörder meines Vaters!«, höhnte der junge Mann.

»Nein – in diese Richtung gehen unsere Überlegungen nicht. Wir haben ...«

»Ach!«, unterbrach Markus den Ermittler, »wenn dem nicht so ist, warum interessiert sich die Polizei dann für die Nager?«

»Weil der Gerichtsmediziner bei der Obduktion Ihres Vater Rattengift in seinem Körper festgestellt hat.«

Frau Mehring stieß einen spitzen Schrei aus und schlug sich die Hände vor den Mund. Markus starrte Nachtigall verblüfft an.

»Rattengift?«, keuchte er dann. »Jemand hat ihn vergiftet?«

»Ja, ganz offensichtlich!«

»Aber«, der Sohn schluckte, »aber das ist unmöglich. Seit dieser Salmonellengeschichte hatte mein Vater hysterische Angst davor, aus Versehen etwas Verdorbenes zu essen. Er suchte immer alles auf Schimmel ab, behielt die Frischhaltedaten im Auge, besonders bei den Eiern und bei Mayonnaisen. Außerdem vertrug er unglaublich viele Dinge nicht. Er aß eigentlich nur zu Hause.«

Peter Nachtigall fragte sich, ob der junge Mann tatsächlich nicht merkte, wie stark er mit dieser Aussage seine eigene Familie, besonders seine Mutter, belastete.

»Gab es irgendwelche Nahrungsmittel, die ausschließlich von Ihrem Vater gegessen wurden?«

»Mein Vater kaufte alles selbst ein. Daher hatten wir die Dinge immer im Haus, die er besonders mochte. Er hat eine ganz bestimmte Sorte Chips gegessen und eine Marmelade, die außer ihm keiner hier mochte. Meinen Sie, das Gift war schon drin, als er die Sachen im Supermarkt gekauft hat? Gibt es denn noch andere Fälle von Vergiftungen in der Stadt?«

»Von anderen Vergiftungsfällen ist mir nichts bekannt. Haben Sie noch Reste der Chips und der Marmelade? Ich würde das gerne überprüfen lassen.«

»Sie glauben nicht, dass er giftige Chips gekauft hat. Sie glauben, wir haben ihn umgebracht, oder?«, mischte sich Frau Mehring mit trauriger Stimme ein. »Sie würden nicht so intensiv im Schuppen gesucht haben, wenn Sie nicht annähmen, die Hausfrau habe dabei ihre Finger im Spiel gehabt, nicht wahr? Aber aus welchem Grund hätte ich wohl meinen Mann umbringen sollen? Das ist einfach lächerlich.«

»Ihr Mann hat Sie betrogen.«

»Das ist nicht wahr!«, protestierte sie.

»Es tut mir leid – wir haben eindeutige Aussagen dazu.«

»Mit wem?«, fauchte Markus Mehring entrüstet, setzte sich neben seine Mutter und legte beschützend einen Arm um ihre Schultern.

»Einige Frauen haben ausgesagt, dass die Tanzposition in der ersten Reihe bei den ›drei goldenen Haaren‹ ›verdient‹ werden musste.«

»Wenn das stimmt, war er ein Schwein!«, zischte der Sohn leichenblass und die Witwe starrte vor sich hin.

»Das glaube ich nicht«, flüsterte sie dann.

»Das heißt, Sie wussten nichts davon?«

Sie schüttelte nur stumm den Kopf.

»Ich benötige noch Proben der angesprochenen Nahrungsmittel.«

Markus warf seiner Mutter einen prüfenden Blick zu und stand dann langsam auf.

»Kommen Sie mit in die Küche. Ich gebe Ihnen, was Sie brauchen.«

Als sie das Haus betraten, drehte sich der Sohn des Opfers plötzlich zu Nachtigall um.

»Meine Mutter hat davon nichts gewusst. Sie hätte es

mir sonst erzählt. Seit Opa und Paul aus dem Haus sind, bin ich ihr einziger Vertrauter. So eine schockierende Neuigkeit hätte sie niemals für sich behalten können – das hätte sie mit mir teilen müssen.«

»Es ist nicht einfach, sich in die Rolle der betrogenen Ehefrau zu fügen. Ich könnte mir vorstellen, sie empfand eine zu große Scham, um sich mit Ihnen darüber zu unterhalten.«

»Nein, ausgeschlossen. Sie hätte eine Schulter zum Anlehnen gebraucht und zurzeit steht nur meine zur Verfügung.«

In der Küche öffnete Markus mehrere Hängeschränke, bis er das Gesuchte fand.

»Hier ist noch ein Rest der Chips und dort ist diese seltsame Marmelade, die er so mochte.«

»Das ist keine Marmelade – das ist Rübensirup. Eine Tante von mir schwört auf seine gesundheitsfördernden Kräfte«, plötzlich kamen ihm diese Worte unpassend vor und er räusperte sich. »Hat Ihr Vater Ihnen gegenüber erwähnt, dass er Drohbriefe bekommen hat?«

»Hat er denn auch welche bekommen?«

»Wieso auch?«

»Ich habe auch welche bekommen!«

23

Auf dem Rückweg ins Büro wurde Nachtigall in Kiekebusch von der heruntergelassenen Schranke gestoppt. Er beschloss die Zeit zu nutzen und wählte Connys Nummer. Mailbox. Gut, beschloss er, dann würde er ihr eben eine Nachricht hinterlassen. Er wählte seine Worte mit Bedacht, legte Sehnsucht und Liebe in den Tonfall. Er hoffte, sie würde die Nachricht abhören und nicht gleich zornig löschen.

Danach probierte er es bei Jule. Doch es war wie verhext, seine Tochter meldete sich auch nicht. Geduldig sprach er eine Bitte um Rückruf auf die Mailbox, machte es dringend.

Der Regionalexpress nach Görlitz brauste über die Gleise.

Seine Gedanken kehrten wieder zu seinem aktuellen Mordfall zurück. Alle drei, Vater und Söhne, waren Opfer eines anonymen Briefschreibers geworden. Das Opfer hatte einen Brief mit dem Logo der Mind Watchers bekommen, die beiden anderen Drohbriefe waren auf rot-weiß gestreiftem Papier gedruckt. Weder Paul noch Markus Mehring verdächtigten den eigenen Vater, der dieses Papier besessen hatte – zumindest hatte keiner von ihnen solch einen Verdacht ausgesprochen. Aber es mochte viele Menschen geben, die dieses Papier benutzten. Er warf dem Brief, den er von Markus Mehring bekommen hatte, einen finsteren Blick zu. *Du bist es nicht wert, am Leben zu bleiben!*

So was wie du gehört vom Erdboden getilgt. Und genau das werde ich tun!

Der Text war eigenartig gestelzt. Vom Erdboden getilgt – eine eher ungewöhnliche Formulierung. Es fehlte auch völlig der Hinweis auf den tatsächlichen Hintergrund für die Mordplanung. Du bist es nicht wert, am Leben zu bleiben, war sehr allgemein formuliert und ließ viele Optionen offen – warum war der Droher nicht konkreter geworden? Hatte er Angst, eine Spur zu legen?

»Er hätte ja nicht schreiben müssen, weil du meine Tochter geschwängert und dann nicht geheiratet hast«, flüsterte Nachtigall und startete den Motor, als er die stämmige Frau erkannte, die nun die Schranke wieder hochdrehen würde.

Paul hatte nur den Brief behalten, den er unter der Drossel gefunden hatte, mit der man seine Katze getötet hatte, auch Markus hatte nur den einen Brief aufgehoben, die anderen angeblich im Aktenvernichter verschwinden lassen. Auf die Idee den Briefumschlag aufzuheben war keiner der drei Mehrings gekommen, die Polizei hatten sie auch nicht eingeschaltet. Offenbar waren die Briefe nicht so richtig ernst genommen worden.

Vater Mehring leitete die Spedition, einer der Söhne würde sie nach seinem Tod weiterführen, überlegte Nachtigall weiter und versuchte die verstreuten Puzzleteile dieses Falles wenigstens zu sortieren, wenn sie sich schon nicht zusammenfügen ließen. War tatsächlich der Familienbetrieb das verbindende Element? Wenn das stimmte, konnte es gut möglich sein, dass die Drohungen und der tödliche Stich doch mit diesem Salmonellenfall von damals in Zusammenhang standen. Er würde der Sache gleich nachgehen, beschloss er und fuhr über die Kreuzung in Richtung Sachsendorf.

Der große Komplex war hell gehalten und strahlte Freundlichkeit aus. Nachtigall betrat das Gebäude durch eine Glastür und wurde sofort von einer jungen Dame am Empfang herzlich begrüßt. Er wies sich aus und sie führte ihn in ein Büro, das in kalkigen Grüntönen gehalten war.

»Kann ich Ihnen die Wartezeit vielleicht mit einer Tasse Kaffee verkürzen?«, fragte die junge Dame, die nach den Angaben auf dem Namensschild an ihrer Brusttasche Claudia Abend hieß.

»Nein, Dankeschön.« Nachtigall lächelte Claudia freundlich an und wurde allein zurückgelassen.

Er sah sich neugierig um. Es war wirklich alles grün gehalten: Der Schreibtisch, das Regal, die Vorhänge, der Bodenbelag, selbst die Vase mit Blume. Sabine, Nachtigalls kleine Schwester, hatte eines der Kinderzimmer grün eingerichtet, allerdings in fröhlichem, leuchtendem Apfel – und Gelbgrün. Das wirke beruhigend, hatte sie ihm erklärt und Nachtigall stellte nun fest, dass das für ihn nicht galt. Er fand dieses ›Ton in Ton‹ langweilig. Und wenn er sich langweilte, wurde er keineswegs ruhig, sondern eher gereizt.

Zum Glück wurde seine Geduld auf keine harte Probe gestellt. Die Tür öffnete sich mit leisem Schmatzen und ein unerwartet junger Mann betrat den Raum. Irritiert musterte Nachtigall den mittelgroßen, schlanken Leiter des Pflegeheims, der trotz der Wärme einen dunklen Anzug und ein weißes Hemd trug – natürlich mit einer grünen Krawatte. Die dunkelbraunen Haare waren exakt gescheitelt, Pomade oder Gel sorgte dafür, dass sich daran im Laufe des Tages auch nichts ändern würde. Auf der langen, schmalen Nase saß eine Brille, die er bestimmt nie zurechtrücken musste und die die zu eng beieinander stehenden Augen betonte, sodass das Gesicht etwas Raubvogelhaftes bekam. Sollte das tatsächlich der Leiter dieser Einrichtung sein? Er wirkte wie Ende 20.

»Manuel Grund – ich leite zurzeit kommissarisch diese Einrichtung. Wie kann ich der Polizei behilflich sein?«, fragte er höflich und sie begrüßten sich mit Handschlag.

»Peter Nachtigall. Wir ermitteln in einem Mordfall.«

»Das ist unmöglich! In unserem Haus ist nichts dergleichen vorgekommen. Wir betreuen unsere Gäste stets sehr fürsorglich und hätte es einen gewaltsamen Tod gegeben, wäre ich mit Sicherheit sofort informiert worden!«, reagierte Grund unerwartet heftig.

»Nein, nein, Sie missverstehen mich«, beruhigte ihn der Hauptkommissar, »ermordet wurde ein Speditionsunternehmer, der vor einigen Jahren mit Salmonellen verseuchte Lebensmittel an Sie ausgeliefert hatte. Es starben drei Ihrer Gäste. Der Name des Spediteurs ist Hans-Jürgen Mehring.«

Die Anspannung fiel zusehends von dem jungen Interimsleiter ab.

»Wissen Sie, wann das war? Ich kann mich im Moment nur vage an einen solchen Vorfall erinnern. Gab es nicht einen Prozess und er musste eine nicht unerhebliche Summe zahlen?«

Nachtigall nickte.

»Und der Mann ist nun ermordet worden?«

»Ja, letzten Sonntag. Mich interessiert in diesem Zusammenhang natürlich besonders, ob es Verwandte der damaligen Opfer gibt, die nun vielleicht beschlossen haben Rache zu nehmen.«

Manuel Grund drückte auf einen Knopf der Gegensprechanlage. Nachtigall registrierte die gepflegten Hände des Mannes und die polierten Fingernägel.

Die körperlose Stimme am anderen Ende bekam den Auftrag, die Akte zum ›Salmonellenurteil‹ herauszusuchen.

Während sie warteten, sprachen die beiden kein Wort mehr miteinander. Peter Nachtigall spürte den taxierenden Blick des anderen, sah, wie dieser abschätzig grinsend seinen Pferdeschwanz begutachtete und seinen Bauchansatz musterte. Vor 20 Jahren, dachte Nachtigall verärgert, war es für ihn auch noch kein Problem gewesen, sein Gewicht zu halten und nach einer Katastrophennacht dennoch passabel auszusehen, ohne dicke Ränder unter den Augen und hängenden Lidern. ›Aber‹, tröstete er sich, ›der Zahn der Zeit nagte schließlich an allen und würde auch diesen geschniegelten Herrn bearbeiten.‹

Claudia Abend hatte die Akte schnell gefunden und brachte sogar noch ein Tablett mit Kaffee und Keksen mit. Der Hauptkommissar, dessen Magen knurrte, bedankte sich höflich, der Chef dagegen bedachte sie mit einem giftigen Blick. Doch das imponierte der fleißigen Claudia offensichtlich nicht. Sie lächelte Nachtigall freundlich zu und verschwand.

Manuel Grund räusperte sich und begann in den Unterlagen zu blättern.

»Gut, ich glaube, ich kann Ihnen versichern, der Mörder ist nicht in diesem Vorgang hier zu finden. Alle Betroffenen hinterließen nur hochbetagte Verwandte, die inzwischen selbst teilweise verstorben sein werden. Keines der Opfer war vermögend.«

»Wir brauchen alle Namen und Adressen«, stellte Nachtigall klar.

Als er zum Wagen zurückging, setzte heftiger Regen ein. Es war dunkel und kühl geworden, der Herbst lauerte in offensichtlich immer kürzer werdender Distanz. Nachtigall sah an den Bäumen hoch und stellte fest, dass sich die Blätter schon verfärbten. Er sprang in den Wagen, um sich vor der durchschlagenden Nässe in Sicherheit zu bringen, und fuhr los. Sein Handy vibrierte und er hielt auf dem Lidl-Parkplatz an der Gelsenkirchener Allee.

»Ja – Michael. Was Neues?«

»Vier Damen besucht, vier habe mehr oder weniger ausg'sagt, der Mehring sei ein Schwein g'wese. Er hätt sie alle in seinem Bett g'habt. Eine hab ich einbschtellt – die kommt morgen und der will ich auch des Video zeige, weil die scho recht lang in dem Verein isch. Vielleicht erkennt sie den Täter. Ein Problem isch bei den Mädchen. Ich möchte jetzt nicht so einfach da reinplatze und frage, ob er auch die Dreizehnjährige g'bete hat sonderbare Dinge zu tun. Ich hab auch nach Ehemännern und Freunden g'fragt – alles notiert. Aber die Frauen behaupten alle, die Männer hätten nichts von der Sache gewusst. Und bei der Bank war ich auch: Der Filialleiter meint, so schlecht habe die Bilanz gar nicht ausgesehen – eine Schieflage, aber keine akute Insolvenzgefahr.«

»Gut, Michael. Prima Arbeit. Haben wir konkrete Hinweise darauf, dass Mehring keinerlei Altersgrenzen eingehalten und sich auch an Kinder rangemacht hat?«

»Nein. Nicht wirklich. Aber es wär halt scho möglich.«

»Darum werde ich mich kümmern. Wenn du jetzt fertig bist, fahr ins Büro. Albrecht ist vielleicht auch schon da. Ich glaube nicht, dass der Bartel das nicht gewusst hat. Wir werden uns mit ihm unterhalten müssen. Das ist schon ein starkes Stück, alle wichtige Informationen vor uns verborgen zu halten, als wär's ein Wettbewerb!«, er ärgerte sich.

»Gut. Dann bis gleich! Aber Moment. Ich habe da noch zwei Namen von Hinterbliebenen für dich! Du weißt schon: Drei Damen waren an dieser Salmonelleninfektion gestorben.«

»Ja. Soll ich die jetzt noch schnell besuchen?«

»Dann wissen wir nachher, woran wir sind. Bis dann!«

Er schickte ihm die Namen und Adressen per SMS.

Gerade als er sein Handy wieder in die Tasche gleiten lassen wollte, entdeckte er das Symbol für eine eingegangene Kurzmitteilung auf dem Display.

Es war leider nur die Bestätigung dafür, dass Conny die SMS vom Morgen bekommen hatte. Hoffnungsfroh rief er ihre Nummer auf. Doch das Handy war schon wieder ausgeschaltet und es meldete sich die Mailbox.

Vielleicht hatte er ja jetzt bei Jule mehr Glück.

Nach dem dritten Klingeln meldete sie sich ziemlich atemlos.

»Hi, Papa! Du hast mich von der Leiter geklingelt!«

»Jule, ich habe da ein Problem. Ich brauche deine Hilfe«, begann er ohne einleitende Floskeln.

»So etwas dachte ich mir schon. Du klangst ziemlich bedrückt auf meiner Mailbox.«

Sie hatte also die Nachricht abgehört und seinen bedrückten Ton registriert, aber nicht zurückgerufen! Nachtigall rang mit einiger Mühe seine Enttäuschung nieder. Vielleicht hatte sie ja einfach noch keine Zeit für einen Anruf gehabt, versuchte er sich erfolglos einzureden.

»Deine Mutter ist gestern plötzlich bei mir aufgekreuzt.«

»Was? Wieso hat sie denn nicht Bescheid gegeben?«

»Sie hatte Krach mit ihrem Geologen. Und nun werde ich sie nicht mehr los. Aber das Schlimmste ist: Conny war gestern bei mir, als deine Mutter plötzlich halb nackt durchs Haus lief. Jetzt ist Conny so sauer, dass sie kein Wort mehr mit mir spricht, nicht ans Telefon geht und überhaupt nicht mehr reagiert.«

»Was heißt, du wirst sie nicht mehr los?«

»Sie geht nicht! Und ich kann sie ja wohl kaum von den Kollegen abholen lassen, oder?«

»Und wie soll ich dir jetzt dabei helfen?«

»Ich dachte, du könntest ...«

»Das ist völlig ausgeschlossen! Wir renovieren! Überall verschärfte Unordnung! Nein. Das geht nicht.«

»Stell dir vor, Conny ruft gerade jetzt bei mir zu Hause an – und deine Mutter meldet sich an meinem Telefon!«

»Ganz ruhig, Papa.«

»ICH BIN NICHT RUHIG!«

»Ja, das höre ich. Hast du schon bei Sabine angerufen? Sie ist doch mit Conny befreundet und könnte vermitteln, erklären und helfen die Sache aus der Welt zu schaffen.«

»Jule, ich kann nicht bei jedem Problem meine kleine Schwester um Hilfe bitten! Das ist in meinem Alter langsam peinlich! Deine Mutter muss weg!«

»Ja, ich verstehe schon.«

»Sie muss weg!«, wiederholte Nachtigall beschwörend.

»Das klingt ja fast schon wie ein Aufruf zum Mord! Pass auf: Ich steige wieder auf meine Leiter und denke nach. Mir wird schon was einfallen. Ich rufe dich an. Triffst du sie nicht heute, wenn du zum Sport gehst?«

»Ich glaube nicht, dass ich heute noch zum Sport komme. Ich habe zu arbeiten und bestimmt ist sie gar nicht da, weil sie mir aus dem Weg gehen will.«

»Na gut. Ich denke über dein Problem nach!«, versprach Jule ernsthaft.

»Warte mal, ist Emile da?«

Jule kicherte.

»Wo sollte er sonst sein? Wir werden hier zusammenwohnen. Er rührt Farbe an.«

»Emile«, meldete sich der Fachmann für operative Fallanalysen des LKA mit klangvoller Stimme.

»Emile, hallo. Kennst du dich ein bisschen bei katholischen Riten und Bräuchen aus?«

»Kannst du diese Frage etwas präzisieren? Weihnachten, Ostern, Pfingsten, Hochzeit, Taufe, Sterbesakramente?«

»Nein, nein. Nichts von alledem. Geißeln. Wie in dem Film ›Sakrileg‹. Sich selbst bestrafen durch Schlagen mit einem Stock oder einer Peitsche.«

»Ja, ist mir ein Begriff. In Klöstern wird das angeblich praktiziert. Selbst Mutter Theresa wird nachgesagt, sie habe sich regelmäßig gegeißelt. Was möchtest du wissen?«

»Für welche Sünden geißelt man sich? Welche Wirkung hat es auf die Psyche – salopp ausgedrückt: Wie ist jemand drauf, der sich selbst so was antut?«

»Hm, gut. Flagellantentum. Ich sehe, was ich für dich finden kann. Wann trefft ihr euch im Büro?«

»So in einer Stunde.«

Peter Nachtigall seufzte. Entweder sah er die Bäume oder den Wald vor Bäumen nicht, dachte er. Das Opfer war ein seltsamer Mensch. Je mehr sie über ihn erfuhren, desto unschärfer wurde das Bild, desto mehr Motive sammelten sich an. Es wurde Zeit, Ordnung in das Chaos zu bringen!

Er verließ den Parkplatz, ordnete sich an der Kreuzung rechts ein und bog auf die Madlower Hauptstraße ein. An der nächsten Kreuzung hielt er sich links und war Minuten später schon wieder auf dem Weg nach Kahren.

Markus Mehring war wenig begeistert ihn zu sehen.

»Meine Mutter schläft. Sie können Sie jetzt nicht sprechen. Dieses Gefasel über Rattengift und Fremdgehen hat sie ziemlich aus der Bahn geworfen«, verkündete er wütend, führte den Besucher aber dann doch in die Küche, wo sie sich an den kleinen Tisch setzten.

»Will ich auch nicht. Die Fragen, die ich noch habe, können Sie bestimmt beantworten.«

»Noch mehr Überraschungen? Hans-Jürgen Mehring, das unbekannte Wesen?«

»Vielleicht. Es fällt mir schwer, mir ein Bild von Ihrem Vater zu machen. Erst sieht es so aus, als hätte niemand einen Grund, Ihren Vater töten zu wollen – und dann fördert jede Zeugenbefragung Motive und Tatverdächtige ohne Ende zutage.«

»Mein Vater ist tot. Man kann ihm jetzt andichten, was man will, er kann sich nicht mehr wehren!«

»Er hatte sexuelle Kontakte zu den Tänzerinnen in der ersten Reihe. Da gibt es Aussagen, die die Damen unabhängig voneinander gemacht haben.«

»Ich habe darüber nachgedacht, aber ich glaube es nicht!«

»Das, Herr Mehring, ist keine Frage des Glaubens mehr.«

»Ich weiß, was Sie annehmen: Sie machen es sich leicht und gehen davon aus, meine Mutter habe davon gewusst und ihn vergiftet!«

»Das wäre eine Möglichkeit. Sie kocht. Sie hatte die Gelegenheit, ihm das Gift in sein Essen zu rühren und dabei darauf zu achten, dass Sie nicht versehentlich auch davon probieren. Einer Hausfrau stehen da unglaublich viele Varianten zur Verfügung.«

»Wie hätte sie das tun sollen? Sie kam nicht an das Gift, das gegen die Ratten ausgelegt wurde. Es war weggeschlossen. Sie hätte ihn nicht erstechen können – das Werkzeug ist ebenfalls weggeschlossen. Und sie hätte es auch gar nicht gekonnt.«

»Man kann Gift kaufen, auch einen Vorstecher bekommen sie im Baumarkt um die Ecke. Kein Problem.«

»Meine Mutter hat keinen Führerschein. Sie hat kein Geld. Nicht einmal einen Fahrschein für den Bus hätte sie sich kaufen können. Und ihr Fahrrad steht im Keller. Beide Reifen sind platt. Mein Vater behauptete, sie könne mit dem Rad nicht richtig umgehen und daher werde es jetzt auch nicht mehr repariert.«

»Wieso hat Ihre Mutter kein Bargeld?«

»Weil mein Mann der Meinung war, Geld verderbe

den Charakter und ich bräuchte keines«, antwortete Frau Mehring, die unbemerkt zu ihnen gestoßen war und plötzlich Halt suchend am Türrahmen lehnte.

Markus sprang auf und begleitete die schwankende Frau über den Flur. Ganz offensichtlich wollte er verhindern, dass seine Mutter in diesem Zustand etwas sagte, was sie hinterher, bei klarem Verstand, bedauern würde.

Einen Moment später war der Sohn wieder in der Küche und meinte: »Sie steht unter dem Einfluss von Beruhigungsmitteln. Dies nur zur Information. Damit Sie nicht glauben, sie sei betrunken.«

Peter Nachtigall beschloss nicht weiter darauf einzugehen.

»Ihr Bruder hat uns erzählt, Ihre Mutter sei häufig das Ziel der Aggressionen ihres Mannes geworden, wenn er sich eigentlich über einen der Söhne geärgert hatte.«

»Ja, das stimmt«, räumte der junge Mann zögernd ein.

»Wie soll ich mir das konkret vorstellen? Hat er sie geschlagen?«

»Was stellen Sie sich eigentlich in Ihrem Polizistenhirn so vor? Soll ich jetzt meine eigene Mutter belasten, oder was?«

»Wir können den Mörder nur ermitteln, wenn wir die ganze Wahrheit kennen – und denken Sie nur nicht, es gäbe Dinge, die wir noch nicht gesehen haben! Menschliche Schwächen, seelische Abgründe – das gehört zu unserem Alltag.«

Markus Mehring schwieg trotzig, setzte sich aber wieder an den Küchentisch. Er stützte die Ellbogen auf, faltete die Hände, schob die ausgestreckten Daumen unter das Kinn und begann seine Nase mit den Zeigefingeraußenseiten zu reiben Nachtigall sah ihm geduldig abwartend dabei zu.

»Mein Vater war ein ausgesprochen schwieriger Mensch«, begann der Sohn tastend, »ob er meine Mutter geschlagen hat, kann ich nicht sagen, wenn es so war, haben wir Kinder es nie gesehen und meine Mutter hat nie darüber gesprochen, aber er hatte andere, subtilere Methoden. Wenn er wütend wurde, beschimpfte er sie, unterstellte ihr sich nicht an seine Vorgaben gehalten zu haben. Er behauptete zum Beispiel, sie sei unterwegs gewesen, habe im Café sinnlos Geld verprasst und anschreiben lassen. Meine Mutter widersprach natürlich, sie ging ja nie weg und schon gar nicht ins Café – er bezichtigte sie der Lüge. Das ging hin und her, bis sie weinend davonlief. Dann lehnte er sich zurück und erklärte uns, das sei der Beweis. Hätte es nicht gestimmt, gäbe es ja für sie keinen Grund, heulend wegzulaufen. Es sei ein Schuldeingeständnis und der echte Mann habe dafür Sorge zu tragen, dass seine Frau sich nach dem richte, was er für richtig halte.«

»Ein Patriarch.«

»Nein, ein Sadist. Alle haben sich ihm unterworfen, weil er an die Stellen schlug, von denen er wusste, dass es dort am meisten schmerzte. Paul zum Beispiel wies er stets und ständig darauf hin, dass ein echter Mann seine Nachkommen selber zeuge – Paul musste das hinnehmen, weil er Katharina und Lucas liebt, aber natürlich ist mir klar, wie sehr er manchmal darunter leidet, nicht der biologische Vater zu sein. Hätte Paul jähzornig reagiert, wäre das für Vater ein Beweis dafür gewesen, dass er kein echter Mann sei, denn ›echte Männer haben sich immer im Griff‹. Das mache schließlich ihre

Überlegenheit, gerade auch dem anderen Geschlecht gegenüber, aus.«

»Und wo hat er bei Ihnen hingezielt?«

Das Gesicht des Sohnes verfinsterte sich und seine Stimme bebte vor unterdrückter Wut.

»Auf meine Freunde. Sie waren ihm nicht männlich genug, er fand, ich sei ein flennendes Weichei, das sich mit anderen Weicheiern umgebe. Spektakuläre Erpressungsaktionen folgten, mit denen er erreichen wollte, dass ich diesen oder jenen nicht mehr traf. Nutzte das alles nichts, besuchte er meine Freunde, passte sie auf der Straße ab und drohte ihnen sonst was an, für den Fall, dass sie weiter mit mir Kontakt hielten. Wenn ich dann weinte, weil wieder eine Freundschaft nicht erhalten werden konnte, zerrte er mich vor die Familie und demonstrierte meine Schwäche, die auszumerzen sei. Einmal hat er mich sogar ins Büro zu seinen Truckern geschleift, die haben mich alle ausgelacht und er war zufrieden. Kontakte zu anderen, jungen Leuten fand ich erst, als ich das Internet nutzte. Hier war es ihm nicht mehr möglich, Freundschaften zu unterbinden«, erzählte er mit erstickter Stimme.

Du liebe Zeit, dachte Peter Nachtigall, was für eine traurige Kindheit.

»Konnte sich denn niemand gegen ihn wehren?«

»Nein. Es war wie eine Käseglocke, unter der sie einen Ameisenstaat halten. Klar hätten wir gemeinsam die Glocke anheben und uns befreien können. Aber dazu hätten wir uns einig sein müssen, wir hätten Mutter nicht zurücklassen dürfen und abgesehen davon waren wir von den Windeln an gewöhnt vor ihm zu kuschen. Ein Aufstand überstieg unsere Kräfte. Nun ist er tot, denken Sie jetzt – und sie sind die Glocke los, nicht wahr? Aber ich fürchte, zu solch einer unglaublichen Tat wäre keiner von uns fähig gewesen.«

»Sie vergessen das Rattengift. Es gab nicht nur den Angriff mit dem Vorstecher.«

»An dem Gift ist er aber nicht gestorben. Und stellen Sie sich vor, was hier los gewesen wäre, wenn mein Vater plötzlich den Eindruck gehabt hätte, sein Essen sei vergiftet. Bestimmt wäre er mit einer verdächtigen Probe in irgendein Labor gefahren und hätte sich seine Vermutung bestätigen lassen. Nein, solch ein Risiko wäre hier keiner eingegangen.«

24

Michael Wiener fuhr zu einer Villa in der Ringstraße.

Der Backsteinbau verfügte über einen Pool und einen Fahrstuhl, der Garten war gepflegt, liebevoll bepflanzt, mit einem Pavillon ausgestattet. Im kurz gehaltenen Rasen hatte man dem Unkraut keine Chance gelassen.

Der hochbetagte Herr, der den jungen Ermittler begrüßte, benutzte zwar einen Stock, wirkte aber insgesamt rüstig und geistig rege. Er ging gebeugt, trug eine leichte, helle Sommerhose und ein Hemd mit in den Kragen gestecktem Halstuch. Aus hellbraunen Augen unter dichten weißen Brauen sah er den fremden Mann amüsiert an.

»Die Kriminalpolizei? Das ist eine nette Abwechslung im Alltag. Martha!«, rief er mit brechender Stimme, »Martha, komm schnell, wir haben Besuch von der Polizei!«

Eine dicke, ältere Dame mit rundem, freundlichem Gesicht kam trippelnd über den Flur und musterte den Besucher neugierig. Der junge Kripobeamte fühlte sich unbehaglich.

»Das ist meine Martha!«, stellte der Hausherr unnötigerweise vor und führte die Prozession mit zitternden Knien an, die nun den Wohnraum betrat. Dort saß eine jugendliche Pflegerin auf dem überdimensionierten Sofa und lächelte ihre Schutzbefohlenen nachsichtig an.

»Die beiden freuen sich immer so, wenn Besuch kommt«, erklärte sie, warf schwungvoll die blonde

Mähne zurück und stellte sich als Schwester Christiane vor.

Der Raum war sehr hoch und an der Stirnseite befand sich ein Regal, das bis direkt unter die Decke reichte. Eine Bibliotheksleiter stand davor, sodass man problemlos einen Band aus den oberen Fächern herausnehmen konnte. Die anderen Wände zierten große, moderne Gemälde mit abstrakten Motiven in grellen Farben.

Sie nahmen in einer kubistischen, blauen Sitzgarnitur Platz und Michael Wiener gelang es nur mit größter Mühe, Kaffee, Kuchen und Sherry abzulehnen, musste sich aber bei den Keksen geschlagen geben, um nicht zu provozieren, dass die Dame des Hauses für ihn ein paar Sandwiches machte. »Sie könnten schon ein bisschen mehr auf den Rippen vertragen. Ein so junger Mensch braucht doch eine gute Ernährung, sonst haben Sie nichts entgegenzusetzen, wenn Sie mal krank werden«, klärte sie ihn auf.

»Was?«, fragte der Hausherr, »wer ist krank?«

»Niemand!«, schrie Martha, »alle sind gesund.«

»Aber du hast doch gerade davon gesprochen, dass jemand krank ist!«, beharrte der alte Herr trotzig und strich energisch eine weiße Strähne zurück, die ihm in die Stirn gefallen war.

Martha schüttelte den Kopf. »Nein!«

Schwester Christiane beugte sich zu Wiener und flüsterte: »Er ist leider ziemlich schwerhörig. Aber er ist geistig noch völlig fit. Liest jeden Tag die Zeitung, sieht die Nachrichten, bestellt sich politische Literatur im Internet. Nur das Gehör hat im Alter nachgelassen.«

»Ich komme von der Kriminalpolizei und möchte mich gerne mit Ihnen über den Tod Ihrer Mutter vor drei Jahren unterhalten!«, stellte der junge Mann mit erhobener Stimme fest.

»Aha. Und?«

»Wir wurden mit einer entsprechenden Summe entschädigt. Sie war ja auch schon eine sehr alte Dame«, mischte sich Martha ein.

»Kommen Sie Frau von Seisten, wir lassen die beiden Männer am besten ein paar Minuten allein.«

Damit schob Schwester Christiane Martha aus dem Raum und fing einen dankbaren Blick des Kripobeamten auf.

Die große Tür wurde geschlossen.

Leutselig beugte sich Freiherr von Seisten zu Michael Wiener hinüber.

»Wissen Sie, ich bin gar nicht schwerhörig. Aber es ist eine prima Sache, wenn alle glauben, man wäre es. Nach dem dritten Versuch mir etwas zu erklären streichen die Damen in der Regel die Segel und lassen mich in Ruhe meine Zeitung lesen, stören mich nicht bei der Lektüre eines guten Buchs. Auf der anderen Seite bekomme ich immer mit, was sie untereinander so tuscheln, zum Beispiel über mich«, er lachte heiser.

»Genial«, kommentierte Wiener zunehmend ratlos.

»Merken Sie sich diesen Trick junger Mann. Alt werden Sie schnell genug und dann wissen Sie auch die Annehmlichkeiten der Ruhe zu schätzen.«

»Ich komme, weil der Spediteur, der damals für die verdorbenen Lebensmittel verantwortlich war, erstochen wurde. Wir suchen auch in seiner Vergangenheit nach Motiven.«

»Bei mir? Wie schmeichelhaft. Aber leider muss ich Sie enttäuschen. Der Familienbesitz ging schon vor dem Tode meines Vaters auf mich über. Meiner Mutter hatte er eine Apanage ausgesetzt, die ich nach ihrem Tod als Spende auf ein Konto der Welthungerhilfe überwiesen habe.«

»Sie haben Kinder?«

»Das fehlte mir noch! Nein, junger Mann! Diesen Dauerärger haben Martha und ich gerne anderen Paaren überlassen. Wir haben unser Leben genossen und tun es noch. Sollte ich sterben, wird Martha gut versorgt sein und das Vermögen wird an eine Stiftung überführt. Kinder! Nein, also wirklich nicht!«

»Und der Tod Ihrer Mutter hat Sie nicht getroffen?«, wechselte Michael Wiener das Thema.

»Getroffen? Meine Mutter ist einhundertundzwölf Jahre alt geworden. Ihr Tod war traurig, aber dennoch absehbar. Vielleicht wäre es ihr lieber gewesen, auf eine andere Art zu sterben, aber das können wir uns in der Regel nicht aussuchen. Sie hatte ein erfülltes Leben und ist gefasst gestorben.«

»Keine Rachegedanken?«

»Nein. Selbstverständlich war ich verärgert über so viel Schlamperei, aber dafür hat das Unternehmen bezahlt. Für mich war die Angelegenheit damit erledigt. Ich werde im Dezember 90 – in meinem Alter verschwendet man keine Lebenszeit mehr für den Ärger über Dinge, die man ohnehin nicht mehr ändern kann«, antwortete Freiherr von Seisten mit seiner unsicheren, hohen Stimme.

»Danke für das Gespräch«, Wiener erhob sich und schüttelte dem alten Mann die Hand. »Bleiben Sie sitzen, ich finde allein zur Tür.«

»Quatsch! Nur weil ich etwas älter bin als Sie, werde ich doch nicht unhöflich!«

Zusammen machten sie sich auf den weiten Weg zur

Eingangstür. Martha eilte herbei, um den Besucher zu verabschieden.

»Sie wollen schon gehen?«, fragte sie mit kokettem Augenaufschlag.

»Wen hast du gesehen?«, hakte der Freiherr nach, doch Martha winkte nur ungeduldig ab.

Michael Wiener floh zur Tür hinaus.

Noch vor dem Haus konnte er Martha schreiend antworten hören. »Ich habe niemanden gesehen! Komm, wir gehen in den Garten.«

»Warum soll ich noch warten? Ich habe jetzt Hunger!«

Annamaria Wurz wohnte in einer Parterrewohnung in der Spremberger Vorstadt. Zusammen mit vier weiteren Damen fortgeschrittenen Alters lebte sie hier in einer Wohngemeinschaft zusammen.

Michael Wiener wurde von einer Mitbewohnerin, die die 60 noch nicht überschritten haben konnte, in ein voll gestelltes, kleines Wohnzimmer geführt, wo die Damen sich zum Nachmittagstee versammelt hatten.

Auf der kleingemusterten Rosentapete hingen viele, kleine Bilder in Gruppen zusammen. Wiener entdeckte, dass es Sammlungen von Porträtfotografien waren, die zum Teil noch aus den Anfangszeiten der Fotografierkunst stammen mussten. Bilder von Männern im Anzug waren genauso vertreten wie Fotos von Soldaten in Uniform oder jungen Männern in buntem T-Shirt.

Juliane Werner, die ihn eingelassen hatte, bemerkte sein Erstaunen und erklärte: »Das ist wie eine Ahnengalerie. Jeder hier konnte die Fotos seiner Familienangehörigen an einem Platz zusammenhängen. Von

Großeltern, Eltern, Kindern bis zu den Urgroßenkeln ist jeder vertreten. Sie sind ein Anker in der Vergangenheit, doch manchmal küssen meine Damen schon mal den falschen Sodaten.«

Etwas irritiert wandte er sich um.

An einer langen Kaffeetafel hatten sich fünf Damen versammelt, die eifrig verschiedene Sorten Kuchen und Gebäck herumreichten. Seltsam war, dass sie sich dabei kaum unterhielten und wenn doch, konnte Wiener nicht verstehen, was gesagt wurde. Von ihrem Besucher nahmen die fünf keine Notiz und der Kripobeamte glaubte, das käme daher, dass in einer Wohngemeinschaft naturgemäß oft fremde Leute hereinschneiten und man sich einfach an die Anwesenheit unbekannter Gäste gewöhnt hatte.

Frau Werner verkündete schnörkellos: »Das ist sie«, und wies auf eine der Damen.

Annamaria Wurz war eine kräftige, weißhaarige Dame mit zitternden Händen. Sie sah den jungen Mann ratlos an, bat ihn dann aber doch sie in ihr Zimmer zu begleiten. Juliane Werner schickte sich wie selbstverständlich an die beiden zu begleiten.

»Ich würde gerne mit Frau Wurz allein sprechen«, erklärte Wiener bestimmt und Frau Werner lächelte nachsichtig. »Gut. Wenn Sie Hilfe brauchen, rufen Sie nach mir.«

Der Raum, den Frau Wurz bewohnte, war klein und barg alle Erinnerungen an ein langes Leben.

Die Luft war abgestanden und es roch nach Urin. Außer einem Bett, einem Stuhl, einem kleinen Schrank und einem Nachttisch war das Zimmer leer – es gab weder Bilder an den Wänden noch Bücher. Nicht einmal ein Romanheft lag auf dem Nachttisch.

Nervös setzte sich die alte Dame auf die Bettkante und wartete.

»Frau Wurz, ich bin hier, um Sie noch einmal zum Tod Ihrer Mutter zu befragen.«

Sie lächelte unbestimmt und fuhr sich durch die ungekämmten Haare.

»Sie wurde krank, nachdem sie verdorbene Nahrungsmittel gegessen hatte, und starb. Können Sie sich noch daran erinnern?«

»Ja. Aber ich war's nicht.« Ein trotziger Ausdruck überzog ihr Gesicht.

»Nein. Aber der Mann, der damals schuld war, wurde ermordet.«

»Sie ist tot?«

»Ja«, Michael Wiener brach der Schweiß aus.

»Ich war's aber nicht«, trumpfte sie auf.

»Nein. Haben Sie noch Geschwister oder Kinder, Frau Wurz?«

Sie lächelte wieder milde.

»Einen Bruder oder eine Schwester vielleicht?«

Sie kicherte albern.

»Oder eigene Kinder?«

»Ja. Nein.«

Damit stand sie auf und ging wortlos an Wiener vorbei über den Flur. Er folgte ihr. Im Wohnzimmer setzte sie sich wieder an ihren Platz und sagte plötzlich: »Sie ist tot!«, legte ihre Arme auf den Tisch, ließ den Kopf langsam vornüber sinken und fing an bitterlich zu weinen.

Eine ihrer Nachbarinnen rückte näher an sie heran, nahm sie in den Arm und begann sie mit unverständlichem Singsang zu trösten.

Verständnislosstarrte Michael Wiener auf die Szenerie.

Juliane Werner tippte ihm von hinten auf die Schulter.

»Vielleicht ist es besser, Sie fragen mich. Ich bin hier die Betreuerin – und werde mir größte Mühe geben, Ihnen weiterzuhelfen.«

»Betreuerin? Warum muss Frau Wurz denn betreut werden, ist sie krank?«

»Alle in dieser Gruppe sind irgendwie krank. Es ist eine Wohngemeinschaft, in der Demenzkranke leben und gemeinsam den Alltag bewältigen. Damit das auch wirklich klappt, bin ich für die Damen da.«

»Ihren Alltag bewältigen – wie soll ich mir das vorstellen?«

»Manche Dinge können sie noch gut allein. Einige waschen sich noch selbst, ziehen sich selbst an. Einkaufen gehen wir zusammen. Das Kochen ist auch ein Gemeinschaftswerk. Ich passe natürlich auf, damit nichts schief geht. Studien belegen, dass sich das Fortschreiten der Krankheit verlangsamt, wenn die Betroffenen gefordert werden.«

Der junge Mann warf noch einen Blick auf das seltsame Kaffeekränzchen, dann drehte er sich zu Frau Werner um und folgte ihr in die Küche.

Die Betreuerin setzte Kaffeewasser auf und gab dem jungen Mann Zeit, sich zu sammeln, bevor er seine Fragen stellte. Er beobachtete, wie die kräftige, burschikose Frau sich bewegte, und überlegte, ob sie wohl unter ihrer langärmligen Bluse muskulöse Arme verbarg. Bestimmt kam es vor, dass sie eine von ihren Damen zur Räson bringen musste. Er erinnerte sich daran, gelesen zu haben, dass Demenzkranke zu aggressiven Ausbrüchen neigen.

»Die Mutter von Frau Wurz starb an einer Salmonelleninfektion. Verursacher waren verdorbene Lebensmittel, die ein Spediteur ausgeliefert hatte, obwohl er wusste, dass die Kühlanlage des Transporters defekt war. Dieser Spediteur wurde nun ermordet und wir stochern in seiner Vergangenheit, um ein mögliches Motiv zu finden«, begann er das Gespräch.

»Annamaria war es sicher nicht. Ich erinnere mich an die Sache. Sie wurde entschädigt, soweit man jemanden für den Tod eines Angehörigen überhaupt entschädigen kann. Das Geld liegt auf ihrem Konto und wird zur Kostendeckung verwendet. Ihre Rente ist sehr gering. Ich glaube nicht, dass sie überhaupt realisiert hat, dass ihre Mutter gestorben ist.«

»Hat sie eigene Kinder?«

»Ja. Zwei. Aber der Sohn verstarb schon vor dem zehnten Geburtstag an Leukämie und die Tochter lebt bei einem afrikanischen Stamm in Nigeria. Sie ist seit über 10 Jahren nicht mehr nach Deutschland gekommen, schreibt ab und an zum Geburtstag eine Karte. Aber soviel ich weiß, hat sie selbst das in den letzten Jahren nicht mehr gemacht. Sie wollte die ganze westliche Zivilisation hinter sich lassen – das ist ihr wohl geglückt«, erklärte Frau Werner trocken.

Deprimiert starrte Michael Wiener in seine Kaffeetasse.

25

Im Büro war es stickig und heiß.

Wiener hatte schon alle Fenster weit geöffnet, doch das für den Abend angekündigte Gewitter hatte die Lausitzmetropole wohl geschickt umgangen und kühlte nun mit Regen die Prignitz ab.

»Was haben wir?«

»Wie ich schon am Telefon erzählt habe: Vier Zeuginnen haben unterschrieben, dass Mehring sich mit sexuellen Handlungen bezahlen ließ. Eine Frau habe ich für morgen einbestellt, die wird sich das Video angucken. Vielleicht erkennt sie den Täter. Die anderen Damen haben mich direkt an sie verwiesen. Marianne Voigt.«

»Gut.« Nachtigall pinnte einen neuen Pappstreifen an die Wand. *Sexuelle Nötigung*, stand darauf. Er notierte auf anderen Streifen die Namen der Zeuginnen, die Wiener schon befragt hatte, dann nahm er einen neuen Streifen und vermerkte *Eifersucht*.

»Hast du Ehepartner oder andere Familienmitglieder mit Rachegedanken gefunden. Vielleicht hat ja die eine oder andere Frau ihrem Partner von der Nötigung erzählt.«

»Nein. Angeblich haben sie alle dichtgehalten. Hätte es Ärger gegeben, wäre es schließlich mit dem bevorzugten Platz vorbei gewesen. Praktischerweise ist keiner der Partner der betroffenen Tänzerinnen mit in dem Verein. Von selber hätte er also nur schwer merken können, was da läuft.«

»Und die Adressen, die wir von diesem Leiter des Pflegeheims bekommen hatten. Hast du da was Neues erfahren?«

»Der erste Name. Ein Freiherr von Seisten. Er spendete den gesamten Betrag, den er als Entschädigung bekam, an die Welthungerhilfe. Er hat keine eigenen Nachkommen und für den Fall seines Todes sind bereits alle Regelungen getroffen. Die zweite Adresse ist eine WG für Demenzkranke. Frau Wurz versteht gar nicht, dass ihre Mutter verstorben ist, sie realisiert es nicht. Von dem Geld wird ihre Pflege mitfinanziert. Ein Sohn starb schon als Kind, die Tochter lebt als Aussteigerin bei einem afrikanischen Stamm. Kontakte gibt es keine mehr. Oh, weisch du, wenn du das siehsch, no möchtescht du lieber nicht alt werde!«, stöhnte er.

»Das kannst du nicht verhindern. Alt werden wir alle. Man kann nur versuchen möglichst gesund alt zu werden. Aber gerechterweise kann dem Alter niemand entgehen.«

»Huuu!«, Michael Wiener schüttelte sich, »das war echt nicht mein Tag heute.«

»Kopf hoch, bei dir ist es ja noch eine ganze Weile hin, bis du dir darüber Gedanken machen musst. Was soll ich da erst sagen – mich grinst es schon an, wenn ich morgens in den Spiegel sehe! Albrecht?«

Wieners Mobiltelefon läutete. Er entschuldigte sich und nahm das Gespräch an. Um die beiden anderen nicht zu stören, trat er ans Fenster.

Nachtigall hörte, wie der junge Mann mit einer Frau sprach, die offensichtlich irgendwo gestrandet war. Er gab ihr Hinweise, wie sie vom Lehrter Bahnhof aus nach Cottbus fahren könne.

Als er sich wieder setzte, wirkte er nervös.

»Also, Albrecht?

»Bei den Fans hatte ich einige Gespräche, aus denen hervorging, der Mehring sei zwar Fan, allerdings nicht am echten Fanleben interessiert gewesen. Ab und an kam er, um einem Training zuzusehen, von den anderen hielt er sich eher fern. Selbst zu denen, die mit ihm nach einem Sieg mit Sekt anstießen, hatte er keinen engen Kontakt. Einer meinte, der Mehring sei mehr an den schönen Spielern als am Drumherum interessiert gewesen.«

»Wie hat er das gemeint?«

»Genauer wollte er das nicht erklären.«

Emile Couvier schob sich mit schmerzverzerrtem Gesicht ins Büro.

»Ich bin ein bisschen zu spät, Entschuldigung«, ächzte er und rieb sich den Rücken im Lendenwirbelsäulenbereich.

»Was ist denn mit dir los?«, fragte Nachtigall verblüfft.

»Tapezieren und streichen!«, stöhnte der Angesprochene. »Ich habe einfach Muskelkater!«

»Das kenn ich«, lachte Michael Wiener, »als meine Freundin Marnie ihren Farbrausch hatte, bin ich auch zwei Wochen lang so eigenartig verbogen rumgelaufen. Das wird wieder, Kopf hoch!«

Ächzend ließ Emile Couvier sich auf einen Stuhl sinken. Ganz langsam.

»Ich sehe, ihr kommt gut voran«, keuchte er dann und wies auf die Pinwand. »Schöne Motive, aber noch kein Täter in Sicht, wie?«

»Genau. Auch die Spur ins Pflegeheim hat nichts gebracht. Es ist aber schon seltsam, alle, Vater und Söhne, haben Drohbriefe bekommen. Da liegt es nahe, ein Motiv zu suchen, das alle drei angeht. Aber mit der Salmonellenvergiftung hat es wohl eher nichts zu tun. Wenn die Drohungen damit nicht in Zusammenhang stehen, was bleibt dann? Und ich frage mich auch, ob die Söhne ernsthaft gefährdet sind. Stellt euch vor, der Täter droht nicht nur sondern will tatsächlich alle umbringen. Dann hätte er jetzt schon den Ersten auf seiner Liste abgehakt. Fragt sich, wer als Nächster folgen soll.«

»Wie sahen denn die Briefe aus? Haben alle denselben bekommen?«, wollte Emile wissen.

Peter Nachtigall nahm drei Klarsichtfolien aus der Akte und legte sie auf den Tisch.

»Dieser hier«, er wies mit dem Zeigefinger auf den Brief mit dem Absender der Mind Watchers, »den hat das Opfer bekommen und diese beiden rot-weiß gestreiften, die haben die Söhne erhalten. Das Papier haben wir im Büro der Spedition gesehen, was aber nichts heißen muss. Die Kollegen haben jedenfalls auf dem Speditionscomputer keine Reste dieser Texte finden können – ich habe extra nachgefragt.«

»Es war also so gedacht, dass die Söhne glauben sollten, die Briefe kämen vom Vater, und dem Vater wurde suggeriert, der Brief käme von der Sekte des Sohnes. Briefumschläge?«

»Nein. Alle im Müll.«

»Haben denn die Betroffenen auch geglaubt, was sie glauben sollten?«

»Nein. Das Opfer ging nicht davon aus, der Brief könne von seinem Sohn stammen. Dazu gibt es eine Aussage von Rolf Bartel aus dem Verein. Und die Söhne haben ausgesagt, sie hätten natürlich nie ihren Vater hinter diesen Briefen vermutet.«

Wieder klingelte Michael Wieners Handy. Diesmal huschte er damit auf den Flur hinaus.

»Hast du eigentlich heute Morgen den Senior gefragt, ob er auch so ein Schreiben bekommen hat?«,

fragte Albrecht Skorubski und Nachtigall runzelte die Stirn.

»Nein, ich habe ihm aber von den Briefen erzählt. Da hätte er doch bestimmt erwähnt, dass er einen bekommen hat, wenn es so gewesen wäre?«

Er strich mit dem Zeigefinger die Falten glatt. Dann sprang er auf und wählte eine Nummer, die er aus der Akte herausgesucht hatte. Er lauschte einige Zeit in den Hörer und sagte dann deutlich: »Herr Mehring, hier spricht Hauptkommissar Nachtigall. Wir haben noch eine Frage an Sie. Bitte rufen Sie uns so schnell wie möglich unter einer der folgenden Nummern zurück.« Er gab sowohl seine Büronummer als auch seine Handynummer an.

»Er ist nicht zu Hause. Nur der Anrufbeantworter«, informierte er dann die anderen.

Als der Jüngste im Team wieder ins Büro zurückkehrte, meinte Nachtigall in einer Mischung aus Scherz und Zurechtweisung:

»Vielleicht solltest du deine Handynummer nicht so breit streuen, dann stören deine Verehrerinnen dich nicht bei den Ermittlungen. Außerdem dachte ich, du wärst in festen Händen.«

»Na, bin ich auch, und wie! Und von wegen breit gestreut: ich hab extra die Rufumleitung programmiert, damit ich meine Nummer nicht rausrücken musste. Die junge Dame, die hier dauernd anruft, ist eine Cousine von Marnie. Sie besucht uns für ein paar Tage – in Baden-Württemberg haben sie Ferien – und nun hat sie ständig Angst, in Berlin verloren zu gehen«, rechtfertigte sich der junge Mann genervt, »von wegen Verehrerinnen! Die Cousine ist zwölf!«

Peter Nachtigall grinste und klopfte Wiener auf die Schulter.

»Anrufweiterschaltung wie praktisch. Das heißt, jeder bei dir im Festnetz ankommende Anruf wird zu deinem Handy umgeleitet? Das ist ja gut, so bist du immer erreichbar. Aber jetzt sitzt deine kleine Freundin gut verstaut im Zug?«

Michael Wiener lachte. »Ja, versorgt mit Buch und Brötchen.«

»Dann kann es jetzt weitergehen im Text? Gut. Emile, hast du was zum Geißeln herausgefunden?«, führte er die Gruppe wieder zu ihrem Fall zurück.

»Ja, aber das ist wohl ein schwieriges Thema. Gerade jetzt, nach dem Film ›Sakrileg‹, hält man sich sehr bedeckt, was Informationen zu diesem Thema angeht. Es gibt Glaubensgemeinschaften, bei denen gehört diese Form der Selbstbestrafung zur Buße. Bei anderen ist es gar nicht üblich, sich selbst zu verletzen. Es ist wohl eher unter Mönchen als bei Nonnen verbreitet. Im Roman ›Der Name der Rose‹ wird ein Mönch beschrieben, der sich in seiner Zelle selbst auspeitscht. Mir wurde erklärt, es gäbe immer wieder religionsfanatisch Angehauchte, die glauben, sie müssten sich schlagen, um für sündige Gedanken zu büßen, also auch außerhalb der Klöster., Sie leben als unauffällige Nachbarn unter uns, niemand ahnt das Geringste von ihren schmerzhaften Ritualen. Allerdings ist es nicht nur ein im Abendland übliches Verhalten – es gibt auch Gruppen bei den Moslems, die sich geißeln. Sogar öffentlich. Im Irak gibt es eine Prozession zum schiitischen Aschura-Fest, bei der geißeln sich die Glaubensanhänger öffentlich. Sieht furchtbar aus, kann ich euch sagen. Sie tragen weiße Kleidung und das Blut läuft dann deutlich sichtbar daran herunter.«

»Warum geißeln?«, wollte Wiener wissen, »was hat das mit unserem Fall zu tun?«

»Die Narben auf dem Rücken des Opfers. Wilhelm Mehring erzählte mir von einem Jugendlager. Eines dieser kirchlich organisierten. Dort muss Hans-Jürgen Mehring wohl in Kontakt mit einem fanatischen Betreuer gekommen sein. Der zeigte ein paar Jungs, wie man sich geißelt. Der Vater meinte, der Junge sei völlig verändert aus den Ferien zurückgekommen und hat dieses sich selbst Schlagen wohl auch nach dem Ferienlager längere Zeit beibehalten.«

»Wie alt war er da?«, neugierig beugte sich Emile vor.

»So ungefähr 14.«

»Das ist tragisch. Pubertät. Es erwacht die Sehnsucht nach dem anderen Geschlecht – und dann kommt einer und erklärt dir, dass das, was du empfindest, nicht in Ordnung ist und du es unterdrücken sollst. Und damit es besser geht, zeigt er dir das Geißeln. Kein Wunder, dass der Junge verstört nach Hause gekommen ist. Er schlug sich selbst, um seine Lust zu überwinden und von Gott trotz dieser immer wiederkehrenden Lust angenommen zu werden.«

Sie schwiegen betroffen.

Couvier brachte nach einer langen Pause das Gespräch wieder in Gang.

»Eigentlich sollte das Geißeln die Gläubigen am Leiden Jesu teilhaben lassen. Im Internet gibt es Seiten, die behaupten, die Anhänger des Opus Dei müssten sich täglich den Bußgürtel umbinden – für mindestens zwei Stunden – und sich einmal in der Woche selbst geißeln.«

»Bußgürtel?«, wiederholte Albrecht Skorubski fragend.

»Ja. Auch eine Methode zur Selbstkasteiung. Ein Band mit eingearbeiteten Stacheln. Man zurrt es am Oberschenkel fest, wo es sich dann in die Haut bohrt und bei jedem Schritt erhebliche Schmerzen verursacht.«

Skorubski schüttelte sich. »Und das tut man sich freiwillig an, um Gott näher zu sein?«

»Die Schmerzen sollen dich daran erinnern, dass Jesus alles Leid der Menschen auf sich nahm. Wer nicht daran glaubt, kann das wahrscheinlich nicht verstehen. Ist ja bei anderen Religionen auch so – nur wenn du wirklich in diesem Gedankengebäude lebst, kannst du den Sinn der Riten und Bräuche nachvollziehen.«

»Das Opfer wies auch eine Reihe von Knochenbrüchen auf. Nach Aussage des Vaters zog er sie sich bei waghalsigen Sprüngen zu. Er testete damit, ob Gott ein Auge auf ihn habe und ihn vor Schaden bewahren wollte.«

»Gottesbeweise? Muss ja ein tolles Ferienlager gewesen sein! Die müssen doch mehr als nur einen Betreuer gehabt haben. Da sollte einer der anderen was bemerkt haben.«

»Ist wohl nicht weiter aufgefallen, erst als die Jugendlichen wieder in ihren Familien waren, spürte man die Veränderung.«

»Die Pubertät ist eine schwierige Zeit. Die Jugendlichen sind in vielen Lebensbereichen orientierungslos, wissen nicht, was wahr ist und was nicht, was gut ist oder böse. Viele kehren gerade in dieser Phase in den Schoß der Kirche zurück – zumindest für einige Zeit-weil sie hier wenigstens klar gesagt bekommen, was man darf und wie man sich zu verhalten hat. Wenn der Betreuer die Jugendlichen für seine Ideen begeistern konnte, weil er überzeugend war oder einfach nur ein cooler Typ, dann mochte sich auch solch eine kranke Vorstellung in den Köpfen festsetzen. Je nachdem wie intensiv wurde möglicherweise die gesamte Persönlichkeitsentwicklung des Jugendlichen auf einen neuen Kurs gebracht.«

»Gibt es eigentlich einen offiziellen Sündenkatalog, der die Geißelung nach sich zieht?«

»Nein – so konkret findet man das selbst im Internet nicht. Vielleicht wenn ich etwas mehr Zeit investiert und weitere Links getestet hätte. Flagellanten waren zu Pestzeiten sehr aktiv, liefen durch die Straßen und geißelten sich, um Gott zu bitten die mörderische Krankheit wieder aus der Stadt zu verbannen.Das müssen gespenstische Umzüge gewesen sein: am Straßenrand starben immer wieder Pestkranke, stürzten zu Boden und die anderen rückten einfach ein Stück ab. Viele hielten den schwarzen Tod für eine göttliche Strafe, zumindest solange bis auch eindeutig gottesfürchtige Menschen daran starben. Heute weiß man, dass diese Flagellantenumzüge eher zu einer Verbreitung der Seuche beigetragen haben, denn nur zu diesem Ereignis versammelten sich die Menschen noch – sonst ging man sich aus dem Weg. Bei den Umzügen aber konnten die Flöhe ungehindert von einem Wirt zum nächsten hüpfen.«

Der Psychologe goss sich ein Glas Wasser ein, wobei er sich bewusst langsam bewegte. »Es gab auch das

Geißeln durch andere – als echte Strafmaßnahme. Zum Beispiel wurde den Quellen nach Jesus erst gegeißelt und dann gekreuzigt«, er suchte in einem kleinen Stapel Papier und las dann vor: »Hier. Matthäus 27:26. Verwendet wurden Peitschen oder Stöcke. Es soll vereinzelt Peitschen gegeben haben, die mit Metallstücken gespickt waren, was ganz erhebliche Verletzungen hervorgerufen haben muss. Aber um sich selbst zu geißeln, verwendet man wohl eine mehrschwänzige, kurze Peitsche. Wer sich regelmäßig so bestraft, entwickelt entweder große Demut oder kommt sich eventuell auserwählt vor. Er kann die Schmerzen ertragen, er kann, zum Beispiel, sexuelle Lust überwinden.«

»Hans–Jürgen Mehring war wohl insgesamt ein schwieriger Mensch. Sein Sohn Markus hat ihn als Sadisten bezeichnet.«

»Ein Unterdrücker? Einer der Spaß daran hat, sich fiese Dinge für die anderen auszudenken?«, jetzt war es an Wiener, auf seinem Stuhl bis an die vordere Kante zu rutschen .

»Ja. Sieht so aus.«

»Ein Sadist«, erklärte Emile Couvier, »ein echter Sadist, der hat ein Gespür für Menschen, das er schamlos ausnutzt, um seinen eigenen Spaß zu haben. Er findet heraus, was du am wenigstens leiden kannst, was dich am tiefsten verletzt, was dich am meisten quält – und tut dann genau das. Sadisten sehen ungerührt zu, wie ihre Opfer sich verzweifelt bemühen alles richtig und gut zu machen, um dann zu behaupten, sie hätten an dieser oder jener Stelle einen Fehler gemacht und müssten dafür angemessen bestraft werden, gleichgültig, ob das nun stimmt oder nicht. Oder sie ändern die Regeln willkürlich. Oft genug sind die Opfer so abhängig, dass sie sich nicht wehren können oder sich nicht trauen. Manchmal beherrscht solch ein Mensch eine ganze Familie über viele Jahre und keiner wagt den Aufstand.«

»Was für eine grauenhafte Vorstellung mit so jemandem zusammenleben zu müssen.«

»Mütter werden bei der Stange gehalten, indem er droht die Kinder für die Verfehlungen der Mutter zu bestrafen – Verfehlungen, die es in Wahrheit nie gegeben hat – Kinder werden zum Stillschweigen gezwungen, indem man ihnen erklärt, die Mutter würde bestraft, wenn sie bei Freunden oder in der Schule über Familieninterna sprächen. Eine Atmosphäre der Angst beherrscht die Familie.«

»So wird es bei Familie Mehring gewesen sein«, bestätigte Peter Nachtigall und fasste sein Gespräch mit dem jüngsten Sohn zusammen.

»Sie sprechen noch immer nicht frei darüber – als lebten sie in der Angst, er könne jeden Moment zurückkommen und sie für ihre Aussagen zur Rechenschaft ziehen.«

»Hat die Ehefrau von der sexuellen Nötigung gewusst?«, wollte Emile wissen.

»Sie behauptet es nicht einmal geahnt zu haben. Ihr Sohn meint, sie hätte es ihm erzählt, da es für sie allein nicht zu ertragen gewesen wäre.«

»Ich frage nur, weil ich mir vorstellen könnte, dass ein Sadist eine solche Information gezielt einsetzen würde, um seine Frau zu demütigen. ›Siehst du, ich habe mit anderen Spaß und nun nehme ich mir deinen Körper auch noch und du wirst dich nicht wehren.‹ Ein weiterer Schlag gegen die Selbstachtung der Ehefrau.«

»Das Gift macht sie natürlich verdächtig. Wenn sie von seinem fortgesetzten Ehebruch wusste, verstärkt das die Motivlage zusätzlich«, bestätigte Nachtigall. »Haben wir eigentlich die Rechnung einer Firma Rattex in den Geschäftsunterlagen der Spedition gefunden?«

»Die Unterlagen haben wir schon wieder nach Kahren zurückgebracht. Moment mal.« Michael Wiener rollte zu seinem Schreibtisch und tippte etwas ein. »Hier ist es schon. Es gibt eine solche Firma. In Sachsendorf. Aber du glaubst nicht, dass die Ehefrau ihn erstochen hat«, stellte er fest.

»Es fällt mir jedenfalls schwer, das zu glauben. Um die Rattenvernichter kümmere ich mich morgen.«

»Und wie sieht es mit Paul Mehrings Motiv aus? Er war jähzornig – aber das allein reicht nicht aus, um ihn als Verdächtigen auf die Liste zu setzen«

»Der Vater erklärte ihm, ein echter Mann zeuge seine Nachkommen selbst. Ein echter Mann übernähme keine Kinder von anderen. Vielleicht unterstellte er ihm sogar, er sei nicht in der Lage selbst für Nachkommenschaft sorgen – das hat der Bruder allerdings nicht so deutlich erwähnt. Und wir gehen davon aus, dass Paul annehmen musste, der eigene Vater habe seine Katze ermordet und ihm vor die Tür gelegt. Vielleicht war das der Tropfen, der das Fass zum Überlaufen brachte.«

»Das ist ja interessant. Ein echter Mann zeugt ...«

Emile wurde vom Klingeln des Telefons unterbrochen.

Peter Nachtigall nahm das Gespräch an.

Das Team konnte beobachten, wie sein Gesicht immer blasser wurde und sich Schreck und Betroffenheit in seinen Zügen ausbreitete.

»Was?!«

»Wie ist das passiert?«

»Und wo genau, an welcher Ecke?«

Er bedankte sich und legte auf. Dann stützte er seinen schweren Körper mit ausgestreckten Armen auf dem Tisch ab und erklärte:

»Wilhelm Mehring liegt im Krankenhaus. Er wurde vor ungefähr drei Stunden dort eingeliefert und liegt jetzt auf der Intensivstation. Die Anruferin ist eine Bekannte von ihm, die sich während seiner Abwesenheiten immer um die Blumen kümmert und den Anrufbeantworter abhört. Wilhelm Mehring wurde von einem Unbekannten an der Haltestelle Stadthalle vor die Straßenbahn gestoßen!«

26

Peter Nachtigall saß im Wagen und starrte durch die Windschutzscheibe. Er konnte sich nicht entschließen den Motor zu starten und genoss die Abgeschiedenheit und das Alleinsein. Hier auf dem Parkplatz vor der Polizeiwache Bonnaskenplatz konnte er wenigstens in Ruhe über seinen Fall nachdenken, ohne dauernde Störungen. Warum sollte jemand Wilhelm Mehring umbringen wollen? Er hatte doch mit der Spedition nichts mehr zu tun. Auch die Salmonellenvergiftungen fielen nicht mehr in seine Verantwortung. Warum also?

Weil er der Vater dieses Mannes war, der Frauen sexuell genötigt hatte? War der Täter der Auffassung, er hätte seinen Sohn besser erziehen müssen und sei deshalb mitschuldig? Nachtigall fragte sich betroffen, ob er den Anschlag nicht hätte verhindern können, wäre er aufmerksamer gewesen .

Heute Abend konnte er nichts mehr tun, aber für morgen war er mit der Anruferin von vorhin verabredet. Traudl Hoffmann. Ein Team der Spurensicherung würde ihn begleiten und sollte es einen Drohbrief zu finden geben, dann würden sie ihn auch finden, schwor er sich. Dr. März hatte den Durchsuchungsbeschluss schon unterzeichnet, er knisterte bei jeder Bewegung in seiner Brusttasche. Bei seiner Nachfrage im Krankenhaus hatte er nur erfahren, Wilhelm Mehring sei schwer verletzt und nicht bei Bewusstsein, müsse zudem künstlich beatmet werden. Er hatte seine Nummer hinterlassen und man versprach ihm ihn anzurufen, falls sich am Zustand des Patienten etwas ändere.

Die Nachfrage bei den Kollegen, die als Erste am Unfallort eingetroffen waren, hatte ergeben, der Verletzte sei noch ansprechbar gewesen, erklärte, ein junger Mann habe ihn angesprungen und dabei sei er vor die ankommende Bahn gestürzt. Danach verlor er das Bewusstsein. Der Fahrer konnte nicht befragt werden, er stand unter Schock, weitere Zeugen gab es nicht. Andere wurden erst auf das Geschehen aufmerksam, als der Mann schon auf den Schienen lag.

Ein Mord im Stadion und nun ein Anschlag auf offener Straße. Offensichtlich fürchtete der Täter nicht entdeckt zu werden. Nachtigall seufzte und legte die Arme über das Lenkrad. Markus und Paul Mehring wirkten nicht ängstlich, als er ihnen klar zu machen versucht hatte, sie seien eventuell auch in Gefahr. Polizeilichen Schutz hatten sie abgelehnt.

Warum will jemand die Familie auslöschen?, dieser Gedanke kreiste unablässig in Nachtigalls Kopf. Was haben die Mehrings getan, wofür werden sie bestraft?

Sie würden sich morgen früh noch einmal Rolf Bartel vornehmen. Michael sollte ihn ins Büro bringen. Vielleicht wurde er ja gesprächiger, wenn er keinen Heimvorteil mehr genießen konnte.

Und er musste sich noch um dieses Mädchen kümmern, das auch in der ersten Reihe tanzte – eine Solotänzerin. Rosemarie Phillip. Die Eltern hatten einer Befragung grundsätzlich zugestimmt, unter der Bedingung, dass sie vorsichtig und einfühlsam durchgeführt wurde. Rosemarie wolle lieber mit einem Mann von der

Polizei sprechen, Frauen könne sie nicht leiden. Am liebsten sei ihr der Riese, der neulich zur Probe gekommen war. Peter Nachtigall hoffte, die Kleine würde sich nicht von seiner Größe einschüchtern lassen und womöglich beharrlich schweigen, wenn er ihr leibhaftig gegenüberstand.

Für heute waren ihm die Hände gebunden, aber morgen, morgen würde sich das Blatt wenden, das spürte er.

Er startete den Motor und rollte vom Parkplatz, um sich nach rechts in den Verkehr einzufädeln. Da fiel ihm ein, dass er gar nicht wusste, wohin er nun fahren sollte! In seinem Haus in Sielow würde er auf Birgit treffen und das kam überhaupt nicht in Frage. Er stellte sich vor, wie Conny mitten in der Nacht an seiner Auffahrt vorbeifuhr und die beiden Autos friedlich nebeneinander stehen sehen würde, als sei das eine Selbstverständlichkeit. Nein! Das würde den unauslotbar tiefen Graben zwischen ihnen endgültig unüberwindlich machen. Jule hatte auch nicht angerufen, fiel ihm ein. Wahrscheinlich war ihr keine geniale Lösung eingefallen.

Er stieß rückwärts wieder auf den Parkplatz zurück.

Hoffnungsvoll zog er das Mobiltelefon aus der Tasche und starrte vorwurfsvoll auf das erleuchtete Display. Nichts. Conny hatte nicht reagiert. Die Sehnsucht nach ihr erfasste ihn wie eine heiße Welle und er musste einen Moment gegen die aufsteigenden Tränen kämpfen. Er würde nicht zulassen, dass Birgit alles zerstörte! Dazu hatte sie kein Recht! Wenn die Beziehung mit ihrem Norweger in die Brüche gegangen war, war das ihre Sache und hatte mit ihm nichts mehr zu tun. Falls sie glaubte, er habe nach ihrem Scheitern nun auch kein

Recht mehr auf eine neue Beziehung, würde sie sich an ihm die Zähne ausbeißen!

Peter Nachtigall eilte ins Büro zurück und holte den Laptop, den er schon von den Fachleuten der forensischen Computertechnik zurückerhalten hatte, kehrte zum Auto zurück, rollte entschlossen vom Parkplatz und fuhr in die Petersilienstraße.

Paul Mehring öffnete und war hoch erfreut seinen Laptop wieder in Empfang nehmen zu dürfen.

»Unsere Fachleute haben keine seltsamen Dateien auf Ihrem Computer gefunden.«

»Ja – das wundert mich nicht. Ich schreibe keinen solchen Schund.«

»Herr Mehring, nach dem Überfall auf Ihren Großvater sollten Sie vielleicht doch noch einmal ernsthaft darüber nachdenken, ob es nicht jemanden geben könnte, der die Männer der Familie töten möchte. Hat jemand Grund, alle männlichen Mehrings zu hassen?«

Paul warf einen Blick in den Flur hinter sich, wo Katharina aufgetaucht war.

»Ich gehe mit Herrn Nachtigall ein paar Schritte vor die Tür. Bis gleich.«

»Pass auf dich auf«, mahnte sie leise und küsste ihn zärtlich, als wollte er eine mehrtägige Reise antreten. Neidvoll sah Nachtigall zu Boden.

»Ich bin doch unter polizeilichem Schutz«, tröstete Paul seine Freundin und begleitete den Hauptkommissar nach unten.

»Gehen wir rüber zur Puschkinpromenade.«

Ein paar Schritte gingen sie schweigend nebeneinander her.

»Ich wüsste nicht, wer uns so hassen sollte.« Der junge Mann kickte einen kleinen Stein über den Weg.

»Bei der Obduktion haben wir Rattengift im Körper Ihres Vaters festgestellt – und wir wissen nun auch, dass er die Tänzerinnen im Karnevalsverein zu sexuellen Handlungen genötigt hat.«

»Rattengift? Wie soll denn Rattengift in seinen Körper gekommen sein?«

Nachtigall antwortete nicht.

»Das hätte ihm wahrscheinlich jemand ins Essen mischen müssen, oder? Sie denken hoffentlich nicht, meine Mutter wäre zu so etwas fähig? Nie!«

»Ihr Vater ging fremd. Mit wechselnden Partnerinnen. Für manch eine Ehefrau wäre das Grund genug.«

»Meine Mutter wusste doch bestimmt nichts davon, oder? Hat sie Ihnen erzählt, sie hätte davon gehört?« Paul strich sich die Haare aus der Stirn und blieb abrupt stehen. Er sah Nachtigall direkt ins Gesicht und sagte: »Meine Mutter bringt niemanden um!«

»Hat Ihr Bruder Ihnen noch nichts von dem Gift erzählt?«

»Nein. Er rief nur an, um mir von Großvaters Unfall zu berichten. Wir haben uns schon lange nicht mehr viel zu sagen.«

»Schade, meinen Sie nicht?«

»Er lebt sein Leben und ich meins. Vielleicht werden wir eines Tages auf der Straße aneinander vorbeigehen und uns nicht einmal mehr erkennen. Er ist für mich genauso wenig zu verstehen wie mein Vater. Manchmal habe ich den Eindruck, mein Bruder lebt gar nicht in dieser Welt. Und manchmal mache ich mir herbe Vorwürfe: Ich bin sein älterer Bruder – ich hätte ihn nicht sich selbst überlassen dürfen.«

»Weil Ihr Vater ein Sadist war?«

»Sagt Markus das? Gut möglich, ja. Vielleicht war mein Vater ein Sadist.«

»Haben Sie ihm das Gift gegeben?«

»Nein!«, er warf Nachtigall einen empörten Blick zu.

»Wer dann?«

»Sie sind die Polizei! Finden Sie's raus. Ich muss jetzt zu einer Sitzung.«

»Sie haben mir nichts von den Drohbriefen erzählt, den Mord an Ihrer Katze verschwiegen – wer weiß, was Sie mir jetzt eigentlich dringend noch erzählen sollten!«, mahnte Nachtigall eindringlich

»Das ist wahrscheinlich Ihre ganz persönliche Berufskrankheit. Sie müssen lernen zu akzeptieren, dass die Menschen Ihnen nicht immer alles verraten! Sonst wird Ihre Arbeit zu einfach!«, spöttisch verzog Paul das Gesicht.

Damit ließ der Mind Watcher Nachtigall stehen und hastete zu seiner Wohnung zurück.

Bei Conny brannte kein Licht. Nur die Außenbeleuchtung, die auf seine Bewegungen reagierte, schaltete sich ein, als er klingelte. Der Rest des Gartens blieb im Dunkel. Trübsinnig trottete Peter Nachtigall zu seinem Auto zurück und schob sich hinter das Lenkrad. »Und nun Herr Hauptkommissar?«, fragte er sich, »was wirst du als Nächstes unternehmen?« Träge fischte er ein belegtes Baguettebrötchen aus einer Papiertüte, biss ohne Appetit ab und spülte mit einem Schluck Mineralwasser nach. Wo konnte Conny nur hingegangen sein? Er lächelte bei dem Gedanken, sie könnte, genau wie er, in ihrem Auto sitzen und dabei das Haus in Sielow im

Auge behalten, um herauszufinden, ob er seine Ex nun vor die Tür gesetzt hatte oder nicht. Vielleicht biss sie jetzt auch gerade von einem Brötchen ab. »Quatsch«, wies er sich zurecht. Conny war sicher noch beim Sport oder saß mit Freunden im ›Mosquito‹ am Altmarkt, war fröhlich und lachte.

Peter Nachtigall versuchte Bildern den Zutritt zu seinem Bewusstsein zu verwehren, die ihm Conny an der Seite eines anderen zeigen wollten, mit dem sie sich über die letzte Enttäuschung mit Kriminalhauptkommissar Nachtigall hinwegtröstete, aber es gelang ihm nur schlecht.

Müde lehnte er den Kopf gegen das Seitenfenster. Ob Birgit wenigstens daran gedacht hatte, Casanova zu füttern? Sein letzter Gedanke galt der Frage, ob der Kater wohl Charakter genug haben würde, sich von Birgit fern zu halten – oder ob er jetzt schnurrend bei ihr lag und sich von ihren Fingern kraulen ließ. Hatte ihn selbst der Kater verraten und verlassen? Ein wenig ratlos registrierte er, dass ihm der haarige Hausgenosse fehlte. Normalerweise saßen sie um diese Zeit im Wohnzimmer auf der Couch und Casanova genoss das Gespräch mit seinem Hauptkommissar. Und nun saß er, Peter Nachtigall, hier einsam in seinem Auto und hatte überhaupt niemanden zum Reden.

Dann schlief er ein.

27

Paul Mehring hatte darüber nachgedacht, die Sitzung heute einfach abzusagen. Jeder hätte dafür Verständnis gehabt, schließlich war sein Vater ermordet worden und sein Großvater lag nach einem Mordanschlag im Krankenhaus. Die Polizei hielt auch ihn für gefährdet, hatte ihm sogar Polizeischutz angeboten, was er abgelehnt hatte. Doch dann beschloss er seine Kameraden, die gerade jetzt eine schwere Zeit durchmachten, jetzt nicht auch noch ohne Führung sich selbst zu überlassen. Allerdings kam er sich hier auf dem relativ einsamen Parkplatz sehr verwundbar vor und zögerte das sichere Auto zu verlassen. Nach einer Weile riss er sich zusammen und stieg schwungvoll aus. Sein Kopf schmerzte und bestrafte ihn für die schnelle Bewegung. Die Gehirnerschütterung brachte sich immer wieder in Erinnerung und er tastete vorsichtig über das inzwischen violett und grün verfärbte Auge. Das Pflaster von der Stirn hatte er abgelöst und nun war die leuchtend rote Strieme deutlich zu sehen. Vier Stiche hielten die klaffenden Wundränder zusammen. Das würde ihm zwar ein heldenhaftes Aussehen verleihen, aber schöner würde er durch die zu erwartende Narbe nicht gerade werden, dachte er missmutig.

Der fremde, junge Mann fiel ihm sofort auf, als er den Versammlungsraum betrat, und Panik wallte in ihm auf. Es kostete ihn Mühe, ruhig zu seinem Platz zu gehen und nicht auf dem Absatz kehrtzumachen und davonzulaufen. Vielleicht hatte sein Vater recht gehabt, vielleicht war er ja wirklich ein Feigling. Seine Schritte waren etwas steif, doch die anwesenden Mind Watchers glaubten sicher, das käme noch von der Verletzung am Kopf. Andere aus der Gruppe hatten auch noch Probleme mit den Nachwehen der Demonstration vom Montag.

Der junge Mann war offensichtlich als Besucher gekommen. Er trug Jeans und ein schwarzes T-Shirt. Darüber, trotz der Wärme, eine von diesen Jacken, die die jungen Leute immer so aufgeblasen aussehen ließen. Paul rekapitulierte im Kopf die Liste der Tagesthemen, konnte sich aber beim besten Willen nicht an einen Tagesordnungspunkt erinnern, bei dem ein Besucher vorgesehen war. Na egal, dachte er, ein Neuzugang vielleicht. Das würde sich bestimmt schnell klären und hier würde doch sicher niemand wagen sich in mörderischer Absicht auf ihn zu stürzen – hoffte er jedenfalls.

Als sich nach der allgemeinen Begrüßung alle gesetzt hatten, ergriff Lotta das Wort.

»Wir haben uns heute einen Besucher mitgebracht. Er heißt Holger und arbeitet bei PRO mit. Sie haben unsere Demo am Montag verfolgt und es hat ihnen gut gefallen, was wir da abgezogen haben. Einige der Mitglieder von PRO haben sich bei ihrer letzten Hauptversammlung dafür ausgesprochen zu sondieren, ob es nicht genügend Berührungspunkte zwischen unseren Gruppierungen gibt, um gemeinsame Aktionen ins Auge fassen zu können. PRO hat allein in Cottbus 150 Mitglieder.«

Paul betrachtete den Gast kritisch. Niemand wusste besser als er, dass es in Cottbus keine Organisation mit einer ähnlichen Ausrichtung wie die der Mind Watchers gab. Das hatte er natürlich gründlich überprüft, bevor er seine Bewegung ins Leben rief.

»Gut«, sagte er zörgernd, »ich denke, wir werten erst einmal die Demo vom Montag aus. Jetzt haben wir alle ein bisschen Abstand dazu. Danach hören wir uns deinen Gast an. Vielleicht kann er die Ziele seiner Gruppierung kurz darstellen«

Holger nickte zustimmend.

Während nun einer nach dem anderen seine Einschätzung der Vorkommnisse in der Spremberger Strasse darstellte, kritisch bewertete oder begeistert kommentierte, erlaubte Paul seinen Gedanken ein wenig abzuschweifen. Ihn beschäftigte, neben all den anderen beängstigenden Dingen in seinem Leben, die Frage, was eigentlich in seinen kleinen Bruder gefahren war. Er hatte den Kontakt zu Markus mehr oder weniger abreißen lassen, weil er mit den Mind Watchers und seinem eigenen Leben zurzeit ausreichend beschäftigt war, doch irgendetwas hatte seinen Bruder total verändert. Bei Vaters Beerdigung, nahm Paul sich vor, würden sie mal wieder ein richtiges Gespräch miteinander führen – irgendwie schien das Leben seines Bruders aus dem Ruder gelaufen zu sein.

Ein leises Schuldgefühl breitete sich in seiner Brust aus. Wenn er nicht ausgezogen wäre ...

Nein, schalt er sich, er konnte doch nicht ewig bei diesem Tyrannen bleiben, nur, weil sein Bruder es nicht schaffte auszuziehen! Im selben Moment erkannte er, wie sehr er sich damit in die eigene Tasche log. Markus hatte schon wegen ihrer Mutter nicht gehen können – er hatte seine Chance auf ein selbstbestimmtes Leben bisher gar nicht bekommen. Und nun war auch noch Rattengift im Körper seines Vaters gefunden worden. Aber seine Mutter konnte doch unmöglich – selbst wenn sie von seinen Seitensprüngen gewusst haben sollte – nein, sie hätte doch niemals ihren Mann vergiftet! Aber wer dann?, grübelte er weiter, wer hätte denn Gelegenheit dazu gehabt? Nur die Familie, gestand er sich widerstrebend ein, einer von ihnen vier hatte versucht Hans-Jürgen Mehring mit Rattengift zu töten. Ihn schauderte. Ich war es nicht, dachte er, bleiben noch drei.

Als er den Blick wieder hob, stellte Paul Mehring fest, dass die Blicke seiner Gruppe erwartungsvoll auf ihn gerichtet waren. Er räusperte sich und fasste seine Analyse kurz zusammen.

»Zum einen, denke ich, hatten wir durch die Aktion ziemlich viel Medienpräsenz, was uns sicher helfen wird bekannt zu werden. Die Plakate waren prima zu lesen, die Formeln knapp und gut zu erfassen. Viele Menschen stehen längst hinter unseren Zielen, trauen sich nur nicht, sich öffentlich dazu zu bekennen. Gut war auch, dass von unserer Seite aus keinerlei Tätlichkeiten stattfanden. Großes Lob an alle, die dabei waren! Ihr habt euch zu nichts provozieren lassen. Klasse! Nicht so gut war, keine Frage, dass wir überhaupt angegriffen und in der Folge eingekesselt wurden.« Er senkte die Stimme. »Einige wurden verletzt, manche mussten genäht werden, blaue Augen sehe ich hier in der Runde viele, zu viele. Die Lehre, die wir daraus ziehen sollten, lautet: Niemals an einem Ort demonstrieren, von dem aus man sich nicht in alle vier Winde zerstreuen kann. Ich habe mit dem Einsatzleiter der Polizei gesprochen. Einige seiner Beamten wurden auch von Wurfgeschossen getroffen und verletzt. Entsprechend sauer hat er reagiert. Die Einsatzkräfte waren zwar schlecht positioniert, wollten uns aber nicht schaden. Die Kesselsituation ergab sich aus dem Versuch, uns zu schützen. Wir wissen jetzt, wie sehr unsere Transparente polarisieren und werden in Zukunft besser auf solche Situationen vorbereitet sein, und die Polizei hoffentlich auch.«

Zustimmendes Gemurmel von allen Seiten wurde von anhaltendem Applaus abgelöst. Er hob beide Arme und bat den Gast nun seine Gruppe vorzustellen.

Holger erhob sich selbstbewusst. Sein Ton erinnerte Paul an den Kasernenhofton seines Großvaters, der junge Mann sprach abgehackt, laut und deutlich.

»Also, wie gesagt, ich komme von PRO. Der eine oder andere hat vielleicht schon von uns gehört oder sogar mit uns zu tun gehabt. Wenn ihr euch mit uns zusammentätet, würde eure Organisation einen Mitgliederzuwachs von ein- bis zweihundert Personen haben. Endlich würde eure Stimme gehört, eure Unerschrockenheit imponiert, ihr fürchtet nicht die Provokation!«

Paul registrierte die Welle der Freude und Begeisterung über diese Flut an Komplimenten, die sich unter den Mind Watchers ausbreitete, und in seinem Kopf schrillten die Alarmglocken so laut, dass er fürchtete es wäre im ganzen Raum zu hören. Jetzt musste er sachlich bleiben, ermahnte er sich und sagte:

»Schön, unsere Aktion hat PRO also gefallen. Ich kenne PRO nicht, was mich überrascht, wenn ihr doch so viele Mitglieder habt. Bisher scheinen wir also noch nicht auf den gleichen Hochzeiten getanzt zu haben, nicht wahr? Es wäre gut, wenn du uns etwas über euer Statut, eure Regeln, eure Zielsetzungen und bisherigen Aktionen berichten könntest, denn wenn wir Hand in Hand arbeiten wollen, möchten wir schon wissen, mit wem genau wir zusammenarbeiten.«

»PRO kämpft, ähnlich wie ihr, um die Sauberkeit in

den Köpfen der Menschen. Wir wollen, dass wir Deutsche endlich wieder deutsch denken dürfen und uns nicht ständig fragen müssen, ob das den Ausländern auch gefällt. Deutsches Essen wieder überall zu haben ist. Arbeitsplätze an Deutsche vergeben werden. All diese englischen Worte wieder aus unserem Wortschatz verschwinden! Unsere Sprache hat genug Vokabeln, wir brauchen diese ganzen fremden Ausdrücke nicht. Im Radio muss wieder deutsche Musik gespielt werden.«

»Ja«, rief eine Frauenstimme, »›Die Härte‹ von Grönemeyer! Solltet ihr euch viel öfter anhören!«

Paul erhob sich.

»Da hat PRO irgendetwas missverstanden. Wir haben mit dieser Deutschtümelei nichts am Hut. Uns geht es um Lebensqualität und einen reinen Geist, mit sinnlosen Fragen nach Nationalitäten geben wir uns nicht ab«, antwortete er dem Selbstdarsteller, doch der gab sich nicht so schnell geschlagen.

»Aber das Bewusstsein sauber zu halten, bedeutet doch es vor fremden Einflüssen zu bewahren! Wir von PRO finden es wichtig, sich immer wieder auf die Grundpfeiler zu besinnen, die unsere Kultur ausmachen. All das, was wirklich zu uns gehört, mit dem können wir auch am besten umgehen. Dieses ganze fremde Zeug ist nur störend!«

Später konnte Paul nicht mehr sagen, ab welchem Punkt seiner Ansprache seine Mind Watchers begonnen hatten den Gast nach draußen zu drängen. Sie hatten einen Halbkreis gebildet und waren auf ihn zugegangen, langsam, Schritt für Schritt. Eine blaue Woge der Entrüstung. Der PRO-Anhänger forderte mehrfach laut, die Mind Watchers mögen sich doch ihrer gewaltfreien Gesinnung erinnern und ihn in Frieden lassen, während er sich hastig zurückzog und schließlich durch den Gastraum ins Freie türmte.

»Seht ihr nun, wie wichtig es ist, dass wir genau festlegen, welche Regeln für uns von Bedeutung sind und ihre Einhaltung kontrollieren!«, triumphierte Miki und sah dem flüchtenden Eindringling mit glutvoll leuchtenden Augen nach.

28

Donnerstag

Michael Wiener fuhr direkt von seiner Wohnung aus ins Niedersorbische Gymnasium, wo Rolf Bartel als Hausmeister arbeitete. Der kleine, magere Mann trug einen viel zu weiten Kittel, in dessen Taschen er jede Menge Werkzeuge und andere unentbehrliche Helfer gesteckt hatte, die er über den Tag verteilt wahrscheinlich benötigen würde.

Der junge Ermittler fand den Hausmeister kniend vor der Tür eines Klassenraumes im 1. Stock. Rolf Bartel versuchte mit einem Auge durch das Schlüsselloch hindurchzusehen und hatte zur Verbesserung der Konzentration auch die linke Seite der Oberlippe weit nach oben gezogen. Unbemerkt trat Wiener an ihn heran und stand unmittelbar hinter ihm, als er ihn ansprach.

»Guten Morgen, Kriminalpolizei Cottbus, Michael Wiener!«

Wie von der Tarantel gestochen fuhr der Angesprochene herum, blinzelte nervös und rappelte sich umständlich auf, wobei ihm mehrere Schraubendreher aus der Tasche rutschten und zu Boden klapperten.

»Äh, Rolf Bartel, Hausmeister. Kann ich Ihnen irgendwie helfen?«

»Das wird sich zeigen. Hier sind Sie ja wohl nicht so richtig erfolgreich, wie?«, antwortete Wiener und zeigte auf das Schloss.

»Ah, das. Ja, Kaugummi. Manche Schüler finden das wahnsinnig witzig. Die Klausur schreiben sie natürlich trotzdem, nur eben in einem anderen Raum. Ist ja nicht so, dass sich keine Ausweichmöglichkeit findet, wenn der Lehrer die Tür nicht aufschließen kann. Aber das geht wohl in die Kinderköpfe nicht rein. Pech für die, die in ihrem Klassenraum irgendwelche Spickmöglichkeiten vorbereitet hatten.« Er grinste schief.

»Und, geht's wieder?«

»Nein, es hakelt. Da müssen noch irgendwo Reste kleben.«

»Öl. Versuchen Sie es mit Speiseöl. Sie müssen es fein vernebelt einsprühen. Nach dem Einweichen können Sie mit einem Wattestäbchen oder einem Holzstäbchen nachstochern. Funktioniert wirklich ganz gut.«

Rolf Bartel strahlte den jungen Ermittler an. »Das probier ich gleich!«

»Nein, das können Sie erst später probieren. Ich bin schließlich nicht wegen des Kaugummis hier.«

Der Hausmeister schrumpfte in sich zusammen.

»Entschuldigung – das kann ich mir ja eigentlich denken, nicht wahr? Hat einer unserer Schüler was ausgefressen?«

Michael Wiener überlegte kurz, ob der andere ihn eventuell auf den Arm nehmen wollte. Schließlich konnte er doch nicht ernsthaft erwartet haben nur ein einziges Mal wegen des Todes von Hans-Jürgen Mehring befragt zu werden. Doch Rolf Bartel sah ihn so offen interessiert an, dass er davon ausgehen musste, der Hausmeister halte die Ermittlungen in der Mordsache Mehring für erledigt.

»Es geht nicht um einen der Schüler. Ich habe noch ein paar Fragen zu Hans-Jürgen Mehring.«

Der kleine Mann zuckte mit den Schultern, was in dem übergroßen Kittel seltsam körperlos aussah.

»Oh – ich dachte, nach dem Gespräch mit Ihrem Kollegen sei alles geklärt. Wir haben doch schon die ganze Angelegenheit besprochen. Ich kann mir wirklich nicht vorstellen ...«

»Nun, wir ermitteln und dabei ergeben sich manchmal neue Aspekte. Zum Beispiel haben gestern einige Damen ihre Aussagen gemacht und wir sehen einen gewissen Klärungsbedarf. Immerhin geht es um sexuelle Nötigung – vielleicht sogar Missbrauch.«

»Ach das!«, Rolf Bartel machte eine wegwerfende Handbewegung, bei der ihm der zu lange Ärmel weit über die Hand rutschte. Bei seinem ungeschickten Versuch ihn wieder hochzukrempeln, verhedderte er sich mit einem der Schraubendreher im Stoff, die er vom Boden aufgelesen hatte und gab dann frustriert auf.

»Vorgestern hatten wir eine Zusammenkunft. Die Nachfolge von Hans-Jürgen musste ja geregelt werden und außerdem müssen natürlich auch die Proben weitergehen. Da haben die Frauen plötzlich diese Vorwürfe erhoben. Also, ich glaube nicht eine Sekunde, dass da was dran ist! Und wenn doch, so habe ich jedenfalls nichts davon gewusst«, log er dann. »Ich bin immer davon ausgegangen, die Damen machen dem Hans-Jürgen freiwillig schöne Augen.« Er zwinkerte Michael Wiener verschwörerisch zu.

»Wer ist denn nun sein Nachfolger? Ich dachte, wegen der Fernsehaufzeichnung drängt die Zeit. Da haben Sie doch bestimmt schon jemanden ernannt«, gab Wiener sich unwissend.

»Ja, klar drängt die Zeit – und nicht nur die! Die jungen Leute heute haben einfach kein Durchhaltevermögen mehr. Die stöhnen bei den Proben, haben hier und da das Zipperlein, sind wetterfühlig! Es ist kaum zu glauben, mit was für blöden Ausreden die manchmal das Training absagen.«

Er sammelte sein Werkzeug auf, klaubte ein paar Schrauben vom Boden, die aus einer seiner Taschen gefallen waren, und beteuerte dann mit schriller Stimme:

»Hans-Jürgens Nachfolger bin ich! Und nur um Ihrer Frage vorzugreifen: Ich habe niemanden sexuell belästigt, genötigt oder missbraucht!«

»Wir haben ein Video vom Täter. Ich muss Sie bitten mich zu begleiten und es sich anzusehen. Vielleicht können Sie die Person identifizieren.«

»Ich muss das aber erst noch wegschließen und mich im Sekretariat abmelden. Sonst glauben die, ich habe mich einfach so aus dem Staub gemacht und ich verliere womöglich meinen Job. In meinem Alter wäre das eine Katastrophe. Ich finde doch nie wieder eine neue Anstellung.«

»Gut. Aber wir gehen gemeinsam!«

Widerstrebend griff der Hausmeister nach seiner Werkzeugkiste und begleitete den jungen Ermittler unter leisem, aber anhaltendem Protest.

29

Das Handy klingelte und Nachtigall schlug sich heftig den Kopf an der Seitenscheibe seines Autos an. Irritiert sah er sich um. Wo zum Teufel war er hier überhaupt?

Während er noch damit beschäftigt war, sich diese Frage zu beantworten, suchten seine Finger das kleine Mobiltelefon in der Jackentasche.

»Albrecht! Guten Morgen!«, meldete er sich dann, nach einem verschlafenen Blick auf das Display.

»Guten Morgen. Ich wollte nur fragen, wo du bist. Zu Hause jedenfalls nicht.«

»Nein.« Nachtigall probierte vorsichtig, ob er seine Beine noch bewegen konnte.

Was war da auf seiner Motorhaube?

Ungeschickt öffnete der Hauptkommissar die Fahrertür und stieg unbeholfen aus. Auf dem Auto lag ein heller Leinenbeutel.

»Moment Albrecht, ich lege dich für zwei, drei Sekunden beiseite.«

Er legte das Telefon auf den Sitz zurück und öffnete die Tasche. Eine Thermoskanne Kaffee, ein paar frische Brötchen, zwei Portionsschälchen Butter – und eine Packung Zahnbürsten für unterwegs. Er war gerührt. Das konnte doch nur von Conny sein. Wahrscheinlich hatte sie sein Auto entdeckt, als sie heute die Zeitung aus dem Briefkasten geholt hatte. Ob sie wohl Mitleid mit ihm gehabt hatte? Egal, jedenfalls weiß sie jetzt, dass ich die Nacht nicht mit Birgit verbracht habe, dachte er.

»Albrecht? Da bin ich wieder. Michael ist auf dem Weg zu Rolf Bartel und wird sich mit ihm erst unterhalten und ihm dann das Video zeigen. Wir beide treffen uns in einer dreiviertel Stunde auf dem Parkplatz des Klinikums und besuchen Wilhelm Mehring. Vielleicht ist er wach und ansprechbar. Ok?«

Dann goss er sich dankbar von dem dampfenden Kaffee ein und biss in ein duftendes Sesambrötchen. Die ganze Zeit hoffte er einen Blick auf Conny erhaschen zu können, doch entweder war sie schon in die Praxis gefahren oder sie hatte erst später Sprechstunde. Sie blieb unsichtbar. Sein Rücken nahm ihm die unbequeme Übernachtungsposition übel, aber ansonsten ging es ihm überraschend gut. Aus dem Notfallkoffer, den er hinten im Kofferraum für Fälle wie diesen gelagert hatte, entnahm er neue Wäsche und ein frisches Hemd, einen Akkurasierer und ein duftneutrales Deodorant. Er hatte sich schon vor Jahren angewöhnt auf Übernachtungen außer Haus vorbereitet zu sein, gleich nachdem er nach einer durchwachten Nacht auf Täterjagd in brütender Hitze am nächsten Morgen beim Staatsanwalt vorsprechen musste. Nach Schweiß stinkend, mit ungeputzten Zähnen, die Kleidung verdreckt und Stoppeln im Gesicht. Er konnte dem Mann ansehen, dass dieser große Zweifel daran hatte, der junge Ermittler könne es je zu etwas bringen.

Er schrieb einen Dankesgruß und warf ihn in Connys Briefkasten, bevor er sich auf den Weg ins Klinikum machte.

Wenig später klingelten Nachtigall und Skorubski an

der Tür zur Intensivstation. Eine rothaarige Schwester öffnete und kontrollierte die Ausweise.

»Wir möchten zu Herrn Mehring.«

»Der Patient wird noch beatmet, er ist nicht ansprechbar. Es macht keinen Sinn, wenn Sie ihn besuchen.«

»Wir möchten ihn dennoch sehen und den behandelnden Arzt hätten wir auch gern gesprochen. Herr Mehring hat dem Sanitäter erzählt, er sei gestoßen worden. Das bedeutet, wir ermitteln wegen des Verdachts auf Versuch einer absichtlichen Tötung. Mordversuch.«

»Wie Sie meinen. Legen Sie Ihre Jacken ab. Handys sind im gesamten Klinikum auszuschalten. Dieser Raum hier ist eine Schleuse. Bitte ziehen Sie einen der Kittel an und streifen diese Hüllen über Ihre Schuhe. Dann können Sie die Station betreten. Herr Mehring liegt in Zimmer zwei. Treten Sie bitte nicht zu nah an sein Bett heran und beachten Sie die zu- und abführenden Versorgungsschläuche. Ich werde den diensthabenden Arzt informieren«, ratterte sie unfreundlich herunter, drehte sich um und eilte über den Gang der Station davon.

Die beiden Hauptkommissare kleideten sich um und kamen sich, als sie später langsam zu Mehrings Zimmer gingen, vor wie Wesen von einem fremden Stern. Bei jedem Schritt knisterten die Hüllen über ihren Schuhen und unter den gelben Kitteln wurde es trotz der Klimaanlage schnell sehr warm.

Wilhelm Mehrings Gesicht war bleich. Ein dicker turbanähnlicher Verband war um seinen Kopf geschlungen, der rechte Arm lag eingegipst auf der dünnen Decke, das rechte Bein war auch in einem Gipsverband.

Um das linke Auge herum hatte sich ein fast schwarzer Ring gebildet. Ein Beatmungsgerät zischte in der Ecke. Er war an einen Monitor angeschlossen, der über Elektroden auf der Haut und einen Sensor am Finger wichtige Daten über den Zustand des Patienten als bunte Kurven sichtbar machte.

»Du liebe Güte. Das sieht aber nicht gut aus«, flüsterte Nachtigall betreten. »Möglicherweise hatte ich es in der Hand, es zu verhindern. Aber ich war so mit diesem Geißeln und dem Rattengift beschäftigt, dass ich gar nicht auf die Idee gekommen bin, ihn zu fragen, ob er auch solche Briefe bekommen hat. Dabei hätte ich wissen müssen, dieser Mann gibt mir nur die Informationen, nach denen ich direkt frage. Ich bin doch nicht erst seit gestern bei der Polizei!«

»Red nicht so einen Quatsch! Erstens wissen wir nicht, ob er einen bekommen hat und zweitens – selbst wenn, ist er alt genug zu wissen, dass er einen solchen Sachverhalt der Polizei mitteilen muss. Es wäre in jedem Fall seine eigene Entscheidung gewesen.«

»Wir treffen den Erkennungsdienst und eine Frau Traudl Hoffmann in zwei Stunden vor seiner Wohnung. Beschluss habe ich schon. Vielleicht finden wir einen Brief. Und heute Nachmittag ist Testamentseröffnung, da werden wir uns auch einfinden.«

»Guten Morgen! Ich bin Dr. Sommer. Sie sind die Herren von der Polizei?«

Sie drehten sich um und standen einem hochgewachsenen, äußerst schlanken Herrn mit grau meliertem Haar und Hornbrille gegenüber, der sie aus grauen Augen belustigt ansah. Nachtigall dachte einen Moment unbehaglich, dass sie sicher auch einen belustigenden Anblick boten und lächelte zurück.

»Ja. Mein Name ist Nachtigall, dies ist mein Kollege Skorubski. Wir ermitteln im Fall Wilhelm Mehring wegen Mordversuchs. Können Sie uns etwas zur Art seiner Verletzungen sagen?«

»Ja, schon. Er wurde wohl aus einer Gruppe Wartender direkt vor die in die Haltestelle einfahrende Bahn gestoßen. Vor der Stadthalle. Dabei traf ihn die Straßenbahn an der linken Schädelseite und warf ihn auf seine rechte Körperhälfte. Bruch der Schädelbasis. Diese ringförmige blauschwarze Verfärbung um das linke Auge herum ist ein Indiz dafür, ein Monokelhämatom. Außerdem hatte er ein subdurales Hämatom, eine Blutung in der Umgebung des linken Schläfenlappens. Daneben besteht eine Rippenserienfraktur rechts – deshalb wird seine Atmung unterstützt. Er könnte sonst wegen der Schmerzen nicht tief genug Luft holen. Dann wäre eine Pneumonie als Komplikation zu erwarten – und eine Lungenentzündung in diesem Alter.... Der Arm und das rechte Bein sind mehrfach frakturiert, auf der gesamten rechten Körperseite hat er Prellungen und Hautabschürfungen. Es musste ein neurochirurgischer Eingriff vorgenommen werden, um den Temporallappen zu entlasten.«

»Heißt das, er schwebt immer noch in Lebensgefahr?«

»In dem Alter sind solch ausgedehnte Verletzungen immer lebensbedrohlich. Wir müssen jetzt einfach abwarten, wie er den Eingriff überstanden hat, wie die Brüche heilen und ob er überhaupt wieder zu sich kommen wird. Zurzeit ist sein Zustand jedenfalls stabil. Mehr kann man nicht sagen.«

»Danke.«

»Sie sollten jetzt gehen. Auch wenn der Patient aussieht, als ob er friedlich schläft, wissen wir nicht was an Störungen er bemerkt, was ihn belastet.«

Wortlos kehrten Nachtigall und Skorubski wieder zur Schleuse zurück.

30

Auf dem Weg ins Büro konnten sie schon von Weitem das schrille Protestgeschrei von Rolf Bartel hören.

»Was ist denn da los?«, fragte Skorubski und sie rannten über den Gang.

Peter Nachtigall riss schwungvoll die Tür auf und fand im Büro einen schreienden Mann im Hausmeisterkittel, der sich die Augen mit beiden Händen zuhielt und schrie, er sei nicht bereit sich den Mord an seinem Freund anzusehen, er wolle keinen echten Mord sehen, er könne nicht zusehen, wie sein Freund ermordet wird – in immer neuen Varianten. Michael Wiener stand derweil unbeeindruckt am Fenster und sah auf die Straße hinaus. In der Hand hielt er das Video, das er Rolf Bartel hatte zeigen wollen.

Mit zwei Schritten hatte Nachtigall den neuen Chefchoreografen erreicht, packte ihn mit seinen Pranken an den Schultern und schüttelte ihn sanft.

»Herr Bartel? Hallo, Herr Bartel! Hören Sie mit dem Geschrei auf, sonst rufe ich unseren Arzt zu Hilfe. Haben Sie mich gehört, Herr Bartel? Wir haben hier einen sehr fähigen, jungen Mann, der kann Ihnen sicher was zur Beruhigung spritzen. Herr Bartel? Möchten Sie das?«

Der Hausmeister schüttelte hastig den Kopf und sein Geschrei ging in Wimmern über.

»Ich will keinen echten Mord sehen! Ich kann nicht einmal mein eigenes Blut sehen – ich will das nicht,

Sie können mich nicht dazu zwingen, mir das anzusehen!«

Nachtigall zog die schmalen Hände des Mannes von den Augen und zwang ihn ihm ins Gesicht zu sehen.

»Sie beruhigen sich jetzt erst einmal und dann besprechen wir gemeinsam, was Sie sehen werden und was nicht.«

Dankbar lächelte Rolf Bartel den Riesen an.

»Michael, wir holen Kaffee fürs ganze Büro«, entschied er , zwinkerte Albrecht Skorubski zu und machte sich mit dem jungen Kollegen auf den Weg zum Automaten.

»Was war das denn?«

»Ich weiß auch nicht. Ehrlich, ich hab ihm nichts getan!«, antwortete Wiener.

»Das glaube ich schon. Aber warum hat er so rumgebrüllt?«

»Ich hab das Video gestartet und er hat gewusst, er soll auf die Gestalt mit der Sweatshirtmütze achte. Alles war okay. Und plötzlich fängt er wild an rumz'schreie. Das Band hab ich natürlich sofort g'stoppt, aber er hat sich überhaupt nicht mehr beruhige lasse. Kei Ahnung, was ihm da gefehlt hat.«

»Apropos Band. Hast du eine Kopie davon nach Rostock geschickt?«

»Klar. Aber bisher habe ich noch keine Antwort. Ich denke, die könne den auch nicht identifiziere.«

Sie zogen vier Kaffee und trabten zurück.

»So, Herr Bartel, wären Sie denn bereit sich das Video anzusehen, wenn ich Ihnen verspreche das Band zu stoppen, bevor der Mord passiert?«

Der schmächtige Mann zierte sich.

»Alle halten mich für so robust – aber das bin ich

nicht. Ich will nicht dabei zusehen, wie jemand meinen Freund umbringt. Von solchen Dingen bekomme ich nur Albträume!«

»Das kann ich gut verstehen. Deshalb zeigen wir Ihnen nur, wie viel Freude Ihr Freund bei dem Spiel hatte.«

»Nein!«

»Wenn sich die anderen auch so sträuben, werden wir den Mörder womöglich nie fassen. Dann bleibt das Verbrechen an Hans-Jürgen Mehring ungesühnt. Macht Ihnen das keine schlechten Träume?«

Rolf Bartel nippte an der heißen Flüssigkeit, stellte dann den Becher schnell wieder ab und blies hektisch gegen seine Finger.

»Wir glauben, dass derjenige, der Ihren Freund getötet hat, auch versucht hat den Senior der Familie umzubringen. Es ist ein gefährlicher Mensch Herr Bartel. Sie können uns helfen ihn zu fassen, bevor er noch jemanden tötet.«

Im Gesicht des Chefchoreografen arbeitete es. Er machte sich die Entscheidung wahrlich nicht leicht.

»Gut«, presste er dann zwischen den Schneidezähnen hervor. »Aber wenn ich ihn erkennen sollte, dürfen Sie ihm nicht sagen, wer ihn bei der Polizei identifiziert hat.«

»Geht in Ordnung«, versprach Nachtigall.

Schweigend starrte Rolf Bartel dann auf den Bildschirm.

Nachtigall gab Wiener ein Zeichen und er stoppte die Aufzeichnung, unmittelbar bevor der Mord geschah.

Bedauernd schüttelte Rolf Bartel den zu großen Kopf.

»Tut mir leid, man sieht ja nichts. Mit diesen Mützen

sehen die Jugendlichen doch irgendwie alle gleich aus, finden Sie nicht?«

»Machen Sie sich keine Vorwürfe. Wenn Sie die Person nicht erkannt haben, ist das auch in Ordnung. Wir zeigen das Band noch anderen und vielleicht ist irgendwann jemand dabei, der sagt, klar, das ist der Klausi Ernwald, oder so ähnlich.«

Erleichtert wollte Rolf Bartel sich erheben, doch Nachtigall hielt ihn zurück.

»Wir wissen, dass Ihr Freund die Teufelinnen, die in der ersten Reihe tanzen wollten, erpresst hat. Sexuelle Nötigung nennt man den Straftatbestand, sexueller Missbrauch war vielleicht auch dabei. Haben Sie davon gewusst, Herr Bartel?«

»Nein! Dann wäre ich doch sofort gegen ihn vorgegangen. Wenn so etwas rauskommt – das ist doch das Ende für einen so kleinen Verein!«, versicherte er vehement.

»Ich rate Ihnen das gut im Gedächtnis zu behalten: Wir werden ab sofort ein Auge auf die ›drei goldenen Haare‹ haben«, stellte Nachtigall mit drohendem Unterton klar. Hektisch nickte Rolf Bartel und stand auf.

»Ich habe noch ein paar Sachen in der Schule zu erledigen.«

»Ja, Herr Wiener wird Sie zurückbringen«, verfügte der Hauptkommissar und Rolf Bartel hielt es für besser, nicht mit ihm zu diskutieren.

»Wo warst du denn heute Morgen?«, fragte Skorubski, als sich die Tür hinter Michael Wiener und seinem Begleiter geschlossen hatte.

»Ich war in meinem Wagen eingeschlafen. Bin ich froh, dass ich damals beim Kauf großen Wert auf Bequemlichkeit gelegt habe – sonst könnte ich mich heute wahrscheinlich überhaupt nicht bewegen. Aber so tut nur der Rücken ein bisschen weh.«

»Und Birgit?«

»Keine Ahnung. Ich war noch nicht zu Hause. Vielleicht ist sie wieder abgereist«, meinte er hoffnungsvoll.

»Wohl kaum, wenn sie nicht an ihr Geld rankommt«, holte ihn Albrecht Skorubski wieder auf den Boden der Tatsachen zurück.

»Ja. Du hast recht. Ich habe gestern noch mit Jule telefoniert, aber bei der ist es zu eng, sie wollte ihre Mutter auch gar nicht aufnehmen, glaube ich. Also bin ich in der Gegend rumgefahren und habe über den Fall gegrübelt und plötzlich stand ich vor Connys Haus. Es war alles dunkel. Ich muss dann dort eingeschlafen sein und bin erst aufgewacht, als du mich angerufen hast. Und da stand auf meiner Motorhaube ein Leinenbeutel mit frischem Kaffee, Brötchen und Butter.«

»Ein Friedensangebot?«

»Hoffentlich.«

Nachtigall warf einen Blick auf die große Uhr an der Wand des Büros.

»Auf, Albrecht. Wir haben einen Termin mit Rosemarie.«

31

Rosemarie Phillip schniefte leise.

Nachtigall reichte ihr ein Taschentuch und wartete, bis sie sich die Nase gründlich geputzt hatte.

Rosemarie wohnte in einem großen Bungalow mit Walmdach in Groß Gaglow. Sehr erwachsen hatte sie ihn in den Garten geführt, der groß wie ein Park war und durch den sich ein Weg mäanderförmig hinzog. In einer lauschigen Ecke setzte sie sich mit ihm auf eine Bank vor einem blühenden Busch und wartete schweigend darauf, dass der große Mann das Gespräch eröffnen würde. Angst vor ihm schien sie jedenfalls nicht zu haben, stellte Peter Nachtigall erleichtert fest.

Das Mädchen hatte so wenig Teuflisches an sich, dass er sie sich überhaupt nicht in dieser Truppe vorstellen konnte. Elfenhaft erschien sie ihm, beinahe ätherisch. Ihr weißes Gesicht kontrastierte überhaupt nicht mit den blonden, vollkommen glatten Haaren, die ihr bis zu den Hüften hinunterhingen, als seien sie ausgewalzt. Selbst ihre leicht zitternden Lippen waren gänzlich ohne Farbe. Wenn sie allerdings die Lider hob und Nachtigall einen ihrer fragenden Blicke zuwarf, leuchteten ihre Augen in faszinierendem Türkis, in dem goldene Sprenkel für Extraglanz sorgten. So etwas hatte er noch nie gesehen und wäre das Mädchen nicht sonst so schmucklos gewesen, wäre ihm vielleicht der Verdacht gekommen, sie trüge gefärbte Kontaktlinsen.

»Du weißt schon, dass du mir jetzt die Wahrheit sagen musst, nicht wahr?«

Sie schniefte wieder und nickte.

»Warum wolltest du eigentlich, dass ich dich besuchen komme?«, fragte er sanft.

»Weil du so groß bist. Wie ein guter Troll. Die beschützen Kinder und gute Menschen.«

»Und du – du brauchst Schutz? Wovor?«

»Es wird wieder Ärger geben – ganz bestimmt«, flüsterte Rosemarie so leise, dass Nachtigall das Mädchen kaum verstand. »Vielleicht darf ich nie wieder tanzen gehen – wo ich doch jetzt richtig gut geworden bin. Kannst du mir dabei helfen, Peter? Bei Mama und Papa?«

»Mal sehen. Ich kann es ja versuchen.«

»Andere Tänzerinnen aus dem Verein haben uns erzählt, der Hans-Jürgen habe sie um bestimmte Gefälligkeiten gebeten, bevor er ihnen erlaubt hat bei dem Fernsehauftritt nächsten Monat in der ersten Reihe zu tanzen.«

»Jede will in der ersten Reihe tanzen. Da halten die Kameras drauf. Nur wenn die Kamera dich sieht und zeigt, wie wundervoll du dich bewegen kannst, nur dann wirst du einem der großen Choreografen auffallen und kriegst die Chance, richtig berühmt zu werden. Vielleicht entdeckt dich D.Soost!«

»Glaubst du das?«

»Ja, natürlich. Diese Sendung wird deutschlandweit ausgestrahlt. Deutschlandweit! Und all die Millionen sitzen vor dem Fernseher und sehen, wie perfekt du tanzt. Alle.«

Sie brauchte noch ein Taschentuch und begann wieder die umständliche Prozedur des Naseputzens.

»Aber die meisten Leute, die die Sendung sehen, haben doch nicht mehr Ahnung vom Tanzen als ich.«

»Das ist egal. Die Bewegung muss so tadellos sein, dass jeder, auch der Laie, erkennt, wie außergewöhnlich begabt du bist. Außerdem sind bei den Aufnahmen Profis anwesend – und bei der Aufzeichnung werden die Choreografen der großen Vereine auf dich aufmerksam – wenn du ganz besonders gut bist. Und natürlich wissen die, dass die wirklich talentierten Tänzer in der ersten Reihe tanzen. Ist logisch!«

»Ist das für dich das erste Mal?«

»Ja. Im letzten Jahr war ich nicht gut genug.«

»Hat wer entschieden?«, wollte Nachtigall wissen.

»Hans-Jürgen. Er hat gesagt, meinem Tanz fehle es an Ausdruckskraft, die Performance sei nicht erotisch genug, nicht weiblich genug.«

»Und diesmal war er begeistert.«

Peter Nachtigall überlegte, wie der noch völlig unfrauliche Körper des schlanken Mädchens erotisch oder weiblich wirken sollte – für ihn sah sie nur kindlich aus – von fraulichen Formen und irgendeiner verführerischen Ausstrahlung war sie Lichtjahre entfernt.

»Wir haben ja auch das ganze letzte Jahr an meiner teuflischen Ausstrahlung gearbeitet«, versicherte Rosemarie ernst.

»Bei den Proben?«

»Nicht nur. Die Probenzeit ist zu kurz gewesen und ich hatte so viel zu lernen. Wir haben uns auch außerhalb der offiziellen Proben getroffen und er hat mir gezeigt, was er vermisst.«

Das war eine seltsame Formulierung, fand Nachtigall und beschloss weiter zu bohren.

»Was er vermisst?«

»Ja, Freude am eigenen Körper zu haben – Spannung zwischen den Geschlechtern zu signalisieren, Begehren zu zeigen! Wärme und Verlangen!«, die Kleine sprang plötzlich von der Bank auf und rannte hinter einen Busch in der Nähe. Der Hauptkommissar konnte sie würgen hören.

Kurze Zeit später kam sie mit geröteten Augen wieder zu ihm zurück. Der Geruch von Erbrochenem umwehte sie wie ein Trauerflor. Er wusste Bescheid.

»Papa vergräbt das nachher. Das muss er in letzter Zeit häufiger tun. Er sagt dann immer ›Papas hysterische Kleine‹ zu mir.«

Sie setzte sich wieder neben ihn auf die Bank und sah schweigend einem Schmetterling zu, der scheinbar schwerelos durch die Luft schwebte. Peter Nachtigall drängte sie nicht. Sie würde ihm von allein alles erzählen, wenn sie den Augenblick für gekommen hielt.

»Er hat mich gezwungen sein Ding zu streicheln und zu küssen«, sagte sie plötzlich mit fester Stimme, als habe sie beschlossen die Gelegenheit zu nutzen und sich das Schreckliche, Widerwärtige von der Seele zu reden. »Es kam so weißes Zeug. Ich musste immer kotzen davon. Jetzt muss ich schon kotzen, wenn ich nur daran denke. Das Essen fällt mir schwer, weil ich da ja auch etwas in den Mund stecken muss – es ist alles für mich so unglaublich schwierig geworden. Aber er hat gesagt, das sei wichtig, damit ich erkennen könne, was er meint. Fraulicher wirke. Denn alle Frauen machen das mit Männern, das sei völlig normal – und dann würde ich in der ersten Reihe tanzen dürfen.«

»Meinst du, das ist in allen Vereinen so? Du hättest doch einfach bei einem anderen Karnevalsverein tanzen können.«

»Das war denke ich nur Hans-Jürgens Trainingsmethode. In anderen Vereinen gibt es ein echtes Vortanzen und danach wird entschieden, wer auf welcher Position tanzt.«

»Hast du mit deinen Eltern darüber gesprochen?«

»Ja.«

»Und, was haben sie unternommen?«

»Nichts. Sie haben mich als Lügnerin bezeichnet und ins Bett geschickt. Sie fanden, der Hans-Jürgen sei so sympathisch und könne gut mit Kindern umgehen. Er sei so ein begnadeter Tanztrainer. Deshalb durfte ich auch nicht den Verein wechseln. Ich bin unglaublich froh, dass er tot ist!«, brach es aus ihr hervor.

Und Nachtigall konnte Rosemarie gut verstehen.

Wie bei ihr war es leider in vielen Familien. Der Täter schlich sich durch sein Verhalten in die Herzen der Menschen. Es war ganz typisch, dass gerade die sich an kleinen Kindern vergriffen, die von den Eltern gelobt und von den Vorgesetzten geschätzt wurden, weil sie ›besonders gut mit Kindern konnten‹.

Wenn der Missbrauch dann ans Licht kam, konnten sie es nicht fassen. Gerade der, der doch immer so nett zu den Kindern war, sie so gut verstand und immer ein offenes Ohr für ihre Probleme hatte. Peter Nachtigall fiel der Betreuer des christlichen Zeltlagers wieder ein. Erst war Hans-Jürgen selbst Opfer eines übergriffigen Betreuers geworden und dann hatte er sich genauso verhalten.

Rosemarie schluchzte wieder.

»Es ist gut, dass du mir davon erzählt hast, Rosemarie. Ich werde mit deinen Eltern sprechen und ich bin sicher, sie werden uns beiden jetzt glauben!«

»Es war für mich schwer darüber zu reden. Hans-

Jürgen hat gesagt, es sei in Ordnung, was er da mit mir macht und erst habe ich das auch geglaubt. Dann kamen mir Zweifel und ich habe mich gewehrt – da hat er behauptet, ich hätte mitgemacht und er würde meiner Mama erzählen, was für ein mieses Gör ich bin, ich würde mich an ältere Männer ranmachen wegen der Karriere.«

»Ich verstehe dich gut. Ich an deiner Stelle wäre auch froh darüber, dass es nun ein Ende hat.«

»Man soll sich nicht über den Tod eines anderen freuen, hat meine Mama gesagt«, erklärte sie altklug.

»Im Prinzip ist das richtig – aber in diesem Fall machen wir eine Ausnahme. Es tut mir sehr leid, dass er dir so was angetan hat, und du hattest recht, es war ganz und gar nicht in Ordnung.«

Sie sah ihn wieder mit diesen unglaublichen Augen an.

»Weißt du Peter, so richtig leid tut mir der Florian. Er ist unser Solotänzer. Florian hatte einen schweren Unfall und kann nicht tanzen, vielleicht nie mehr. Das ist furchtbar, es war doch auch sein großer Traum. Wir wissen noch immer nicht, wer seinen Part nun übernehmen soll. Im Moment scheint hier der Teufel los zu sein.«

Nachtigall lächelte. Der doppelte Wortsinn schien ihr nicht aufzugehen.

»Eigentlich läuft es bei uns recht ruhig – bis im März die Vorbereitungen für die große Fernsehgala anlaufen. Da ist Karneval gerade vorbei und die neue Planung kann beginnen. Dann herrscht Ausnahmezustand bis Oktober, nach der Fernsehgala werden die einzelnen Auftritte in Hallen und bei Umzügen geplant. Aber das ist dann schon nicht mehr so aufgeregt. Der Trubel beginnt mit der Planung des neuen Programms.«

»Florian ist also Solotänzer. Habt ihr noch mehr davon – oder ist er der einzige Mann in der Truppe.«

Sie kicherte.

»Nein, es gibt schon noch drei mehr. Aber die tanzen nicht so überzeugend. Ist egal – einer von ihnen wird Florians Part übernehmen müssen.«

»Ist er mit dem Motorrad verunglückt?«

»Nein. Mit dem Auto seiner Eltern. Zu schnell gefahren. Besonders schlimm ist das für Markus. Er hat seinen Vater verloren und nun muss er auch noch um das Leben seines besten Freundes zittern. Keine gute Zeit für ihn.«

»Die Eltern haben es die ganze Zeit gewusst – und ihr kleines Mädchen nicht beschützt. Sie hat es ihnen sogar ein paarmal erzählt – und sie hielten es für Hirngespinste!«, empörte sich Nachtigall auf dem Weg in die Innenstadt.

»Mir gegenüber haben sie nur über die unglaublichen Qualitäten dieses Mannes gesprochen. Er sei so gut mit Kindern ausgekommen, habe das Training so rücksichtsvoll gestaltet wie nur möglich. Alle Kinder seien stets gerne mit ihm zusammen gewesen«, bestätigte Skorubski, der, während Nachtigall mit Rosemarie im Garten sprach, die Eltern befragt hatte.

»Dieses arme Mädchen. Sie war ihm schutzlos ausgeliefert. Kein Wunder, dass sie sich einen Riesen für das Gespräch gewünscht hat – schließlich sah sie sich von bösen Leuten geradezu umzingelt.«

»Die Ehe der Eltern sieht nur nach außen intakt aus. Sie haben behauptet, die Kleine wisse nichts von ihrer Beziehungskrise und habe nie einen Streit bemerkt – aber das täuscht. Ich weiß, dass man Kindern nicht lange heile Welt vorspielen kann. Vielleicht hat sie sich einsam gefühlt und Mehring hat das gemerkt und für seine Zwecke ausgenutzt.«

»Wäre ja typisch. Solche Täter suchen grundsätzlich nach Kindern aus unsicheren Familienverhältnissen, die Bestätigung und Liebe suchen. Dann erschleichen sie ihr Vertrauen und das der Eltern und schon kommen sie zum Zuge. Da gibt es immer wieder Fälle, da bleibt einem nur sprachlos der Mund offen stehen. Weißt du noch, vor ein paar Jahren, dieser Kerl, der das Mädchen im Büro des Vaters missbraucht hat, während im Nebenzimmer ein großes Essen abgehalten wurde? Er hatte nicht einmal die Tür geschlossen!«

»Ja, stimmt. Das war ganz schön übel. Ich kann mich gar nicht mehr daran erinnern, wo das war.«

»Als Jule in dem Alter war, wo sie in Sportvereine und Ähnliches eintreten wollte, habe ich mich informiert, weil ich natürlich auch Angst davor hatte, sie könnte in die Fänge eines solchen Typen geraten. Man rät dir darauf zu achten, ob der Trainer nur eingeschlechtliche Gruppen betreut von Kindern desselben Alters, du sollst wissen, ob er verheiratet ist – möglichst glücklich – ob er seine Freizeit in der Regel mit Kindern verbringt, selbst Kinder hat und in dieser Hinsicht bot Mehring ja wirklich eine perfekte Fassade, schließlich war er seit vielen Jahren verheiratet und hatte selbst zwei Söhne – und da das alles eben keine Garantie ist, rät man dir dein eigenes kleines Mädchen möglichst überallhin zu begleiten und während des Trainings anwesend zu sein. Das sei abschreckend. Das eigene Kind kann sich dann allerdings auch nicht entfalten, wenn

Papi ständig dabei ist und aufpasst. Wie du es machst, ist es verkehrt.«

»Ja – das ist aber in jedem Alter der Nachkommen so, nicht nur wenn sie klein sind!«, gab Skorubski zu bedenken.

Nachtigall überlegte, wie er die verschiedenen Facetten des Hans-Jürgen Mehring zu einem Gesamtbild zusammenfügen konnte.

»Wir haben gehört, er sei ein Sadist, nun wissen wir, dass er auch ein Päderast war und ein harter Fremdgeher. Eine ziemlich explosive Mischung«, meinte er und fügte dann bitter hinzu, »schade, dass Mehring für all das nicht mehr zur Rechenschaft gezogen werden kann.«

»Jemand hat ihn zur Rechenschaft gezogen – irgendeiner wollte nicht mehr länger tatenlos zusehen.«

32

Traudl Hoffmann wartete schon vor dem Haus, in dem Wilhelm Mehrings Wohnung lag. Sie war eine sportlich wirkende Frau um die 70. Ihre weißen Haare trug sie modisch kurz geschnitten, eine Brille mit auffallendem schwarz-weißen Gestell sowie Jeans und Polobluse verliehen ihrer schlanken Erscheinung eine jugendliche Ausstrahlung.

»Guten Tag! Sie müssen Herr Nachtigall sein!«, begrüßte sie den Hauptkommissar herzlich und schloss die Tür zu Wilhelm Mehrings Wohnung auf.

»Ich habe vorhin im Krankenhaus angerufen, aber sein Zustand ist wohl unverändert! Ist das nicht furchtbar? Wer hat schon etwas davon, wenn er einen alten Herrn vor eine Straßenbahn stößt!«, empörte sie sich und sah Nachtigall dabei an, als erwarte sie von ihm eine schlüssige Antwort darauf.

»Ja - ich verstehe Ihre Wut. Aber wir können uns auch noch keinen Reim darauf machen. Hat er Ihnen gegenüber vielleicht erwähnt, dass er sich bedroht fühlte?«

Sie warf einen flüchtigen Blick auf den Durchsuchungsbeschluss und ließ dann die Polizei eintreten.

»Nein – er erzählte vom Mord an seinem einzigen Sohn, er selbst fühlte sich nicht bedroht. Aber das muss nicht heißen, dass es nicht doch so war – vielleicht hielt er es für unmännlich Angst zu haben. Er ist in diesem Punkt manchmal sehr altmodisch.«

»Sollen wir den Laptop mitnehmen?«, fragte ein junger Kollege und Albrecht Skorubski wies ihn an nicht nur den Computer, sondern auch alle Datenträger einzupacken. Schubladen wurden geöffnet, Schränke durchsucht. Die Beamten verstauten einige CD-Roms in mitgebrachten Pappkartons. Befremdet sah Frau Hoffmann ihnen einen Moment dabei zu.

»Möchten Sie vielleicht einen Kaffee?«, fragte sie dann und führte Nachtigall in eine helle, freundliche Küche, in der alles so sauber war, als sei es nie benutzt worden.

»Ja – Wilhelm ist sehr pingelig, was Sauberkeit und Hygiene angeht. Überhaupt hat er seinen Alltag straff organisiert: Kampf der Lethargie, nennt er das. Dolce far niente ist für ihn undenkbar. Morgens um fünf klingelt sein Wecker und er steht auf, duscht, frühstückt, putzt – und ab an die Arbeit. Stundenlang sitzt er an seinem Laptop.«

»Kocht er für sich?«

»Aber ja – und er kann es wirklich gut. Nur wenn er ohnehin in der Stadt zu tun hat, isst er in einem Restaurant. Und für den Nachmittag plant er immer einen längeren Spaziergang. Bei jedem Wetter. Der Abend gehört dann wieder der Arbeit. Es sei denn, wir sind fürs Theater oder einen Konzertbesuch verabredet.«

Sie stellte Tassen, Milch und Zucker auf den Tisch und goss Kaffee ein.

»Ich hoffe, er wird wieder ganz der Alte! Er ist stark – er wird es schaffen!«, setzte sie dann trotzig hinzu.

»Das wünschen sich sicher alle. Die Ärzte werden um ihn kämpfen.«

»Er hatte kein einfaches Leben. Oft darüber gesprochen hat er nicht – aber manchmal konnte er seine Traurigkeit nicht verbergen. Ich glaube, er macht sich große Sorgen um seine Enkel. Sein Sohn, sagte er immer, sein Sohn sei in seinem Alter nun eh verloren, da könne man nichts mehr machen. Aber seine Enkel! Paul zum Beispiel, der diese Mind Watchers gegründet hat. Er beobachtet ihn genau, verfolgt, in wieweit er sein Studium ernst nimmt und wirklich zu einem Abschluss bringen will und wie er mit dieser seltsamen Gruppierung umgeht. Er war sogar am Montag bei der Demonstration, nur gucken versteht sich – und er war stolz auf Paul. Er erzählte mir, der Junge habe souverän reagiert und es nicht zu einer sinnlosen Eskalation kommen lassen.«

Sie seufzte wieder.

»Und sorgt er sich auch um den anderen Enkel? Markus?«

»Oh ja. Er erzählte mir einmal, sein Sohn versuche Markus seinen Freunden zu entfremden, und er sah darin eine große Gefahr. Wilhelm war manchmal direkt deprimiert. Dass Hiltrud und Markus jetzt allein da draußen wohnen sei ganz schlecht, sagte er dann und meinte, soweit hätte es nie kommen dürfen.«

»Und warum?«

»Das weiß ich nicht genau. Mit seinem Sohn stimmte wohl irgendetwas nicht. Jedenfalls war er in Sorge.«

»Dann muss es ihn ziemlich überrascht haben zu hören, sein Sohn sei ermordet worden, oder?«

»Nein. Ich hatte eher den Eindruck, es sei eine mögliche Option.«

»Wie soll ich das verstehen?«, fragte Nachtigall überrascht.

»Er meinte einmal zu mir, sein Sohn werde den Bogen noch überspannen und dann für alles bezahlen müssen. Das war eine eigenartige Formulierung und ich dachte bei mir, er glaubt, jemand könnte seinen Sohn ermorden. Vielleicht lese ich zu viele Krimis – aber Fakt ist, dass Hans-Jürgen erstochen wurde.«

»Hält Wilhelm Mehring ein Mitglied der Familie für den Täter?«

»So deutlich hat er das nie formuliert. Ich glaube, er kann sich bei keinem wirklich vorstellen, dass er einen Mord begeht. Aber unterschwellig muss der Verdacht in ihm aufgekommen sein. Besonders nachdem Sie ihm von dem Rattengift erzählt haben. Er war ziemlich verstört und rief mich an.«

»Halten Sie es für denkbar, dass Wilhelm Mehring sich aus freien Stücken vor die Bahn geworfen hat?«

»Peter? Ich glaube, wir haben gefunden, was wir gesucht haben.« Skorubski reichte Peter Nachtigall ein in eine Klarsichtfolie geschobenes Papier.

Ihr werdet alle bezahlen, die ganze Mehringsche Brut! Es wird mir eine Freude sein, einen nach dem anderen vom Erdboden verschwinden zu lassen! Es ist ein Akt, der dazu dient, die Welt von einem Übel ungeheuren Ausmaßes zu befreien!, stand in drei Zentimeter großen Buchstaben darauf. Im Briefkopf fand sich Wilhelm Mehrings Adresse und ein Datum, das wohl den Tag bezeichnen sollte, an dem das Schreiben verfasst wurde. Eine Unterschrift fehlte.

»Vor drei Wochen hat er den schon bekommen und mir kein Wort davon gesagt«, murmelte Traudl Hoffmann enttäuscht und plötzlich füllten sich ihre Augen mit Tränen, »so ein Idiot! Hätte er sich mir doch anvertraut! Dieser blöde männliche Stolz!« Deutlich mischte sich nun Ärger in ihren Ton.

»Frau Hoffmann – Wilhelm Mehring war von seiner Familie enttäuscht, er wurde von seinem eigenen Sohn aus dem Haus geworfen, in dem schon seine Eltern gewohnt hatten und in dem er wahrscheinlich auch zur Welt gekommen ist, er bekam Morddrohungen – halten Sie es für möglich, dass er das alles satt hatte und sich in selbstmörderischer Absicht vor die Straßenbahn geworfen hat?«

Frau Hoffmann sah den Hauptkommissar konsterniert an.

»Nein, natürlich nicht! Wilhelm ist ein Kämpfer – Selbstmord ist feige. Und wenn, dann hätte er sicher eine andere Methode gewählt, eine todsichere sozusagen. Abgesehen davon wollten wir nächsten Monat heiraten.«

Nun war es an Nachtigall ein verblüfftes Gesicht zu machen.

»Davon wusste niemand in der Familie? Mir gegenüber hat es jedenfalls keiner erwähnt.«

»Na, wenn es alle gewusst hätten, dann wäre es ja auch keine Überraschung mehr gewesen, oder?«, fragte sie spitz zurück.

33

Die Spremberger Straße war um diese Zeit beinahe menschenleer. Die Sonne brannte und hatte die Innenstadt regelrecht aufgeheizt, die Luft flimmerte über der Straße – wer konnte, saß jetzt in einem der Restaurants im Schatten oder genoss das Leben an einem der zahlreichen Badeseen in und um die Stadt.

Sie parkten hinter der Oberkirche und machten sich auf den Weg zur Testamentseröffnung. Nachtigall, wie immer in Schwarz, war dankbar dafür, dass es Skorubskis Frau in diesem Sommer doch gelungen war, ihrem Mann die Hawaiihemden wieder auszureden. Er trug ein beiges Leinenhemd und eine khakigrüne Jeans.

Als sie in die Sprem einbogen, kam eine kleine Gruppe schwarz gekleideter Menschen auf sie zu, aus der nur Paul Mehring herausstach, der selbst zu diesem Anlass nicht auf seine blaue Kleidung hatte verzichten wollen. Die beiden Söhne gingen langsam neben ihrer Mutter her, die bei jedem Schritt aus dem Gleichgewicht zu geraten schien. Sie nickten Nachtigall und Skorubski wortlos zu. Vor dem Eingang zur Kanzlei trafen sie auf einen Unbekannten, der offensichtlich denselben Weg hatte wie sie.

Dr. Fürst, ein distinguierter Mann Anfang 50, schlank mit grau-meliertem, halblangem Haar begrüßte die Gruppe mit professioneller Trauermine und sprach allen sein Beileid aus, dann versammelten sich die Angehörigen um einen großen, ovalen Holztisch. Zur Überraschung aller nahm auch der Unbekannte daran Platz. Neugierig beäugten ihn Mutter und Söhne.

Peter Nachtigall und Albrecht Skorubski nahmen auf zwei Stühlen, abseits der Familie, Platz und warteten gespannt, was sich nun ergeben würde. Nachtigall erinnerte sich an einen seiner Ausbilder, einen kleinen Mann mit mächtigem Schnauzbart, der immer wieder seinen Studenten eingebläut hatte: »Folgt dem Weg des Geldes! Bleibt auf der Spur des Geldes!« – und so oft damit recht gehabt hatte.

Nun würden sie gleich wissen, wohin die Spur des Geldes in diesem Fall führte.

Der Notar nahm einen dicken DIN-A4-Umschlag zur Hand und öffnete ihn theatralisch mit dem Papiermesser.

»Wir verlesen nun das Testament von Hans-Jürgen Mehring, das von jenem bei uns zur Verwahrung hinterlegt wurde. Anwesend ist neben seiner Ehefrau Hiltrud und seinen Söhnen Paul und Markus noch Herr Will aus Hamburg. Den Bestimmungen gemäß, die der Verstorbene getroffen hat, wurde er von uns von seinem Ableben in Kenntnis gesetzt und zum heutigen Termin eingeladen.«

Der Notar entnahm nun dem Umschlag ein Schriftstück sowie eine DVD.

»Auf ausdrücklichen Wunsch des Verstorbenen zeichnete ein Team sein Testament auf. Es ist sein Wille, dass Sie es sich ansehen.«

Frau Mehring schrie spitz auf, als plötzlich das Antlitz ihres Mannes über den Bildschirm flackerte und er die Gruppe zynisch grinsend ansah. Paul legte ihr seine Hand auf den Arm. Gebannt starrte auch Nachtigall auf dieses Gesicht und überlegte, ob ihm der Ausdruck nur deshalb so böse vorkam, weil er schon so viel über den Mann wusste, oder ob er unvoreingenommen wohl auch diesen Eindruck gewonnen hätte. Die Luft in der Kanzlei war klimatisiert und er fröstelte, was nicht nur an der Raumtemperatur lag.

Hans-Jürgen Mehring begann zu sprechen:

»Wenn ihr nun alle so schön versammelt seid, wisst ihr auch schon, dass Herr Will zu eurer Gruppe gehört. Normalerweise hätte ich vielleicht Gruppe Trauernder gesagt, doch ich denke dieser Zusatz erübrigt sich bei euch. Keiner von euch trauert, nicht wahr? Oder Hiltrud?«

Die Angesprochene schluchzte laut auf.

»Ist mir aber auch egal, ich bin tot. Wahrscheinlich, weil mich einer umgebracht hat – womöglich einer der Nichtsnutze aus der eigenen Familie. Oder eben ein anderer. Nun seid ihr alle gespannt auf meine Verfügungen und ich kann euch versichern, ihr werdet nicht enttäuscht. Vater? Wenn du hier bist, dann ist der folgende Moment das Highlight für dich und Hiltrud, die Frau, die mir seit mehr als 30 Jahren auf die Nerven geht, die mein Geld verkocht und zu sonst nichts taugt: Das Haus in Kahren sowie der Grund, auf dem es steht, gehen an Herrn Will! Er soll es veräußern und den Erlös für die ›drei goldenen Haare‹ verwenden, diesen Verein, den meine Familie gehasst hat. Stellt davon einen guten Tanztrainer ein und bildet die Teufel gut aus. Die LKW mag Markus noch verwenden, um sein Zeug aus meinem Haus zu schaffen, dieser faule Tunichtgut, der immer nur von mir gelebt hat, ohne etwas zu leisten. Paul dieser Verräter, der seine Intelligenz so sträflich für diese blödsinnige Sekte einsetzt und nicht einmal in der Lage ist, eigene Kinder zu zeugen, bekommt nur dann seinen Pflichtteil, wenn er diese Schlampe, mit der er zusammenlebt, und ihren Wechselbalg vor die Tür setzt. Die Kanzlei wurde angewiesen dies zu kontrollieren und zu überwachen.«

Frau Mehring weinte hemmungslos, Paul und Markus hatten bei den Worten des Vaters wütend die Fäuste geballt. Herr Will erweckte den Eindruck, von dieser Situation überrascht worden zu sein. Unbehaglich schob er immer wieder seinen Zeigefinger unter den Hemdkragen, als versuche er ihn zu lockern. Verlegen hatte er seinen Blick auf den Schoß gesenkt und hob ihn auch nicht, als Markus wütend mit der Hand auf den Tisch schlug. »Nur gut, dass Großvater das hier nicht hören und sehen muss! Wie konnte er?!«

Der Notar beendete die Wiedergabe und sah betreten in die Gesichter der Anwesenden.

»Ich möchte betonen, wir haben an dieser Verfügung nicht mitgearbeitet. Es war alles der ausdrückliche Wunsch und Wille des Verstorbenen.«

Dann ließ er die DVD weiterlaufen.

»Die Spedition wird verkauft, einschließlich aller Fahrzeuge und der Kundenkartei. Nicht einer von euch ist in der Lage, sie zu führen. Paul ist zu jenseitig und Markus zu unmotiviert, um etwas auf die Beine zu stellen. Vater werde ich keine Chance geben, aller Welt zu beweisen, dass er selbst als seniler Greis die Firma besser leiten kann als ich – und Hiltrud? Na ja. Hiltrud soll nach so vielen Jahren des Nichtstuns mit der Wirklichkeit in Kontakt kommen und arbeiten gehen, für sich selber sorgen. Vielleicht kann sie irgendeinen Putzjob annehmen. Zu mehr hat sie ohnehin nie getaugt. Wenn sie untergeht, ist das eben Schicksal. Hasta la Vista! Bestimmt hat inzwischen auch schon jemand von meinen kleinen nebenehelichen Eskapaden erzählt – so nun noch einmal für dich, Hiltrud: Mit jeder war es toller als mit dir! Und ich hab's immer genossen! Ein echter Mann kann mit dir kein erfülltes Sexleben haben!«

Ein Standbild zeigte ein fies grinsendes Gesicht, umrahmt von steif abstehenden, schwarzen Haaren und einer mit Gel fixierten Locke. Nachtigall konnte sich nun erst recht nicht vorstellen, dieser Mann sei der Frauenheld gewesen, als den Rolf Bartel ihn hinzustellen versucht hatte. Er hatte sie entweder bewusst belogen oder es wirklich nicht gewusst. Nachtigall tippte auf Ersteres.

Im Raum war es totenstill. Nur das hemmungslose Weinen Hiltrud Mehrings war zu hören. Der Notar gab den Anwesenden einen Moment Zeit das Gehörte zu verarbeiten, dann ergriff er wieder das Wort.

»Das Haus wird verkauft – ein Makler ist schon beauftragt. Laut testamentarischer Verfügung müssen Sie, Frau Mehring, und Sie, Herr Markus Mehring, das Gebäude binnen einer Woche räumen. Andere Vereinbarungen darf Herrn Will nicht treffen, sonst verliert er den Anspruch am Verkaufserlös. Ihr Vater hat beide Söhne vom Pflichtteil ausschließen wollen, dann aber davon Abstand genommen. Auch Sie, Frau Mehring, erhalten einen Pflichtteil.«

»Wo soll ich denn hin? Wovon soll ich leben?«, weinte die Witwe verzweifelt.

»Wie heißt der Makler, der sich um den Verkauf kümmert?«, wollte Herr Will wissen.

»Kann man dieses Testament nicht anfechten?«, fragte Paul, der vergeblich versuchte seine Mutter zu beruhigen.

»Dieses Schwein!«, übertönte die sich überschlagende Stimme von Markus alle anderen.

Dr. Fürst erhob sich und versuchte Ruhe in die Versammlung zu bringen.

»Natürlich können Sie versuchen diese Verfügungen anzufechten. Damit könnten Sie auch Erfolg haben. Er kann zum Beispiel den Pflichtteil nicht davon abhängig machen, dass sie sich von Ihrer Freundin trennen, und er kann auch von unserer Kanzlei nicht erwarten, dass sie so etwas überprüft oder kontrolliert. Jetzt beruhigen Sie sich erst einmal.«

Er trat an die Verbindungstür und bat die Sekretärin um ein Glas Wasser für die Witwe.

»Grundsätzlich wird aber eine Entscheidung nicht binnen einer Woche gefällt sein können. Es wäre zu klären, ob ein Widerspruch hier eine aufschiebende Wirkung haben kann. Dennoch rate ich Ihnen das Haus so schnell wie möglich zu räumen. Gehen Sie davon aus, dass, abgesehen vom zeitlichen Rahmen, die anderen Verfügungen über den Verkauf des Hauses und der Spedition grundsätzlich rechtens sind. Alles Weitere wird sich finden.«

Die Sekretärin brachte das Glas auf einem Tablett und Frau Mehrings Zähne schlugen dagegen, als sie versuchte es mit zitternden Händen an die Lippen zu setzen.

»Hören Sie, es tut mir leid«, begann Herr Will mit angenehm sonorer Stimme. »Es ist wahr: Ich habe von all dem nichts gewusst! Mein Großvater war einer der Gründer der ›drei Rotkäppchen‹. Lange gab es keine Aktivitäten des Vereins mehr, doch nach der Wende beschloss mein Vater mit seinen Brüdern das Projekt wieder aufzunehmen. Gelder flossen und als Herr Mehring nun verstarb, wandte man sich an mich. Mein Vater ist vor fünf Jahren verstorben und meine Onkel kurz vor ihm. Ich habe kein Interesse daran, als Karte in einem miesen Spiel benutzt zu werden. Ganz offensichtlich versucht Herr Mehring sich durch dieses Testament an Ihnen, seiner Familie, zu rächen. Dazu möchte ich mich nicht benutzen lassen. Herr Dr. Fürst, ich kann doch sicher das Erbe einfach ablehnen, oder?«

Hoffnungsvoll sahen nun alle den Notar an.

»Tja, ganz so einfach ist es nicht. Sie sind nicht der Erbe. Sie erben ja im Grunde nur in Vertretung. Der Verein soll das Geld bekommen. Ich fürchte, Sie können nicht einfach ablehnen. Vielleicht könnte der Verein im Vorstand diskutieren und abstimmen. Wenn dann niemand das Haus verkaufen will - gut, dann sehen wir weiter.«

Nachtigall war sprachlos. Es war unwahrscheinlich, dass der Vorstand, der aus Bartel und Pilz bestand, den Verkauf ablehnte. Wahrscheinlich würde der Verein den unerwarteten Geldsegen nicht einfach ausschlagen, das musste dem Notar auch klar sein. So viel Boshaftigkeit selbst über den Tod hinaus! Hans-Jürgen Mehring hatte dafür gesorgt, dass alle getroffen wurden – und durch sein öffentliches Geständnis des Ehebruchs hatte er seine Frau zusätzlich in eine peinliche Lage gebracht. Dem Vater waren Elternhaus und Familienbetrieb genommen, der Frau das Dach über dem Kopf, eine geregelte Versorgung und die Ehre. Die Söhne hatte er öffentlich beschimpft, Markus aus dem Elternhaus geworfen und ihm die erhoffte eigene Existenz als Spediteur versagt. Paul war vielleicht noch am besten davongekommen. Er war zwar beschimpft worden, aber durch die schon erreichte Unabhängigkeit vom Vater ein ganzes Stück weniger angreifbar als alle anderen.

»Mann!«, Albrecht Skorubski sah die Erbengemeinschaft verstört an. Das hatte sicher keiner von ihnen erwartet.

»Wilhelm Mehring wird entsetzt sein, wenn er aus der Bewusstlosigkeit erwacht und hiervon erfährt. Er war so stolz den Familienbetrieb durch die schwierigen Zeiten hindurch erhalten zu haben und nun verscherbelt der Sohn alles. Elternhaus und Familienbetrieb. Er wollte, dass dem Vater nichts mehr bleibt.«

»Wenn er nicht schon tot wäre, hätten jetzt alle ein gutes Motiv«, stellte Skorubski trocken fest.

34

Rolf Bartel versuchte sich an die Telefonnummer zu erinnern, aber er wusste nur noch, dass sie mit 0162 angefangen hatte, mehr nicht. Diese Mistnummern fürs Handy, dachte er wütend, die waren einfach für das menschliche Gedächtnis eine zu große Herausforderung. Aber, überlegte er, hatte er die nicht vielleicht irgendwann aufgeschrieben – so für alle Fälle? Hastig kramte er in einer Pappschachtel und förderte mehrere Zettel mit Stichworten und Zahlenkombinationen zutage. Nein, da war sie nicht – er glaubte sich jetzt erinnern zu können, dass er diese spezielle Nummer mit einem grünen Stift notiert hatte. Aber wo?

Im Kittel war sie auch nicht – er hatte schon alle Taschen durchwühlt und dabei sogar die kleine Schraube wieder gefunden, die den Bügel seiner Supersonnenbrille hielt, die ihn so unglaublich männlich aussehen ließ.

Vielleicht im Werkzeugkasten? Es klapperte laut, als er die Werkzeuge kurzerhand auf den Boden schüttete. Und dort, ganz unten im Scharnier verklemmt, fand er den winzigen Zettel mit der immens wichtigen Rufnummer darauf.

Mit zitternden Fingern strich er ihn glatt und hätte ihn dabei vor lauter Aufregung beinahe zerrissen. Diese Nummer war seine Altersversorgung – Schluss mit Dienst. Von jetzt an würde er nur noch Ferien machen und die Frauen genießen. Denn Frauen standen auf Männer mit Geld. Da waren sie auch bereit über kleinere körperliche Unzulänglichkeiten hinwegzusehen, dachte er und leckte sich die Lippen.

Es klingelte mehrmals, dann wurde er an die Mailbox verwiesen. Er würde seine Nachricht hinterlassen. Dann wusste man wenigstens beim nächsten Gespräch schon, um was es ging.

»Ich hab den Mord auf Video gesehen! Und ich hab dich erkannt! Mein Schweigen wirst du dir erkaufen müssen, mein Freundchen, sonst gehe ich mit meinem Wissen zur Polizei. Fürs Erste wird eine Million Euro in gebrauchten Scheinchen genug sein. Also pack das Geld für mich zusammen. Wo du es hinlegen kannst, erfährst du demnächst.«

Stolz und sehr zufrieden mit sich schob er sein Mobiltelefon in die Kitteltasche zurück und machte sich daran, den Kaugummi aus dem Schloss der Klassenzimmertür zu entfernen.

35

Michael Wiener sprach eine Gruppe von Gelegenheitsfahrern an, die an der Autobahnraststätte Freienhufen Pause machten. Er hatte den Tipp von einem Baumarktleiter bekommen, der die Fahrer, die regelmäßig Transporte für Kunden übernehmen, ganz gut kannte. Es dauerte nicht lang, da hatte er bereits drei gefunden, die ab und an für die Spedition Mehring Transporte übernommen hatten.

»Ich habe da immer wieder mal einen der kleinen Laster gefahren. Der Mehring konnte ja, wenn wirklich was los war, nicht alle Fuhren alleine machen«, bestätigte ein großer, schwerer Mann in ausgewaschenen Jeans und kariertem Hemd. Ein Cowboyhut machte das Outfit perfekt und der Mann stellte sich als Heiner Mark vor.

»Wie war der Mehring denn so als Chef?«

»Schwierig. Echt schwierig. Ich kam zurück, weil das Bremslicht nicht funktionierte, und er war gerade ausgeflogen. Bei dem kam man an nichts ran, keine Glühlampe, keine Sicherung, keinen Schraubenzieher. Ich musste warten, bis er wieder nach Hause kam. Dann ist der mit mir runter in den Keller und hat da x Schlösser an einer Tür aufgeschlossen, bis man endlich an das Werkzeug kam. Nicht ganz dicht, wenn ihr mich fragt.«

Die anderen beiden nickten zustimmend. Sie hatten wohl ähnliche Erfahrungen gemacht.

»Der hatte Angst, es wird ihm was geklaut. Wer so

denkt darf eben gar keine Leute einstellen, sondern muss alles selber fahren!«

»Also hat Mehring Fahrer fest engagiert?«

»Nee – so nicht. Immer nur pro Tour. Geld nach getaner Arbeit. Und du hast nie gewusst, ob er nach der einen noch eine andere Tour für dich hat.«

»Wie viel Fahrer haben denn bei ihm gearbeitet?«

»Ach, so über die Zeit bestimmt ungefähr 10«, antwortete Thomas, ein kleiner, dicker Trucker, der inzwischen seinen eigenen Zug hatte.

»Ist das für einen Spediteur nicht schwieriger immer wieder neue Fahrer suchen zu müssen, als feste Leute einzustellen?«

»Schwieriger vielleicht und du weißt auch nicht, was du dann wirklich bekommst für dein Geld. Sind ja nicht alle so zuverlässig. Und wenn du schnell einen brauchst, musst du eben suchen. Aber du zahlst keinen festen Lohn, hast keine Nebenkosten, der Fahrer arbeitet quasi auf Honorarbasis.«

»Ich glaube, der hat keine festen Fahrer eingestellt, weil er niemanden haben wollte, der sich zu gut bei ihm auskennt. Der hatte immer Angst, er wird ausspioniert. Und so konnte er einen, der ihm komisch vorkam, einfach von seiner Liste streichen. Keine Kündigung, kein Ärger für ihn, das war trotz allem der bequemere Weg. «

»Kein so tolles Arbeitsklima, oder?«

»Ist uns egal. Wir laden auf und fahren, laden ab und bringen den Wagen zurück. Da ergibt sich kaum Kontakt zu den Leuten.«

»Aber bezahlt hat er pünktlich?«

»Klar. Immer bar auf die Kralle. Sonst hätte sich das in Windeseile rumgesprochen und er hätte Probleme gehabt, Fahrer zu finden. Da passen die Spediteure auf. Der Ruf ist was wert.«

»Und die Frau Mehring?«

»Wie, es gab eine Frau Mehring?«, fragte Thomas, »die habe ich nie zu Gesicht bekommen. Wo hatte er die denn eingesperrt?«

Eingesperrt, dachte Michael Wiener, das ist vielleicht genau das richtige Wort.

»Mir hat sie mal einen Verband gemacht. Linke Hand. Ich hab mich beim Aufladen verletzt und mir den Handteller quer aufgerissen. War ganz schön tief und hat auch kräftig geblutet. Sie muss wohl gesehen haben, was passiert ist, und kam mit Wasser und Verbandszeug. Eine komische Frau, habe ich erst gedacht, aber die konnte eigentlich recht lustig erzählen. Als sie fast fertig war, hat uns ihr Mann auf dem Hof erwischt und sie angebrüllt, sie solle machen, dass sie ins Haus kommt, und ob sie nichts anderes zu tun habe, als die Fahrer von der Arbeit abzuhalten. Ich habe versucht ihm zu erklären, sie habe mir nur die Verletzung an der Hand verbunden, aber er hat gar nicht zugehört. Ich hatte ein ganz schlechtes Gewissen wegen der Sache. Ich bin sicher, dafür hat sie ganz schön Ärger einstecken müssen. Von da an habe ich aufgepasst, dass wir nie mehr zusammen gesehen wurden«, erzählte Heiner

»Und die Söhne? Haben die auch mit angepackt?«

»Als die kleiner waren, ja. Voller Begeisterung haben die mit aufgeladen – manchmal sind sie auch mitgefahren und haben beim Abladen geholfen. Aber der Mehring hat das nicht gern gesehen und da haben wir sie nicht mehr mitmachen lassen. Für uns geht es dabei ums Überleben – die Jungs waren versorgt. Wir wollten lieber keinen Ärger. Ist doch verständlich, oder?«

»Ja. Aber jetzt wird die Spedition verkauft.«

»Wer soll die kaufen?«, fragte Thomas.

»Das hat sich doch nur gelohnt, weil es ein kleiner Familienbetrieb war. Wenn die jemand kaufen würde, dann müsste er entweder expandieren oder sich zumindest einen großen Partner suchen. Ansonsten kannst du heute nur noch als Kleinstunternehmer mit einem Kleintransporter leben. Da musst du stark genug sein, um eine Waschmaschine oder einen Herd allein in den 4. Stock zu tragen. Wenn dein Preis dann stimmt – gut. Aber die Spedition Mehring? Für die ist das das Aus«, erklärte Heiner und war sich seiner Sache absolut sicher.

36

Die Firma Rattex hatte ihren Sitz mitten in Sachsendorf. An einem weißen Einfamilienhaus mit dunklem Satteldach war diskret ein Schild in blauer Schrift angebracht:

Rattex – Schadnagerbekämpfung zuverlässig, schnell und effektiv

Ein kleiner Nebenweg führte zum Büro. Peter Nachtigall und Albrecht Skorubski klingelten. Ein junger Mann, muskulös und kahlköpfig, öffnete und führte sie in einen nüchtern eingerichteten Büroraum. Das Namenschild auf seinem Schreibtisch wies ihn als Herr Kleber aus.

»Sie haben ein Problem mit Schadnagern – wir helfen. Unsere Gifte sind schnell wirksam und die Plage ist in der Regel für lange Zeit beseitigt. Natürlich übernehmen wir auch die Entsorgung der Kadaver – Sie müssen die toten Tiere nicht selbst anfassen.«

»Wir sind von der Kriminalpolizei Cottbus und unser Problem ist etwas heikel. Es betrifft einen Fall, den wir gerade bearbeiten. Haben Sie vor zwei, drei Jahren bei der Spedition Mehring Ratten bekämpft?«

»Warum möchten Sie das wissen?«

»Wir überprüfen routinemäßig alle Geschäftsvorgänge der Spedition«, blieb Nachtigall vage – sollte der junge Mann ruhig glauben, sie kämen wegen finanzieller Unregelmäßigkeiten.

»Moment – Moment. Mehring, ja?«

Skorubski bestätigte den Namen: »Mit H.«

Flink huschten die Wurstfinger über die Tastatur.

»Ja – hier ist es schon. Herr Mehring wollte prophylaktisch gegen Ratten vorgehen. Gesehen hatte er keine, aber seine Spedition transportiert auch Lebensmittel und da wollte er kein Risiko eingehen. Stellen Sie sich vor, Sie laden eine Lieferung Gemüse aus und obenauf sitzen Ratten. Kommt beim Kunden jetzt nicht so gut!«, er lachte dröhnend über seinen Witz.

»Wie haben Sie die Tiere bekämpft?«

»Wie immer.«

»Sehen Sie, Herr Kleber, wir haben nur wenig Ahnung von Ihrem Gewerbe und können uns unter ›wie immer‹ leider so gar nichts vorstellen«, erklärte Peter Nachtigall freundlich.

»Ach so. Sie wollen genau wissen, wie man das macht! Nun, Sie haben einen Köder und den legen Sie an geeigneten Stellen aus. Ratten sind verdammt misstrauische Viecher. Oft probieren die erst von dem Zeug und warten dann ab, ob es ihnen bekommt. Deshalb hat man ja heute diese modernen Köder ohne – wenn Sie so wollen echtes Gift. Die Ratte riecht das Zeug, kommt und probiert eine kleine Menge. Nichts passiert. Also glaubt sie, der Köder ist in Ordnung – sie hat ja keine Bauchschmerzen oder ähnliches bekommen. Dann frisst sie mit großem Appetit und wahrscheinlich auch großer Freude über die Dummheit der Menschen, die solch eine tolle Leckerei einfach herumliegen lassen, den Rest. Wenn sie später stirbt, stellt keine Ratte mehr die Verbindung zum Köder her. Und so kriegen wir sie.«

»Auch bei Mehring?«

»Ja. Wir haben zweimal Köder gelegt und jedes Mal

einige der Viecher erwischt. Wissen Sie, Ratten sind ja nicht nur ein Problem, wenn die Ihre Lebensmittel anknabbern. Ratten sind mit dem Hanta-Virus durchseucht. Mit diesem Virus können sich auch Menschen infizieren – und manchmal dauert es zu lange, bis der Arzt auf die Idee kommt, sein Patient könnte solch eine Infektion haben. Es macht schon wirklich Sinn Ratten in den Gegenden zu bekämpfen, in denen Menschen leben.«

»Hanta-Virus?«, fragte Skorubski.

»Ja. Der Mensch wird müde, hat heftige Bauchschmerzen, Übelkeit und Erbrechen, bekommt Fieberschübe, dann können Ödeme auftreten, es kommt zum Nierenversagen, er entwickelt eine Lungenentzündung und stirbt im schlimmsten Fall daran. Manche Leute füttern Ratten oder Mäuse, jagen sie der eigenen Katze ab und päppeln sie auf, manche werden dann sogar richtig zahm, fressen aus der Hand – und schwupps. Oder Leptospirose.«

»Was ist das denn?«, fragte Nachtigall interessiert. Der Mann schien ein wahrhaft begeisterter Schadnagerbekämpfer zu sein. Tja, dachte er amüsiert, manche gehen eben so richtig in ihrem Beruf auf.

»Leptospirose? Oh, das ist auch eine Krankheit die unsere nagenden Freunde übertragen. Spiralförmige Bakterien bringen in diesem Fall das Übel. Grippeähnliche Symptome, die zuerst keiner ernst nimmt, dann hohes Fieber, Nierenversagen, Leberentzündung. Wenn der Arzt das nicht schnell genug erkennt - tja. Sehen Sie, hier bei uns geht es ja noch – hier wird ernsthaft bekämpft. Aber in Amerika gibt es Städte, da wohnen so unglaublich viele Ratten, dass Sie im Grunde nie mehr als zwei Meter von der nächsten entfernt sind. Das führt

Ihnen vielleicht die Ansteckungsgefahr vor Augen. Sie müssen nicht einmal unmittelbar mit dem Tier Kontakt haben – es reichen Spuren der Exkremente am Schuh, die Sie in Ihr Haus tragen. Oder der Kot trocknet, zerfällt zu Staub und wird mit dem Wind breit gestreut. Dann fällt Ihnen in Ihrer eigenen Küche ein Keks runter, Sie essen den – und schwupps! Mal ganz abgesehen von Tollwut oder den anderen bekannteren Krankheiten. Gerade Tollwut ist übel. Ein Bekannter von mir hat so ein kleines Vieh bei sich im Keller gefangen und wollte es retten, vor die Tür bringen, weil es in seinem Keller absolut nichts zu fressen gab. Was macht das Vieh? Verwindet sich und beißt zu. Da waren dann ein Haufen Impfungen fällig – und ist die Tollwut erst einmal ausgebrochen...! Schwupps!«

»Wir wissen auch nicht, woher man dieses Gift bekommt. Wo zum Beispiel kaufen Sie Ihres?«

»Wir mischen selbst. Aber als Laie kann man das Gift auch im Internet bestellen. Wenn Sie wirklich ein Problem mit Ratten haben, lassen Sie besser die Profis ran. Die Köder, die Sie selbst bestellen können enthalten das Gift in viel geringerer Konzentration – wenn wir mischen, dann wirkt es tatsächlich ! Aber wenn Sie selbst bestellen, – das Zeug ist richtig giftig, wenn das in falsche Hände gerät – da kann so einiges passieren.«

Das konnten die beiden Ermittler nur bestätigen.

»Und wie mischen Sie?«

»Nun – es gibt die einzelnen Bestandteile zu kaufen und für jeden Schadnager die passende Rezeptur. Ich mische eine giftige Paste mit einem wächsernen Bestandteil, sodass ich das Zeug ausstreichen oder abschneiden oder zerbröckeln kann. Wir sind gehalten einen roten Farbstoff beizumengen, damit es keine Verwechslung durch

Menschen geben kann, die es für essbar halten könnten. Das tun wir übrigens immer, schließlich möchten wir kein Risiko eingehen. Zu unserem Service am Kunden gehört auch eine Aufklärungsaktion in der Nachbarschaft. Nicht auszudenken, was da los wäre, wenn die Muschi der Nachbarin von unserer Paste nascht.«

Nachtigall dachte an den stolzen Casanova und war der Meinung, er könnte es seinem Nachbarn bestimmt nie verzeihen, wenn sein Kater von dessen Gift fressen würde. Wobei er allerdings davon ausging, Casanova sei viel zu klug, um so eine Dummheit zu begehen – nur verfressen war er leider auch.

»Wir klingeln überall und geben Bescheid, werfen Merkblätter in die Briefkästen und in größeren Gebieten, wo zum Beispiel Kinder unterwegs sein könnten, sorgen wir dafür, dass die Presse warnt. Bei unseren Aktionen ist noch nie jemandem etwas zugestoßen – nur den Nagern«, versicherte er dann.

»Beeindruckend. Und danach werfen Sie die Brocken aus?«

»Nein – nicht wahllos. Wir sehen uns das zu säubernde Gebiet gründlich an und denken dann wie eine Ratte. Wo ist es hier besonders angenehm, welche Ecken sehen vielversprechend für ein Tier auf Nahrungssuche aus – und dort platzieren wir gezielt unsere Köder. Ratten können ganz gut klettern – wir müssen also die Giftstückchen nicht auf dem Boden ablegen, wo sie womöglich von anderen Tieren gefressen werden.«

»Ziehen Sie am Ende einer Bekämpfungsaktion Bilanz?«

»Wie, Bilanz? – Oh, Sie meinen, wir haben soundso viel Ködermasse verwendet, also müssen mindestens soundso viele Ratten eingegangen sein? Nein. Das ist nicht möglich. Wir können die Menge an Ködermasse nach den Aussagen der Kunden nur ungefähr bemessen. Wenn das ganze Grundstück verseucht ist, brauchen wir natürlich mehr, wenn nur ab und zu ein Tier gesichtet wird, reicht weniger. Wieviele wir am Ende zur Strecke gebracht haben, wissen wir nie mit Sicherheit – sie sterben ja auch nicht alle auf dem Grundstück des Auftraggebers«, lachte der Chef von Rattex fröhlich.

Ja, dachte Nachtigall zynisch, und manche Opfer werden nach der Vergiftung noch erstochen. Aber davon erzählte er Herrn Kleber nichts.

37

Marianne Voigt erwies sich als beeindruckende Teufelin. Sie traf Michael Wiener in seinem Büro.

Die selbstbewusste Frau sah ihn aufmerksam an, als wollte sie keines seiner Worte verpassen.

»Schön, dass Sie Zeit für mich gefunden haben. Als was genau arbeiten Sie denn bei ›Vattenfall‹?«

»Ich bin Projektleiterin im Bereich Umwelttechnologie. Aber deshalb wollten Sie mich doch bestimmt nicht sprechen?«

Marianne Voigt trug ein Kostüm, das ihre üppigen Formen gut zur Geltung brachte, und Schuhe mit mittelhohem Absatz. Bei ihrer Größe wären hochhackige Pumps nicht vorteilhaft gewesen – sie überragte so schon die meisten ihrer Mitmenschen.

»Das stimmt natürlich. Es geht um die Aussagen einiger Ihrer Mitteufelinnen. Sie haben Beschuldigungen gegen Herrn Mehring erhoben. Er habe sie zu sexuellen Handlungen genötigt. Können Sie bestätigen, dass er intime Kontakte zu mehreren der Tänzerinnen unterhielt?«

»Ja – das kann ich«, antwortete sie mit angenehmer Altstimme und sah Wiener dabei aus ihren braunen Augen an, als unterhielten sie sich über die Qualität des Kantinenessens.

»Er hatte mit vielen ein ›Verhältnis‹.« Sie deutete die Anführungszeichen mit den Fingern an.

»Mit Ihnen auch?« Wiener rutschte bei der Frage unruhig auf seinem Stuhl hin und her.

»Nein!«, sie lachte laut, »das hätte er sich wohl kaum getraut, mit mir eine ›Affaire‹ zu beginnen. Er hatte nämlich Angst vor starken Frauen. Und ich bin nicht nur stark, sondern war auch fast einen Kopf größer als er. Nein, nein. Seine seltsamen Deals hat er immer nur mit den Kleinen gemacht. Sehen Sie – manche von den Mädchen wollen unbedingt Karriere machen. Was anderes zählt für die nicht. Groß rauskommen im Showbiz. Und die erste Reihe ist nun einmal die, auf die mit Kameras draufgehalten wird. Mehring war der Herr über die erste Reihe. Ehrlich gesagt: Er war ein widerliches Schwein!«

»Gut. Das sagen die anderen auch. Warum haben sie sich nicht gegen ihn gewehrt. Wenn niemand mehr sein dreckiges Spiel mitgespielt hätte – wäre die erste Reihe nach künstlerischen Aspekten festgelegt worden.«

Marianne schwieg lange, so als hätte er etwas Dummes gesagt und sie wisse nun nicht, wie sie darauf eingehen sollte. Dann seufzte sie tief und sah ihn wieder direkt an.

»Sie sind noch sehr jung und Sie machen Ihren Weg. Ich bin sicher, Sie sind ein guter Ermittler und das wird man auch in den oberen Etagen bemerken. Schon bald werden Sie in der Hierarchie aufsteigen, weil Sie hervorragende Leistungen erbringen können.«

»Das hoffe ich«, antwortete Wiener zurückhaltend, weil er nicht erkennen konnte, worauf Marianne Voigt hinauswollte.

»Tja – aber angenommen Sie sind nicht so gut und möchten doch aufsteigen – oder Sie sind schlecht und möchten dennoch Hauptkommissar werden – was würden Sie alles dafür tun?«

»Sie meinen, die jungen Damen können gar nicht so gut tanzen, wie sie denken?«

»Das ist ein Aspekt – der andere ist die Anzahl von jungen Dingern, die unbedingt hoch hinaus wollen. Solche Schweine wie Mehring nutzen das schamlos aus. Früher versprachen sie den Mädchen über ihre Verbindungen zum Film irgendeine tolle Rolle – heute wollen alle singen und tanzen. Da bieten sie eben den Platz in der ersten Reihe.«

»Ich glaube, ich verstehe das. Aber wenn alle …«

»Jede glaubt, sie sei die Bessere, die, die überzeugt. Die Einzige, die er wirklich liebt und ganz nach vorne pushen will. So denken die Mädchen und den Rest wollen sie einfach nicht wahrhaben.«

»Und nun legt Rolf Bartel die erste Reihe fest?«, fragte Wiener nach und dachte an den schleimigen, kleinen Mann, der hier so ein Theater abgezogen hatte. Wie viel angenehmer konnte man sich da mit Marianne unterhalten. Sie war so ruhig und abgeklärt – um die 40, schätzte er, einfach sympathisch. Ein bisschen mütterlich aber auf gar keinen Fall eine Glucke. Einen Moment lang überlegte er, ob sie wohl Kinder habe, beschloss dann aber nicht danach zu fragen. Es ging ihn nichts an.

»Ja. Aber falls der gedacht hat, er könne einfach so weitermachen, wie der Mehring aufgehört hat, hat er sich getäuscht! Das versuchten wir ihm klarzumachen. Wir Frauen haben ihm ganz schön Bescheid gestoßen – ich denke, er hat's kapiert.«

Und Michael Wiener, der ihrem unerwartet harten Blick und der entschlossenen Miene begegnete, hatte keinerlei Zweifel daran, dass sie recht mit ihrer Einschätzung hatte.

»Wir haben ein Video der Überwachungskameras im Stadion. Darauf ist der Mord festgehalten. Ich würde Sie bitten einen Blick auf die entsprechende Sequenz zu werfen – der Täter ist leider nicht wirklich gut zu erkennen, aber vielleicht fällt Ihnen an der Person etwas auf, was uns weiterhilft.«

Marianne zögerte kurz – dann war sie einverstanden.

Umständlich hantierte der junge Mann am Wiedergabegerät herum. Diese Frau irritierte ihn. Er spürte, wie ein Schweißfilm sich auf seinem Rücken ausbreitete. Um das Gespräch nicht abreißen zu lassen, fragte er:

»Warum war denn Frau Mehring nicht Mitglied bei den ›drei goldenen Haaren‹? Oder wenigstens der jüngste Sohn?«

Als Marianne laut lachte, drehte er sich zu ihr um.

»Entschuldigung! Vielleicht wissen Sie das ja noch nicht. Der Mehring hat seine Hiltrud vor ewigen Zeiten geheiratet, als sie noch so ein jungscher Hüpfer war, ohne Pläne, ohne Ziele, ohne Geld. Er hat ihr was von Liebe erzählt, sie hatte keine Ahnung von der Welt und heiratete ihn. Seither lebte sie wie seine Gefangene in diesem Haus. Er arbeitet, er verdient das Geld, sie putzt und kocht, wäscht, bügelt und zieht die Kinder groß. Er kauft ein, was sie zu kochen hat. Gemeinsame Unternehmungen gibt es nicht. Er verbietet ihr zu telefonieren, sie darf niemanden ins Haus lassen, wenn er zu Hause ist, öffnet grundsätzlich er die Tür und schickt jeden weg, der Hiltrud besuchen möchte – ist er nicht da, darf sie die Tür nicht öffnen. Vertrackt.«

»Warum ließ sie sich das gefallen? Sie hätte ausziehen können, sich scheiden lassen.«

»Tja – das versteht hier auch niemand. Er gibt ihr

nicht einmal ein bisschen Kleingeld für den Bus. Sie ist seit Jahren nur in diesem Haus.«

Wiener war fassungslos. Dass es so schlimm war, hatte er nicht erwartet.

»Einige im Ort glauben, sie hätte ihm ein Kuckuckskind untergejubelt und damit er sie und die Kinder nicht vor die Tür setzte, gab sie sich stets unterwürfig. Ich glaube das nicht. Gut, Paul ist blond und hat lockiges Haar – und ich weiß, in ihrer Familie gab es Blonde. Außerdem war sie schon immer so – es entspricht ihrem Naturell. Verhuscht und unterwürfig. Sie hatte in Mehring den idealen Mann gefunden – er befriedigte ihren unbewussten Wunsch nach Unterdrückung. Ihr Vater hat seine Frau durchaus ähnlich behandelt – nicht ganz so krass, aber eben ähnlich.«

»Von Ihnen hat sich niemand bereitgefunden Ihr zu helfen, oder? Wenn Sie doch alle wussten, wie Herr Mehring seine Frau behandelt hat«, wagte der junge Mann einen schwachen Protest, der allerdings sofort abgeschmettert wurde.

Michael Wiener dachte an seine Freundin Marnie. Was auch immer an unbewussten Wünschen in ihr schlummern mochte – der Wunsch nach Unterdrückung war jedenfalls nicht dabei.

»Jeder ist seines eigenen Glückes Schmied, nicht wahr? Sie hätte eben den ersten Schritt machen müssen, dann wäre ihr schon geholfen worden. Aber sie tat immer so, als sei sie mit ihrer Situation im Grunde ganz zufrieden.«

»Aha«, antwortete der junge Mann unbestimmt und hantierte weiter an dem DVD-Player herum.

Doch Marianne war gerade richtig in Fahrt gekommen.

»Meine Güte, er war ein solcher Tyrann und Hiltrud kann eigentlich froh sein, dass sie ihn los ist! Doch wie ich sie kenne, hockt sie jetzt verzweifelt in einer Ecke und heult, weil sie nicht weiß, wie es ohne ihn weitergehen soll. Sie kann wahrscheinlich nicht einmal allein Butter fürs Brot kaufen. Dabei sollte sie dankbar sein!«, schnaubte sie.

Endlich war das Gerät bereit die DVD einzulesen und sie abzuspielen.

Marianne sah mit zusammengekniffenen Augen gebannt auf den Bildschirm.

Als sich die jubelnden Zuschauer wieder auf ihre Plätze fallen ließen, spielte ein zufriedener Zug um ihren Mund.

»Da wurde er erstochen, nicht? In dem Moment. Gut, dass endlich jemand den Mut gefunden hat! Leider ist wirklich nicht viel von dem Täter zu erkennen – obwohl mir irgendetwas an ihm vertraut vorkommt.«

Nachdenklich betrachtete sie das Standbild.

Michael Wiener hatte plötzlich den Eindruck, sie würde ihnen bestimmt auch dann nicht die Wahrheit sagen, wenn sie den Täter erkannt hätte.

38

Die geschmeidige Gestalt wartete.

Zum wiederholten Mal rekapitulierte der Mann seinen Plan – es war kein großer Wurf, dennoch, mit ein bisschen Glück konnte es klappen und niemand würde in ihm den Täter vermuten. Zuschlagen, Handy mitnehmen und vernichten, abhauen. Ganz einfach.

Dennoch ging sein Atem schnell. So eine Aktion war Neuland für ihn, er hatte noch nie jemanden erschlagen. Aber, überlegte er kalt, darauf kam es jetzt auch nicht mehr an. Hauptsache er schaffte das Problem aus der Welt.

Er grinste gemein und zog sich eine Strickmütze übers Gesicht in die er Löcher für Augen, Nase und Mund geschnitten hatte. Sofort wurde sein Gesicht schweißnass. Seine Tat träfe schließlich kein Unschuldslamm – im Grunde würden sich alle freuen, wenn der Typ aus dem Weg geräumt war.

Beinahe zärtlich streichelte er den Baseballschläger, den er nach längerem Suchen auf dem Dachboden gefunden hatte. Damals, direkt nach der Wende, das angesagteste Spielzeug – der Aufdruck wies ihn als Original aus den USA aus. Vor vielen Jahren hatte er das toll gefunden – gespielt hatte er so gut wie nie mit ihm – aus Mangel an einem Partner. Nun würde er wenigstens einer sinnvollen Nutzung zugeführt!

Als sich ein Auto näherte, spannte sich sein Körper

und er umfasste der Griff fester. Der Wagen fuhr vorbei – er ließ den Schläger wieder sinken.

Es war ja auch noch zu früh. Eine halbe Stunde vor dem vereinbarten Termin. Ein Kontrollblick versicherte ihm, dass ihn hier niemand so schnell entdecken konnte. Der Platz war gut gewählt. Wie gut, dass ihm sofort eingefallen war, wie einsam es um diese Zeit hier sein würde. Keine herumtobenden Kinder, keine Hundeausführer mehr. Geradezu ideal.

An dieser Stelle, direkt an der Straße nach Kiekebusch, trafen sich drei Gewässer. Der Mühlbach, die Spree und der Priorgraben. Dichtes Buschwerk, der Wald reichte bis fast an die Straße – ein sehr guter Platz für konspirative Treffen oder ein geheimes Stelldichein. Ab und an gab es kleine Abzweigungen in Waldwege, wo man den Wagen abstellen konnte. Sträucher und andere hohe Pflanzen wucherten bis dicht an die Flussläufe heran und verstellten einem zufällig vorbeikommenden Spaziergänger die Sicht.

Als Kind hatte er hier oft gespielt – und nun ...

Wieder war ein Motorengeräusch zu hören. Der Wagen kam langsam näher, hielt und der Motor wurde ausgeschaltet. Das musste er sein! Wahrscheinlich kam er etwas früher, um die Umgebung zu checken – schließlich wollte man bei so einem Deal möglichst keine Zeugen.

Verstohlen näherten sich Schritte – das trockene Laub knisterte und hin und wieder knackte ein kleiner Ast. Angespannt lauschte er, um die Richtung erfassen zu können, aus der sich der andere nähern würde. Er umfasste den Schläger entschlossen und hob ihn auf Schulterhöhe an – da sah er Rolf Bartel an seinem Versteck vorbeigehen.

Mit einem heiseren Aufschrei stürzte er sich auf den

Mann, dem kaum genug Zeit geblieben war, sich umzudrehen.

»Du Schwein!«, kreischte der Angreifer, »du elendes Schwein!«

Rolf Bartel hob die Arme über den Kopf und schrie schmerzerfüllt auf, als der Holzschläger gnadenlos auf ihn herunterkrachte.

Er rollte sich auf den Rücken, versuchte unter einen Busch zu kriechen, doch der andere verfolgte ihn ohne Gnade und schlug ihm den Schläger in die Seite, rammte ihm die Spitze in den Leib. Rolf Bartel erbrach sich und spürte, dass es Blut gewesen sein musste. Der Schmerz breitete sich in seinem ganzen Körper aus, brannte in seinen Eingeweiden pochte in Armen und Beinen. Der rechte Arm ließ sich nicht heben und er spürte die Finger der linken Hand nicht mehr. Weitere Schläge gezielt auf seine Beine verurteilten ihn zur Bewegungslosigkeit. In seinem bisherigen Leben war Rolf Bartel noch nicht so verprügelt worden.

In diesem Moment erkannte er, wie schlecht seine Idee vom Vormittag wirklich war – er würde sterben. Das war kein Verprügeln mehr – er sollte diesen Angriff nicht überleben. Als er versuchte, um sein Leben zu betteln, konnte er nur noch unartikulierte Laute hervorbringen, Blut füllte seinen Mund und Panik schnürte ihm die Kehle zu.

»Du miese kleine Ratte – du Schwein – du mickriger Erpresser!«, schrie der andere in wechselnder Reihenfolge.

Dann trafen ihn in rascher Folge mehrere Schläge am Kopf. »Scheiße!«, dachte er noch, dann wurde es nachtschwarz um ihn herum und die Schmerzen waren vergessen.

Der Angreifer zerrte sich die Mütze von seinem hochroten Gesicht und starrte angewidert auf das Häufchen Mensch zu seinen Füßen hinunter. Dann bückte er sich und tastete nach der Carotis. Nichts.

Er richtete sich müde auf. »Du hast es so gewollt!«, flüsterte er zum Abschied, wickelte den blutigen Schläger in einen mit einem Stein beschwerten Sack, den er mitgebracht hatte, und spazierte mit federnden Schritten los, um ihn in die nahe Spree zu werfen.

39

»Was haben wir?«

»Kein Gift in den Chips, kein Gift im Rübensirup. Die Zeugin hat die sexuellen Übergriffe bestätigt, aber leider auf der Aufzeichnung den Täter nicht erkannt. Außerdem hat sie mir ein bisschen über das Leben der Frau Mehring erzählt – das ist ja schrecklich. Sie durfte nicht einmal die Tür öffnen, wenn er nicht zu Hause war, sie hatte kein Geld, kam nie weg. Nachdem ich das alles gehört habe, könnte ich sogar verstehen, wenn sie ihren Mann umbringt«, erklärte Michael Wiener prompt.

»Ich glaube nicht, dass Frau Mehring das Rattengift im Internet bestellt hat. Sie hätte dann die Rechnung ihrem Mann irgendwie unterschieben müssen – viel zu gefährlich.«

»Mann, du hättest das wirklich erleben sollen – dieser Kerl grinste seine Familie hämisch an und nahm allen das Heim, er will den Familienbetrieb, auf den sein Vater so stolz war, verkaufen lassen und hat Dinge über seine Frau gesagt – das war einfach nur schlimm«, erzählte Skorubski noch immer empört. »So was kann man doch nicht machen!«

»Ich hab dir ja schon am Telefon davon erzählt, Michael, wie die Familie reagiert hat. Am ruhigsten war Paul – ich glaube, der hatte etwas in der Art erwartet. Die anderen hat es völlig unvorbereitet getroffen – selbst der Notar war fassungslos.«

»Und dieser ominöse Erbe aus Hamburg?«

»Dem war die Situation außerordentlich peinlich. Am liebsten hätte er sofort alles an die Familie zurückgegeben – aber so einfach ist es nicht. Es ist nicht seine eigene Entscheidung – die ›drei goldenen Haare‹ müssen das Erbe ablehnen! Und das werden sie nicht tun. Wir kennen ja bisher nur Rolf Bartel – aber ich bin sicher, der wird seinen Mitvorstand schon davon überzeugen, dass man das Geld nicht einfach ablehnen darf.«

»Mir tat der arme Mann richtig leid. Da reist er extra aus Hamburg an – und wird dann in so eine Katastrophe verstrickt.«

Peter Nachtigall warf einen verstohlenen Blick auf das Display seines Mobiltelefons. Wieder nichts.

Skorubski folgte seinem Blick. Hoffentlich klärte sich das Ganze bald – es konnte doch nicht zur Gewohnheit werden, dass sein Freund im Auto übernachten musste.

»Die Firma Rattex legt Köder an möglichst für Menschen oder andere Tiere unzugänglichen Stellen aus. Das Zeug ist auf die geschmacklichen Bedürfnisse der Nager abgestimmt – Menschen schmeckt es nicht, hat Herr Kleber versichert. Das heißt, pur kann man es Mehring nicht verabreicht haben – womit Frau Mehring wieder in den Mittelpunkt rückt«, meinte er dann.

»Ja, schon. Aber an dem Gift ist er nicht gestorben – und ich kann mir nicht vorstellen, dass Frau Mehring irgendwie ins Stadion gefahren ist, um ihn zu erstechen.«

»Theoretisch möglich wäre es aber«, beharrte Skorubski.

»Paul hat ein bestätigtes Alibi. Markus auch. Den

Großvater können wir zurzeit nicht befragen – der liegt im Krankenhaus. Wir drehen uns im Kreis! Gibt es was Neues aus Rostock?«

»Nein. Die Kollege sind sich nicht hundertprozentig sicher – könne sie ja auch nicht – dass das keiner von ihre Fans ischt – aber sie meine, sie kenne den Kerl nicht.«

Es wurde still im Raum. Jeder schien für sich die Reihe der Verdächtigen abzuklopfen und nach Ansatzmöglichkeiten zu suchen. Michael Wiener räusperte sich und erzählte:

»Die Trucker fande den Mehring sehr eigenartig. Er hatte immer alle Werkzeuge und Ersatzteile unter Verschluss. Wenn sie eine Sicherung oder so einen Centartikel brauchte, musste sie mit ihm gemeinsam hinuntergehe in den Keller, er hat umständlich aufgeschlosse, ihnen das Teil g'gebe, die Herausgabe in eine Liste eing'trage, der Fahrer musste gegenzeichne und dann erscht durfte er wieder gehe. Einigen der Fahrer ist aufgefallen, dass er seine Frau schlecht behandelt hat. Die Söhne hat er, als sie älter wurde au vo den Fahrern fern g'halte. Vielleicht meinte er, es sei kein Umgang für seine Kinder. Ach – und nur der Chef hatte die Schlüssel zum Keller – wenn er nicht da war, gab es keine Möglichkeit, an die Sachen ranzukommen.«

»Also kann der Vorstecher nicht aus seinem eigenen Bestand genommen worden sein«, stellte Nachtigall fest. »Warum mit Gift und Stecher – warum wirft jemand den Senior vor eine Straßenbahn?«

»Die Kollege habe den Fahrer der Bahn inzwischen befragt und uns eine Notiz für die Akten hereingereicht. Demnach hat er eine gewisse Unruhe an der Haltestelle bemerkt, doch den Mann sah er erscht, als der scho aus der Gruppe der Wartenden raustaumelte und direkt vor die Bahn stolperte. Er hat wohl noch geklingelt – aber Wilhelm Mehring konnt in der Bewegung nicht mehr anhalte. Der Fahrer meint, der Mann sei mit Schwung auf die Gleise geraten – im ersten Moment hatte er ihn für betrunken gehalte.«

»Spricht dafür, dass er gestoßen wurde. Kein Selbstmord«, meinte Skorubski erleichtert.

Nachtigall grummelte vor sich hin. Wo sie bei diesem Fall hinfassten – überall war er glitschig. Jeder Verdächtige konnte ein Alibi herbeischaffen – oder er kam aus anderen Gründen nicht mehr als Täter in Frage!

Dr. März klopfte und betrat das Büro.

»Na, schon weitergekommen?«, fragte er fröhlich und sah in die Gesichter seiner Ermittler. »Sie sehen müde aus, Herr Nachtigall. Naja – bei der Wärme, die noch immer herrscht, kann ja auch wirklich niemand gut schlafen. Ab Sonntag soll es merklich kühler werden.«

»Aha – äh, wir kommen langsam voran«, behauptete Nachtigall.

»Das ist gut. Ich denke, Sie werden den Fall wohl bis zum Wochenende abgeschlossen haben – nicht wahr? Interessante Angelegenheit, erstochen und vergiftet – da wollte jemand ganz sicher gehen, nicht wahr?«

Peter Nachtigall fielen die Worte von Wilhelm Mehring wieder ein. »›Jemand wollte ihn beseitigen wie einen Schädling!‹ Das sind nicht meine Worte – so hat es der Vater des Opfers formuliert.«

»Schön. Dann finden Sie den Täter. Wenn der Mann so ein Schädling war, dürfe es ja nicht allzu schwierig sein. Ich habe nämlich am Sonntagnachmittag eine Podiumsdiskussion mit diesem Paul Mehring von den

Mind Watchers. Und ehrlich gesagt, wäre es mir doch sehr peinlich, sollte sich im Anschluss daran herausstellen, ich hätte mit einem kaltblütigen Mörder dort gesessen!«

»Heißblütig!«, entfuhr es Nachtigall unbedacht und Dr. März warf ihm einen unergründlichen Blick zu.

»Wie?«

»Der junge Mann neigte früher zu Jähzorn – er wäre also heißblütig, nicht kaltblütig vorgegangen. Deshalb möchten wir ihn von der Liste streichen«, hörte er sich antworten und war von seiner Aussage selbst überrascht. Stimmte das – hielt er Paul Mehring für unschuldig?

»Um so besser! Gute Nacht, meine Herren!«, verabschiedete sich Dr. März und war schon fast zur Tür raus, als ihm noch etwas einfiel.

»Oh – ehe ich es vergesse. Frau Wiesendorf bat mich auszurichten, Sie sei noch mit der neuen Technik-Lieferung beschäftigt, es könnte noch dauern. Gute Nacht, also«, sprach's und war verschwunden.

»Auf dem PC der Spedition war nichts, der Laptop von Paul war ebenfalls sauber – haben wir den vom Markus auch unter die Lupe genommen?«, murmelte Nachtigall vor sich hin. Dann sprang er auf und lief hinter dem Staatsanwalt her.

»Nanu?«

»Ich denke, er will einen Untersuchungsbeschluss für die Räume von Markus Mehring. Dr. März könnte ihm den noch ausstellen – dann sehen wir uns seine Dateien näher an.«

Außer Atem kam Peter Nachtigall zurück.

»Wir bekommen den Beschluss – in einer Stunde etwa. Markus Mehring hätte auch Zugang zu diesem speziellen Papier gehabt – es lag ja im Büro seines Vaters herum.«

»Der junge Mann hat ein Alibi«, erinnerte Albrecht Skorubski.

»Da hätte ich schon eine Idee!«, trumpfte Nachtigall auf und seine Müdigkeit war wie weggeblasen.

»Ach – gut. Die wirst du uns sicher gleich verraten, oder? Und was für ein konkretes Motiv soll er gehabt haben?«

Das Telefon auf Nachtigalls Schreibtisch schrillte.

»Ja, Nachtigall!«

»Carl – Thiem – Klinikum Cottbus. Wir haben hier einen Herrn Rolf Bartel, der unbedingt eine Aussage machen möchte. Er behauptet, Sie wären sicher interessiert daran zu hören, was er Ihnen zu sagen hat.«

»Warum ist Rolf Bartel bei Ihnen im Krankenhaus?« fragte Nachtigall erstaunt.

»Er wurde vor ungefähr zwei Stunden hier eingeliefert. Übel zugerichtet. Eine Streife hatte ihn zufällig aufgegriffen. Sein Wagen stand in der Einfahrt zu einem Waldstück und als sie in der Umgebung nach dem Fahrer suchten, haben sie ihn gefunden. Er war bei der Einlieferung wieder bei Bewusstsein – aber jemand hat ihn wohl mit einem Rohr oder einer Stange verprügelt.«

»Und Sie glauben er ist in der Lage eine Aussage zu machen?«

»Ja – er kann sich bestimmt nicht mehr an die Einzelheiten des Überfalls erinnern, aber er scheint ziemlich genau zu wissen, was er Ihnen erzählen möchte.«

»Ich komme.«

»Den Beschluss bekommen wir. Motiv überlege ich noch – wenn es nicht nur allgemeiner Hass war. Ich fahre jetzt ins Krankenhaus und ihr macht Schluss. Sollte sich akut etwas ergeben, melde ich mich.«

Rolf Bartel lehnte mit leicht aufgerichtetem Oberkörper in einem Bett, das mehrere Nummern zu groß für ihn zu sein schien. Die gelblich-weiß gestreifte Klinikbettwäsche zauberte einen Hauch von Übelkeit in sein Gesicht. Beide Arme waren eingegipst, ein Bein auch und um seinen Kopf wand sich ein weißer Turban. Die Lippe war aufgeplatzt, das Gesicht unsymmetrisch angeschwollen. Das rechte Auge hatte sich dunkelviolett verfärbt und war in der konturlosen Masse unter der Augenbraue nur noch zu erahnen. Der kleine Mann hatte einen schmerzverzerrten Zug im Gesicht. Eine Infusion leitete eine gelblich transparente Flüssigkeit in die linke Hand und weitere Flaschen hingen schon bereit.

»Herr Bartel?«, fragte Nachtigall leise.

»Gut, dass Sie gekommen sind«, nuschelte der Verletzte schwach und Nachtigall musste sich große Mühe geben seine Worte zu verstehen.

»Was ist passiert?«

»Prügel. Baseballschläger glaube ich.« Er ächzte, als bereite ihm das Sprechen Schmerzen.

»Haben Sie gesehen, wer Sie angegriffen hat?«

Die Antwort ließ diesmal ziemlich lange auf sich warten.

»Maske«, keuchte Rolf Bartel dann.

»Aber Sie glauben, Sie haben den Täter trotzdem erkannt, nicht wahr?«

Rolf Bartel nickte vorsichtig.

»Wer?«

Wieder ließ der Verletzte sich mit der Antwort viel Zeit.

»Mehring«, hauchte er dann und der letzte Rest Farbe wich aus seinem Gesicht.

Nachtigall klingelte nach der Schwester.

Auf dem Gang sprach er den behandelnden Arzt an und fragte nach der Schwere der Verletzungen, die Rolf Bartel erlitten hatte.

»Ich würde sagen: Er hatte Glück. In jeder Hinsicht. Es war warm, der Körper konnte nicht auskühlen, er ist deshalb nicht erfroren. Der Angreifer hat ihn so hart geschlagen, dass er auch hätte sterben können, aber dieser Mann ist zäh. Die Rippen sind nicht einmal gebrochen, sondern nur geprellt. Er ist recht biegsam – alles hat nachgegeben, ist ausgewichen – und das Entscheidende: Der Täter muss geglaubt haben, er sei tot. Herr Bartel behauptet, der Mann habe an seinem Hals nach etwas getastet. Sehen Sie, gerade in Stresssituationen ist es nicht einfach, den Puls zu ertasten, und so ließ er von seinem Opfer ab.«

»Und der Kopf?«

»Er hat zwei Schläge auf den Kopf bekommen und sich eine ziemliche Gehirnerschütterung zugezogen. Es erstaunt mich, dass er schon wieder bei Bewusstsein ist. Aber er wollte Ihnen wohl unbedingt eine wichtige Mitteilung machen.«

»Herr Doktor Manz – der Patient trübt ein!«, rief die Schwester aus Bartels Zimmer und der junge Arzt zuckte mit den Schultern, als wolle er sagen, sehen Sie, und lief eilig über den Gang davon.

Peter Nachtigall setzte sich im Ruhebereich auf einen der unbequemen Metallstühle und sehnte sich nach einem Kaffee. Er sah auf die große nüchterne Uhr an der

Wand und stellte fest, dass es längst Zeit fürs Abendessen war. Wieder ein Brötchen im Auto?

Und wie hatte Bartel das gemeint ›Mehring‹? War Mehring der Angreifer? Welcher Mehring? Oder ging es bei dem Angriff um Mehring? Vielleicht doch einer von den betrogenen Ehegatten, der Bartel eins auswischen wollte, sozusagen als Vorababreibung, damit er in Zukunft gar nicht erst auf die Idee kommen würde, die weiblichen Teufel anzumachen?

Der Hauptkommissar wischte sich den Schweiß von der Stirn. Rolf Bartel hatte gesagt, der Mann, der ihn angegriffen hatte, habe eine Maske getragen, da konnte er ihn ja wohl kaum erkannt haben. Also sollte seine Aussage etwas anderes bedeuten, aber was?

Als die Schwester an ihm vorüberkam, hielt er sie an. »Entschuldigen Sie, kann ich wohl noch einmal mit Herrn Bartel sprechen?«

»Heute sicher nicht mehr. Wenn Sie mir Ihre Nummer hinterlassen, kann ich dafür sorgen, dass Sie angerufen werden, wenn er wieder ansprechbar ist.«

Nachtigall bedankte sich und hinterließ die Nummer vom Büro.

Auf dem Weg zum Parkplatz rief er die Kollegen von der Schutzpolizei an.

»Eine Streife sollte bei Mehring in Kahren vorbeifahren und nachfragen, wo der junge Mann seinen Nachmittag verbracht hat. Auf meinem Schreibtisch müsste eigentlich ein Durchsuchungsbeschluss liegen, wenn ihr den mitnehmt, dann könntet ihr den Computer gleich konfiszieren und zur Technik bringen, alle Datenträger brauche ich auch.«

»Geht klar. Nachricht aufs Handy?«

»Ja. Notfalls auf die Mailbox.«

Aus dem Augenwinkel registrierte er eine Gestalt, die ihm bekannt vorkam, konnte sie aber nicht identifizieren. Naja, auch andere Menschen besuchten kranke Freunde oder Angehörige. Da konnte es schon sein, dass aus seinem Bekanntenkreis noch jemand einen Krankenbesuch machte.

Er beendete das Gespräch und zog dann den Zettel mit Paul Mehrings Mobiltelefonnummer aus der Tasche.

»Katharina Murnau«, meldete sich die angenehme Stimme der Freundin. Aus dem Hintergrund hörte Peter Nachtigall eine Kinderstimme »Und Lucas Murnau!« rufen und lächelte. Jule hatte sich auch immer übergangen gefühlt, wenn er sie am Telefon nicht erwähnte.

»Hauptkommissar Nachtigall. Frau Murnau, ich hätte gerne gewusst, wo Paul Mehring sich gerade aufhält.«

»Das ist einfach zu beantworten. Er sitzt über einer Präsentation, die er direkt in der ersten Semesterwoche halten soll. Schon den ganzen Nachmittag. Dabei scheint draußen die Sonne – was für eine Verschwendung. Aber Sie müssen ja gleichfalls arbeiten, nicht wahr?«

»Ja, darauf nehmen die Täter leider keine Rücksicht. In der Therme in Burg zu entspannen würde mir jetzt auch mehr Spaß machen«, lachte er und Katharina reichte das Telefon an ihren Lebenspartner weiter.

»Hallo, Herr Nachtigall!« Es schepperte laut im Hintergrund und Paul rief: »Katharina, kann ich dir was helfen? Nein? Na dann. Wir haben nämlich heute Abend noch Gäste und Katharina ist bei den Vorbereitungen. Wie kann ich Ihnen helfen? Oder geht es um dieses Fiasko heute bei der Testamentseröffnung?«

»Ich denke, das war für alle ein Schock. Selbst dieser Herr Will war völlig fertig. Aber mich hat es eigentlich nicht gewundert – er hat immer nur versucht seine Mitmenschen zu treffen. Irgendwie habe ich schon geahnt, dass er das Haus und die Firma verkaufen lassen wird. Meine Mutter war völlig verstört. Es wird sich zeigen, wie sie mit der neuen Situation klar kommt.« Er seufzte. »Wir werden sie natürlich unterstützen, wo es nur geht.«

»Ja, für sie war es ein herber Schlag. Wo waren Sie denn heute Nachmittag? Nach dem Termin mit dem Notar?«

»Hier. Ich habe eine wichtige Präsentation vorzubereiten und habe heute intensiv daran gearbeitet. Arbeit lenkt mich prima von meinen Problemen ab.«

»Problemen? Für Sie haben sich die Probleme nicht vergrößert, oder?«

»Nein. Mich konnte er nicht mehr so richtig verletzen – und sollte sich diese Klausel, die er vor mein Erbe gesetzt hat, nicht anfechten lassen, ist es in Ordnung. Ohne sein Geld geht es auch. Glück ist das wichtigste im Leben, lieben und geliebt werden. Daneben ist alles andere nichts wert, meinen Sie nicht, Herr Nachtigall?«

Der Hauptkommissar schluckte hart.

»Ja. Da haben Sie vollkommen recht. Sollten sich noch weitere Fragen ergeben, melde ich mich. Schönen Abend noch.« Damit legte er hastig auf.

›Der junge Mann hat ja so recht!‹, dachte er, ›deshalb wirst du heute versuchen dein Glück zu retten!‹ Es wurde nun wirklich Zeit für eine spektakuläre Aktion.

Wo konnte Conny um diese Zeit sein? Beim Sport?

Er stieg in seinen Wagen und fuhr in seine Sporteinrichtung. Ihm würde es auch gut tun zu versuchen seine wirren Gedanken zu ordnen und wenn ihm Conny dabei über den Weg lief, umso besser!

Sein Trainingsplan sah vor, dass er, nach der Erwärmung, einige Übungen für Arme und Rumpf am Seilzug durchführte. Dabei zählte er bei jedem Durchgang bis 25. Das Zählen schien seinen Kopf freizumachen, auf einmal war wieder Platz für kreative Überlegungen.

Bartel war zusammengeschlagen worden, jemand hatte ihn übel zugerichtet. Aber wenn es keiner der betrogenen Ehepartner war, wer hätte sonst ein Motiv haben können dem Chefchoreografen etwas anzutun? Leise ratterte die Metallstange, wenn sie wieder in die Führung glitt. Das gleichmäßige Geräusch wirkte beruhigend.

Nachtigall sah sich im Trainingsraum um und registrierte, wie leer es war. Zu heiß, die Leute schwitzten schon, bevor sie überhaupt mit dem Training anfingen.

Gut, Rolf Bartel war ihm nicht gerade sympathisch, aber das war kein Grund ihn zu überfallen. Und warum ausgerechnet heute? Zufall? Was hatte sich im Leben des Rolf Bartel heute geändert, dass er jemanden derart gegen sich aufbringen konnte? Vielleicht hatte er doch eines der Mädchen angesprochen.

Die Tür zum Gang klappte und Nachtigall sah eine dunkelhaarige, große Frau verschwinden. Conny!

Rasch folgte er ihr, doch auf dem Gang war sie nicht mehr zu sehen. Es gab nur einen anderen Weg, den sie genommen haben konnte. Über die Treppe zu den Umkleidekabinen!

Da er nicht gut die Damenkabine betreten konnte, setzte er sich auf eine kleine Bank am Kneipp'schen

Tretbecken und wartete. Wenn sie dort hineingegangen war, musste sie schließlich auf dem Weg nach draußen hier an ihm vorbei.

Aber was sollte er ihr sagen? Tut mir leid, ich würde dir gerne bei mir was kochen, aber meine Exfrau wohnt dort noch. Das würde Conny wohl kaum hören wollen. Die Tür öffnete sich mehrmals, einige gut gelaunte Damen im Sportdress machten sich auf den Weg in ihren Kurs, Conny war nicht dabei.

Als er eine halbe Stunde gewartet hatte, wusste er, dass er sie entweder verpasst oder sich schlicht getäuscht hatte. Seufzend erhob er sich, um zu seinem Programm zurückzukehren.

In der Beinpresse fiel ihm plötzlich ein, was sich in Bartels Leben verändert hatte.

Sie hatten ihm den Täter gezeigt.

Rolf Bartel hatte schon auf den ersten Bildern den Mörder erkannt!

Deshalb auch das ganze Theater hinterher, überlegte Nachtigall, er wollte uns glauben machen, er habe nichts gesehen. Was, wenn Rolf Bartel seine Chance nutzen wollte, um den Mörder zu erpressen?

»Mein Gott! Dieser Idiot!«, schimpfte er laut vor sich hin und ein Herr, der auf dem Weg zu den Trainingsrädern war, blieb stehen und warf ihm einen empörten Blick zu.

»Mit Ihnen hat das nichts zu tun. Ich denke nur laut!«, entschuldigte sich Peter Nachtigall. Dann rannte er über die Treppe ins Erdgeschoss und von dort ins Freie.

Eilig zerrte er sein Mobiltelefon aus der Trainingshose.

»Nachtigall. Habt ihr den Computer?«

»Ja. Alle Datenträger auch. Sie werden staunen, was

da zusammengekommen ist. Liegt alles bei Ihnen auf dem Schreibtisch.«

Sofort gaukelte Nachtigalls Fantasie ihm einen Schreibtisch vor, der unter dem Berg aus DVDs, CD-ROMs, Disketten nicht mehr zu erkennen war.

»Was soll ich damit? Das Zeug muss in die Computertechnik! Wo war Markus Mehring?«

»Angeblich den ganzen Nachmittag bei seiner Mutter.«

»Hm. Rolf Bartel wurde heute überfallen. Vielleicht sollte er bei dem Überfall sogar getötet werden. Es muss ein Beamter vor seinem Zimmer postiert werden – am Ende geben wir dem Mörder eine zweite Chance. Wenn er erfährt, dass der erste Versuch fehlgeschlagen ist, versucht er es womöglich noch einmal.«

»Geht klar.«

Die Gestalt, die er am Klinikum gesehen hatte, war Markus Mehring gewesen, fiel jetzt ihm ein. Ob der wohl seinen Großvater besucht hatte?

Frisch geduscht machte sich Peter Nachtigall eine Stunde später auf den Weg zu Conny.

Wie am Abend davor lag ihr Haus völlig still im geschmackvoll angelegten Garten und bemühte sich darum, einen unbewohnten Eindruck zu machen. Enttäuscht stieg er wieder in sein Auto und trommelte ungeduldig mit den Fingern aufs Lenkrad.

Dann rief er bei Jule an.

»Du hast nicht bei mir zurückgerufen«, beschwerte er sich.

»Stimmt. Aber das Problem mit Birgit kann ich nicht lösen. Ich habe sie angerufen und mir angehört, warum sie aus Norwegen abgehauen ist. Dann wollte ich sie überreden in ein Hotel zu ziehen. Nichts ging. Sie hat nur rumgeheult.«

»Also wie bei mir. Gut. Die letzte Nacht habe ich im Auto geschlafen und mein Rücken hat mir das übel genommen. Das geht nicht noch einmal – ich werde wieder in mein Haus einziehen!«

»Viel Glück, Papa. Ich muss jetzt los. Emile und ich gehen ins Kino und dann zum Inder. Ach und Papa, ab morgen sind Emile und ich für ein paar Tage an der Ostsee. Die Farbe muss trocknen und es ist immerhin sein Urlaub. Da wollen wir noch ein bisschen Sonne, Strand und Meer genießen. Tschüß! Ich melde mich, wenn wir wieder zurück sind«

Verlassen starrte er auf das dunkle Display. Mobiltelefone gaben einem auch nur die flüchtige Illusion von mittendrin, in Wirklichkeit schubsten sie einen nach jedem Gespräch noch tiefer in die schwarze Einsamkeit, philosophierte er trübsinnig.

Nachtigall legte sich auf der Fahrt nach Sielow Worte zurecht, die Birgit aus seinem Haus vertreiben sollten. Er würde diesmal hart bleiben. Sie konnte doch nicht einfach, wann immer sie lustig war, aus ihrem blöden Norwegen eingeflogen kommen und alles durcheinander wirbeln. Sie hatte sich schließlich so entschieden und sich damals keine Sekunde darum geschert, was sie ihm damit antat. Er murmelte sich in gerechten Zorn und stieg steifbeinig aus.

Das Haus war hell erleuchtet.

Vor der Tür saß Casanova und zeigte zum ersten Mal eindeutige Zeichen übermäßiger Freude, als er seinen Mitbewohner erkannte. Nicht nur dass er schnurrte und sich an Nachtigalls Beinen rieb, nein, er schien gleich alles auf einmal tun zu wollen vor Glückseligkeit.

»Na, mit der Dame bist du wohl nicht so richtig ausgekommen, wie?«, lachte der Hauptkommissar und streichelte das imposante Tier.

»Wollen mal sehen, wie wir das Terrain nun wieder zurückerobern, mein Lieber!«

Entschlossen schob er den Schlüssel ins Schloss und trat ein.

Die Koffer waren aus dem Flur verschwunden! Sie hatte also einfach ihre Sachen wieder in die Schränke im Schlafzimmer einsortiert! Vor Wut wurde es Nachtigall im Wechsel heiß und kalt.

Er stieß die Tür zur Küche auf und traf Birgit im Gespräch mit seiner kleinen Schwester Sabine an.

Völlig konsterniert blieb er in der Tür stehen, der Kater, der sich schwer an sein Bein lehnte, wagte es auch nicht, noch einen Schritt weiter zu gehen. Er warf Nachtigall einen fragenden Blick zu.

Sabine hatte eine Flasche Wein geöffnet und saß völlig entspannt plaudernd mit Birgit an seinem Küchentisch. Da sie ihm den Rücken zuwandte, konnte sie ihn nicht sehen und bemerkte erst an Birgits Reaktion, dass etwas nicht stimmte. Sie fuhr herum.

»Hallo Peter! Wie schön, dass du kommst. Ich habe Lasagne für uns gemacht«, verkündete sie gut gelaunt.

Sie stand auf und nahm ein weiteres Glas aus dem Hängeschrank, stellte es auf den Tisch und goss ihm von der samtig roten Flüssigkeit ein.

»Nun setz dich schon zu uns«, forderte sie ihn auf und als er keine Anstalten machte, näher zu kommen, nahm sie seine Hand und zog ihn zum Tisch.

»Nein.«

»Jetzt hat er doch diese widerliche Katze wieder mitgebracht!«, empörte sich Birgit.

»Nein. Das ist keine widerliche Katze. Das ist mein Kater. Er wohnt hier – ich wohne hier – du wohnst nicht hier!«, sagte Nachtigall und konnte nur mit größter Mühe seinen Zorn unterdrücken. Wie ein Dampfkochtopf kurz vor dem Platzen, hatte Tante Erna diesen Zustand immer bezeichnet.

»Das stimmt. Und daran will auch niemand etwas ändern«, versuchte Sabine zu vermitteln, »Birgit wohnt hier nicht.«

»Dann soll sie verschwinden! Jetzt, sofort!«

»Genau das wird sie auch tun.« Sabine sah ihren Bruder ratlos an. Sie hatte ihn noch nie so zornig gesehen.

»Ich möchte dich nie wieder sehen!«, zischte er Birgit an. »Du wirst hier nie wieder aufkreuzen!«, schleuderte er ihr seine ganze Wut und Verzweiflung entgegen.

»Werde ich auch nicht. Ich fahre morgen nach Norwegen zurück.«

»Heute!«, forderte er. »Du fährst heute! Dies ist mein Haus und ich werde heute Nacht hier in meinem Bett schlafen. Du wirst dir eine andere Bleibe suchen müssen!«

»Jetzt komm wieder runter, großer Bruder! So kenn ich dich ja gar nicht! Es ist alles geregelt! Heute übernachten die beiden im Hotel und gleich morgen früh werden sie wieder aufbrechen.«

»Sie? Soll das heißen, jetzt hat sie auch noch ihren Geologen hier bei mir einquartiert?«, schäumte er wieder auf.

»Nein«, Sabine drückte ihn auf den letzten freien Stuhl und schob ihm das Glas Wein in die Hand.

»Trink erst einmal einen Schluck. Ich werde dir alles erklären«, versprach sie dann.

»Ich will mich nur verabschieden. Die Sache mit deiner Freundin war ausgesprochen gemein und dumm von mir. Aber ich war so traurig und enttäuscht, allein und hilflos – da wollte ich dir auch kein neues Glück gönnen. Ich hoffe für dich, dass sich das wieder einrenken lässt. Sabine kann dir vielleicht dabei helfen.« Birgit erhob sich und Casanova floh.

»Du hast meinem Kater etwas angetan!«

»Ich kann Katzen nicht leiden. Ich habe ihn rausgeworfen und ihm gesagt, er solle sein Essen selber fangen. Das ist der Job einer Katze, nicht wahr?«, schnappte Birgit ihn an.

»Casanova hat das nicht nötig. Er mag Mäuse – und würde ihnen nie ein Leid zufügen!«

So konnte man es auch ausdrücken, dachte Sabine, wenn man die Faulheit des Katers in dieser Angelegenheit verbrämen wollte. Er ging Mäusen schlicht aus dem Weg.

Birgit zog einen Hausschlüssel aus ihrer Hosentasche.

»Hier. Den hatte ich immer noch. Vielleicht als eine Art Rückversicherung. Aber ich sehe nun, dass es in deinem Leben keinen Platz mehr für mich gibt. Schade! Aber wahrscheinlich habe ich es mir selbst verscherzt. Jule wollte mich nicht sehen – ihr Leben hat mit meinem auch keine Berührungspunkte mehr.« Sie warf den Schlüssel mit einer lasziven Bewegung auf den Tisch und verließ das Haus. Nachtigall sah ihr nicht einmal nach.

»So, nachdem Birgit nun gegangen ist, können wir zwei vernünftig miteinander reden?«, fragte Sabine mit amüsiertem Unterton und schaufelte eine große Portion Lasagne aus einer Auflaufform auf einen Teller. Es duftete verführerisch. Sabine, musste er einräumen, konnte fast so gut kochen wie er.

Nachtigall nickte.

Er stand auf und entnahm dem Küchenschrank eine Dose Katzenfutter, öffnete sie und füllte einen Teil davon in Casanovas Napf. Der dankbare Kopfstoß signalisierte ihm, dass für den Kater die Welt nun wieder in Ordnung war. Schnurrend machte Casanova sich über sein Abendessen her.

»Conny meldet sich nicht«, erklärte Nachtigall schlicht, als er wieder Platz nahm und von der Lasagne probierte.

»Birgit hat mir erzählt, was sie getan hat. Aber du hast auch falsch reagiert, Bruderherz.«

»Hmm. Das hast du prima gemacht«, lobte er das Essen, »ja ich weiß. Statt sie fest an mich zu drücken und zu Birgit zu sagen, das ist Conny, die Frau, die ich liebe – habe ich sie zurückgestoßen, als dürfe Birgit nicht wissen, dass ich eine neue Beziehung habe. Das war so richtig blöd von mir.«

»Und nun hast du versucht Conny zu erreichen und das funktioniert nicht.«

»Mailbox beim Handy, Anrufbeantworter am Festnetz. Keine Chance für eine Klärung.«

»Warum bist du nicht in ihre Praxis gefahren?«, wollte Sabine wissen.

»Weil ich dachte, sie würde das nicht unter den Augen ihrer Sprechstundenhilfe diskutieren wollen.«

»Wie rücksichtsvoll. Aber du würdest es schon gerne wieder kitten?«

»Ja. Ich habe letzte Nacht im Auto vor ihrem Haus

übernachtet. Ich dachte, sie fährt vielleicht hier vorbei und sieht Birgits Auto friedlich neben meinem stehen und glaubt ... naja, jetzt ist sie ja weg!«

»Willst du gar nicht wissen, warum sie hier war?«

»Nein. Ich will nur, dass sie nicht wiederkommt.«

»Tut sie nicht. Ihr Geologe ist heute eingeflogen und hat sie mit großer Geste versöhnt. Morgen fahren sie dann mit dem Auto zurück. Alles wieder gut. Und zu dir oder Jule kommt sie sicher nicht mehr. Du hättest Jule erleben sollen. Die hat ihr deutlich gezeigt, wo die Grenzen sind.«

»Jule war hier?«, Nachtigall war erstaunt. Also hatte sie doch versucht ihm zu helfen! Dankbarkeit und Stolz erfüllten ihn.

»Ja. Und sie hat ganz ähnlich reagiert, wie du eben. Sie kann wirklich toll wütend sein!«

»Und wie kriege ich das mit Conny wieder hin?«, fragte Nachtigall kleinlaut.

Sabine wuschelte ihrem Bruder durch die Haare und lachte fröhlich.

»Iss und trink und kümmere dich um deinen haarigen Freund. Sieh mal, der bettelt um einen Platz auf deinem Schoß!«

Und während die Geschwister besprachen, wie Nachtigall versuchen konnte Conny wieder zu versöhnen, lag der Kater schnurrend auf dem Schoß des Ermittlers und erlaubte ihm gnädig mit seinen Fingern Chaos in sein rotgetigertes Fell zu bringen.

40

Florian Kessler war extrem blass. Hätten die Monitore neben seinem Bett nicht gleichmäßig gepiept – Markus wäre überzeugt gewesen am Bett eines Toten zu sitzen.

Liebevoll hielt er seine schlaffe Hand und erzählte ihm tapfer von all den Dingen, die sie gemeinsam unternehmen würden, sobald Florian sich entschließen wollte die Augen zu öffnen und aus dem Koma zu erwachen. Aber sein Freund schwieg. Schon seit Wochen. Reagierte auf keine seiner Bemühungen. Nicht einmal bei ihrer Musik hatte er gezuckt. Er war warm, er atmete und doch glich er mehr einem Verstorbenen als einem Lebenden.

Voller Abscheu betrachtete Markus Mehring die vielen Schläuche, die in Florians wundervollen Körper hinein oder aus ihm heraus führten. Wenigstens war die Beatmungsmaschine verschwunden, deren regelmäßiges Keuchen ihn so belastet hatte. Eine geringfügige Besserung seines Zustands, hatten die Ärzte gesagt – aber aufgewacht war Florian nicht. Langsam waren die Hämatome in seinem Gesicht verblasst – doch er erwachte nicht. Manchmal erzählte er ihm, dass er noch genau so schön war wie vorher, er glaubte, sein Freund habe Angst, entstellt zu sein, und bleibe deshalb lieber in diesem eigenartigen Dämmerzustand. Selbst das hatte ihn nicht wieder auftauchen lassen.

Florians Eltern hatten ihm eine furchtbare Zeit beschert – noch furchtbarer als die, die er ohnehin schon durchlitt. Doch Dr. Klaus hatte durchgesetzt, dass er, trotz ihres Verbotes, wieder täglich an Florians Bett sitzen durfte. Liebe und Zuneigung seien wichtig für den Patienten, hatte er den Eltern versichert. Selbst in dieser Situation! Florian könnte eventuell spüren, dass Markus in seiner Nähe war – und es würde ihn freuen, ja, das sei vielleicht der entscheidende Impuls, den Florian so dringend brauchte. Der Grund, um sich aus der Dunkelheit wieder ins Licht aufzumachen.

Natürlich gaben Florians Eltern ihm die Schuld an der Sache – war ja zu erwarten gewesen. Sie hatten es einfach nicht verstehen wollen – genauso wenig wie sein Vater. Florian und er waren ein Paar. Sie liebten sich, wollten zusammenziehen, heiraten. Vielleicht schon bald.

Nun sagten seine Eltern, wäre er dir und deinem Vater nie begegnet, so könnte er jetzt gesund und fröhlich durch sein Leben tanzen. Ohne dich ...

Er verstand ihre Verzweiflung nur zu gut, dennoch war sie kaum zu vergleichen mit der Finsternis, in der er selbst sich seit Florians Unfall bewegte. Ihr Verhalten war ungerecht, seine Verzweiflung tausendmal größer als die ihre. Und während sie sich wenigstens gegenseitig stützen konnten, hatte er niemanden, der ihn tröstete.

Seine Mutter verstand nicht, was er ihr zu erklären versuchte, was in ihm vorging, dass er beinahe seine große Liebe an den Tod verloren hätte. Er hatte den Eindruck, sie halte das Ganze für eine ärgerliche Virusinfektion: Wenn nur alle geduldig abwarteten, dann würde sich die Angelegenheit von alleine regeln.

Er sah mit tränenverschleiertem Blick auf den Monitor.

Der Puls ging regelmäßig, eine gezackte Kurve. Das einzige Indiz dafür, dass Florian noch lebte.

Auch Paul hatte keine Zeit für ihn. Der dachte nur noch an seine Katharina und diesen Lucas oder seine Mind Watchers. Sie konnten sich überhaupt nicht mehr vernünftig miteinander unterhalten! Durfte man eigentlich bei den Mind Watchers Mitglied sein, wenn man homosexuell war? Er würde ihn bei Gelegenheit danach fragen.

Sanft streichelte er über Florians fahle Wangen. Ob er wohl je wieder mit ihm sprechen würde? Oder lachen? Obgleich ihm diese Aussicht sehr unwahrscheinlich erschien, hoffte er dennoch voller Inbrunst, dieses Wunder möge geschehen. Alle anderen Probleme wären dann irgendwie lösbar.

Eine böse, kleine Stimme in seinem Inneren meldete hartnäckige Zweifel an.

Florians Welt war der Tanz.

Dr. Klaus glaubte nicht daran, dass Florian je wieder so würde tanzen können wie vor diesem furchtbaren Unfall, wenn er überhaupt wieder erwachte.

Unfall?, hakte die innere Stimme nach. Unfall? Was redest du dir denn da wieder ein? Hast du etwa vergessen, dass es nicht einfach ein Unfall war – sondern eindeutig ein Suizidversuch? Und er hat nicht einmal bei dir angerufen – er wollte es diesmal allein durchziehen. Was glaubst du wohl, wird er empfinden, wenn er gleich die Augen aufschlägt und sieht, er hat es nicht geschafft – er hat überlebt. Aber er hat es geschafft, sich selbst seinen großen Traum zu zerstören, er wird nie ein berühmter Solotänzer werden – deinetwegen!

Markus fuhr sich mit der freien Hand übers Gesicht. Es war seine Schuld – seine ganz allein. Und selbst wenn

Florian erwachte – er würde doch sofort erneut versuchen sich das Leben zu nehmen. Auf jeden Fall würde er ihn, Markus, für immer aus seinem Leben verbannen. Egal für welchen Weg Florian sich letztlich entscheiden würde, Markus wusste, dass er ihn ohne seine Begleitung gehen würde.

»Scheiße!«, schluchzte er erstickt und hoffte, Florian würde seinen Schmerz nicht bemerken. Was hatte denn sein Leben dann noch für einen Sinn mit dieser Schuld und ohne Florian.

Er trat einen Schritt vom Bett zurück. Dr. Klaus hatte ihm erklärt, es sei jede Aufregung des Patienten zu vermeiden. Nur positive Nachrichten, fröhliche Stimmen, Erinnerungen an frohe Tage. Alles andere gäbe dem Komapatienten nur das Gefühl, es sei besser, in der Dunkelheit zu verharren, um sich nicht den großen Problemen des Lebens stellen zu müssen.

Als er sich wieder im Griff hatte, kehrte er an Florians Bett zurück und erzählte ihm davon, wie er für ihre gemeinsame Zukunft gesorgt hatte, tröstete ihn und versprach immer für ihn da zu sein. Und er berichtete auch von seinen Erlebnissen bei der Testamentseröffnung und danach. Er versuchte es lustig zu tun und spürte doch, wie er sich immer mehr von sich selbst entfernte.

41

Freitag

»Guten Morgen!«, fröhlich begrüßte Michael Wiener seine Kollegen und startete seinen PC.

»Gut, dass du da bist, dann wären wir komplett. Guten Morgen! Ich war gestern doch noch bei Rolf Bartel im Krankenhaus und er hat mir erzählt, er sei überfallen und geschlagen worden. Zum Schluss fiel der Name Mehring. Ich habe dann gecheckt, wo die beiden Brüder am Nachmittag nach der Testamentseröffnung waren und Markus hat wieder ein Alibi durch seine Mutter, Paul war in seiner Wohnung und hat am Laptop gearbeitet. Vorsichtshalber habe ich einen Wachmann vor Bartels Tür postiert. Mir ist da nämlich noch ein ganz anderer Gedanke gekommen: Wenn der Bartel den Mörder auf dem Video erkannt hat, dann wollte er mir vielleicht mit Mehring nur sagen, dass der Überfall mit dem Fall Mehring zu tun hat. Ich denke mir das so: Rolf Bartel erkennt hier den Mörder – woran auch immer – und ruft ihn sofort an, um sein neues Wissen mit ihm zu teilen. Er versucht eine Erpressung und trifft sich mit ihm. Der Täter hat aber nicht vor sich auf die Erpressung einzulassen und bringt einen Baseballschläger oder so etwas mit. Damit prügelt er auf Bartel ein. Er muss wohl geglaubt haben, der Mann sei tot, denn er hat ihn liegen lassen und hat danach bestimmt die Waffe entsorgt.«

»Mörder sind gefährliche Menschen. Hat Bartel das nicht gewusst?«, fragte Skorubski. »Wo er doch ständig mit Teufeln zu tun hat. Warum hast du ihn nicht gefragt, was er sagen wollte?«

»Weil er plötzlich das Bewusstsein verloren hat und seither nicht mehr ansprechbar ist.«

»Das heißt, Rolf Bartel hat den Mörder erkannt. Aber außer ihm haben bisher alle Zeugen angegeben ihn nicht zu kennen. Wir haben die falschen Leute gefragt.«

»Wir werden heute eine Sequenz über die Tagesschau ausstrahlen lassen – oder bei der Tagesschau lassen wir es ankündigen und LTV strahlt sie aus. Das werden wir absprechen. Und dann findet sich vielleicht noch jemand, der die Person erkennt.«

»Und erpresst ihn, wird zusammengeschlagen ...«

»Nein, soweit darf es natürlich nicht kommen! Wir warnen vor der Gefährlichkeit.«

»Rosemarie Phillip hat doch von einem Florian erzählt, der Solotänzer bei den ›drei goldenen Haaren‹ war und diesen Unfall hatte. Sie meinte, er sei ein Freund von Markus Mehring. Kannst du bitte rauskriegen, was für eine Art Unfall das war?«

»Gibt es auch einen Nachnamen?«, fragte Wiener.

»Nein. Aber wir haben doch die Mitgliederliste! Da müsste er doch drinstehen.«

»Bestimmt – ich suche. Er wird vielleicht nicht der einzige Florian sein, so selten ist der Name ja auch nicht gerade.«

Peter Nachtigall klopfte dem jungen Mann aufmunternd auf die Schulter und kehrte an seinen eigenen Schreibtisch zurück. Die Verbindungstür zwischen den beiden Büros blieb immer geöffnet, Nachtigall wollte keine Barrieren zwischen seinem Team und sich.

»Ich rufe jetzt im Krankenhaus an und frage nach unseren beiden Patienten. Vielleicht hat sich ja in der Zwischenzeit irgendwas ergeben. Sagt mal, hat Rolf Bartel eigentlich Familie?«

»Ja – einen alten Vater. Beuchstraße. Die Kollegen haben ihn informiert. Sonst wohl keine näheren Verwandten«, meinte Albrecht Skorubski und wies auf eine Kopie des Protokolls. »Die Kollegen haben uns gut versorgt.«

»Nachtigall, Kriminalpolizei Cottbus. Ich wollte mich nach dem Gesundheitszustand von Herrn Rolf Bartel erkundigen. Er wurde gestern nach einem brutalen Überfall eingeliefert.«

»Er hat das Bewusstsein bisher nicht wiedererlangt? Der Polizist steht doch noch vor seiner Tür, oder?«

»Ich möchte Sie alle um erhöhte Wachsamkeit bitten. Es ist möglich, dass der Täter ein weiteres Mal versucht Herrn Bartel umzubringen, wenn er erfährt, dass er den Überfall überlebt hat. Dankeschön.«

»Sieht ja nicht gut aus«, stellte Skorubski fest und tippte an einem Gesprächsprotokoll.

»Ich hab den Florian. Florian Kessler heißt er. Ist doch der Einzige. So, jetzt werden wir gleich erfahren, was für ein Unfall das war«, schnell und sicher bewegten sich Michael Wieners Finger über die Tastatur. Ein Fenster öffnete sich. Er klickte weiter und bald war eine ganze Galerie von Fotos auf seinem Monitor zu sehen.

»Du liebe Zeit. Dass man so was überhaupt überleben kann! Seht euch das an!«, schockiert deutete der junge Mann auf die Bilder.

Die beiden Kollegen scharten sich um ihn und starrten gebannt auf die Polizeifotos vom Unfallort.

Der blaue BMW hatte sich regelrecht um einen Alleebaum gewickelt. Von dem Wagen war kaum etwas übrig geblieben, der Fahrgastraum auf der linken Seite vollständig eingedrückt, die Windschutzscheibe zersprungen, die Kühlerhaube um den Stamm gebogen. In dem Chaos aus Blech, Glas und dem Füllmaterial der Sitze konnte man undeutlich eine Gestalt ausmachen. Durch den Aufprall war sie gegen die Scheibe geschleudert worden und saß nun auf dem Beifahrersitz. Sie schien eingeklemmt zu sein. Auf den Bildern wirkte es so, als habe sich das Auto durch Florians Körper hindurchgeschoben. Blut war an Scheibe und Karosserie gespritzt.

»Das sieht aus wie nach einem Sprengstoffanschlag«, flüsterte Wiener und öffnete ein Textfenster.

»Überhöhte Geschwindigkeit, nicht angeschnallt, nicht gebremst, er ist in der Kurve einfach geradeaus weitergefahren. Die Kollegen gehen von einem Suizidversuch aus«, las Skorubski laut. »So ein junger Mann! Vielleicht hat die Freundin mit ihm Schluss gemacht.«

»Ich schlage vor, wir fragen die Eltern. Vielleicht wissen die ja, warum Florian sich so etwas antun wollte. Er war der beste Freund von Markus Mehring – so erfahren wir auch ein bisschen was über ihn«, beschloss Nachtigall und gab Skorubski ein Zeichen.

»Michael, du hältst Kontakt. Eventuell ruft das Klinikum wieder an oder die Computerleute finden was auf den Datenträgern von Markus Mehring.«

Er war schon fast zur Tür raus, da rief Wiener ihm nach: »Braucht ihr keine Adresse?«

Er lachte, als Nachtigall seinen Kopf wieder ins Büro streckte. »Na, bitte!«

Die Familie Kessler wohnte in einem kleinen, grünen Haus mit dunkelgrünen Fensterläden am Ortsrand von Kiekebusch. Ein ebenfalls dunkelgrüner Lattenzaun umspannte das gesamte Grundstück. Der Vater war Finanzbeamter im Ruhestand, die Mutter pensionierte Lehrerin. Das kleine Häuschen war außerordentlich gepflegt, der Garten voller Überraschungen. Herr Kessler züchtete seltene Stauden und exotische Nadelgehölze. Der hintere Teil des Gartens wurde von einer Andentanne dominiert, die, wie Nachtigall wusste, sehr anspruchsvoll und empfindlich war.

Über dem Anwesen hing ein Hauch von Traurigkeit. Das Ehepaar sprach nur leise und schleppend miteinander und den überraschenden Besuchern. Frau Kessler knüllte ständig ein Taschentuch in ihren Ärmel, zog es hervor und stopfte es zurück. Nachtigall fiel auf, dass sie trotz der anhaltenden Wärme einen wollenen Pullover trug.

Herr Kessler bat die Ermittler ins Haus und lud sie ein am Esstisch Platz zu nehmen.

»Kaffee?«

Sie lehnten dankend ab.

»Wir kommen wegen Ihres Sohnes Florian. Was für ein schrecklicher Unfall.«

Tränen stiegen in die Augen des Ehepaares, beide wischten sie nachlässig weg, als sei das eine Bewegung, die sie viele hundertmal am Tag durchführten.

»Ja. Es war schrecklich. Ist es noch.«

»Wie geht es Ihrem Sohn denn?«

»Tja – man sollte meinen eine solche Frage sei relativ leicht zu beantworten. Aber in diesem Fall müssen wir zugeben, wir wissen nicht, wie es unserem Jungen geht«, antwortete Herr Kessler müde.

»Warum ist es so schwierig?«

»Er liegt seit dem Unfall im Koma. Er lebt, aber er ist nicht ansprechbar. Niemand weiß, ob er je wieder aufwachen wird«, Frau Kessler schluchzte leise.

»Den Akten nach, war es ein Selbstmordversuch.«, Nachtigall dämpfte seine Stimme.

»Ja. Das stimmt. Er wollte sich umbringen, weil er einfach keinen Ausweg mehr gesehen hat«, antwortete die Mutter tapfer.

»Hat seine Freundin mit ihm Schluss gemacht?«

»Nein«, Tränen liefen über ihr Gesicht, sie beachtete sie nicht.

»Wir haben einen Abschiedsbrief gefunden. Er wollte verhindern, dass wir uns schuldig fühlen. Es ging um seine Tanzerei«, erklärte Herr Kessler heftig.

»Sein Solo bei den ›drei goldenen Haaren‹?«

»Genau. Er hat geübt und geprobt. Jede freie Minute. Und Florian ist ein wirklich großer Tänzer. Er kann in ein paar Jahren, wenn er einen guten Trainer findet, ein Star werden!«

Sie sah ihren Mann an und verstummte.

»Diese Tanzerei ist doch nichts für einen Jungen, nicht wahr? Aber er ließ sich das nicht ausreden. Und dann lernte er Markus Mehring kennen«, Herr Kessler legte so viel Bitterkeit in seine Stimme, als er den Namen des Freundes von Florian aussprach, dass Nachtigall zusammenzuckte.

»Wie haben die beiden sich denn überhaupt kennengelernt?«

»Frau Mehring war beim Putzen der Fenster von der

Leiter gestürzt. Markus platzte in die Probe und informierte seinen Vater, der wohl fluchend nach Hause fuhr. Seinen Sohn nahm er nicht mit. Florian ist ein netter Junge und Markus tat ihm leid. Erst fällt die Mutter schwer und dann ist der Vater auch noch so unfreundlich zu ihm. Sie haben sich zusammen draußen hingesetzt und kamen ins Gespräch. Dabei müssen sie sich wohl gegenseitig sympathisch gefunden haben – und so nahm das Unglück seinen Lauf.«

»Wie meinen Sie das? Markus Mehring ist nicht Mitglied in diesem Verein.«

»Er ist der Sohn von Hans-Jürgen Mehring!«, wieder diese grenzenlose Verachtung in der Stimme.

»Florian und Markus befreundeten sich. Dass es mehr als nur Freundschaft war, haben wir erst nach dem – Unfall – erfahren. Sie trafen sich regelmäßig zum Schwimmen, alles heimlich, weil Herr Mehring seinem Sohn solche Dinge nicht erlaubt hat. Dann kam der große Tag: Mein Florian bekam den Solopart für die Fernsehaufzeichnung. Deutschlandweit würden die Menschen meinen Jungen tanzen sehen können. Sein Traum sollte endlich wahr werden. Florian war glücklich wie noch nie!«, Frau Kesslers Augen bekamen einen warmen Glanz, wenn sie so von ihrem Sohn sprach.

»Ja«, übernahm Herr Kessler den Erzählfaden mit hartem Ton, »er war glücklich – bis Hans-Jürgen Mehring dahinter kam, dass die beiden Jungs sich ab und zu getroffen haben. Er wartete nach der Probe auf Florian und schlug ihm ein Geschäft unter Männern vor: Florian sollte sich zukünftig von Markus fern halten, dann dürfe er weiter seinen Solopart behalten und er, Mehring, würde sich persönlich darum kümmern, dass er einen richtig guten Trainer bekäme und Karriere machen könnte. Würde er nicht dazu bereit sein, wäre seine Karriere genau hier beendet. Seinen Solopart würde dann Henning übernehmen. In den Augen meines Sohnes ein Affront. Hennig, meinte er, tanze wie eine Kartoffel zum Kurkonzert. Damit ließ Mehring Florian stehen und verlangte seine definitive Antwort für den übernächsten Tag vor der Probe.«

Was für ein Dämon, durchfuhr es Nachtigall, was für ein wahrhaft teuflisches Spiel.

»Mein Sohn konnte das nicht entscheiden, das verstehen Sie sicher. Tanz war sein Traum – die Beziehung zu Florian war Liebe. Sehen Sie, wir ahnten nichts davon. Wir wissen es nur aus seinem Brief. Er hat mit uns nicht über sein Dilemma gesprochen – Mehring hatte ihm das ausdrücklich verboten und er durfte auch mit Markus nicht darüber reden. Er war ganz allein mit dem Problem.«

»Hätte er sich nicht einen anderen Verein suchen können, um dort seine Karriere in Angriff zu nehmen?«

»Natürlich hätte er. Aber er war doch nun so nah dran! In ein paar Wochen beginnen die Fernsehaufzeichnungen und er hatte den Solopart. In einem anderen Verein hätte er sich diese Position erst neu erkämpfen müssen.«

»Herr Mehring hat also von der Beziehung der beiden gewusst und setzte alles daran sie auseinander zu bringen.«

»Ja. Ich finde den Gedanken auch nicht besonders toll, dass mein Sohn einen anderen Jungen liebt – aber wenn es eben so ist, dann ist es so. Ich will nur sein Glück und nun ...«, Frau Kessler begann wieder zu weinen. Ihr Mann warf ihr einen nachdenklichen Blick zu.

»Sie hat sich Enkel von ihm gewünscht«, erklärte er dann lapidar.

»Florian ist Ihr einziges Kind?«

»Nein, wir haben noch zwei Töchter. Eine lebt in den USA, eine in Italien. Heutzutage verstreut sich eine Familie offensichtlich in alle Winde. Sie studieren im Ausland, dann finden sie dort einen Job und am Ende schreiben sie nur noch ab und zu eine dürre Mail. Florian ist hier und er wollte auch bei uns bleiben – zumindest bis seine Karriere ihn zu einem Engagement führen würde. Meine Frau kann schlecht loslassen.«

Albrecht Skorubski nickte verstehend. Seiner Frau ging es ebenso.

»Wie kam Florian ausgerechnet zu den ›drei goldenen Haaren‹. Das ist doch eher ein kleiner Verein. Wäre ein größerer für seine Pläne nicht besser gewesen?«

»Vielleicht. Er erzählte in der Schule irgendjemandem von seinem Traum, Solotänzer zu werden. Und dort verwies man ihn an diesen Verein in Kahren – es war Zufall, die suchten gerade einen jungen Mann, der wirklich tanzen konnte.«

»Florian geht seit vielen Jahren zum Unterricht«, flüsterte Frau Kessler, »er wollte im Rampenlicht stehen, allein vorne auf der Bühne. Das wurde ja auch Zeit – er wird in diesem Winter immerhin 20. Für ihn war dieser Fernsehauftritt die letzte Chance.«

»Er lieh sich meinen Wagen. Er fährt immer sehr vorsichtig und aufmerksam, also hatte ich nie Bedenken. Etwa eine Stunde später bekamen wir Besuch von der Polizei«, nun stiegen auch in Herrn Kesslers Augen Tränen. »Er war absichtlich aus der Kurve gerast und gezielt gegen den Baum gefahren. Später fanden wir dann den Abschiedsbrief, in dem er uns zu erklären versuchte, warum er nicht mehr weiterleben könne. Er liebt Markus und er liebt das Tanzen. Er hat das Gefühl gehabt, auf keines von beiden verzichten zu können. Sein Sparbuch war geplündert, das Geld lag in einem Umschlag neben dem Brief. Sein Anteil am Kauf eines neuen Autos ...«, seine Stimme versagte.

»Es ist schrecklich, wenn Sie Ihr Kind, das immer so fröhlich und lebenslustig war, nun starr im Bett liegen sehen – schlafend und doch wach. Er spricht nicht, er lacht nicht. Um ihn herum herrscht undurchdringliche Stille.«

»Die Ärzte glauben nicht daran, dass er wieder zu uns zurückkommt. Das spürt man. Aber selbst wenn er wieder aufwachen würde, was für ein Leben sollte er dann führen? Es ist nicht klar, welche Schäden sein Gehirn erlitten hat und wie gut er Ausfälle kompensieren könnte. Er ist noch jung – da ist so manches an Heilung möglich. Doch tanzen wird er nie mehr.«

»Sein Freund Markus sitzt jeden Tag an seinem Bett und plant für ihn eine strahlende Zukunft. Er erzählt ihm von Physiotherapeuten in aller Welt, die neue Therapiekonzepte entwickelt haben, schwärmt von Soloauftritten in der ganzen Welt – Florian müsse nur aufwachen. Für uns ist es schwierig, mit diesem jungen Mann umzugehen. Ohne ihn hätte es nie so weit zu kommen brauchen, er hat uns Florian entfremdet. Aber er ist jetzt für unseren Sohn sehr wichtig – und es ist gut für ihn, dass Markus jeden Tag zu ihm kommt. Sagt jedenfalls der Arzt«, Frau Kessler trat an das Regal und öffnete eine Schublade. Als sie an den Tisch zurückkehrte, legte sie ein Fotoalbum vor Nachtigall ab und schlug es auf. Fotos von einem fröhlichen, lachenden Jungen. Das erste Lächeln, die ersten Zähne, erste Gehversuche, erste

Versuche mit dem Rad zu fahren, erste Auftritte – alles war dokumentiert.

Er blätterte bis zum Ende.

Das letzte Bild zeigte Florian Kessler in einem Teufelskostüm, allein auf der Bühne, wie er gerade zu einem Sprung ansetzte. Sein Gesicht war ernst und hochkonzentriert. Peter Nachtigall spürte die verzweifelte Sehnsucht dieses jungen Mannes nach Erfolg und Triumph. Und er hörte die Stimme von Paul Mehring, die sagte, ›lieben und geliebt werden, das ist das Wichtigste. Ohne Liebe ist alles andere nichts wert‹. Ein echter Konflikt ohne Lösungsmöglichkeit.

»Herr Mehring hat Ihren Sohn in eine ausweglose Lage gestürzt. Er wusste, was das Tanzen für den jungen Mann bedeutete, er wollte ihn verzweifelt sehen. Herr Mehring wurde ermordet.«

»Ja. Dankbar haben wir zur Kenntnis genommen, dass es jemanden gab, der diesen Mann noch mehr gehasst haben muss als wir – oder jemanden, der schlicht entschlossener war als wir.«

»Wo waren Sie am Sonntag während des Pokalspiels?«

»Ich verstehe schon, dass Sie diese Frage stellen müssen. Aber wir können sie auch ganz einfach beantworten. Zur Tatzeit saßen wir an Florians Bett. Das wird Ihnen das Pflegepersonal sicher bestätigen«, antwortete Herr Kessler sachlich und ruhig.

»Stellen Sie sich vor, wir würden ihn umgebracht haben und Sie kämen auf uns – wer sollte sich denn um Florian kümmern, wenn wir im Gefängnis sitzen. Welch schreckliche Vorstellung, er könnte womöglich erwachen und müsste feststellen, seine Eltern säßen ein und er muss allein mit allen Problemen fertig werden.

Nein! Undenkbar!«, ergänzte seine Frau und wischte sich erneut die Tränen ab.

Nachtigall war sich nicht sicher, ob das Elternpaar nicht doch einen der Spitzenplätze auf ihrer Verdächtigenliste einnehmen sollte. Warum nicht den Mann töten, der für das ganze Unglück verantwortlich war? Hätte Herr Kessler die Tat allein begangen, würde seine Frau weiterhin für Florian sorgen können – und nach ein paar Jahren wären die beiden wieder vereint. Nein, beschloss er, so einfach konnte er sie nicht von jedem Verdacht freisprechen. Er würde das Alibi gründlich überprüfen müssen.

42

»Die könnten es eben so gut gewesen sein«, stellte Skorubski auf dem Weg ins Büro trocken fest.

»Ja – und für Markus Mehring haben wir jetzt ein Motiv«, meinte Nachtigall.

»Er hat ein Alibi, sein Bruder hat eins, diese Familie könnte auch eins haben. Das ist so unübersichtlich«, beschwerte sich Skorubski und bog nach rechts auf die Madlower Hauptstraße ein.

Nachtigalls Handy unterbrach seine Überlegungen. Conny? Nein, enttäuscht entdeckte er Michaels Namen auf dem Display.

»Ja, Michael?«

»Das Klinikum hat angerufen, du sollst bitte vorbeikommen. Wilhelm Mehring ist aufgewacht. Sie haben ihn extubiert und nun fordert er vehement ein Gespräch mit Kommissar Nachtigall.«

»Gut, noch was?«

»Nein, noch nicht. In einer Stunde bekommen wir die Datenauswertung von Mehrings PC. Nur die Festplatte – für die anderen Datenträger brauchen die Kollegen noch mehr Zeit.«

»Gut. Wir fahren also in die Klinik und du hältst die Stellung. Wir werden auch gleich das Alibi der Kesslers überprüfen – sie behaupten während des Pokalspiels am Bett des Sohnes gesessen zu haben.«

»Oh – noch mehr Verdächtige? Vielleicht haben sie

auch einen Baseballschläger? Dann kämen sie auch für den Überfall auf Bartel in Frage.«

»Von Bartel nichts Neues? Aufgewacht und bereit eine Aussage zu machen?«

»Nein. Der Wachtposten wurde abgelöst, niemand versuchte sich in Bartels Zimmer zu schmuggeln.«

»Gut. Bis dann!«

Albrecht Skorubski hatte gehört, dass sie zum Klinikum fahren wollten, und ordnete sich am Südfriedhof entsprechend ein.

Eine Viertelstunde später standen sie in der Schleuse und zogen sich Kittel und Überschuhe an.

»Herr Mehring ist noch sehr schwach«, instruierte sie die Schwester, »wir sind ohnehin erstaunt, wie gut er die Operation verkraftet hat. Da gibt es viel jüngere Patienten, die nach so einem Eingriff tagelang verwirrt sind. Aber er will Sie sprechen und weil er sich sonst so aufregt, haben wir ihm versprochen Sie zu informieren. Fragen Sie möglichst wenig. Lassen Sie ihn erzählen und wenn Sie glauben, er ist fertig, gehen Sie zügig. Herr Mehring braucht unbedingt Ruhe!«

»Ich kann nicht versprechen, dass ich nicht nachfragen muss.«

»Denken Sie daran: Nur das Nötigste! Wir sind um die Ecke. Wenn sich an seinem Zustand etwas ändert, klingeln Sie sofort«, schärfte sie Nachtigall ein.

Die größte Veränderung seit seinem letzten Besuch war, dass die Beatmungsmaschine verschwunden war. Das zischende Geräusch fehlte, nur das leise Piepen der Überwachungsmonitore war noch zu hören.

Vorsichtig trat Nachtigall an Wilhelm Mehrings Bett.

Der alte Mann sah abgemagert aus, bleich, das Hämatom leuchtete intensiv schwärzlich um sein Auge herum und verlieh ihm dadurch fast einen verwegenen Eindruck. Die Augen hielt er geschlossen, er atmete flach. Der Hauptkommissar nahm sanft die linke unverletzte Hand in seine Pranken. Weiß und leblos lag sie knöchern in seiner weichen, rosigen Handfläche.

Herr Mehring schlug die Augen auf. Der Blick, der Nachtigall traf, war klar und hart.

»Gut. Sie sind gekommen«, krächzte er und schloss die Lider.

»Ja, selbstverständlich.«

»Ich muss Ihnen zwei Dinge sagen«, er holte mit schmerverzerrtem Gesicht Luft, »mein Sohn, die Narben – er war homosexuell. Er hat es bei Markus geahnt und versucht einen Mann aus ihm zu machen.« Wieder versuchte er Luft zu bekommen, ohne den Brustkorb weit dehnen zu müssen. »Lächerlich! Es ist angeboren, wissen Sie. Es ist keine Schwäche, wie er immer dachte. Es ist auch keine Krankheit. Es liegt in den Genen«, er keuchte und Schweiß trat ihm auf die Stirn. Peter Nachtigall wollte nach der Klingel greifen – da hielt ihn der harte Blick wieder zurück. »Nein. Ich bin noch nicht fertig. Mein Sohn hat Hiltrud ein Leben lang gequält. Lassen Sie sie in Ruhe – sie hat ein Recht darauf, nun ihre Freiheit zu genießen.« Die Augen schlossen sich wieder. »Er hat alle dafür bestraft, dass er nicht lieben durfte, wie er wollte. In dem Lager haben sie ihm erklärt, Homosexualität sei eine Krankheit, die man überwinden müsse. Nun wollte er sich und aller Welt zeigen, wie gut er genesen war! Er hat jede Menge anderer Frauen – neben der armen Hiltrud – gehabt, um aller Welt zu beweisen, er sei ein echter Mann. Das war zum wichtigsten in seinem Leben geworden. Das hat ihn so böse gemacht.«

»Warum haben Sie mir nicht erzählt, dass Sie auch einen Drohbrief bekommen haben? Wir hätten Sie vielleicht schützen können!«

»Ein paar Geheimnisse müssen Sie mir Tattergreis schon lassen«, verlangte Herr Mehring heiser und Nachtigall sah, wie ein kleines Lächeln seine Mundwinkel hob.

Die Schwester betrat leise den Raum und bedeutete Nachtigall, er möge nun gehen. Zum Abschied drückte der Hauptkommissar leicht die faltige Hand und trat auf den Gang zu Skorubski.

»Hast du alles mitbekommen?«

»Das meiste. Mann!«

Bedrückt verließen sie die Station und fragten sich bei der zentralen Aufnahme zu Florian Kessler durch.

»Kriminalpolizei Cottbus.«

Die Schwester in der Kanzel sah irritiert von ihren Akten auf.

»Ja – bitte?«

»Ich wüsste gerne, wer am letzten Sonntagnachmittag hier Dienst hatte.«

»Schwester Heidi, Schwester Anna und ich«, las sie vom Dienstplan an der Wand ab.»Warum?«

»Können Sie sich erinnern, wann die Eltern von Florian Kessler am Sonntag hier waren?«

»Oh ja. Ganz genau sogar. Das war während des Spiels. Florian ist Energiefan – und wenn der Verein spielt, bringt sein Vater immer ein kleines Radio mit, damit sie alle zusammen das Spiel verfolgen können. Und am Sonntag war ja richtig was los im Stadion. Wir haben uns darüber unterhalten, als ich nach Florian gesehen habe.«

»Michael, wir kommen jetzt ins Büro. Das Alibi der Kesslers ist bestätigt. Und Herr Mehring hat noch ein paar interessante Informationen beigesteuert.«

Wenig später hatten sie sich im Büro um Nachtigalls Schreibtisch versammelt.

»Wir haben was übersehen. Den Mörder kennen wir schon, da bin ich mir absolut sicher. Also, von vorn!«

»Paul Mehring hat für die Tatzeit ein astreines Alibi.« Michael Wiener schrieb den Namen auf ein Blatt und hakte ihn ab. Dann notierte er Hiltrud Mehring darunter.

»Sie war zur Tatzeit zu Hause. Alibi wird durch den Sohn bestätigt – und sie bestätigt seins.«

Er hakte ihren Namen ebenfalls ab und schrieb Markus Mehring darunter. Gerade als er einen Haken hinter den Namen setzen wollte, hielt Nachtigall ihn zurück.

»Warte mal. Dieses Alibi wurde doch auch von seinem Freund bestätigt, nicht? Wie hieß der denn noch gleich?«

Wiener eilte zu seinem Schreibtisch und fischte aus einem Pappkarton, in dem er alle Notizzettel zum jeweils aktuellen Fall sammelte, einen zusammengeknüllten Fetzen heraus.

»Hier!«, rief er triumphierend, »ich hab ihn. Ein Jakob Heinzel.«

»Ruf den an und frag nach, ob er Markus Mehring zu Hause erreicht hat.«

»Gut.«

Während der junge Ermittler telefonierte, klopfte es an der Bürotür und Angelika Wiesendorf kam herein.

»Ich habe da was für euch – aber das nächste Mal

wäre es schon angenehm, ihr könntet uns ein bisschen weniger unter Zeitdruck setzen! Wir haben eine Nachtschicht eingelegt – und tatsächlich die Dateien gefunden!«

»Wo?«

»Auf dem PC von Markus Mehring, natürlich. Er hatte sie gelöscht – aber Sie wissen ja. Laien eben. Die glauben gerne die Datei ist weg, aber wir finden immer Reste. Wir konnten die Datei fast vollständig wiederherstellen und fanden darin ungefähr 10 Entwürfe für Drohbriefe.«

Sie legte die Ausdrucke vor Nachtigall auf den Tisch.

Schnell waren die identifiziert, die Paul Mehring bekommen hatte, der, den Markus Mehring bekommen haben wollte, und es fand sich auch der Brief an das Opfer – mit dem Briefkopf der Mind Watchers. Der Text, der Herrn Wilhelm Mehring zugestellt worden war, fand sich nicht darunter.

»Prima Arbeit!«, lobte Nachtigall, »habt ihr wirklich großartig hingekriegt. Und die anderen PCs der Familie waren alle sauber?«

»Ja. Alle. Auch die Datenträger. Nur private Aufzeichnungen – keine Drohbriefe. Der von Wilhelm Mehring steht noch aus, der kommt als Nächster.«

»Auf dem werdet ihr die Datei von dem fehlenden Drohbrief finden. Ich wette, er hat ihn selbst geschrieben. Warum hat der Markus Mehring die Dateien nicht gelöscht? Er musste doch damit rechnen, dass wir seinen PC kontrollieren.«

»Er hatte sie gelöscht. Aber wir haben eben so unsere Tools. Geheimnisvolle Zeichen werden eingegeben – und zack – ist deine Datei wieder da. Im Original.«

»Man kann Dateien nur ganz schwer endgültig löschen. Da musst du den ganzen PC mit Daten vollpacken und das kann kaum einer«, mischte sich Michael Wiener ein. »Der Jacob Heinzel meinte, der Markus sei wohl nicht zu Hause gewesen – oder im Garten. Es war jedenfalls ein ziemlicher Lärm zu hören, Pfeifen und andere Leute«, ergänzte er dann.

Angelika Wiesendorf eilte wieder zu ihren Computern zurück, während Peter Nachtigall meinte.

»Gut – ich glaube, ich weiß jetzt, wie sich das Ganze abgespielt hat. Lasst uns zusammentragen, was wir wissen, und dann sehen wir, ob dabei ein Gesamtbild entsteht.«

»Wir wissen inzwischen, dass Hans-Jürgen Mehring seine Familie unterdrückt hat. Paul hat uns erzählt, der kleine Bruder habe irgendwie unter besonderer Beobachtung durch den Vater gestanden. Jetzt wissen wir auch warum. Eigentlich war Hans-Jürgen homosexuell. Durch einen fanatischen Betreuer im Ferienlager wurde er wahrscheinlich überhaupt erst darauf aufmerksam. Er versuchte diese vermeintliche Schwäche zu bekämpfen, suchte bei Gott durch leichtsinnige Sprünge Bestätigung dafür, dass er auf dem richtigen Weg war. Zu seinem neuen Bild gehörte ein möglichst männlicher Nimbus. Er heiratet eine Frau, von der er nur wenig Widerstand erwartet. Sie gründen eine Familie, er hält sie wie eine Gefangene und lebt draußen in der Welt seinen Männlichkeitswahn. Von seinen Söhnen erwartet er, dass sie sich zu ›echten‹ Männern entwickeln. Paul beschimpft er, weil er nicht der biologische Vater seines Sohnes ist und bei Markus bemüht er sich darum, alle Freundschaften mit Jungs zu hintertreiben, damit der Sohn sich nicht auch homosexuell entwickelt.«

»Und das geht schief. Sein Versuch, sich mit der Spedition zu behaupten, schlägt fehl, sein eigener Vater bezeichnet ihn als Totalversager. Der Sohn Paul entzieht sich dem Einfluss des Vaters und stellt sich sogar in der Öffentlichkeit gegen ihn, gründet die Mind Watchers. Hart. Das muss an seinem Selbstwertgefühl genagt haben!«, meinte Skorubski.

»Ich habe vor gar nicht langer Zeit gelesen, dass wir Menschen dazu neigen, die Schwächen, die wir an uns selbst nicht zulassen können, bei anderen mit besonderer Akribie zu verfolgen. Ich glaube, hier liegt der Schlüssel.«

»Was liest du denn für Bücher?«, fragte Skorubski verblüfft und Nachtigall meinte:

»Über die Wurzeln des Terrorismus, der rechtsradikalen Gewalt. Zurück zu Mehring. Er ist homosexuell und will mit aller Macht verhindern, dass a) jemand das merkt und b) seine Söhne auch so werden. Er erzieht sie mit unnötiger Strenge, bestraft auch die Mutter, die er verdächtigt seine Erziehungsabsichten zu hintertreiben. Vielleicht hat er ihr dabei sogar Mutwillen unterstellt. Da niemand außer Wilhelm Mehring das Geheimnis kennt, kann ihn auch niemand verstehen. Markus Mehring erkennt seine Liebe zu Florian Kessler, die beiden werden ein Paar. Hans-Jürgen Mehring setzt alles daran die Beziehung durch eine Erpressung zu hintertreiben – das klappt aber nicht. Der Junge versucht sich umzubringen. Der Abschiedsbrief bringt alles an den Tag. Wie groß mag der Hass von Markus Mehring gegen seinen Vater gewesen sein! Er schickt Drohbriefe, um seine Spuren und Motive zu verwischen, und schließlich tötet er den Vater im Stadion.«

»Wie – wenn er telefonierte und die Mutter wusste, dass er zu Hause ist?«

»Anrufweiterschaltung. Der Junge hat doch einen Festnetzanschluss und hat das einprogrammiert. So erreichte ihn der Anruf, als er unterwegs war. Und Frau Mehring weiß nur, dass er nicht da ist, wenn er sich abmeldet. Die Wahrscheinlichkeit, dass sie seine Abwesenheit zufällig bemerkt hätte, war sehr gering.«

»Hm. Motiv verstehe ich – Gelegenheit war auch da. Worauf warten wir dann noch!«

»Auf Dr. März – er stellt den Haftbefehl aus. Michael, du könntest nachfragen, wie weit er damit ist – und dann holen wir uns das Bürschchen.«

»Wir haben seinen PC. Wenn er schlau ist, ist er untergetaucht«, gab Wiener zu bedenken.

»Dann suchen wir ihn. Er wird uns schon ins Netz gehen. Wisst ihr, im Grunde tut er mir leid. Er ist nicht so ein eiskalter Krimineller, wie er vielleicht von sich selber hoffen mag. Selbst wenn er verschwunden ist, werden wir ihn rasch finden – schon, weil er nicht weiß, wie man so eine Flucht organisiert.«

»Warum sollte sich Wilhelm Mehring den Brief selbst geschickt haben?«

»Er glaubte, er habe etwas gut zu machen. Er wurde auch nicht vor die Bahn gestoßen. Hiltrud Mehring hatte jahrelang unter einem Sohn zu leiden. Als ich ihm von dem Rattengift erzählte, dachte er sofort an seine Schwiegertochter und befürchtete durch seine Untätigkeit diese arme Frau zu einem Mord verleitet zu haben. Also fingierte er den Brief und gab vor Opfer eines Anschlags geworden zu sein. Wir sollten den Täter woanders suchen. Ich bin auf dem Heimweg an der Haltestelle vor der Stadthalle vorbeigefahren – dort schleicht sich die Bahn regelrecht hinein. Mehr als ein paar harmlose Knochenbrüche wird er kaum als Folge des Unfalls erwartet haben – er hat sich dabei ein wenig verkalkuliert – er hatte mit Sicherheit nicht vor sich in Lebensgefahr zu bringen. Und ich wette, er konnte die Datei auch nicht ordentlich löschen und die Computertechnik wird sie finden – wenn nicht, dann habe ich mich eben getäuscht. Aber ehrlich gesagt glaube ich, dass ich richtig liege.«

Frau Mehring öffnete widerstrebend die Tür.

»Wir möchten gerne Ihren Sohn sprechen.«

»Er ist vorhin weggefahren. Man hat die Leiche seines Vaters freigegeben und er hat einen Termin beim Bestatter. In einer Stunde wird er wohl wieder hier sein. Vielleicht kann ich Ihnen helfen?«, fragte sie und Nachtigall fiel auf, dass sie kein Schwarz mehr trug. Im Flur standen Umzugskartons, dort wo die Bilder gehangen hatten, hinterließen sie auf der Wand dunkle Ränder und helle Flecken.

»Sie packen?«

»Ja. Mein Sohn auch. Sie waren ja bei der Testamentseröffnung dabei – mein Mann wirft uns aus dem Haus. Aber Markus wird uns eine Wohnung mieten und er ist ganz sicher, dass wir die Turbulenzen gut überstehen werden.«

Nachtigall krampfte sich der Magen zusammen.

Rasch verabschiedeten sie sich wieder. Ein Streifenwagen würde versteckt um die Ecke warten, bis der junge Mann nach Hause käme. Über Funk löste Nachtigall die Fahndung nach Markus Mehring aus. Er war sicher, es würde sich als eine Frage der Zeit erweisen, bis sie ihn schnappten.

Dann rief er Paul Mehring an, der aber auch keine Angaben über den Aufenthaltsort seines Bruders machen konnte.

Und so blieb die Suche nach dem jüngsten Sohn der Familie bis zum Abend erfolglos.

43

In Pauls Kopf hämmerte ein hartnäckiger Schmerz, der so heftig war, dass er ihm die Tränen in die Augen trieb. Er lehnte ihn schwer gegen seine Arme, die er auf dem Lenkrad verschränkt hatte.

Seine Stirn fühlte sich heiß an. Paul wusste, es handelte sich dabei nicht um Fieberhitze – Stress verursachte bei ihm mitunter ebenfalls eine solche körperliche Reaktion. Und Stress hatte er in letzter Zeit wahrlich genug.

Wenigstens war Großvater aus der Bewusstlosigkeit erwacht – eine gute Neuigkeit. Doch alles andere ... Er hatte heute Morgen seine Mutter besucht, um sie zu trösten und ihr seine Unterstützung anzubieten, und dabei festgestellt, dass sie sehr gut mit der neuen Situation klar kam. Nicht, dass er angenommen hätte, sie vermisse ihren Mann, – nein, dem weinte sicher keiner eine Träne nach – doch diese gelassene Heiterkeit war ihm an ihr noch nie aufgefallen. Fast gut gelaunt war sie damit beschäftigt gewesen, ihr Hab und Gut in Kisten zu verstauen. Im Garten lagen die düsteren Bilder aus dem Wohnzimmer auf einem Haufen, Vaters Kleider in großen Säcken und ein Teil der Möbel. Sie hatte eine Firma mit der Beseitigung dieser Dinge beauftragt – die Leute von der Möbelbörse kamen am Nachmittag. Sie war ihm seltsam fremd gewesen, als habe er sie nie gekannt.

In dem Moment in dem er endlich ausstieg, zerplatzte eine überreife Tomate an seiner Schulter, als er sich empört umwandte, traf ihn ein Ei und der glibberige Inhalt floss zäh und stinkend über seine blaue Tunika.

Aus seiner eigenen Gedankenwelt gerissen stellte er verblüfft fest, dass sich eine Front Fußballfans vor dem Stammlokal der Mind Watchers versammelt hatte. Lauter wütende Männer, mit Zorn im Blick und Entschlossenheit in den Zügen.

»Wir lassen uns von euch nicht vorschreiben, was wir in unserer Freizeit tun sollen!«

»Ich finde Fußball toll und lesen öde. Deshalb bin ich aber noch lange kein Abschaum!«, geiferte ein kleiner, rothaariger Mann mit auffallend weit auseinander stehenden Augen und erhob drohend die Faust.

»Meine Kinder dürfen am Computer spielen. Ich gucke nicht immer, was sie da machen – man kann doch nicht ständig die anderen kontrollieren! Ich dachte, das hätten wir endlich überwunden!«

»Im Sozialismus hättet ihr echt der Hit sein können! Das, was ihr wollt, gab's damals schon! Keine gute Unterhaltung im Fernsehen, kein Telefon, kein Internet!«

Derbes Lachen antwortete dem Rufer, der sich albern in alle Richtungen verneigte.

Paul spürte, wie sich eine Welle von Jähzorn in ihm auftürmte. Was wollten diese Typen eigentlich von ihm? Er war noch nie mit Tomaten oder Eiern beworfen worden und würde das auch jetzt nicht so einfach hinnehmen! Die Mind Watchers wollten dieser Gesellschaft nur helfen auf den richtigen Weg zurückzufinden – aber wer nicht wollte, gut, der konnte es lassen! Er rief sich das Bild von Katharina und Lucas ins Gedächtnis, spürte, wie es ihm Kraft gab.

»Ich weiß genau, wieso ihr hier seid!«, rief er ihnen

zu und Grölen antwortete ihm. »Wenn ihr euch sicher wärt, dass Fußball und das Drumherum euch und euren Kindern nicht schaden, hättet ihr nur ein geringschätziges Lächeln für uns Mahner in der Wüste übrig. Ihr würdet Fußball und Prügeleien, Computer und tötende Kinder weiter toll finden! Doch wir haben bei euch einen Denkprozess angestoßen – ihr seid hier, weil ihr im Grunde wisst, dass wir recht haben! Nur wollt ihr das nicht kampflos einräumen, also versucht ihr mich zu reizen. Ihr hofft auf eine Prügelei mit mir! Dann könnt ihr mit den Fingern auf uns zeigen – und sagen: Die sind auch nicht besser. Die sind auch brutal. Doch nicht mit mir!«

Betont langsam setzte Paul Mehring sich in Bewegung. Steifbeinig, weil der gefesselte Wut-Tsunami, der in ihm rollte, das Beugen der Knie behinderte. Er stakste in den Gastraum, vorbei am Wirt, der ihm ein paar Worte ins Ohr zischelte, die er nicht verstand, direkt in die Herrentoilette. Dort erbrach er seinen Zorn, bis er das Gefühl hatte, beim nächsten Würgen stülpe sich sein Magen aus. Er lehnte sich erschöpft an die Abtrennung, versuchte sich zu beruhigen. Es hatte zu regnen begonnen, bemerkte er bei einem Blick aus dem Fenster – das würde alle etwas abkühlen, hoffte er.

Warum suchte die Polizei eigentlich Markus? Wieso war der nicht zu Hause gewesen? Sein Hirn arbeitete auf Hochtouren. Markus? Suchte dieser Nachtigall seinen Bruder, weil er ihn für den Mörder seines Vater hielt? Quatsch! Markus doch nicht. Nachtigall hatte ihm erzählt, sie hätten die Texte zu den meisten Drohbriefen auf Markus PC gefunden. Langsam tröpfelte die ganze Bedeutung dieser Erkenntnisse in sein Bewusstsein und eine neue Welle der Übelkeit überrollte ihn und zwang ihn sich erneut zu übergeben. Als er sich aufrichtete, liefen ihm Tränen übers Gesicht. Er spülte sich den Mund aus, doch der schale Geschmack blieb, dann spritzte er sich kaltes Wasser auf Wangen und Stirn. Er musste sich jetzt zusammenreißen – um alles andere würde er sich später kümmern.

Seine blaue Gruppe erwartete ihn bereits.

»Sie sind abgezogen.«

»Nun – wir waren uns immer darüber im Klaren, dass unsere Forderungen geeignet sind andere gegen uns aufzubringen. Das ist eines der Risiken, die wir bereit waren einzugehen«, Paul bemühte sich um einen gleichgültigen Tonfall. »Die anderen betreffen unsere Kinder, die vielleicht ausgegrenzt werden, unsere Chefs, die uns möglicherweise aus der Firma ekeln wollen, weil sie glauben, wir störten den Arbeitsfrieden – und alle anderen Bereiche, in denen intolerante Menschen auf uns stoßen können. Es ist in Ordnung so – sie haben sich Luft gemacht und sind verschwunden.«

»Ist dir was passiert?«, fragte Dörte besorgt.

»Nein«, nur mein Stolz hat gelitten, hätte er noch hinzufügen können, ließ es aber bleiben.

»Weißt du – wenn die Leute derart unkontrolliert reagieren – das macht mir Angst!«

Miki, dachte Paul, typisch.

»Du brauchst keine Angst zu haben. Niemand muss sich fürchten. Angst engt das Bewusstsein ein, schnürt einen Kokon um unser Denken. Nein! Sie sind abgezogen – es gab keine blutigen Szenen. Ihre Waffen waren das Wort, eine Tomate und ein stinkendes Ei. Bleibt entspannt! Durch so etwas lassen wir uns doch nicht unterkriegen!«

»Du warst toll!«, stellte Niels fest. »Ganz cool hast du ihnen die Augen geöffnet und bist an ihnen vorbeispaziert. Hast ihnen den Rücken zugewandt – wow!«

»Ich wollte mich nicht provozieren lassen. Gut – genug über mich. Wie sieht es mit der heutigen Tagesordnung aus?«

Zufrieden sah er sich im Raum um. Die jetzt-erst-recht-Haltung hatte alle erreicht!

»Wir wollten heute über die Frage sprechen, welche Musik uns gut tut und welche eher schadet. Ja, und die Aktionen für nächsten Sonntag sind zu planen. Die Transparente haben wir fertig – sind ja nur ein paar bei der Demo kaputtgegangen.«

»Ich habe neulich versucht mit meinem Sören über seinen Hang zu Techno zu sprechen – aber er sagt, er lässt sich nicht auch noch die Musik von mir vorschreiben, die er mögen darf. Es sei schon belastend genug, dass es nie mehr was Richtiges zu Essen bei uns gäbe.«

»Geht mir mit meinem Sprössling ähnlich. Er steht auf Black Metall – wirklich hartes Zeug. Und wenn ich ehrlich bin, traue ich mich nicht ihm die CDs einfach wegzunehmen. Er ist jetzt 17, da kann man so was doch nicht mehr machen. Oder?«

»Meine Betty will auch nicht auf ihre Musik verzichten. Aber bei mir läuft Klassik und ich glaube, langsam hört sie sich ein.«

»Es geht nicht um Klassik oder Metall – es geht um die Texte. Es sollte nicht so sein, dass sich die Kids gewaltverherrlichende Texte anhören. Pop ist doch auch in Ordnung. Da geht es oft um Liebe oder es sind Texte gegen den Krieg, für Freundschaft, gegen Drogen. Wenn ihr mit euren Kindern da Probleme habt, schlage ich vor, wir machen einen Workshop zu dem Thema. Alle bringen ihre Lieblingsmusik und Texte der Titel mit. Danach gehen wir das Ganze durch und besprechen mit ihnen, warum wir was nicht gut finden, was haltet ihr davon?«

Die Gruppe nickte zustimmend.

Markus hört auch immer irgendwelche Musik. »Nirwana« war mal hoher Favorit. Er wusste nicht, was sein Bruder im Moment mochte, darüber hatten sie schon lange nicht mehr gesprochen.

Sie suchten einen günstigen Termin für den Workshop und wandten sich dann der Planung für den Sonntag zu.

»Die Polizei wird diesmal besser vorbereitet sein. Wir werden vor dem Stadion wieder auf genau diese Leute treffen, die mich gerade angegriffen haben! Keine unnötigen Provokationen – ihr lasst euch auf nichts ein. Wer bedrängt wird, rollt sein Transparent ein und wechselt den Platz. Auf gar keinen Fall wird etwa körperlicher Einsatz von unserer Seite aus zu sehen sein. Denkt daran – überall sind Kameras –, wenn ihr nicht wollt, dass am Abend Videos von prügelnden Mind Watchers zu sehen sind, dann haltet euch zurück. Im Notfall flieht ihr hinter die Linien der Polizei!«

Als die Sitzung beendet war und die Gruppe den Versammlungsraum verlassen hatte, nahm der Wirt Paul Mehring zur Seite und sagte laut und deutlich, sodass es im Gastraum gut zu hören war, »Freundchen, das war eure letzte Sitzung hier. Ich lass mir doch nicht wegen euch die Bude demolieren!«

Paul nickte verständnisvoll, lächelte freundlich und verließ das Lokal, um mit seinem Bruder alle offenen Rechnungen mit einem Mal zu begleichen.

44

»Paul Mehring ist auf dem Weg nach Finsterwalde. Die Streife hat gerade Bescheid gegeben.«

Nachtigall grunzte.

»Was will der denn um diese Zeit in Finsterwalde? Es ist doch schon fast sieben.«

Trotz der intensiven Fahndung hatten sie den Wagen von Markus bisher nicht finden können und Nachtigall war unzufrieden. Er wollte den Abend eigentlich ganz anders verbringen – aber so wie es jetzt aussah, würde sich der Dienst heute noch hinziehen.

»Ruf doch im Klinikum an und frag dort nach, ob der junge Mehring vielleicht am Bett von Florian Kessler sitzt. Das wäre typisch – wir suchen überall und er macht einen Krankenbesuch!«

Minuten später stand Wiener vor Nachtigalls Schreibtisch. »Du hattest recht. Er war da – und nun ist er wieder weg. Aber auf dem Nachttisch von Florian Kessler liegt ein Brief. Die Schwester meint, er sähe fast aus wie ein Abschiedsbrief.«

»Albrecht, komm! Wir gehen uns das ansehen!«, trotz seiner massigen Statur rannte der Hauptkommissar überraschend schnell über den Flur.

»Und ich?«, rief Michael Wiener den Kollegen nach.

»Einer muss doch für die Überwachung erreichbar sein!«

»Ja, ja!«, maulte der junge Mann und warf dem Telefon einen wütenden Blick zu, »einer muss den Telefondienst machen!«

Der Brief auf Florians Nachttisch war in einem schwarzen Kuvert.

Auf einen weißen Etikettenaufkleber hatte Markus geschrieben: *für Florian, mein Leben*.

Vorsichtig nahm Nachtigall den Umschlag in die Hand. Er wog kaum etwas – für einen Abschiedsbrief vielleicht ein bisschen schwerelos, überlegte er. Unter dem Umschlag lag das neue Album von ›Rosenstolz‹. Musik für den Freund, das war noch nachvollziehbar, aber einen Brief würde Florian nicht lesen können – jedenfalls im Moment nicht.

Er warf einen betroffenen Blick auf die blasse Gestalt. Wie unerträglich musste die Situation für diesen jungen Mann gewesen sein, dass er bereit war eher sein Leben zu opfern, als sich zwischen Liebe und Tanzkarriere zu entscheiden.

Peter Nachtigall hatte kein gutes Gefühl dabei, als er den Umschlag öffnete.

Auf schwarzem Papier hatte Markus seinem Freund eine Nachricht hinterlassen, die nicht falsch zu interpretieren war.

Liebster Florian,

Jemand wird dir diese Zeilen vorlesen müssen, aber ich bin sicher, es kommt die Zeit, in der du wieder selbst lesen können wirst. Schon bald. Dann soll dieser Brief dein Begleiter sein, der dir Kraft gibt, alle Herausforderungen zu meistern, die auf dich zukommen werden.

Du wirst sie nicht allein bewältigen müssen, ich werde bei dir sein.

Den Mord an meinem Vater habe ich für uns began-

gen. Ich wünschte nur, ich hätte es schon vor Wochen getan, dann wärst du nie in diese schreckliche Situation gekommen. Mein Zögern, meine Feigheit, meine Liebe sind schuld an deinem Zustand. Vielleicht wirst du mir eines Tages vergeben können.

Meine wohl gesponnene Intrige hat ihren Zweck nicht erfüllt und nun trage ich eben die Konsequenzen.

Zum Abschied schenke ich dir ein paar rosenstolze Grüße. So werde ich nicht alleine sterben.

Ich liebe dich bis in den Tod und darüber hinaus.

Wer weiß, wo wir uns einmal wiedersehen!

Dein Markus

»Er wird sich umbringen.«

»Ja. Das ist eindeutig. Das Geständnis auch. Aber ein paar Dinge sind für mich nicht zu deuten. Vielleicht kann uns Frau Mehring da weiterhelfen.«

»Das müssen wir versuchen. Der Mord ist jedenfalls damit aufgeklärt – der Brief passt zu dem, was wir schon selbst herausgefunden hatten.«

»Bleibt noch die Frage nach dem Gift.«

Als sie gerade wieder in die Leipzigerstraße einbiegen wollten, meldete sich Nachtigalls Mobiltelefon.

»Ja – Michael?«

»Das Klinikum hat angerufen. Rolf Bartel ist an einem subduralen Hämatom verstorben. Sie konnten ihm nicht mehr helfen. Der Arzt erklärte mir, es sei eine typische Komplikation bei solchen Schädeltraumata. Erst scheint der Patient noch relativ klar – plötzlich trübt er ein, wird bewusstlos. Im MRT meinte er, konnte man das ganze Ausmaß der Blutung erkennen. Rolf Bartel ist vor ungefähr zwei Stunden gestorben.«

»Nun werden wir vielleicht nie herausfinden, wer ihn überfallen hat und was das mit dem Fall Mehring zu tun hatte.«

»Die Kollege suche im Wald nach Spure. Die finde bestimmt noch was, das uns weiterhilft – jetzt ist es ein Tötungsdelikt.«

»Der junge Mehring hat bei seinem Freund einen Abschiedsbrief hinterlassen. Mit Geständnis. Und rosenstolze Grüße.«

»Ja. Kann schon sein, dass der die Musik vo dene gut fand. Die spiele heut übrigens an der F60. Leider regnet's – aber es ist noch ein bisschen Zeit, um abzutrockne. Wird bestimmt ein großes Event.«

»An der F60? Das ist diese riesige Fördermaschine, die kaum im Einsatz war, oder?«, fragte Nachtigall erstaunt. »Das ist doch viel zu gefährlich, da ein Konzert stattfinden zu lassen!«

»Nicht auf der F60 – an der F60. Das Ding wird dann beleuchtet und manchmal starten sie ein Feuerwerk aus dem Gestänge. Die Bühne ist natürlich auf dem Boden!«, lachte der junge Ermittler.

»Wo steht denn das Ding – muss doch hier ganz in der Nähe sein, oder?«

»Richtung Finsterwalde. Lichterfelde. Es ist Bestandteil der internationalen Bauausstellung.«

»Finsterwalde? Dahin ist auch Paul Mehring unterwegs! Ich glaube, der weiß, wohin sein kleiner Bruder heute Abend geht.«

Sie kehrten um und brausten Richtung Autobahn los.

45

Das Gelände unter dem gigantischen Ausleger war durch bunte Scheinwerfer in beinahe mystisches Licht getaucht. Die Bühne für ›Rosenstolz‹ gehörte allerdings im Moment der Vorgruppe. Sehr voll war es um diese Zeit noch nicht. Vereinzelt standen Konzertbesucher in kleineren Gruppen zusammen und unterhielten sich, man trank Sekt, schmuste miteinander und eine lockere Heiterkeit lag über dem Platz. Zum Glück hatte der Regen aufgehört, nachdem er den Staub gründlich abgewaschen und fortgespült und eine angenehme Kühle zurückgelassen hatte. Markus Mehring beobachtete eine Gruppe in orangefarbenen T-Shirts, die mit Lappen und Schwämmen durch die Stuhlreihen ging und die Sitzflächen trockenrieb, während andere den Besuchern die Plätze anwiesen.

Er sah sich um. Eine Metalltreppe führte zu einer Plattform – von dort aus konnte man auf einen abgezäunten Weg steigen, auf dem Besucher auf der F60 entlang gehen konnten. Natürlich nie allein – nur mit Führer. Er schlenderte gleichgültig hinüber.

Der Stahlkoloss war 240 Meter breit und 502 Meter lang und damit um 198 Meter länger als der Eifelturm. Und noch eine Ähnlichkeit zum Pariser Wahrzeichen war vorhanden – beide bestanden aus einem Metallgestänge, alles war verstrebt. Der lange Arm ragte in 80 Metern Höhe weit in die karge Landschaft. Drei Jahre hatte es gedauert, diese Förderbrücke für den Tagebau zu bauen, doch schon nach 13 Monaten kam das Aus. Markus strich über den rauen, kühlen Stahl – auch diese größte bewegliche technische Anlage der Welt war nie dazu gekommen, sich zu verwirklichen und zu zeigen, was in ihr steckte. Sie waren seelenverwandt, Schicksalsgenossen.

Heute kamen Touristen hierher und bestaunten die 11.000t schwere Förderbrücke. Kaum vorstellbar, dass sie auch noch fahren konnte, dachte Markus, stolze 4 bis 12 Meter pro Stunde.

Unbeachtet stieg er die Stufen hoch – überwand in einem günstigen Moment die Absperrung und war auf dem Besuchergang.

Unter ihm wuselten farbenfrohe Punkte durcheinander, die Reihen füllten sich allmählich, es begann zu dämmern. Seine dunkle Kleidung würde ihn komplett mit dem unruhigen Hintergrund verschmelzen lassen und wenn ›Rosenstolz‹ erst einmal spielte, konzentrierten sich die Blicke ohnehin auf das Geschehen auf der Bühne. Ich habe es geschafft, triumphierte er leise, ich werde von hier oben die Musik hören und dann ... dann werde ich die Sache zu Ende bringen.

Es wäre kein Problem für ihn, noch höher im Gestänge hinaufzuklettern – auch wenn sein Vater ihn immer als unsportlich bezeichnete – klettern hatte er immer gekonnt. Und im Unterschied zu Paul kannte er keine Angst vor der Höhe.

Das Konzert begann und ein leichter Wind spielte mit seiner Jacke. Daraus würde im Verlauf des Abends vielleicht noch eine steife Brise werden. Hier oben war es merklich kühler als unten – er schloss den Reißverschluss und lehnte sich an einen Stahlträger. Die Musik klang wunderbar klar zu ihm herauf, fand er, körperlos, schwerelos. »Das bin ich, das bin ich, das allein ist meine Schuld.« Die Stimmen schienen ihm klarer und reiner – ihre Worte deutlicher zu sein. Es war, als wüssten sie um seine Situation! Ja – das allein ist meine Schuld!, hätte er ihnen zurufen wollen. Es ist wahr! Ohne mich, wie ich bin, wäre das mit Florian nie passiert!

Er war zum ersten Mal bei einem Live-Konzert und er genoss den Rausch des Augenblicks. Es machte ihm nichts aus, dass dies auch sein letztes Konzert sein würde. Vielleicht hörte Florian jetzt gerade diese Musik, genau dasselbe Stück. Er sah auf die Uhr. Gleich halb neun. Um die Zeit legte die Nachtschwester manchmal für Florian eine CD ein – zum Einschlafen. Er wünschte sich nichts sehnlicher, als dass sie dieses Erlebnis wenigstens über die Distanz teilen konnten. Wenn er die Augen schloss, konnte er Florians Gesicht deutlich vor sich sehen, wie er lachte, ausgelassen über die Wiese lief, laut die Musik von ›Rosenstolz‹ mitsang, die ihm schon immer gut gefallen hatte. Florian, der jauchzend aus dem Wasser eines Badesees auftauchte, die dunklen Haare nass an den Kopf geklebt. Er war so nah, dass Markus seinen Atem auf seiner Haut zu spüren glaubte.

»Was ist, wenn es besser wird, besser, als du glaubst.«

Ja – es sollte besser werden, Florian würde ohne ihn besser dran sein, freier sein – und was zum Teufel sollte eigentlich am Sterben so schlimm sein? Sein Leben hatte jeden Sonnenstrahl verloren, er war verdammt in ewiger Dunkelheit zu leben. Nicht einmal mehr in den Spiegel sehen konnte er – dort grinste ihn nur der Teufel an, der, der Schuld war an Florians Unfall, der, der Florians Liebe wollte, obwohl er um das Risiko wusste. Florian hatte nicht geahnt, wie boshaft sein Vater sein konnte.

Aber er, er hatte es seinem Freund verschwiegen – nur, um ihm immer wieder nah sein zu können!

»Und wenn es anders wird, als geplant ...« Ja – alles war anders gekommen, als geplant, nichts hatte sich so entwickelt, wie er gehofft hatte. Er würde Florian nicht länger im Weg stehen und für sich selbst einen sinnvollen Abschluss finden. Er hielt das alles nicht mehr aus, sehnte sich nach Ruhe und Befreiung von dieser zentnerschweren Last. Florians Eltern könnten sich einreden, die Sache mit ihm habe sich ihr Sohn nur eingebildet. Wenn er erwachte, würde er irgendwann eine richtige Familie gründen und Enkelchen zeugen. Davon würden sie zehren in den nächsten Wochen, Monaten, Jahren.

Als er die Augen wieder öffnete, entdeckte er die blonden Locken und die lagunenblaue Kleidung von Paul in der Menge.

Paul war kein ›Rosenstolz‹-Fan.

Es konnte nur einen Grund geben, aus dem Paul hier war – er suchte nach ihm!

Paul, dieser Träumer! Während Paul versucht hatte die Welt zu verbessern, war ihm nicht einmal aufgefallen, wie die Familie endgültig auseinander brach. Die Mind Watchers waren ihm immer wichtiger gewesen, als die Nöte seines Bruders. Tränen liefen über Markus' Gesicht.

Paul war auch mitverantwortlich für diese verfahrene Angelegenheit – wenn er nicht einfach von zu Hause geflohen wäre, hätte sein Vater sich nicht so auf ihn konzentrieren können – seine Beziehung zu Florian wäre unentdeckt geblieben, wenigstens bis nach dem Fernsehauftritt! Florians Karriere, sein kometenhafter Aufstieg wären nicht mehr aufzuhalten gewesen – aber nun lag Florian im Koma und es war einfach nicht fair, dass Paul völlig ungeschoren wegkommen würde!

Seine Blicke trafen sich mit denen seines Bruders.

Trotz der Dunkelheit glaubte er sehen zu können, wie sich Pauls Augen vor Schreck weiteten.

Er war entdeckt.

Langsam löste Paul sich aus der Zuschauermenge und schlenderte beiläufig zur Fördebrücke hinüber, tat, als sei er an diesem technischen Denkmal besonders interessiert. Niemand schenkte ihm Beachtung. Auch nicht, als er langsam und ruhig die Treppe heraufkam. Markus registrierte grinsend, wie sein Bruder das Geländer umkrallte. Höhenangst konnte den Betroffenen ganz schön zu schaffen machen, dachte er hämisch.

Stück für Stück schob sich Paul voran. Er erreichte den abgesperrten Besucherweg und zögerte.

Markus erkannte Hauptkommissar Nachtigall, der vom Parkplatz aus auf das Gelände gerannt kam. Gut, dann würde es eben noch ein paar Zeugen mehr für seinen Abgang geben!

Langsam erhob er sich und ging einige Schritte weiter zum Ende des Auslegers.

Ein Schrei war zu hören und eine Frau zeigte aufgeregt in den Himmel.

Es war plötzlich still geworden.

Aus 80 Metern Höhe machten Menschen, die heftig gestikulierend hin und her liefen, einen albernen und orientierungslosen Eindruck – vollkommen anders als die disziplinierten Ameisen, die in der größten Krise immer noch daran dachten, geordnet und mit Königin und Brut die Flucht anzutreten.

Scheinwerfer, die zuvor die Bühne ausgeleuchtet hatten, wurden in Position gebracht und blendeten ihn mit ihrem grellen Licht. Er schützte die Augen mit den Händen, hörte Nachtigall den Technikern etwas zurufen, dann leuchtete der Lichtstrahl auf einen Punkt neben ihm.

Streifenwagen und ein Rettungswagen näherten sich mit Blaulicht und Sondersignal.

Wozu die einen Rettungswagen zu brauchen glaubten, Markus schüttelte verständnislos den Kopf, für ihn würde man nur noch einen Leichenwagen benötigen, dafür würde er schon sorgen.

Die Stimme Nachtigalls klang befehlend.

»Kommen Sie sofort da runter! Was ist gewonnen, wenn Sie abstürzen?«

Ein Scheinwerferkegel folgte den Zeitlupenbewegungen des Mannes, der aber keinerlei Anstalten machte, seine Klettertour abzubrechen.

»Markus! Kommen Sie wieder runter! Wir können über alles reden.«

»Nein! Genug geredet!«

Einige Beamte waren damit beschäftigt, die Zuschauer zum Ausgang zu geleiten, doch der Strom setzte sich nur zögernd Richtung Besucherzentrum in Bewegung. Immer wieder geriet er ins Stocken, die Menschen drängten sich zusammen wie Schafe einer Herde, um die ein Raubtier schleicht, und zeigten auf die Männer im Gestänge der Förderbrücke.

Paul schob sich kontinuierlich näher an seinen Bruder heran.

Ein Blick in die Tiefe zeigte Markus, dass Peter Nachtigall verschwunden war – das Megafon hatte ein Kollege übernommen.

Markus erkannte, wie Nachtigall ohne zu zögern die Absperrung überwand und rasch zu Paul aufschloss.

»Markus!«, rief Paul, »ich weiß, was du getan hast!«

»Ach ja?«

»Du hast Vater ermordet!«

»Was für eine Erkenntnis!«, höhnte der Bruder.

»Aber das wirklich Widerliche ist, wie du versucht hast mich für deine Zwecke zu benutzen! Du hast geglaubt, ich werde die Drecksarbeit für dich erledigen, nicht wahr?«

Nachtigall hatte Paul erreicht und redete auf ihn ein, doch der Mind Watcher schien keinerlei Notiz von ihm zu nehmen. Er umklammerte das Gestänge und schrie seinem Bruder zu:

»Du hast mir diese Briefe geschickt. Auf Vaters Papier gedruckt, damit ich glauben sollte, er war es. Du hast meinen Kater getötet. Erdrosselt! Du Abschaum! Was hatte dir denn das unschuldige Tier getan?«

Markus Mehring lachte. »Du hast ihn geliebt!«

»Deshalb, weil du wusstest, dass wir Claudius lieben? Darum musste er sterben?«

»Ja, ist doch logisch, nicht wahr?«

»Du hast gedacht, ich würde ausrasten und Vater ermorden, weil ich glaubte, er habe den Kater getötet, war es das!?«

»Natürlich! Du solltest ihn am besten in einer Art Blutrausch aus dem Weg räumen! Aber du Memme hast nicht einmal das auf die Reihe gebracht!«

»Paul! Bleiben Sie hier! Lassen Sie sich zu nichts hinreißen – sonst wird Ihr Bruder doch noch dafür sorgen, dass Sie ins Gefängnis müssen!«, mahnte Nachtigall eindringlich.

Pauls Gesicht hatte jede Farbe verloren – in seinen Augen stand blanker Hass gepaart mit Entsetzen. »Sie – bleiben – hier – stehen! Haben Sie mich verstanden?«

Der Hauptkommissar drehte den Mann zu sich um und zwang ihn ihm in die Augen zu sehen. »Wollen Sie Katharina und Lucas etwa einfach so im Stich lassen? Das ist es nicht wert! Ich hole Markus da runter!«

Nachtigall eilte weiter.

Mehrere Einsatzwagen der Feuerwehr trafen ein und entließen hastig über das Gelände eilende Männer in blauer Uniform mit Seilen und Helmen.

»Ich habe ihn am Freitag zur Rede gestellt – ich beschimpfte ihn als Mörder, er hat nur gelacht. Eine Katze zu erdrosseln sei kein Mord, sondern eine gute Tat. Aber er sei dafür nicht zu loben, er sei es nämlich nicht gewesen und er habe nicht vor sich mit fremden Federn zu schmücken. Dabei grinste er mich die ganze Zeit über an. Aber ich konnte nicht beweisen, dass er mir Claudius auf den Fußabtreter gelegt hatte – und nun stellt sich raus, du warst es! Du! Um mich zu einem Mord zu verleiten, den du nicht begehen wolltest!«, schrie Paul verzweifelt. »Was bist du nur für ein Mensch?«

»Aber ich konnte es nicht tun! Ich hätte doch als Mörder nicht erben dürfen! Und von diesem bescheuerten Testament wusste ich nichts. Verstehst du, ich wollte nach seinem Tod alles verkaufen, um Florian die besten Therapien zu finanzieren! Damit er wieder zu mir zurückkommt, wieder tanzen kann!«, heulte Markus auf und erklomm eine neue Strebe.

Nachtigall war jetzt direkt unter ihm. Seine Haare wurden von dem inzwischen kräftigen Wind um sein Gesicht herumgepeitscht – den Gummi, der sie sonst zum Zopf zusammenhielt, musste er irgendwo verloren haben.

Albrecht Skorubski sah vom Boden aus, wie sein Freund durchs Gestänge lief.

Ein falscher Schritt und ... Er hielt den Atem an.

»Markus, wenn Sie jetzt in den Tod springen, bleibt Florian allein zurück. Wenn er aufwacht, wird er sich sein Leben lang Vorwürfe machen, er wird sich die Schuld für Ihren Selbstmord geben. Wollen Sie das?«

»Ich habe für ihn gemordet, um ihn zu rächen!«

»Das verstehen wir. Wir wissen alles über deinen Vater, seine Quälereien und deine Liebe zu Florian. Wenn dein Freund aufwacht, wird er nach dir fragen und du bist nicht da!«, Nachtigall senkte die Stimme und sprach eindringlich. »Er wird sich von dir verlassen fühlen, denn die schwerste Zeit seines Lebens bricht erst an. Schmerzen und Therapien werden seinen Alltag bestimmen und seine große Liebe kann ihm nicht beistehen. Vielleicht wird er glauben, du seiest in Wahrheit gesprungen, um nicht ein Leben lang an einen Krüppel gefesselt zu sein – er wird glauben, deine Liebe war nicht stark genug für euch beide.«

Markus schluchzte laut auf.

»Das ist nicht wahr. Klar ist sie stark genug für uns zwei. Das Problem ist, dass ich im Gefängnis sein werde, wenn er aufwacht – und Geld für wirklich gute Ärzte, zum Beispiel aus Amerika, habe ich auch nicht.«

»Komm mit runter. Wir setzen uns zusammen und versuchen eine Lösung zu finden. Natürlich wirst du für den Mord bestraft, vielleicht fällt die Strafe nicht so hoch aus, wie du befürchtest. Und lebend bist du für deinen Freund auf jeden Fall eine große Unterstützung., Wenn er dich betrauern müsste, würde alles noch schwerer für ihn..«

Als Nachtigall aus den Augenwinkeln eine rasche Bewegung bemerkte, war es schon zu spät.

Markus Mehring strauchelte, rutschte ab und fiel mit einem lauten Schrei.

Ein kollektiver Schreckensruf gefolgt von entsetztem Gemurmel drang von unten zu ihnen hinauf, dann ein Stöhnen der vorläufigen Erleichterung.

Albrecht Skorubski wünschte, er könnte die Augen fest zusammenkneifen – doch das Entsetzen ließ sie ihn weit aufreißen.

Nachtigall beugte sich vor und erkannte, dass der junge Mann sich am untersten Quergestänge hatte halten können.

Sein bleiches Gesicht starrte Peter Nachtigall voller Panik an. Er, der gerade noch entschlossen war seinem Leben hier ein dramatisches Ende zu setzen, wollte nicht stürzen – dieser junge Mann hing am Leben.

»Ich komme«, rief er Markus beruhigend zu.

Langsam rutschte er auf dem Bauch heran, robbte bis zu einem Träger direkt über dem Jungen. Von unten war kein Laut zu hören.

»Ich kann mich nicht mehr halten!«

»Halt noch durch, ich bin schon über dir. Noch zweimal schieben und du kannst mich direkt über dir sehen.«

»Wenn ich stürze, sind alle Probleme mit einem Aufklatschen gelöst.«

Nachtigall schob seinen Oberkörper so weit vor, dass er die Arme gerade über dem Träger baumeln lassen konnte.Die Menge schaute gebannt.

»Ich nehme jetzt erst deine linke Hand –du wirst deine rechte lösen und dann in meine linke Hand legen. Es kommt Hilfe – sie werden uns beide aus dieser misslichen Lage befreien.«

»Ich – kann – nicht!«, keuchte Markus. »Ich – werde – fallen!«, rief er voller Verzweiflung.

»Oh, doch – du kannst. Du denkst jetzt an Florian, der dich brauchen wird.«

Nachtigall streckte seine rechte Hand vorsichtig aus und umfasste mit seinen Fingern fest Markus linke. Dann löste er dessen Finger vom Gestänge.

Die Zuschauer schrien auf.

Albrecht Skorubski stockte der Atem.

»Peter!«, flüsterte er, »Mann!«

»Ruhig – bleib ganz ruhig. Wenn du mit den Beinen zappelst, werden wir beide diese 80 Meter in die Tiefe stürzen. Pack jetzt meine andere Hand – ich kann dich halten – du must mir nur vertrauen.«

»Vertrauen?« Angst ließ die Stimme entgleisen.

»Ja. Ich – werde – dich – nicht – fallen – lassen! Gib mir deine Hand!«, forderte Nachtigall. »Ich komme von hier aus nicht ran, hier ist was im Weg – aber du kannst meine erreichen. Gib mir deine Hand!«

Und Markus löste seine Hand, hing einen atemberaubenden Augenblick im Licht der Scheinwerfer an nur einem Arm über dem Abgrund.

Die Leute unter der Brücke stöhnten laut auf.

Dann hatte er Nachtigalls Hand gefunden und umklammerte sie fest. Die Brandwunde vom Anfang der Woche platzte auf – er versuchte, den Schmerz zu ignorieren. Peter Nachtigalls Rücken protestierte wütend, der Schweiß brach ihm aus. Er tastete suchend nach einem besseren Halt für seine Beine und klemmte sie schließlich kurzerhand in den Verstrebungen fest. Er konnte spüren, wie der raue Stahl ihm die Haut von den Armen schrammte und seine Fußgelenke in den Bändern aufschrien.

»Warum bist du gerade jetzt gesprungen?«, keuchte er und der Schweiß tropfte ihm von der Stirn.

»Bin ich nicht. Ich wurde gestoßen!«

Die Scheinwerfer behielten sie fest im Fokus, während eine Gruppe der Feuerwehr zur Rettung in die Brücke einstieg. Nachtigall hörte ihre Stiefel auf dem Metall. Drei Mann mit einem Gurt und anderen Gerätschaften eilten über den Besucherweg. Hätte Nachtigall zu diesem Zeitpunkt nicht schon solche Schmerzen am ganzen Körper gehabt, er wäre sicher fasziniert gewesen von der Präzision, mit der die Rettungsaktion durchgeführt wurde.

Einer der Feuerwehrleute seilte sich direkt neben Markus Mehring ab und schlang ein Sicherungsseil um den Körper des jungen Mannes. Dann zog er ihn zu sich herüber und befestigte das Sicherungsseil an seinem eigenen Gurt.

»Jetzt können Sie ihn loslassen!«

»Nein!«, schrie Markus angstvoll und Nachtigall hielt weiter fest.

»Du hängst an mir. Dir passiert nichts. Wir werden hochgezogen und gut«, beruhigte der Retter ihn und Nachtigall nickte Markus aufmunternd zu – dann lockerte er seine Finger und ließ ihn erleichtert in die Arme des Feuerwehrmannes gleiten. Eine Angelegenheit von wenigen Minuten, doch Nachtigall hatte das Gefühl, er habe den Jungen stundenlang über dem Abgrund halten müssen.

»Gerade im richtigen Moment«, flüsterte er dankbar.

Die Menge klatschte Beifall.

Inzwischen war die gesamte Anlage ausgeleuchtet – überall kletterten Feuerwehrmänner herum. Drei zogen ihren Kollegen und Markus Mehring wieder auf sichereren Grund. Zwei halfen Nachtigall behutsam sich wieder aufzurichten. Alle Muskeln und Gelenke schienen zu protestieren. Unbeholfen gelang es ihm, auf die Beine zu kommen, doch sie fühlten sich wie Gummi an und er musste sich am Geländer und einem der Helfer festhalten, um humpelnd wieder zur Treppe zu gelangen. Zwei weitere Männer waren damit beschäftig, den panischen Paul Mehring wieder auf den Boden zu geleiten. Jetzt, wo Stress und Zorn nachgelassen hatten, flutete ihn die Höhenangst ungebremst an, schlimmer noch als sonst, denn die Tiefe war in diesem eigenartigen Licht nur schwer auszumachen und das Risiko jeden Schritts schien unkalkulierbar.

Als Nachtigall wieder bei dem ungeheuer erleichterten Albrecht Skorubski angekommen war, wurde Markus im Rettungswagen bereits untersucht.

»Mann – ich bin so froh, dass dir nichts passiert ist. Das hätte böse ausgehen können!«, sagte Skorubski und Nachtigall registrierte gerührt die durchlittene Sorge in den Augen seines Freundes.

»Ist ja alles gut gegangen, Albrecht. Morgen steht in der Zeitung: Feuerwehr musste übergewichtigen Hauptkommissar aus dem Gestänge der F60 bergen!«

»Du hättest tot sein können!«

»Nein. Ich wollte den Jungen retten. Bei so einer Aktion stürze ich nicht in den Tod!« Nachtigall klopfte ihm auf die Schulter.

»Beruhigend!«, grinste Skorubsi, »hätte ich das nur früher gewusst!«

»Na, für irgendetwas muss die Sporttreiberei doch gut sein.«

»Du hinkst. Noch mehr dabei zu Schaden gekommen?«

Peter Nachtigall zog seine Hose etwas hoch und betrachte seine Fußgelenke. Skorubski entfuhr ein scharfer Pfiff. Beide Fußgelenke waren kräftig angeschwollen und die Haut tief abgeschürft. Blut versickerte im Schuh und verfärbte das Leder dunkel glänzend. Gut, dass ich heute keine Slipper angehabt habe, die hätten sich nicht ohne weiteres verkeilen lassen, schoss es Nachtigall durch den Kopf.

»Und die Handgelenke?«, flüsterte Skorubski dann und schob vorsichtig die Manschette des Hemdes zurück. »Scheiße! Das musst du versorgen lassen.«

»Ja, sollte ich wohl. Der Oberkörper hat auch was abgekriegt und die Oberarme. Vielleicht kann sich der Notarzt das hier ansehen. Ihr nehmt den Mehring gleich mit und wartet mit der Befragung, bis ich da bin.«

Skorubski nickte.

»Es ist schon fast elf. Meinst du wirklich, das wird heute noch was?«

»Du hast wahrscheinlich recht. Bis wir dort sind und alles an Formalitäten geklärt ist – Mitternacht?«

»Mindestens.«

»Er wird uns auch nicht weglaufen, nicht wahr? Also gut, schließ ihn ein – Kontrolle permanent! Akute Suizidgefahr. Wer weiß, was der noch so in petto hat. Dann ist Schluss für heute.«

»Hier!«, Skorubski warf Nachtigall die Autoschlüssel zu, »ich fahre im Streifenwagen mit.«

Der Notarzt winkte ihn heran und der Hauptkommissar ließ sich schwer auf die Trage fallen. Er wies seine Blessuren vor und wurde an allen Extremitäten fachgerecht verbunden.

»Die Bänder sind an allen Gelenken gedehnt – da müssen Sie in der nächsten Zeit ein bisschen vorsichtig sein. Die Abschürfungen werden noch ziemlich weh tun – aber wenn Sie sie mit Liebe und Aufmerksamkeit behandeln, klingen sie schon bald ab.«

Kritisch betrachtete der Hauptkommissar die leuchtend weißen Verbände. »Jetzt sehe ich aus, wie ein übergewichtiges Turnierpferd«, beschwerte er sich dann.

Casanova wartete schon hungrig an der Tür. Leicht vorwurfsvoll begrüßte er den Herrn über Kühlschrank und Dosenfutter, ließ sich aber dann doch behaglich schnurrend neben Nachtigall auf der Couch nieder, nachdem er versorgt worden war. Neugierig beschnüffelte er die weißen Bandagen und rümpfte die Nase.

»Nicht so deine Parfumvariante, wie?«, lachte Nachtigall und aß sein gefülltes Omelette. Selbst das Hantieren mit dem Besteck schmerzte. Er seufzte. War das ein Problem des Alters oder hätte er sich vor 20 Jahren auch so zerschlagen gefühlt. »Nachtigall ick hör dir trapsen«, flüsterte er dem Kater ins Ohr, »aber das erzählen wir niemandem weiter – das ist unser Geheimnis.«

Er hatte versucht Conny zu erreichen. So konnte das nicht weitergehen! Morgen würde er die Sache klären – er vermisste ihre unkomplizierte Art, den belustigten Ausdruck in ihren Augen, wenn sie ihn ansah, die Gespräche über Wichtiges und weniger Wichtiges, ihr Lachen, ihre Art den Salat aufzuspießen, ihre Hand in seiner. ›Ich liebe sie wirklich‹, wurde ihm bewusst, ›vielleicht wird es Zeit, ihr das zu sagen‹, überlegte er und fasste einen Entschluss.

Am Sonntag würde man Hans-Jürgen Mehring beerdigen – er erwog kurz jemanden aus dem Team zu diesem Termin vorbeizuschicken, kam aber zu dem Schluss, es sei nicht angemessen. Er bezweifelte ohnehin, dass sich viele Menschen am Grab dieses Mannes einfinden würden.

Was für eine Familie! Der jüngere Bruder hatte gehofft eine Welle des Jähzorns bei Paul Mehring loszutreten, indem er ihn glauben ließ, der Vater habe seine Katze einen möglichst qualvollen Tod sterben lasen. Eine unglaublich perfide Idee! Und beinahe hätte es funktioniert! Paul wäre von der Erbfolge ausgeschlossen worden und sein Bruder wäre zum Alleinerben aufgestiegen. Markus wollte das Erbe für seinen Freund einsetzen – irgendwie tat ihm der Junge leid.

Nachtigalls Kopf sank langsam auf die Brust.

Als er eine Stunde später ruckartig erwachte, wusste er, warum bei Markus Mehring jede Form von Mitleid unangebracht war. Morgen früh war noch eine Menge zu klären!

46

Samstag

»Gratulation an das ganze Team!«, lobte Dr. März aufgeräumt, »knapp unterhalb der Wochenfrist geblieben, Fall gelöst, Täter hinter Schloss und Riegel. Sehr gute Arbeit! Aber ein bisschen weniger auffällig wäre mir durchaus recht gewesen – es gab keinen Grund für eine Verhaftung auf der F60 – der junge Mann hätte schließlich irgendwann dort wieder heruntersteigen müssen!«

»Danke«, antwortete Nachtigall einfach.

»Ja, wirklich wunderbar. Da kann ich mich morgen ganz entspannt mit diesem Paul Mehring bei der Podiumsdiskussion treffen, ohne später in die Schlagzeilen zu geraten! Wie gesagt: Gute Arbeit!«

Dann rauschte er auf den Gang hinaus und eilte davon.

»Na, Superman. Tut's noch weh?«, wollte Skorubski wissen und erhielt nur ein Grunzen als Antwort, das er als ja interpretierte.

»Wieso Superman?«, wollte Michael Wiener wissen.

»Weil Peter gestern bäuchlings in der Förderbrücke verkeilt hing, um den Markus Mehring zu halten, der sonst den Absturz sicher nicht überlebt hätte. Dabei hat er sich allerdings selbst verletzt. Und wie du gehört hast, Michael, es schmerzt noch.«

»Wow! Du hast den Sohn über dem Abgrund festgehalten. Alle Achtung.«

»Gut – es reicht. So viel Lob bekommt mir womöglich gar nicht und dann müsst ihr ab morgen den Laden hier alleine schmeißen! Ich bin lädiert – aber am Kopf habe ich nichts abbekommen! Deshalb ist mir heute Nacht auch noch einiges zu unserem Fall klar geworden. Ich muss telefonieren.«

»Sollen wir ihn schon kommen lassen?«

»Ja, mach mal!«

Der junge Mann sah blass und übernächtigt aus.

Die Augen huschten gehetzt von einem zum anderen, seine Zunge fuhr immer wieder nervös über seine trockenen Lippen. Er trug frisch gewaschene Jeans und ein sauberes T-Shirt, stellte Nachtigall fest, jemand musste ihm ein paar Sachen vorbeigebracht haben. Vielleicht Paul – nein, korrigierte er sich, Paul sicher nicht.

»Wer hat Ihnen denn die Kleidung vorbeigebracht?«, fragte er gleich nach der Begrüßung.

»Meine Mutter. Sie hat die Tasche den Beamten mitgegeben, die ihr von meiner Verhaftung erzählt haben.«

»Sie haben gestern den Mord an Ihrem Vater gestanden – mehrfach. Bleiben Sie bei dieser Aussage?«, fragte Albrecht Skorubski.

»Ja.« Markus Mehring blickte ihmfest in die Augen.

»Dann wüssten wir gerne, wie Sie den Mord begangen haben. Alle Einzelheiten.«

»Wie gesagt – ich hatte fest darauf gebaut, dass Paul mir die Sache abnehmen würde. Aber diese Freundin muss einen unglaublichen Einfluss auf ihn haben. Nicht einmal als ich ihm die Katze auf den Fußabtreter gelegt habe, ist er ausgetickt. Nein. Mir blieb nichts anderes übrig, ich musste es selbst tun. Ich kaufte im Baumarkt einen Vorstecher und mischte meiner Mutter ein leichtes Schlafmittel in den Tee. Sie wurde müde, schlief ein und ich fuhr mit dem Rad ins Stadion. Das geht schneller als mit dem Auto. Ich kenne da ein paar Schleichwege. Er hatte einen Stammplatz. Jeder wusste das. Ich musste nur so rechtzeitig da sein, dass ich in unmittelbarer Nähe sitzen konnte. Hat geklappt. Nun musste ich noch auf den besten Moment warten. Es war so leicht! Selbst Paul hätte das geschafft. Er sackte einfach auf seinen Platz zurück und lehnte dann wie müde an der Abtrennung. Niemand bemerkte den Mord. Ich ging noch vor Ende des Spiels in einer Gruppe anderer. Meine Mutter hatte nicht bemerkt, dass ich weg gewesen bin – ich sah nach ihr und sie schälte eilig Kartoffeln. Mein Vater bestand darauf, sein Essen fertig vorzufinden, wenn er aus dem Stadion nach Hause kam. Sie erzählte mir, sie sei heute zu spät dran – sie sei eingeschlafen.«

»Und dann?«

»Ich fragte noch, ob sie Hilfe bräuchte, doch sie schickte mich an meinen Computer zurück.«

»Das Alibi?«

»Anrufweiterschaltung. Er hat sich nichts dabei gedacht. Mein Telefon ist schnurlos, ich arbeite oft bei offenem Fenster, da sind Vögel zu hören, Autos und so.«

Wiener klopfte und winkte Peter Nachtigall vor die Tür. Nur einen Moment später kehrte er an den Tisch im Verhörzimmer zurück.

»Wussten Sie von den Videoaufnahmen im Stadion?«

»Klar, das weiß doch jeder. Überwachungskameras, Polizisten mit Videokameras.«

»Dennoch haben Sie praktisch vor den Augen der Öffentlichkeit diesen Mord begangen.«

»Ich habe mir ihr Video angesehen! Niemand konnte mich darauf erkennen! Die Menschen können sich ein Gesicht nur dann gut merken, wenn sie auch eine Frisur dazu haben. Unerkannt bleibt, wer seine Haare verbirgt. Also zog ich mir die Sweatshirtmütze über den Kopf und diese Jacke an, die mir nicht gehört.«

»Einer hat Sie aber doch erkannt!«

»Wer sollte das wohl gewesen sein?«, trotzig warf er den Kopf zurück.

»Rolf Bartel. Er hat Sie auf dem Band erkannt und Sie angerufen. Sie sollten sich mit ihm treffen. Bartel hat Sie erpresst.«

»Quatsch! Niemand konnte mich erkennen.«

»Er hat Sie angerufen. Kurz bevor er überfallen und getötet wurde! Die Telekom hat diesen Anruf bei Ihnen bestätigt.«

»Und? Er wollte wissen, wann Vaters Beerdigung sein wird.«

»Nein.«

»Aber natürlich! Er wollte einen Kranz schicken – vom Verein. In Schwarz und rot, mit Schleife und Aufdruck. Deshalb fragte er nach, ob wir schon wüssten, wann wir ihn beerdigen dürften.«

»Das ist nicht wahr! Sie haben einen Fehler gemacht.«

»Ach ja! Das müssten Sie mir dann ja wohl erst einmal beweisen. Ich bin sicher unser Anwalt wird von Ihrem Argumentationsgebäude nichts übrig lassen.«

»Wir haben die Tatwaffe aus der Spree gefischt!«, trumpfte Nachtigall auf.

»Nun – und meine Fingerabdrücke darauf gefunden?«, fragte er höhnisch.

»Wir suchen noch – aber ich bin sicher, wir werden was finden! Blut ist jedenfalls dran – und vielleicht haben Sie bei der Prügelei ein paar Hautfetzen eingebüßt – die finden wir auch!«

»Herr Bartel war nicht tot, als Sie sich vom Tatort entfernten – er wurde von einer Streife gefunden und im Klinikum behandelt«, erzählte er wie beiläufig.

Nachtigall versuchte zu erkennen, ob der junge Mann eine Spur blasser wurde.

Zumindest reagierte er auf diese Neuigkeit überrascht und räusperte sich, bevor er fragen konnte, ob der in den Radios gemeldete Tod nur eine Falschmeldung war.

»Nein. Rolf Bartel ist verstorben. Aber er hat uns Ihren Namen genannt, bevor er starb.«

»Dieses Schwein!«, Markus Mehring sprang auf und der Polizist, der bisher ruhig auf einem Stuhl in der Ecke gesessen hatte, stürzte hinzu und legte ihm schwer seine Hand auf die Schulter.

»Ist ja schon gut, Mann!« Barsch schüttelte er die Hand ab und nahm widerstrebend seinen Platz ein.

»Sie wurden von ihm erpresst. Er wollte Geld, viel Geld, nicht wahr? Schließlich dachte er, Sie wären der Erbe der Spedition. Und da haben Sie beschlossen ihn aus dem Weg zu räumen.«

»Nein.«

»Wie dann?«

»Bartel hatte die blöde Jacke erkannt. Sie hat ihm gehört und als er sie nicht mehr wollte, warf er sie in einen Altkleidercontainer. Dort habe ich sie rausgeangelt und er hat mich dabei beobachtet. Deshalb wusste er, wer die Jacke nun hatte. Ich versuchte mit ihm zu verhandeln – er wollte eine Million Euro und das sollte erst der Anfang sein! Aber das ging doch nicht – ich konnte ihm das Geld nicht geben, selbst wenn ich es gehabt hätte, er verstand nicht, dass ich das Geld für Florian brauchte. Er hat mir klipp und klar erklärt, er habe nicht vor zu diskutieren! Er wollte die Million jetzt gleich und er wollte das ganze Geld nur für sich – um eine Weltreise zu machen und damit bei den Frauen anzugeben. Dieses Schwein! Niemandem wird er fehlen – er war ein schmieriges Nichts!«

Donnernd krachte Nachtigalls Riesenfaust auf den kleinen Tisch, der dieser Belastung kaum standzuhalten vermochte.

Der Hauptkommissar erhob sich halb und stützte den Oberkörper auf den Armen ab – dabei ignorierte er den heftigen Schmerz, der sich sofort von den Handgelenken aus über den Arm ausdehnte. Seine grünen Augen funkelten Markus zornig an und seine Stimme hatte einen drohenden Unterton.

»Wer glauben Sie, sind Sie, dass Sie sich anmaßen darüber zu entscheiden, wer getötet werden darf und wer nicht?«

Trotziges Schweigen antwortete ihm.

»Und wenn nun jemand der Meinung wäre, Ihr Leben sei vergeudet, würden Sie akzeptieren wollen, dass er es auslöscht? Sie haben Rolf Bartel zu Tode geprügelt, Ihren Vater erstochen und Ihren Bruder wollten Sie für mindestens 15 Jahre ins Gefängnis wandern lassen – erwarten Sie von uns besser kein Verständnis für Ihre Sicht der Dinge! So viel Egoismus in einer Person! Alle Achtung!«

»Paul!«, spuckte Markus Mehring verächtlich über den Tisch, »Paul! Der große Gewaltfreie! Gestern hätte er mich beinah von der Förderbrücke gestoßen! Hätten Sie mich nicht gehalten, müssten wir dieses Gespräch heute nicht führen.«

»Sie lügen schon wieder! Paul hat Sie nicht gestoßen!«

»Klar hat er. Das ist Mordversuch! Dafür geht er ins Gefängnis und mit seinen blauen Freunden ist auch Schluss! Seine Freundin wird sich freuen, wenn sie erfährt, wer da beinahe Vater ihres Kindes geworden wäre!«

Nachtigall schob sein Gesicht noch näher an das des Verhafteten heran.

»Sie«, brodelte er laut, »Sie können es nicht ertragen, wenn jemand geliebt wird! Paul ist in Ihren Augen zu gut weggekommen. Er hat Sie einfach zurückgelassen, um mit seiner Freundin glücklich zu sein! Die Leute seiner Bewegung folgen ihm, er wird bewundert! Inzwischen sogar von der Presse zitiert – morgen ist eine Podiumsdiskussion mit ihm. Die Mind Watchers streifen ihr Spinnerimage ab, man nimmt sie ernst. Das können Sie ihm nicht gönnen! Deshalb versuchen Sie mit aller Macht seinen Ruf zu zerstören und ihn zu isolieren! Er soll sich so allein fühlen wie Sie!«

Markus streckte sich.

»Sie haben keine Ahnung! Er hat mich gestoßen! Aussage gegen Aussage! Ich bin gefallen, das ist der Beweis. Er wird verurteilt.« Er verschränkte die Arme hinter dem Kopf und lehnte sich lässig zurück.

»Sie haben nur vergessen, dass Sie nicht allein da oben waren«, mischte sich Albrecht Skorubski ein.

»Das ist ja das Gute – ich habe den Superbullen als Zeugen!«

»Unsere Leute haben Ihren Bruder aus der Förderbrücke gesammelt – er war viel zu weit von Ihnen entfernt, um Sie zu stoßen. Er hätte sich auch nicht so schnell dort bewegen können – er hat Höhenangst.«

Hatte er vor dem Sturz eine Bewegung wahrgenommen oder nicht? Und hatte es sich dabei um Paul gehandelt – oder war das nur der Moment gewesen als Markus Schwung geholt hatte.

Und der Schrei? Alles eine perfekte Inszenierung?

Er lauschte in sich hinein, als könne er dort die Antwort finden und fand sie auch.

»Es ist Hass, nicht wahr? Ein alles verzehrender Hass. Gegen Ihren Vater, der ein Tyrann war, gegen Ihren Großvater, der Ihnen nie geholfen hat, gegen Paul, der Sie im Stich gelassen hat – sogar gegen Rolf Bartel, der eine Aufgabe gefunden hatte, die ihm Spaß machte, und Hass auf Florian, der sich nicht für seine Liebe zu Ihnen entscheiden konnte, nicht wahr?«

Tränen liefen plötzlich über Markus Mehrings Gesicht.

»Alle durften immer mehr als ich. Mein Vater hat alles verboten. Meine Mutter hatte ihm nichts entgegenzusetzen. Aber Großvater und Paul hätten etwas unternehmen können! Aber nein! Die zogen aus und begannen ein neues Leben. Um mich haben die sich einen Dreck geschert! Wissen Sie, dass mein Großvater wieder heiraten will? Es steht ihm nicht zu, eine glückliche Beziehung zu haben! Ich bin doch auch mal dran! Mit Florian wollte ich glücklich werden – es hätte so schön sein können! Aber für ihn war der Tanz wichtiger als ich – das machte er mir immer wieder klar. Er lief weg von mir – zum Training! Und vor die Wahl gestellt – war er zu feige mir zu sagen, wie er sich entschieden hatte, wollte er sich nicht entscheiden müssen, war seine Liebe nicht stark genug, um auf den Tanz verzichten zu können! Aber meine ist stark genug ihn zu rächen!«

Markus legte seinen Kopf auf die Arme und weinte.

Seine Schultern zuckten heftig. Peter Nachtigall hatte genug gehört.

Müde erhob er sich und hinkte zum Kaffeeautomaten.

Skorubski signalisierte dem Beamten, sie seien mit der Vernehmung fertig, und eilte ihm hinterher.

»Abgründe sind das«, murmelte Nachtigall und blies über die heiße Flüssigkeit.

»Vielleicht findet er einen milden Richter«, meinte Skorubski hoffnungsvoll und entschied sich gegen ein heißes Getränk.

»Sollten wir uns das tatsächlich wünschen?«, fragte Nachtigall und wandte sich um. Wenn man sich nur so langsam bewegen konnte, schienen sich die Wege hinzuziehen. Das Büro war Lichtjahre entfernt.

Verblüfft sah Skorubski ihm nach und fragte sich, wie das wohl gemeint war.

47

Peter Nachtigall beschloss Frau Mehring noch einen Besuch abzustatten, um ein paar Fragen, die ihm keine Ruhe ließen, zu klären.

»Oh, da kommt der Mann, der mir meinen Sohn genommen hat!«, begrüßte sie ihn und warf ihm einen vernichtenden Blick zu.

»Ihr Sohn hat sich Ihnen selbst genommen.«

»Vielleicht haben Sie recht«, räumte Sie nach einigem Zögern ein.

Überrascht registrierte er die veränderte Atmosphäre im Haus. Musik spielte und war so laut, dass man sie sicher in allen Räumen hören konnte, Evergreens aus den Achtzigern, Balladen. Die Vorhänge waren von den Fenstern verschwunden und hell fiel das Licht in die Räume.

»Tja – wo setzen wir uns?«

»Sie haben schon so gut wie alles ausgeräumt?«

»Ja. Ich werde dieses Haus sowieso verlassen, egal, was am Ende mit der Anfechtung der Testamentsbestimmungen wird. Ich habe hier die unglücklichsten Jahre meines Lebens verbracht – es wird sich alles zum Guten wenden.«

Sie trug die Haare hochgesteckt, was sie jünger und ihr Gesicht offener wirken ließ. Die Augenbrauen waren nachgezogen, die Wimpern getuscht und ein Hauch Rouge belebte ihre blassen Wangen. Ein fröhlich buntes Kleid erweckte den Eindruck von Leichtigkeit und Ausgeglichenheit.

»Gehen wir in den Garten?«, schlug sie vor und brachte sogar ein Lächeln zustande.

Nachtigall nickte.

»Die Sachen werden alle abgeholt. Ich persönlich habe kein Interesse an Erinnerungsstücken an Hans-Jürgen oder meine Ehe. All das wird schon morgen hinter mir liegen!«

So eine rasche Wandlung – wie war das nur möglich. Gerade noch hatte sie schluchzend beim Notar gesessen ohne Hoffnung für die Zukunft und nun das!

»Sie sehen so erstaunt aus, Herr Nachtigall.«

Die Hollywoodschaukel stand noch am alten Ort und sie setzten sich.

»Nun ja. Ich hatte gedacht, Sie würden länger brauchen, um über all das hinwegzukommen«, räumte er ein.

»Ich glaube, es war bei der Testamentseröffnung. Als ich ihn so fies grinsend all diese schrecklichen Dinge sagen hörte. Ich kam hierher zurück und wusste, ab jetzt würde ich mein Leben selbst in die Hand nehmen müssen und es sollte es schöneres Leben werden. Als Erstes zog ich die schwarzen Sachen aus. Ich trauere nicht um ihn. Dann fing ich damit an, seine Kleidung in Säcke zu verpacken und vor die Tür zu stellen. Mit jeder Hose, jedem Hemd, jeder Unterhose ja jeder Socke wurde mir leichter ums Herz. Bei den Möbeln hat mir der Sohn eines Nachbarn geholfen, den ich einfach angesprochen und darum gebeten habe. Dafür hätte Hans-Jürgen mich früher sofort bestraft.«

»Wohin werden Sie gehen?«

»Zu einer Tante von mir in Münster. Sie hat ein großes Haus und sehnt sich nach Gesellschaft. Eine Arbeit irgendwo in einem Haushalt werde ich schon finden.«

»Frau Mehring – ich glaube, Sie wissen, warum ich hier bin.«

»Nein, es ist doch alles geklärt. Markus hat den grauenvollen Mord gestanden. Gut, ich habe ihn vielleicht gedeckt – ich habe früher als Sie geahnt, dass er etwas damit zu tun haben könnte. Leider hat er viel von seinem Vater – er sollte eine Chance zu einer Therapie bekommen.«

»Warum?« Ihre neue sachliche Art zu sprechen war für Nachtigall gewöhnungsbedürftig.

»Diese Jacke. Er hatte sie aus dem Altkleidercontainer. Ich weiß das, weil die Jacke früher Bartel gehört hat. Als er eine Sturm und Drang Periode hatte. Ich habe ihn oft hier vorbeiradeln sehen und musste immer wegen der Jacke lachen. Er sah aus, als sei er mit Gas gefüllt.«

»Ihr Sohn wird sich auch wegen Mordes an Rolf Bartel vor Gericht verantworten müssen.«

»Wie?« Ihre Gelassenheit verschwand.

»Bartel hat seine Jacke auf dem Video erkannt und er wusste, dass Ihr Sohn sie inzwischen besaß. Er rief bei Markus an und versuchte ihn zu erpressen. Sie trafen sich am Mühlbach und Markus erschlug Rolf Bartel mit einem Baseballschläger.«

»Er hat also zwei Menschen getötet? Kaltblütig. Das macht mir Angst, aber wenn Sie das mit dieser Überzeugung sagen, haben Sie sicher schon genug Beweise?«

Nachtigall überlegte, ob sie vielleicht regelmäßig ein Beruhigungsmittel einnahm. Bisher hatte sie schon bei weniger dramatischen Ereignissen heftiger reagiert. Sie wirkte entrückt, so, als spräche sie nicht über ihren eigenen Sohn, sondern einen völlig fremden Menschen.

»Ja. Es tut mir leid.«

Sie starrte auf den Waldrand.

»Mir auch. Er hat immer sehr gelitten – selbst wenn es nichts zu leiden gab. Es wurde eine grundsätzliche Haltung bei ihm. Die Welt war ungerecht und hatte sich gegen ihn verschworen. Es war ihm nicht mehr auszureden. Mit diesem Vater war es nicht einfach – aber so wie er am Ende den Ärger förmlich provoziert hat, musste man sich eigentlich nicht wundern, wenn es ständig Schwierigkeiten gab. Er hatte wenigstens eine Art Taschengeld. Ich nicht. Er konnte unter tausendundeinem Vorwand das Haus verlassen. Ich nicht. Wenn er auf der Straße mit den Nachbarn belangloses Zeug besprach, war das für seinen Vater kein Problem. Ich durfte das nicht. Aber Hans-Jürgen hatte ja auch eine Menge vor mir zu verbergen. Da musste er sicherheitshalber alle Kontakte nach außen gründlich beschneiden, nicht?«

»Und Paul?«

»Paul war anders. Paul sagte immer zu mir, ›ich kann machen, was ich will, wenn ich volljährig bin, ziehe ich aus.‹ Gut – so schnell hat es zu seinem Leidwesen nicht geklappt, die Schule dauerte länger und dann der Zivildienst. Er hat es einfach später wahrgemacht und ist ausgezogen. Vielleicht hätte er es ohne Katharina und ihren süßen Lucas nie geschafft, aber so wendet sich jetzt alles zum Guten. Markus nahm ihm das übel.«

»Markus hat die Drohbriefe geschickt. Er hoffte, wir würden glauben die Mind Watchers steckten hinter der Tat und er versuchte Paul dazu zu bringen, den Mord zu begehen.«

»Tatsächlich? Die Sache mit der Katze, das war Markus? Du liebe Zeit. Ich glaube, ich muss Ihnen etwas erzählen. Hans-Jürgen wollte nicht, dass es jemand erfährt, aber mein Schwiegervater warnte mich einmal bei einem unserer seltenen Gespräche. Er riet mir auf meine

Söhne gut aufzupassen, einer seiner Onkel sei an einer schwerwiegenden Geisteskrankheit verstorben. Er sei gemeingefährlich gewesen und habe die letzten Jahre seines Lebens in einem psychiatrischen Krankenhaus gelebt – eingeschlossen in einer Einzelzelle.«

»Und nun glauben Sie, Markus sei auch krank?«

»Wer weiß. Man sollte es auf jeden Fall überprüfen lassen. Erst habe ich es ja bei Paul vermutet, aber er ist jetzt ganz anders, ruhig und still.«

»Was ich mich die ganze Zeit frage: Warum haben Sie Ihren Mann nicht einfach verlasen? Sie hätten die Scheidung einreichen und zum Beispiel mit Ihren Jungs ins Frauenhaus ziehen können. Oder ihn bei der Polizei anzeigen. Warum sind Sie geblieben?«

Sie sah auf den Boden und schien, um die richtige Antwort zu ringen.

»Wollen Sie das ehrlich wissen?«

»Ja.«

»Dann muss ich Ihnen mehrere Antworten geben.« Sie holte tief Luft und legte die Hände auf ihrem Schoß ineinander. »Zum einen hat Hans-Jürgen immer damit gedroht, mich oder die Jungs umzubringen. ›Wenn du es wagst, mich zu verlasen, bringe ich dich oder die Kinder um! Und ich werde euch finden, da kannst du sicher sein!‹ Das habe ich geglaubt. Er war unerbittlich, das wusste ich zu der Zeit schon. Dieser Mann kannte keine Gnade! Und wohin hätte ich gehen sollen, ohne Geld, ohne Ausbildung? Hier waren wir wenigstens versorgt. Zum anderen glaubte ich, die Situation würde sich mit den Jahren bessern, er würde älter und ruhiger werden, sich nicht trauen vor den Kindern seine Show abzuziehen. Doch ich hatte mich getäuscht. Aber als ich das erkannte, war es für mich schon zu spät. Ich habe die Kraft nicht aufgebracht. Durch die vielen Demütigungen war ich wie betäubt. Das Einzige, was ich noch tun konnte, war für die Jungs das Beste aus der Sache zu machen.«

»Hat er Sie geschlagen?«

»Auch, aber das war nicht das Schlimmste. Markus hat immer gesagt, er sei ein Sadist und das stimmt. Er hat viel Mühe darauf verwand herauszufinden, was der andere nicht mochte, verabscheute, wovor er sich ekelte, was ihn demütigte. Und genau das tat er dann. Ständig. Er sorgte für permanente Freudlosigkeit – und nahm mir die Möglichkeit, mit anderen über meine Lage zu sprechen. Er kontrollierte jeden meiner Schritte, jedes meiner Worte. War auch ziemlich einfach für ihn. Er arbeitete ja im Haus.«

»Vielleicht hätte es gereicht, ihn einmal richtig in die Schranken zu weisen – und er wäre lammfromm geworden.«

»Nein – das widersprach seinem Bild von Männlichkeit. Kennen Sie: ›Der Widerspenstigen Zähmung‹? So hat er es mit mir gemacht. Mich gebrochen, bis jeder Widerstand gewichen war.«

»Und niemand hat es gemerkt?«

»Was soll sich jemand dabei denken, wenn die Frau des Hauses um Mitternacht von ihrem Mann geweckt wird. Das Bett sei voller Spinnen, beklagte er sich, darin könne er unmöglich schlafen. Ich habe eine Arachnophobie, krankhaft übersteigerte Angst vor Spinnen. Er stand neben dem Bett mit einem Eimer in der Hand. So schnell konnte ich gar nicht schreien und aus dem Bett springen, wie sich die Viecher überall verteilten. Er hatte den ganzen Eimer ins Bett gekippt und sah mir grinsend dabei zu, wie ich versuchte zu entkommen.

Die Schlafzimmertür war abgeschlossen. Es blieb mir nur, die Bettwäsche irgendwie abzuziehen, während die Tiere an mir hochkrabbelten, und sie aus dem Fenster zu werfen. Danach habe ich Stunden gebraucht, um sie zu fangen, zu töten, von meinem Körper zu wischen. Es war grauenvoll. Und er stand währenddessen an den Türrahmen gelehnt da und lachte mich schallend aus. Ich bezog das Bett neu und er legte sich zufrieden schlafen. Mein Tag aber begann – die Kinder brauchten ihr Frühstück, sie hatten Schule. Den ganzen Tag beschimpfte er mich dann, es wäre eine Schande, mit einer solchen Frau verheiratet zu sein, die aussähe wie ein bleiches Wischtuch und außerdem den Haushalt nicht in den Griff bekäme, denn es tummelten sich unzählige Spinnen in unserem Schlafzimmer.«

»Und da ist Ihnen nie der Gedanke gekommen, ihn zu verlassen, seine Drohung zu ignorieren?«

»Nein. Ich war sehr jung und hatte nicht viel Ahnung vom Eheleben. Ich fürchte, eine Zeit lang habe ich gedacht, sein Verhalten sei in Ordnung und ich müsse an mir arbeiten, damit sich keine Angriffsfläche bot. Aber das war unmöglich. Wenn sich keine bot, schuf er sich eine.«

»Sie haben von seinem Ehebruch gewusst, nicht wahr?«

»Ja. Er kam eines Tages nach Hause und zerrte mich ins Schlafzimmer, ließ die Hose runter und sagte mir, er habe vor wenigen Minuten mit einer anderen geschlafen. Es sei so ein wunderbares Erlebnis gewesen – mit mir mache ihm Sex ohnehin nicht so richtig Spaß, ich sei eben zickig. Er habe beschlossen, mich an seinem Erlebnis teilhaben zu lassen. Das bedeutete: Er packte mich, drückte mich auf die Knie, fasste meine Haare, drehte mir den Kopf in den Nacken und schob mir den Penis tief in den Rachen, damit ich den Geschmack der anderen spüren sollte. Natürlich würgte ich, aber das gefiel ihm.«

»Da haben Sie beschlossen ihn umzubringen.«

»Kann sein. Vielleicht war dieser Gedanke auch schon früher da – wirklich an Mord gedacht habe ich, als er mir von Rosemarie erzählte. Da ist in mir irgendetwas zersprungen und ihn zu ermorden erschien mir plötzlich für uns alle die beste Lösung.«

»Wie sind Sie an das Gift gekommen?«

»Diese Firma, ach ja, Rattex. Haben Sie Herrn Kleber schon kennengelernt? Na, dann kennen Sie sich jetzt mit den Gefahren, die von Schadnagern ausgehen können, bestens aus. Sie strichen das Gift aus oder zerbröckelten es. Damit ich nicht aus Versehen selbst mit dieser Substanz in Berührung kommen würde, zeigten sie mir jedes Mal, wo genau die Köder lagen. Immer, wenn mein Mann eine Tour selber fahren musste, ging ich raus und kratzte das Gift ab, sammelte es ein, hob es auf. Ich durfte nicht zuviel wegnehmen – sonst würde es für die Ratten nicht reichen – und Rattex hat die Ködermenge an den Auslegestellen täglich überprüft. Da mein Mann stöberte, war es schwierig für mich, es zu verstecken. Also bewahrte ich es in einer Gewürzdose in der Küche auf. Da es rötlich war, in einer Paprika-Chili-Dose. Er schöpfte keinen Verdacht. Dann bat ich ihn darum, ein neues Rezept für sein Brot ausprobieren zu dürfen – er wollte ja nur selbstgebackenes. Nach einigem Hin und Her stimmte er zu und ich mischte beim ersten Mal nur echte Paprika und Chilischoten in den Teig. Er war begeistert, er liebte Paprika und Chili und von uns aß das keiner. Paul ist sogar allergisch gegen Paprika und

Markus mag den Geschmack nicht. Ich brauchte deshalb nicht zu befürchten, dass sich einer an diesem Brot vergreifen würde – es war ideal. Das Brot wurde leicht rötlich und durch die Feuchtigkeit des Gemüses blieb es in der Mitte ein wenig weicher. Ich fing an das Rattengift in den Teig zu rühren und er bemerkte überhaupt nichts. Aber es tat sich auch nichts. Er blieb am Leben und schikanierte mich weiter. Ich mischte von nun an in jeden neuen Teigansatz Gift. Als Sie an dem Abend klingelten, dachte ich ernsthaft, ich wäre nun eine Mörderin – eine Gattenmörderin, Giftmörderin. Es fühlte sich entsetzlich an – obwohl ich mir nichts sehnlicher gewünscht hatte, als seinen Tod! Und während ich noch überlegte, wie Sie so schnell auf mich kommen konnten und die Brotreste im Müll verschwinden ließ, erzählten Sie eine ganz andere Geschichte. Und auf einmal dachte ich nur, ›was soll denn nun werden? Ich habe nicht einmal Geld, um morgen einkaufen zu gehen! Wir werden verhungern!‹ Was man für einen Blödsinn denken kann in so einem Moment.«

»Ich könnte Sie jetzt wegen versuchten Mordes verhaften, Frau Mehring.«

»Nein. Das können Sie nicht. Ich werde diese Geschichte kein zweites Mal erzählen – und beweisen können Sie gar nichts. Niemand weiß, was er mir alles angetan hat – ich werde aussagen, dass er ein guter Mann war, manchmal ein bisschen schwierig wie alle Männer. Ich habe jetzt die Chance mein Leben zu genießen – und die werde ich mir nicht mehr nehmen lassen.«

»Und Ihre Söhne?«

Ihr Gesicht wurde weicher.

»Markus wird eine Jugendstrafe bekommen, nicht wahr? Er ist doch noch so unreif. Gut, er hat zwei Morde begangen – für den an seinem Vater wird man bedingt Verständnis aufbringen können, für den Mord an Rolf wohl eher nicht. Und eine Therapie wird ihn bestimmt heilen. Wenn er entlassen wird, kann er vielleicht neu anfangen, ohne diesen Neid und diese Eifersucht auf andere. Und Paul? Na, der wird seinen Weg gehen. Da habe ich keine Bedenken.«

»Wie kommen Sie nach Münster?«

»Meine Tante hat mir das Geld für die Reise und alles Weitere geschickt. Morgen breche ich auf – in ein neues Leben«, verkündete sie mit neuem Selbstbewusstsein.

Peter Nachtigall warf ihr einen kritischen Blick zu. Sie wird es nicht schaffen, dachte er, sie sucht schon händeringend nach der nächsten Abhängigkeit. Aber vielleicht würde diese Tante sie wenigstens gut behandeln.

Hin- und hergerissen zwischen dem schrecklichen Gefühl, einen Mörder laufen gelassen zu haben, und dem hoffnungsvollen Gedanken, dass diese Frau bestimmt nicht noch einmal versuchen würde jemanden zu vergiften, weil die Tat ihrer Verzweiflung geschuldet war, fuhr Nachtigall nach Hause zurück.

Er tippte Connys Handynummer, doch erreichte wieder nur die Mailbox.

Jule war mit ihrem Traumprinzen am Ostseestrand auf Usedom – blieb ihm nur ein Nachmittag mit Casanova im Garten unter einem schattigen Baum. Seufzend bog er in seine Einfahrt.

Der Kater war wohl mit irgendeiner Katzenschönheit unterwegs, stellte er fast beleidigt fest. Alle hatten wohl beschlossen sich von ihm fern zu halten – sonst kam er ihm zur Begrüßung immer entgegen, wenn er den Wagen parkte. Gut, dachte er trotzig, dann würde er sich eben allein in den Garten unter den Baum setzen, er war alt genug und konnte auch ganz gut allein sein. Und so würde er wenigstens zum Lesen kommen.

Vor der Haustür saß Conny, zu ihren Füßen lag Casanova, den Bauch in den Himmel gereckt und ließ sich kraulen.

»Conny!«

Erleichtert, glücklich, verliebt ließ sich der große Hauptkommissar neben ihr auf die Stufe plumpsen.

»Es tut mir leid – ehrlich. Ich habe mich einfach furchtbar dumm benommen. Aber ich bin von der Situation einfach überrumpelt worden«, sprudelte er hervor.

Sie schwieg und kümmerte sich um den ekstatisch schnurrenden Kater.

»So wie er kann ich es natürlich nicht zeigen!«, maulte Nachtigall leise, »Katzen haben Männern in dieser Beziehung etwas voraus!«

»Es würde auch nicht so wirken wie bei ihm, wenn du dich vor mir schnurrend herumwälzen würdest – aber es käme im Zweifelsfall auf einen Versuch an!«, lachte sie.

Sie sprach wieder mit ihm!

»Ich kenne da einen kühlen Platz in meinem Garten, wo wir das ausprobieren könnten«, schlug er vorsichtig vor, rappelte sich auf und streckte ihr seine Hand entgegen. Dabei entdeckte sie den Verband.

»Was hat du denn während der letzten Tage getrieben?«

»Das ist ein weites Feld!«, antwortete er mit Fontane und zog sie an seine Brust. Sie wehrte sich nicht, schmiegte sich an ihn. Nur der Kater grunzte vorwurfsvoll.

»Ich glaube, ich muss mich auch entschuldigen«, flüsterte sie. »Ich hätte nicht so biestig sein müssen. Kein Telefon, kein Wort. Aber eines muss ich dir sagen: Dass du nicht in meine Praxis geschneit bist, hat mir imponiert. Sogar in der Krise hast du dich an die Absprache gehalten!«

»Ich hatte einfach Angst, es würde dich noch mehr gegen mich aufbringen. Und – Conny – ich wollte dich nicht verlieren!«

»Sabine hat mich angerufen. Birgit ist wieder weg – mit ihrem Norweger«, Nachtigall registrierte enttäuscht, wie sie seine Liebeserklärung ignorierte.

»Ja. Er hat sie wieder eingesammelt. – Komm!«

»Ich habe uns eine Kleinigkeit mitgebracht.« Conny zeigte auf eine Kühlbox, die ihm bisher noch nicht aufgefallen war. »Casanova liebt mich nur, weil er gerochen hat, dass hier etwas zu essen versteckt ist. Seine Schnurrerei sollte mich lediglich davon überzeugen, dass es eine gute Idee wäre die Kiste zu öffnen.«

Connys Lachen hatte ihn von Anfang an fasziniert. Ihre Augen leuchteten warm und Peter Nachtigall schöpfte neue Hoffnung. Vielleicht ließe sich die Scharte doch wieder auswetzen!

Auf der Bank im Schatten enthüllte Conny das Geheimnis ihrer Kühlbox und schon bald genossen sie Hähnchensalat und kühlen Rotkäppchen-Sekt, um ihre Versöhnung zu besiegeln.

»Ich habe dich so vermisst«, gestand der Hauptkommissar später und diesmal tat sie ihm den Gefallen und murmelte an seiner Schulter: »Und ich dich erst! Aber was sollte ich denn von der Sache halten? Du hast mich von dir weggeschoben – ich dachte, deine Beziehung zu mir sei dir plötzlich unangenehm – vielleicht sogar peinlich!«

»Es war Absicht, weißt du. Als sie dich gehört hat, kam sie runter und hat die ganze Show abgezogen, um dich aus meinem Leben zu verscheuchen. Wenn sie ihren Norweger nicht haben konnte, sollte ich dich eben auch nicht haben dürfen!«

»Krank, oder?«

»Nicht so krank wie das, was mir in dieser Woche alles untergekommen ist!«

»Erzähl mir, wie du zu diesen Verletzungen gekommen bist. Du hinkst .«

Er berichtete ihr von dem Konzert, von dem suizidalen Mörder, von der Rettungsaktion auf der F60 und registrierte, wie sich ihre Augen vor Sorge und Bewunderung weiteten.

»Wow! Mein Held!« Sie küsste ihn innig und für Peter Nachtigall war die Welt wieder in Ordnung.

»Ich bin gleich zurück«, er huschte hinkend ins Haus.

Einen Moment später kam er zurück und setzte eine geheimnisvolle Mine auf.

»Na, Herr Hauptkommissar! Sie führen doch etwas im Schilde!«

»Stimmt!«, er grinste.

Schwungvoll zog er zwei Konzertkarten hinter dem Rücken hervor.

»Die Rettungsaktion hat das Konzert gestört und die Zuschauer mussten das Gelände räumen. Die Gruppe ›Rosenstolz‹ hat versprochen das gesamte Konzert zu wiederholen. Ich habe für mich und meine Begleitung zwei Freikarten bekommen. Lust?«

»Ich weiß nicht«, neckte sie ihn.

Er stöhnte gespielt auf.

»Tja, die Frauen. In den Liedern geht es um Liebe und Vertrauen. Genau das Richtige für uns! Falls du nicht als meine Begleitung mitgehen möchtest, dachte ich an etwas anderes, einen Brauch, der wieder aktuell geworden ist!«

»Und das wäre?«, murmelte sie träge und kuschelte sich noch enger an ihn.

Nachtigall riss zwei Grashalme ab. Erstaunt sah er zum Himmel auf, der sich bezogen hatte.

»Nass. Egal.«

Er nahm Connys linke Hand und wickelte einen Halm um ihren Ringfinger, dann tat er dasselbe mit dem zweiten Grashalm an seiner Hand.

»Ich würde dir gerne ein Zeichen meiner Liebe schenken. Eines, an das du dich in Zukunft halten kannst. Wenn du zweifelst, guckst du einfach nach und dann weißt du wieder, dass zwischen uns kein Platz für jemand anderen ist, sei es nun Birgit oder sonst wer! Ich würde mich gerne mit dir verloben – und wenn du mich in ein paar Monaten noch immer liebst ...«

Sie betrachtete den Halm und umarmte ihn liebevoll. »Romantiker!«, flüsterte sie in sein Ohr. »Wie kommst du nur auf so was?«

»Ich habe einen alten Herrn kennengelernt, der nächsten Monat heiraten wird. Da wurde mir klar, mit wem ich bis an mein Lebensende wirklich zusammen sein möchte. Und wenn die beiden es schaffen, sich neu zu binden, sollte es uns jungen Hüpfern ja wohl auch möglich sein!«

»Einverstanden«, sie küssten sich ausdauernd, während der Regen auf die Blätter des großen Baumes zu prasseln begann. Einige Tropfen schlugen durch das

Blätterdach und Conny lachte. »Die sind ganz warm. Badewasser für den Garten!«

Nachtigall sah ihr fasziniert zu, wie sie die Schuhe auszog und in den Regen lief.

Als sie durchnässt auf die Bank zurückkehrte, nahm er ihre Hand, wickelte den Grashalm ab und steckte ihr einen schlichten, weißgoldenen Ring an den Finger.

Außen hatte er eingravieren lassen: *Ich liebe dich, dein Peter*.

Sein Ring war ohne Gravur.

»Ich würde gerne auf deinen Ring auch etwas schreiben.«

»Was denn?«, fragte er leise zurück und küsste ihren Scheitel.

»Ich liebe dich, du Superbulle!«, lachte Conny.

»Lieben und geliebt zu werden ist das Wichtigste im Leben«, murmelte Peter Nachtigall in Connys Ohr.

Glücklich blieben sie aneinander geschmiegt sitzen, während der warme Regen sie langsam durchnässte.

48

Sonntag

Der vom Bestattungsunternehmen beauftragte Redner, Christian Möbius, war nervös. Es war erst seine fünfte Rede und die Vorgespräche mit dem Sohn des Verstorbenen waren nicht gerade geeignet gewesen positive Gedanken und Empfindungen für seinen Text aufzubauen. Und das sollte sie doch schließlich sein: Eine Trauerrede musste dazu geeignet sein, den Charakter und das Wirken des Menschen, der von seinen Angehörigen und Freunden zu Grabe getragen werden musste, im besten Licht erstrahlen zu lassen.

Er hoffte, es war ihm dennoch gelungen, eine berührende Ansprache zu komponieren.

Möbius legte sein Manuskript auf das Rednerpult und überprüfte, ob die richtige CD in die Anlage eingelegt worden war. Dabei fiel sein Blick auf den dunklen Sarg, von dem etwas Bedrohliches auszugehen schien. Vielleicht war es nur die Allgegenwart des Endlichen, sagte sich der dickliche Mann, der in seinem dunklen Anzug schon leicht zu schwitzen begann, obwohl es in der Einsegnungskapelle eigentlich angenehm kühl war.

Er hatte noch nie eine Rede für ein Mordopfer gehalten.

Drei Mal hatte er bei Beerdigungen für Unfallopfer gesprochen, aber das war mit dieser Situation überhaupt nicht vergleichbar. Und so hatte er auf große Teile seines sonstigen sprachlichen Repertoires verzichten müssen. Erschwerend hatte sich ausgewirkt, dass dieser Mann beileibe kein unschuldiges Opfer war – wenn nur die Hälfte dessen, was der Sohn erzählt hatte, stimmte, hatte dieser Mann einen miesen Charakter gehabt. Aber das konnte und sollte man bei einer Trauerrede natürlich nicht erwähnen.

Vor der Tür hörte er Geräusche.

Die Ersten mussten wohl schon auf den Stufen stehen.

Nervös lockerte er den Knoten der schwarzen Krawatte ein wenig und schluckte.

Mit einem raschen Blick in den Taschenspiegel, den er stets in der Jackettasche bei sich trug, vergewisserte er sich, dass sein Mittelscheitel akkurat gezogen war.

Er sah auf die Uhr, hörte Stimmengemurmel.

Hoffentlich würde die Ansprache den Hinterbliebenen gefallen – es ging schließlich auch um seinen Job. Nicht auszudenken, wenn sich jemand hinterher beschwerte.

Mit drei schnellen Schritten hatte er den erhöhten Teil verlassen auf dem Sarg und Rednerpult standen. Er würde diskret im Hintergrund warten, bis die Trauergäste eingetreten waren und ihre Plätze eingenommen hatten.

Er warf einen weiteren unruhigen Blick auf seine Armbanduhr. Der Schlüssel in der Tür des Portals rasselte, die Flügeltüren öffneten sich und für einen Augenblick wurde Christian Möbius von dem einfallenden Sonnenlicht geblendet. Dann drückte er diskret den Wiedergabeknopf der Fernbedienung und getragene Musik erfüllte den Raum. Bach. Erwartungsvoll sah er in Richtung Tür.

Niemand kam.

Hatte er sich in der Zeit vertan?

In dem Moment sah er das von der Sonne verbrannte Gesicht von August Preim um die Ecke gucken: »Äh – und nun?«

»Falsche Zeit?«

»Nee – ist nur keiner da. Totale Leere hier draußen. Sieht nicht so aus, als ob noch einer kommen möchte.«

Möbius überlegte fieberhaft. Wenn er nun die Rede nicht hielt, würde er für die ganze Arbeit wohl auch kein Geld bekommen. Er hatte immerhin für diesen Termin alle anderen Dinge verschoben, andererseits wartete seine Freundin mit der gepackten Badetasche darauf, dass er sie nach der Beisetzung abholen und mit ihr an einen der Seen fahren würde.

»Wir warten noch fünf Minuten.«

Doch auch nach weiteren fünf Minuten hatte sich niemand vor der Einsegnungshalle eingefunden.

»Gut«, entschied der Redner dann, »kommt alle rein.«

Die Sargträger setzten sich verlegen grinsend in die erste Reihe, Möbius räusperte sich, trat hinter das Rednerpult und die Zeremonie nahm ihren Lauf.

»Sehr geehrte Trauergäste, wir haben uns heute hier versammelt, um gemeinsam Abschied zu nehmen von einem, der gewaltsam aus unserer Mitte gerissen wurde. Hans-Jürgen Mehring, geliebter Vater und Ehemann, selbstlose Stütze des Vereinslebens der Stadt, hinterlässt eine Lücke, die so schnell niemand zu füllen in der Lage sein wird ...«

Als Frau Mehring mit dem Taxi zum Bahnhof fuhr, erhaschte sie einen Blick auf einen Sarg, der die Stufen des

Portals der Einsegnungshalle am Cottbuser Südfriedhof hinuntergetragen wurde und dem nicht ein einziger Trauergast folgte. Im gnadenlosen Licht der Sonne erschien diese Einsamkeit besonders trostlos.

»Da ist wohl keiner zur Beerdigung gekommen!«, meinte der Taxifahrer mitfühlend, »so ein armes Schwein.«

»Schwein stimmt!«

ENDE

Danksagung

Mitunter kann eine begeisterte Krimiautorin für Familie und Freunde eine Belastung sein, gerade wenn sie ständig nach Tatorten stöbert oder an jeder zweiten Ecke einen Mord begehen möchte. Ich danke all denen, die das bisher mehr oder weniger klaglos hingenommen haben und mir über die Morde hinweg die Treue gehalten haben. Besonders froh bin ich über die empathische Unterstützung meiner Lektorin Claudia Senghaas, die nicht nur an meinen Formulierungen schleift sondern auch für meine technischen Probleme stets großes Verständnis zeigt. Ich danke auch der Literaturagentur Middendorf, die mir bei allen begangenen und noch geplanten Morden mit Rat und Tat zur Seite steht.

Weitere Krimis finden Sie auf den folgenden Seiten und im Internet: www.gmeiner-verlag.de

Franziska Steinhauer
Seelenqual

374 Seiten, 11 x 18 cm, Paperback.
ISBN 978-3-89977-697-3. € 9,90.

Als eine junge Frau am Morgen nach einer Party erstochen in ihrer Wohnung aufgefunden wird, scheint die Lösung des Falles zunächst recht einfach: Die Gäste entstammten alle der Cottbuser Partyszene, offensichtlich war die Situation im Alkohol- und Drogenrausch eskaliert. Doch im Zuge der Ermittlungen tauchen immer mehr Verdächtige auf, von denen jeder ein ausreichendes Motiv für einen Mord gehabt hätte – aber nichts ist greifbar oder verwertbar. Dann erhält Hauptkommissar Peter Nachtigall einen Hinweis, der den Fall in einem ganz neuen Licht erscheinen lässt, und ihm bleibt nur noch wenig Zeit, um weitere Morde zu verhindern …

Franziska Steinhauer
Racheakt

374 Seiten, 11 x 18 cm, Paperback.
ISBN 978-3-89977-674-4. € 9,90.

Cottbus wird von einer Mordserie heimgesucht. Junge Mädchen werden erschlagen und grausam verstümmelt. Kommissar Peter Nachtigall erkennt, dass er einen psychopathischen Mörder jagen muss, der seine Opfer nach Kriterien auswählt, die im Dunkeln bleiben …

KRIMI IM GMEINER-VERLAG

Jochen Senf
Nichtwisser

277 Seiten, 11 x 18 cm, Paperback.
ISBN 978-3-89977-711-6. € 9,90.

Fritz Neuhaus, ein kleiner »Schnüffler« und Moralist, gerät unversehens in eine heikle Lage. Sein chaotisches Leben ist schon schwierig genug; seine Kindheitserinnerungen und seine verkorkste Mutterbeziehung tun ein Übriges. Als dann noch eine geheimnisvolle rothaarige Frau auftaucht, überschlagen sich die Ereignisse: Die Rothaarige ist eine Agentin von Interpol und hat Kenntnis von mysteriösen Vorgängen in einem Flüchtlingslager nahe Saarbrücken. Ausgestattet mit einem Koffer voll brisanter Inhalte schickt sie Fritz Neuhaus, den die faszinierende Frau völlig in ihren Bann genommen hat, in eine »Schlacht« mit ungewissem Ausgang.

Sabine Klewe
Wintermärchen

226 Seiten, 11 x 18 cm, Paperback.
ISBN 978-3-89977-713-0. € 9,90.

Ein plötzlicher Wintereinbruch stürzt das Rheinland ins Chaos. Ausgerechnet an diesem Nachmittag gelingt Mario Brindi die Flucht aus der Klinik für Psychiatrie und Psychotherapie in Viersen-Süchteln. Er hat acht Frauen entführt und brutal gequält.
Am gleichen Abend verschwindet die Fotografin Katrin Sandmann spurlos. Sie wurde zuletzt in einem Parkhaus in der Düsseldorfer Altstadt gesehen. Was ist geschehen? Hat Brindi sich bereits sein neuntes Opfer gesucht? Ist Katrin in seiner Gewalt? Die Polizei glaubt nicht an einen Zusammenhang zwischen den beiden Ereignissen. Doch dann entdeckt ein Spaziergänger im Wald die grauenvoll zugerichtete Leiche einer jungen Frau …

KRIMI IM GMEINER-VERLAG

Uta-Maria Heim
Totschweigen

228 Seiten, 11 x 18 cm, Paperback.
ISBN 978-3-89977-704-8. € 9,90.

Sie war schön, sie war jung, sie war unschuldig. Doch sie musste sterben. 22 Jahre nach dem Fund der »Kofferleiche« kann sie endlich identifiziert werden. Petra Clauss, ein 15-jähriges Mädchen aus Schramberg, wurde ermodert, zerstückelt und in drei Koffern verteilt im Stuttgarter Rosensteinpark abgestellt. Die LKA-Ermittler Anita Wolkenstein und Timo Fehrle müssen erfahren, dass der Identifizierungserfolg bei der Familie des Opfers auf wenig Gegenliebe stößt. Niemand hat mehr Interesse daran, an den alten Wunden zu rühren.

Erwin Kohl
Flatline

325 Seiten, 11 x 18 cm, Paperback.
ISBN 978-3-89977-715-4. € 9,90.

In Krefeld und Düsseldorf werden zwei Drogentote gefunden. Was die beiden verbindet, ist das nahezu identische Obduktionsergebnis: Im Körper der Toten befindet sich eine hohe Zahl künstlich manipulierter Hepatitis-Erreger. Wenig später wird im Blut eines vermeintlichen Selbstmörders eine ganze Reihe lebensbedrohlicher Viren entdeckt, allen voran eine bislang unbekannte Mutation des H5N1-Erregers.
Während LKA-Ermittler Joshua Trempe den mysteriösen Todesfällen auf die Spur geht, ringt sein Freund und Kollege Jack Holsten mit dem Tod. Er leidet unter dem unheilbaren Dengue-Schock-Syndrom. Die Ärzte geben ihm nur noch wenige Tage, als Joshua von einem universellen Impfstoff erfährt ...

Maren Schwarz
Zwiespalt

230 Seiten, 11 x 18 cm, Paperback.
ISBN 978-3-89977-719-2 . €9,90.

Die erfolgreiche Krimiautorin Blanca Büchner erwartet mit 40 Jahren ihr erstes Kind. Gerade ist sie mit ihrem Mann auf den Lochbauernhof im Vogtland gezogen – dieser soll mit einem Fluch belegt sein. Kurz darauf fällt Blancas Mann durch einen Unfall ins Koma. Auch die Vorbesitzerin des Hofs erlitt ein schweres Schicksal: Sie nahm sich das Leben, nachdem sie ein Kind mit schwerem genetischen Defekt abtreiben lassen musste. Bei einer Fruchtwasseruntersuchung stellt Blancas Arzt auch bei ihrem Kind einen solchen Defekt fest. Kurze Zeit später ist er tot. Blanca glaubt nicht an einen Unfall und beginnt zu ermitteln.

C. Puhlfürst/Petra Steps (Hrsg.)
Mords-Sachsen

278 Seiten, 11 x 18 cm, Paperback.
ISBN 978-3-89977-718-5. €9,90.

Wer an Sachsen denkt, der denkt an faszinierende Geschichte, reizvolle Landschaften und einen zupackenden Menschenschlag, dessen Ideen und Erfindungen seit Jahrhunderten die Welt bewegen. Kaum vorstellbar, dass dieses schöne Land auch seine »dunklen Seiten« haben soll. Und doch sieht es ganz danach aus!
20 ebenso spannende wie furchterregende Kriminalgeschichten aus dem Südosten Deutschlands – erzählt von namhaften »Wiederholungstätern« und vielversprechenden Nachwuchstalenten der deutschen Krimiszene!

KRIMI IM GMEINER-VERLAG

Monika Detering
Herzfrauen

274 Seiten, 11 x 18 cm, Paperback.
ISBN 978-3-89977-714-7. € 9,90.

In unmittelbarer Nähe des Bielefelder »Wahlfamilienhauses« stürzt ein junger Mann, der Pharmazievertreter Till Matthusch, aus dem Fenster. Kurze Zeit später häufen sich Vergiftungen unter den Bewohnern dieses Wohnprojekts. Hauptkommissar Viktor Weinbrenner, der ebenfalls hier lebt, glaubt nicht an einen Zufall. Er beginnt zu ermitteln – genauso wie seine Mitbewohnerin Sybille Gott. Die Journalistin wittert in einem Artikel über Schenkkreise, den »Herzfrauen«, ihre große Chance. Plötzlich ergeben die mysteriösen Ereignisse im »Wahlfamilienhaus« einen Sinn. Viele Ungereimtheiten verdichten sich zu einem unheilvollen Bild. Und alle Spuren führen zu den Herzfrauen.

Ella Danz
Steilufer

273 Seiten, 11 x 18 cm, Paperback.
ISBN 978-3-89977-707-9. € 9,90.

An einem verregneten Sommertag wird in der Lübecker Bucht ein Toter gefunden. Sein Gesicht ist vollkommen zerstört - die Identifizierung ist zunächst unmöglich. Nicht weit vom Fundort entfernt wird der Pâtissier eines Feinschmeckerrestaurants, ein junger Algerier, vermisst. Der Fall scheint klar, denn auch das Motiv ist schnell gefunden: Rassismus. Tatverdächtig ist eine Clique Neonazis.
Anna Floric, die Chefin des Restaurants, bekommt es mit der Angst zu tun. Viele ihrer Mitarbeiter stammen aus Nordafrika. Ihre größte Sorge jedoch gilt Lionel, ihrem zwölfjährigen Sohn ...

KRIMI IM
GMEINER-VERLAG

Das neue Krimijournal ist da!

2 x jährlich das Neueste
aus der Gmeiner-Krimi-Bibliothek

KRIMI Journal
Nr. 6 www.gmeiner-verlag.de Die Zeitung für Krimifreunde 1/2007

Krimi vom »Tatort«-Kommissar
Jochen Senf veröffentlicht seinen ersten Roman im Gmeiner-Verlag

NICHTWISSER

Die Last der Altfälle
Krimipreisträgerin Uta-Maria Heim

Literatur-Preisträgerinnen bei Gmeiner

TOTSCHWEIGEN

ISBN 978-3-89977-950-9
kostenlos

In jeder Ausgabe:

- Vorstellung der Neuerscheinungen
- Hintergrund-informationen zu den Themen der Krimis
- Interviews mit den Autoren und Porträts
- Allgemeine Krimi-Infos (aktuelle Krimi-Trends, Krimi-Portale im Internet, Veranstaltungen etc.)
- Die Gmeiner-Krimi-Bibliothek (Gesamtverzeichnis der Gmeiner-Krimis)
- Großes Gewinnspiel mit ›spannenden‹ Buchpreisen

Erhältlich in jeder Buchhandlung
oder direkt beim:

GMEINER-VERLAG

Im Ehnried 5
88605 Meßkirch
Tel. 07575/2095-0
Fax 07575/2095-29
info@gmeiner-verlag.de
www.gmeiner-verlag.de